The Arabian Mistress

by Lynne Graham

Lord of the Desert

by Barbara Faith

Published by Harlequin K.K., Tokyo, 2005

魅惑のシーク

砂の迷路
砂漠の貴公子

ハーレクイン・リクエスト

東京・ロンドン・トロント・パリ・ニューヨーク・アテネ・アムステルダム
ハンブルク・ストックホルム・ミラノ・シドニー・マドリッド
ワルシャワ・ブダペスト

目次

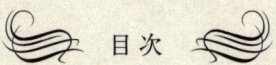

砂の迷路

リン・グレアム 作

駒月雅子 訳

◇作者の横顔

リン・グレアム　北アイルランド生まれ。十代のころからロマンス小説の熱烈な読者だった。大学で法律を学ぶと同時に十八歳で結婚。この結婚生活は一度破綻したが、数年後、同じ男性と恋に落ちて再婚という経歴の持ち主。現在三人の子供を育てている。時間のあるときは大好きな庭仕事に励み、得意のイタリア料理に腕をふるっている。

1

南フランスの別荘で、ペルシア湾岸の石油国ジュマールの最高首長にして絶対君主のタリク・シャザド・イブン＝ザキール王子は、携帯電話を脇《わき》へ置いて側近のラティフに顔を向けた。

洞察力の鋭いタリクは、信頼を寄せる古参の困惑の表情に気づいた。「何かあったのか？」

「この件で殿下を煩わすのはいかがなものかと迷いましたが」ラティフは書類ばさみを申し訳なさそうに机に置いた。「お耳に入れておくほうがよろしいかと判断したしだいです」

経験豊かな側近がめずらしくうろたえている。タリクは急いで書類に目を通した。ジュマールの警察長官からの報告書で、その中の債務不履行のかどで投獄された外国人の名前にタリクの大柄な体がこわばった。彼は深い茶色の目を憎々しげに細めた。エイドリアン・ローソン。フェイの兄ではないか。

ローソン家の人間がまたしてもよからぬことを！逮捕のいきさつを読みながら、タリクの彫りの深い端整な顔が嫌悪にひきつった。まさに許されざる行為だ。ジュマールに建設会社などをつくって国民の大事な財産を奪い取るとは。

この一年間、必死で忘れようとしてきた苦い記憶が、脳裏に鮮明によみがえった。フェイの兄のせいで自分の最悪の失敗をこうして再度突きつけられるはめになった。フェイは乙女の仮面をかぶった性悪女だ。美貌《びぼう》を餌《えさ》に金目当てで男に近づく。罠《わな》にかかった男はスキャンダルという手痛い代償を払わされる。ジュマールでは王が何をしようと誰も文句は言わないが、自分は古風な慎み深い生活を維持するのが務めと考えている。しかも一年前の父ハムザの死で、ますます秩序ある生活が求められている。

タリクの黄褐色の顔が憤りで青ざめた。彼は深く息を吸った。中近東のほかの王子らと違って彼にはヨーロッパ留学の経験はなく、歴代の国王と同じ教育を受けた。士官学校、家庭教師、イギリスの特殊部隊と合同の砂漠のサバイバル訓練。二十二歳でパイロットの免許とあらゆる実戦の専門知識を修得し、父をこう説得した。将来の戦いにそなえた軍備も大事だが、近隣諸国との過去百年間の平和維持に照らせば、これからの時代はビジネスだと。

タリクは生来の才能によって、ビジネスで国庫をますます富ませた。おかげでジュマールの国民一人あたりの慈善寄付額は世界一を誇る。もちろん欧州の自由な文化にも充分に触れ、西洋の女性がどういうものかもしっかりと学んだ。だがその経験と持ち前の沈着冷静さをもってしても、フェイ・ローソンには簡単に屈してしまった。

「どういたしましょう?」ラティフが促した。

タリクはいぶかしげに側近を見た。「何もする必要はない。法にのっとって対処するまでだ」

ラティフは床に視線を落とした。「エイドリアン・ローソンが自力で借金を返すのは無理かと」

「だろうな」

息づまる長い沈黙の末、ラティフが非難がましく咳払《せきばら》いした。

とうとうタリクのほうが折れた。「わかったよ。しかたない、なんとかするか」

彼がまだ具体案を思いつかないうちに、老臣は一礼して下がった。タリクははがゆさをおぼえた。未解決のまま放置していた問題と立ち向かうときが、いよいよきたのだ。今まではまんまと罠にはまった悔しさに平常心を持てなかったが、いいかげんにフェイ・ローソンとの関係は断ち、前へ進まなければ。

一年前にそうするべきだった。飛行機事故で親を亡くした身内の三人の幼子を抱え、今はそれどころではないのだ。子供たちのためにも自分には心優しい貞淑な妻が必要で、そういう結婚をするのが義務でもある。頭ではわかっていても、その義務に対して今一つ積極的になれない。

エイドリアン・ローソンに関する書類を最初のページだけ読んで押しのけ、タリクは不機嫌な猛獣のように椅子にそっくり返った。金色を帯びた茶色の目に浮かぶ表情は鉄のように険しかった。ローソン兄妹《きょうだい》と義理の父親パーシーは強欲で薄汚くて、金もうけのためならなんでもする。フェイはほかにも大勢の男をだまし、パーシーは相手の男を恐喝してきたに違いない。エイドリアンも結局はこういう、金にだらしのない男だった。二人とも罰を受けて当然だ。

タリクは王家の紋章である、獲物を求めて空高く舞う鷹《たか》の姿を思い描いた。りりしい口元に冷笑が浮かんだ。正義が行われることに協力して何が悪い。この際少しばかり楽しむとするか。

フェイはタクシーの中でずっと黙りこくっていた。いかつい体格の義理の父の横で、小柄できゃしゃな彼女はまるで子供のようだ。

体はもうへとへとに疲れていた。まだ午前中だというのに蒸し暑く、しかもロンドンからの長い夜のフライトの直後だ。タクシーはジュマール市の広い道路を快走し、エイドリアンのいる刑務所へと向かっている。もしも兄の身を心底案じていなかったら、もしも懐がもっと暖かかったら、義父のパーシー・スマイズとの同乗など絶対にごめんだ。

今までこれほど誰かを嫌ったことはなかった。家族の絆《きずな》は大切だが、自分を汚辱まみれにしたパーシーのことはさすがに許せない。タリク王子との信頼関係をずたずたにされたのだ。もちろん自分自身も許せない。一年前のタリクの思いがけないプロポーズに、なんの疑問も持たず舞いあがるとは。

「刑務所なんぞへ行っても時間の無駄だ」パーシーは肉づきのいい汗だくの顔を不快げにゆがめた。「おまえがタリク王子に会って頼めばいいんだ。エイドリアンを釈放してくれとな！」

フェイの血の気のない顔に唯一の彩りを添えている淡いブロンドの髪が震え、整った横顔がこわばった。「私、そんなこと――」

「エイドリアンが恐ろしい風土病にでもかかったらどうする」パーシーはぶっきらぼうに言った。「あいつが小さいころから体が弱いことは、おまえもよく知ってるだろう」

決して大げさな脅しではないだけに、フェイは気がめいった。エイドリアンは幼少時に白血病を患い、治癒後もウイルス性の病気にかかりやすい。それで陸軍での職も泣く泣く捨て、ベンチャービジネスで再出発したのだが、それがこの結果だ。

「外務省では、エイドリアンは至れり尽くせりの生活だって言われたわ」

「無期懲役のどこが至れり尽くせりだ！　私は迷信家じゃないが、おまえの砂漠の戦士に魔法をかけられたのかと思いたくなるね」パーシーは吐き捨てるように言った。「あれだけ順調にもうかってた私まで、今じゃこのとおりすっからかんだ！」

自業自得よ、とフェイは内心で言い返した。パーシーは他人を踏みにじってでも私腹を肥やそうとする人だ。それでも不思議な例外はつきもので、なぜかエイドリアンのことは血を分けた息子同然にかわいがっている。エイドリアンの事業を立て直そうと私財まで投じた。だが皮肉なことに結局はそれも無駄になったわけだ。

刑務所は郊外の、高い塀と監視塔を持ついかめしい要塞《ようさい》の中にあった。フェイとパーシーはだいぶ待たされてから、分厚いガラス板の前に椅子が並ぶ接見室へ案内された。じかに触れ合うどころか囚人と面会者にはプライバシーの保護すら許されていない。

エイドリアンの姿はフェイにとってショックだった。げっそりとやせて囚人服がだぶだぶだ。顔色の悪さからするとかなり危ない状態だ。血走った生気のない目は、妹の顔をまともに見られなかった。

「来てくれなくてよかったんだ」エイドリアンは会話用の受話器を取って憂鬱《ゆううつ》そうに言った。「悪いのは僕だ。いい気になってリジーに湯水のように金を使わせた。この国の生活水準に合わせるためにね。おまえもこっちでやっていくには苦労を――」

パーシーがフェイから受話器をひったくった。「イギリスへ戻ったらマスコミに全部ぶちまけてやる。そうすりゃ、おまえを出してやれるぞ」

エイドリアンは驚愕《きょうがく》の表情で、ガラス越しに口をこう動かした。〝ばかなことはよせ〟

フェイは受話器を急いで取り返し、すみれ色の瞳に不安を浮かべた。「私たちに借金の肩代わりはとても無理だわ。お兄さんの弁護士が空港へ見送りに来てくれたけど、裁判が終わって刑が確定した以上、自分にできることはないって。ねえ、どうしたらい？　私たちに何かできることは？」

エイドリアンは弱々しく答えた。「何もない。弁護士から聞かなかったか、僕には控訴の権利もないって。リジーと子供たちはどうしてる？」

フェイは返事に窮した。義理の姉に関して、いい知らせは何もない。ジュマールにある邸宅が差し押さえられると、夫以外に国内に身寄りのないリジーと双子の幼児はただちにイギリスへ送還された。今のリジーは子供を抱えての生活で手いっぱいだ。

「そうか」エイドリアンはフェイの沈んだ表情を見て察した。「リジーは手紙さえ書いてくれないのか」

「彼女、だいぶ落ちこんでたわ」兄の沈痛な思いにとどめを刺すようでつらかった。「愛してると伝えてほしいって。今はとにかく女手一つでどう生活していくかで必死なのよ」

エイドリアンの目が潤み、こらえきれなくなったのか顔をそむけた。

フェイはまばたきで涙を無理やり押しこめ、急いで話題を変えた。「ここでの待遇はどう？」

「まあまあだ」そっけない返事だ。

「不自由なことはない？」フェイはそばにいる二人の武装した刑務官の目をいやでも意識した。

「文句を言えた立場じゃないが、ひどい場所だよ。食事はまずいし、アラビア語を話すのはもううんざりだ」それからエイドリアンは思いつめた顔で言った。「パーシーにマスコミを騒がせるようなことは絶対にさせないでくれ。僕が要注意人物になるだけだ。ここではジュマールへの批判はあの女たらしのタリク王子への批判と同じ――」

とたんに片方の刑務官が進みでて、エイドリアンの手から受話器をもぎ取った。

「どうしたの？　いったいなんなの！」フェイは恐怖に駆られた。

こうなると透明のガラス板などないほうがありがたかった。フェイとパーシーの目の前で、エイドリアンが扉の向こうへ追い立てられていく。

十分間待ったが、エイドリアンは戻らなかった。代わりに制服を着た年配の男が現れた。

「どういうことなのか説明してもらおう」パーシーがつめ寄った。

「近親者の接見は我々の厚意から許可するもので、法に定められた権利ではありません。今日の接見は打ちきりです。わが国の最高権威への侮辱の言葉は断じて許しません」パーシーははじける寸前の完熟トマトのように真っ赤になった。刑務官は居丈高に続けた。「我々は囚人を虐げるようなことはしません。ジュマールは人道を重んじる近代的国家です。次回の接見申し込みは一週間後に受けつけます」

接見中の会話がどこかで逐一記録されているとは、エイドリアンも知らなかったのだ。フェイはそう頭に刻みつけ、兄の立場をますます悪化させないうちにパーシーを部屋の外へ促した。

パーシーは郊外の小さなホテルへ戻る途中、タクシーの中でジュマールを辛辣《しんらつ》に非難し続けた。フェイは英語のわからない運転手だったのを神に感謝した。タリクの名前を公共の場で出すのは、けんかを売るようなものだ。ホテルに着くとパーシーは地階の宿泊客専用バーへ、フェイはエレベーターで自分の部屋へ向かった。

脳裏に兄の憔悴《しょうすい》した姿が焼きついて離れなかった。わずか半年前は新興都市での新規事業に張りきっていたのに。フェイはベッドの端に座り、化粧台の鏡に映った電話を見つめた。

〝誰でも覚えられる番号だ〟と以前タリクが言っていた。〝王室はジュマールで最初の回線を所有しているから、一を押せば宮殿の交換台につながる〟

フェイは目を閉じて、身を引き裂くほどの痛みと後悔に耐えた。こうなったらタリクに頼るしかない。エイドリアンは確かに破産宣告を受けたが、借金を返せないからといって犯罪者扱いはひどい。タリクに頼んでなんとかしてもらおう。この国の統治者である彼にできないことはないのだから。

みじめだけど、この際しかたない。兄のためならプライドを捨てたって平気よ。フェイは熱い煉瓦《れんが》の上の猫のように、緊張して室内を歩いた。タリクは会ってくれるかしら。私とパーシーを軽蔑《けいべつ》しきっている人にどう頼めばいいのだろう。金と支配と特権のジュマールで私はあまりに無力だ。一年前、タリク・イブン＝ザキールという異国の王子の前でそうだったように。身分違いの関係がずっと続くはずがなかったのだ。でもこれだけは言いたい。私はパーシーの脅迫にはこれっぽっちも関係ないわ！

フェイは電話に手を伸ばした。一を押すとすぐ宮殿につながったが、交換手はアラビア語しか話さなかった。フェイはもどかしい思いで電話を切り、バッグから財布を出した。財布の中の仕切りに象形文字を刻んだゴールドの指輪がしまってある。

指輪に触れる手が震えた。ロンドンのジュマール大使館でタリクの手で薬指にはめられたときの情景がよみがえる。フェイは屈辱感に喉がつまった。あれを本物の結婚式だと信じた私。安っぽいマスコミのスキャンダルをちらつかせるパーシーに対抗してタリクが仕組んだ残酷な芝居だとも知らず、幕が引かれて初めて自分が道化役だったと気づくなんて！

フェイは部屋にあったホテルの封筒に指輪を入れ、タリクとの会見を要望する旨を便箋《びんせん》に走り書きした。

それから階下のフロントへ行き、至急届けたい手紙があると告げた。フロント係は封筒のあて名と、でかでかと書かれた〈親展〉の文字に目を丸くした。

「これは――本当にタリク王子あてで？」

フェイは頬を染めてうなずいた。

「ではさっそく当ホテル専属の配達係に届けさせます、ミス・ローソン」

部屋に戻るとシャワーを浴びて着替え、ベッドに横になった。そこへドアに乱暴なノックの音がした。パーシーだ。無視したが音はますます大きくなる。このままではホテルの従業員が何事かと駆けつけてきそうだ。フェイはしかたなくドアを開けた。

「いいか」パーシーは彼女を押しのけて入ってきた。酒に酔った赤ら顔は見るからに強気の表情だ。「今すぐタリクに電話しろ。おまえが足元にひれ伏せばやつは大喜びだ。それでだめなら結婚と離婚を同じ日にした貴重な体験談を新聞に売ると脅すんだ！」

フェイはぎょっとした。「エイドリアンを助けてもらうのにタリクを脅迫しろと言うの？」

「去年は不覚をとったが、今ならやつがどう出るか目をつむってもわかる。空軍特殊部隊にしごいてもらっただけあって一筋縄ではいかない男だ。だが武人と紳士のプライドは忘れてないだろう。初めは下手に出て、やつの同情を引くんだ」パーシーはフェイの紺色のブラウス、コットンのパンツ、後ろでまとめた髪を品定めするように見た。「いいか、しおらしい顔で迫るんだぞ！」

ドアの軽いノックの音がフェイを救った。ホテルの支配人は国賓でも迎えるように、うやうやしくフェイにおじぎをした。

「リムジンの用意が整いました。これからハジャへお連れいたします、ミス・ローソン」

フェイはごくりと唾《つば》をのみこんだ。王子への謁見がこれほど早くかなうとは夢にも思わなかった。

「わかった、彼女は二分以内に下りていく」パーシーが代わりに答えた。支配人が去ると、パーシーは感心した様子でフェイに言った。「なんだ、もう手配ずみだったか。それならそうと言ってくれ」

義父から離れられることにほっとしつつ、フェイは階下へ下りた。豪華なリムジンに乗りこんだ彼女は、自分の質素な服に陸の上の魚のような心もとない気分になった。でもこれが私だわ。そうでしょ？

生まれてからずっとイギリスの静かな田舎に暮らし、亡き母の数少ない知人以外とはほとんど会ったことがなかった。パーシーはフェイが五歳のときにサラ・ローソンと結婚した。フェイの母のサラは前夫を亡くしたのと同じ自動車事故で車椅子の生活を余儀なくされていた。生きる望みをなくした孤独で裕福な未亡人だった。結婚後もパーシーは仕事を口実に都会で独り暮らしを続け、新しい家族のもとには、ときおり週末に足を運んだだけだった。

フェイは学校へ通った経験がない。勉強は兄のエイドリアンと一緒に家で母親から教わった。だがエイドリアンの白血病が治ると、パーシーは妻を説得してエイドリアンを学校でほかの子供たちと一緒に学ばせることにした。十一歳のとき、同じ年ごろの友達が欲しくてたまらなかったフェイは、一大決心をして義父に告げた。自分も学校へ行きたいと。「お母さんを独りぼっちにするのか?」パーシーの剣幕にフェイは恐れをなした。「よくそんなわがままが言えるな。お母さんはおまえにそばにいてもらいたがってる。お母さんを不幸にしたいのか?」

もの静かな母はフェイが十八歳のときに他界した。フェイは悲しみに打ちひしがれたが、自分がその年齢まで社会との接点に乏しい生活を送ってきたのを何人かにでも知ってもらえてありがたかった。ところが秋から看護学を学ぼうと学校の面接を受けると、どこへ行っても社会経験の不足という手厳しい判定を下された。恥をさらすことになっても、こう言えばよかったのかもしれない。パーシー・スマイズというあこぎな義理の父を持てば、世の中の汚い部分はもう隅々まで経験したも同然です、と。

リムジンは街の中心の混雑した大通りから美しい街路樹の広場へ入り、立派なエントランスの巨大な古めかしい砂岩の建物の前に止まった。勇ましい身なりの衛兵が数人立っている。フェイは緊張しながら心細い思いで車を降りた。

エントランスの階段をのぼり、大勢の人が行き交う壮大なホールへ入った。するとスーツ姿の青年が近づいてきて、彼女に深々と一礼した。「ミス・ローソンですね。タリク王子のもとへご案内します」

「ありがとうございます。ここは王宮ですか?」

「いいえ、ミス・ローソン。このハジャ要塞は王室の所有ではありますが、国王が国民に開放されているのです」青年は説明した。「ハジャには裁判所や謁見室、さらに高官やビジネスマンが利用できる会議室やパーティ用の大広間なども入っています。タリク王子はここで執務をなさいますが、お住まいはムラーバ宮殿です」

ということは、彼は私との会見を個人的でない場所に設定したのね。そう考えながらフェイは縦溝彫りのある石柱や、人々に踏まれてつやつや輝くモザイクの床を眺めた。石のベンチにはなんと紐《ひも》でつないだ山羊《やぎ》を連れた老人がいる。女性は全身に黒の布をまとった人、欧米のスーツを上品に着こなした人といろいろだ。愛らしい穏やかな顔立ちの女性が多い。男性は伝統的なカフィエという布をかぶった人もいれば、何もかぶらずファイルやアタッシュケースを小脇に抱えて闊歩《かっぽ》する青年もいる。

「ミス・ローソン?」

促されてフェイは案内役の青年のあとからアーチ形の天井の下を進んだ。やがて目の前に、どうぞとばかりに開け放たれた大きな扉が現れ、その横には銃と凝った飾りの剣を下げた民族服の衛兵が立っていた。フェイは扉をくぐるなりあっと驚いた。そこは異国情緒のある緑豊かなプールつきの美しい庭園だった。不意に足音が聞こえた。どきりとして振り向くと、六メートルほど離れた踏み段からタリクが下りてくるのが見えた。

フェイはどぎまぎした。胸元を開けた白いポロシャツ、引きしまった腰と長い脚をぴったり包むベージュの乗馬ズボン、ぴかぴかの飴色《あめいろ》のブーツ。

忘れてたわ。タリクがこんなに長身でこんなに力強かったなんて。フェイは胸がきゅんとした。まるで餌を求めて悠然と歩くライオンだわ。強い存在感と自信に満ちたしなやかな動作。陽光の中で精悍《せいかん》な姿が金色に輝いている。豊かな黒髪と褐色の肌がつややかに光り、感情を映さない鋭い目は金属のように黄金色に反射している。フェイは彼の神々しいまでに美しい姿から目をそらせなくなった。口がからからになり、青ざめていた頬にうっすら赤みがさした。激しい胸の鼓動に息が苦しい。

「早々にお目にかかれて光栄だわ」フェイは消え入りそうな声で言った。

「あいにく、あまり時間がない。一時間後に慈善ポロ競技会に出場する」

タリクはプールサイドの石のテーブルに寄りかかった。頭を後ろへそらし、フェイを男の本能をむきだしにした強烈な視線で射すくめた。それから、きりりとした唇にかすかな笑みを浮かべた。「スカートで来たのはパーシーの入れ知恵か？　同情を引くために僕の前でひざまずけと言われたな？」

図星だったのでフェイは真っ赤になり、しどろもどろに言った。「どうしてそんなことを」

「猫をかぶるのはよせ」タリクはそっけなく言った。「清純な乙女のふりは去年でうんざりだ。君が豹《ひょう》変《へん》して胸元を大胆に開けた服で僕の前に現れたとき、芝居だと感づくべきだった。だが男の悲しい性《さが》で警戒する暇などなかったからね」

フェイは屈辱感に身もだえする思いだったが、ここは冷静になろうと考え直し、よどんだ暑い空気をせわしなく吸った。「あのときのことは心から後悔してるわ」

タリクの冷たい微笑はフェイを骨の髄まで凍りつかせた。彼女の知っている魅力的な笑顔とは似ても似つかない。「それはそうだろう。あのときの君は、大事な兄がジュマールで投獄されようとは想像もしなかったろうから」

「ええ、そのとおりよ」フェイは問題の核心に触れられたことにほっとして、タリクの言葉をそのまま受け取った。両手に力がこもる。「でもあなたはエイドリアンが好きだったし、兄は刑務所に入るようなことは何もして――」

「驚いたな」タリクはやんわりとさえぎった。「この国の司法制度は公正でないと言うのか？　僕はそうは思わないがね」

　自分の言葉が批判と受け取られたのだとわかり、フェイは慌てて言った。「そうじゃないわ。私が言いたかったのは、兄は犯罪行為は何も――」

「そうかな？　ジュマールではビル建設が頓挫《とんざ》した場合の従業員への給与不払いや契約相手への債務不履行はれっきとした犯罪だ。しかしながら、この国はこういう件に関してもっぱら現実的でね」タリクの微笑はさらに冷たくなった。「エイドリアンが債務を支払いさえすれば、ただちに自由になれる」

「無理だわ、それは」そう認めざるをえないことにフェイの狼狽《ろうばい》は増した。「エイドリアンは建設会社を起こす際に自宅を売却して、今回の事業に何もかも投じてしまったわ」

「そしてこの国で贅沢三昧《ぜいたくざんまい》に暮らしていた。彼の事業が失敗したいきさつは詳しく知っている。原因は本人の愚かな浪費だ」

　タリクのあからさまな非難にフェイは色を失った。

「確かにエイドリアンは間違いを犯したわ。でも故意に悪意からしたことじゃ――」

「それがまさに犯罪的無責任だ」彼の余裕のある態度に対し、フェイは猛暑で頭がおかしくなりそうだった。タリクはフェイをじっと見つめた。「で、これを送ってきた理由は？」

　感情のひとかけらもない口調にフェイはうろたえた。一年前の憤怒《ふんぬ》と興奮に駆られていた彼とは大違いだ。フェイは差しだされた褐色の手のひらの中の指輪を見つめ、胸の奥が締めつけられた。彼は指輪を空中にほうりあげた。陽光にきらめく指輪にフェイが不思議な思いで見入ると、タリクはそれを器用に受け止めて無造作に石のテーブルにほうった。指輪はしばらく転がったあと止まった。

「君の指にそれをはめたときのことを思い起こさせて、情に訴える作戦か？」タリクの声にはあざけりがこもっていた。

フェイは涙がこみあげ、タリクの乗馬ブーツに視線を落とした。悲しみと怒りの波にのみこまれ、喉が重くつかえた。彼のことでこんなにも大きな苦痛を強いられながら、それを口にできない。彼は私を誤解している。パーシーに脅迫されれば誤解するのも無理ないが、私をパーシーと同様に計算高い人間だと思いこむなんてあんまりだ。

「君は」タリクは平然と続けた。「今でも僕の妻のつもりなのか？　あるいはもと妻だと」

フェイはかっとなった。それほど厚かましくないわ！「まさか。だってあなたはあのときはっきり言ったじゃないの。この結婚は本物じゃないって」

タリクは黒い豊かなまつげを伏せ、瞳をかすかに曇らせた。「だったら、なぜここへ来た？」

「エイドリアンの立場を話し合いに来たのよ」

「エイドリアンに立場はない」タリクはにべもなく言った。「すでに法が彼を処している。自由になる唯一の道は負債を支払うことだ」

タリクが別人のように思えた。親切心も思いやりもない、感情に左右されない男。厳しくて冷淡で近寄りがたい男。それはフェイが知っている彼ではなかった。乗馬服姿でいても冷たい威圧感を放っている。フェイは両手を握りしめた。「でもあなたなら何かできるわ。その気にさえなれば」

「法を尊重している」

フェイに絶望感がひしひしと迫った。「たとえそうでも、あなたなら望みどおりにできるわ。この国の統治者だもの」

「自分の国の法を曲げるつもりはない。国民の信頼につけこむ者のごとく言われるのは心外だ！」黄金の瞳がとがめるようにフェイを見た。

フェイは彼から目をそらし、ひるみそうになる自分を勇気づけた。タリクの意図はわかった。でも、ここで引きさがるわけにはいかない。彼女はかろうじて日陰になった場所に立っていたが、タリクとは対照的に蒸し暑さにぐっしょり汗をかいていた。がんばるのよ。兄を救うにはここでふんばるしかないわ。「独房の中からでは借金は返せないわ」

「そのとおりだ。だから妹の君と義理の父親でなんとかすればいい」

「パーシーはエイドリアンの事業を救おうとして財産を使い果たしたわ。知らないとは言わせないわよ」フェイはタリクの取りつく島のない態度に業を煮やした。彼があらかじめエイドリアンの件を知っていて、あえてほうっておいたのは明らかだ。「兄を何がなんでも助けたくて、だからここへ来たの。ほかにどうにもできなかったのよ」

「なぜ僕が君の兄を助けるのか理由を聞きたい」

「良識と……人情よ」フェイは震えながらつぶやいた。「武人として紳士として」

タリクは気品漂う眉をひそめた。「君の利己的で身勝手な家族まで救う義務はない」

「どう言えばわかってもらえるの？」

「どう言ってもだめだ。君がそれほど鈍感だったとは意外だね。それとも僕は、君の天使のような顔と女神のような体に見とれるあまり、頭がからっぽだってことを見落としたかな？」

容赦ない軽蔑に、フェイは真っ赤になって息まいた。「何が言いたいの！」

「なぜ僕にエイドリアンの負債を肩代わりしてくれと頼まないんだ？」

「あなたが？　本当に？」フェイはタリクをまじまじと見た。「考えもしなかったことだわ」

タリクの静かな目に残酷な光がさした。「そろそろ時間だ。単刀直入にいこう。君が僕の言いなりになれば、エイドリアンの負債を代わりに払おう。どうだ、単純明快だろう?」

フェイは濃いすみれ色の目を大きく見開いた。言いなりになるですって?

タリクはフェイの驚愕を冷ややかに受け止め、あからさまな言葉を投げた。「つまり金と引き換えのセックス、君がかつて僕を釣るために使った餌だ。結局僕は食らいつきそこなったがね」

フェイは体がかっと熱くなり、思わずブラウスの襟をかき合わせた。胸の谷間を冷たい汗が伝いおりた。タリクはフェイの胸元をしばらく見つめてから視線を上げ、彼女の震えるまなざしをとらえた。彼の思わせぶりな視線にフェイの肌は焼けつくようにほてった。体がいやおうなく反応する。心は締めつけられるほど苦しいのに、胸の先が硬くなって両脚の間がじんと熱い。

自己嫌悪にさいなまれながらフェイは顔を伏せた。今にも爆発しそうな肉体のざわめきと懸命に闘った。冷静になって。タリクが本気で言ってるはずはないのだから。私をからかって楽しんでいるだけで、兄を助けるつもりなどこれっぽっちもないのよ。過去を恨んで私を屈辱で罰したいだけ。

フェイは毅然《きぜん》として顔を上げた。頬のきめこまかな肌がプライドを傷つけられた怒りでピンクに染まっていた。「ここへ来たのは時間の無駄だったわ」

平静な口調を保とうと、顎をつんと上げた。「あなたがどう思おうと、私はそこまで堕《お》ちてないわ」

タリクは精悍な顔に皮肉な笑みを浮かべた。「君が女優でないのがつくづく惜しい。ぬれぎぬを着せられて憤慨する演技がまさに真に迫ってる」

「なんて人なの、あなたは!」フェイは彼の瞳のぎらぎらした炎に負けじと、軽蔑の視線を返した。それからくるりと背を向け、こうなったら意地でも何も言うまいと心に決め、もと来た方向へ歩きだした。

2

フェイは混雑したホールを弾丸の勢いで駆け抜け、立ち並ぶ柱の一本にたどり着いた。

取り乱していると自分ではっきりわかっていた。涙で潤んで目が見えない。フェイは喉の大きなつかえをのみこみ、柱の裏側へまわった。悔しいわ。いつからこんな弱虫になったの？

「何かお飲み物をいかがでしょう」気づかわしげな男性の声がした。

誰の声かわかってフェイはびくりとした。涙で重くなったまつげを透かし、正面に立っている小柄な男性の磨かれた靴に目を凝らした。タリクの最高補佐官、ラティフ。彼とは昨年たびたび顔を合わせた。

フェイは伏せていた顔をゆっくり上げた。ラティフは髪の薄くなった頭頂部が丸見えになるほど深々と一礼した。私が落ち着きを取り戻せるよう時間を与えてくれてるんだわ、とフェイは思った。

「ラティフ」

「どうぞこちらへ」

案内されたのはホールの正面の美しいヨーロッパ風広間だった。嬉《うれ》しいことに空調がきいて涼しい。フェイはシルクのソファに崩れるように座り、ティッシュを出そうとバッグの中を手探りした。

ラティフはほどよい距離をおいて静かにたたずんでいる。フェイは彼の親切に感謝した。困っていたときに落ち着ける場所を提供してくれた。でもこのままほうっておいてもらうのは無理な願いでしょうね。

じきに装身具をじゃらじゃらさせて、トレイを掲げた裸足《はだし》のメイドが次々と現れた。一人ずつフェイの前にひざまずいてはコーヒーを注《つ》いだり、ケーキやお菓子を勧めたりし、再び頭を垂れてしずしずと出口へ向かう。ＶＩＰ扱いの大仰なもてなしにフェイはただまごつくばかりだった。

「暑さでご気分が悪くなられたのでしょう」フェイが小さな磁器のカップに入ったコーヒーを飲み終えたところで、ラティフが沈黙を破った。「少しはよくなられましたか?」

「ええ、どうもありがとう」エイドリアンが投獄された件をラティフが知らないはずがないわ。フェイは思いきって切りだしてみた。「兄を助けるにはどうすればいいんでしょう」

「明日、再度タリク王子に会われることです」

そうね、しょせん彼もタリク側の人なんだわ。でも彼が今日のタリクとの会見内容を知っているとは思えない。フェイは苦笑を引っこめた。君が僕の言いなりになれば――なんてあさましい言葉。

だけど私だって一年前、自らタリクに体を差しだそうとした。肉体関係を望んでいるとはっきり伝えた。彼の態度ががらりと変わったことにおじけづいて、結局は未遂に終わったけれど。タリクは私を不道徳で恥知らずな女だと思ったままだ。フェイはまぶたの奥がじんとした。一度の過ちがこんなに多くの不幸を招くとは。長年尊重してきた価値観と違ったことを初めてしたら、たちまち厳しく懲らしめられた。

もう行こうとフェイは腰を上げた。「コーヒーをごちそうさま、ラティフ」

「明日、車を迎えにあがらせましょうか」

「何度会っても無駄だと思うわ」

「車は丸一日、ご自由にお使いください」

ラティフはエイドリアンの釈放を望んでいるのだとフェイは感じた。でなければ裏でここまで配慮してくれるはずがない。フェイは再びリムジンでホテルへ戻った。ロビーに入ると、バーからパーシーが現れて目の前に立ちふさがった。

「結果は？」しびれを切らした口調だ。

「とてものめないような――破廉恥な条件を出されたわ」フェイは彼がおとなしく引きさがってくれることを祈って、目を合わさずに答えた。今は横暴ながさつなパーシーと言い争う気力はない。

「だから、なんだ？」義父は語気を強めた。「エイドリアンを取り返すためだ、なんだってやれ！」

フェイは愕然《がくぜん》とした。一人でエレベーターへ急ぎながら、自分に言い聞かせた。今さら驚くことじゃないわ。パーシーが私を気づかったためしなど一度もない。いつだって大事なのはエイドリアン。そして、それは私にとっても同じ。

部屋に戻ると、ずっと何も食べていなかったのを思いだしてルームサービスにいちばん安い軽食を注文し、それを待ちながら頭の中を整理した。私がいなければ兄がタリクを知ることもジュマールでの事業を思いつくこともなかっただろう。しかもタリクが兄と私をパーシーと同類だと決めつけているのは私のせいだ。知らないうちにタリクをパーシーの脅迫のえじきになるような危険に陥らせたのも。私がのぼせあがってついた嘘《うそ》や未熟さからすべてが始まったのだ。エイドリアンが今つらい思いをしているのは、タリクが私たち三人を軽蔑《けいべつ》し、嫌悪しているから。私の小さな嘘がここまで尾を引くなんて！

タリクとの初対面のとき、フェイはつい、自分は二十三歳だと言った。すぐに本当はあと一カ月で十九歳だと打ち明けたけれど、タリクはかんかんに怒った。彼女のほうは結果が同じならささいな嘘は許されると思っていたのだ。フェイは罪悪感の中で、兄を救うために自分に残された厳しい選択について考えた。

その晩パーシーが部屋をノックしたが、フェイはチェーンをかけたままドアを開け、気分が悪いから遠慮してほしいと言った。嘘ではなかった。激しい疲労で胃がむかむかしていた。フェイはベッドに横たわったまま、通りの先にあるモスクの祈祷《きとう》時報係の声をぼんやり聞いた。良心の呵責《かしゃく》に苦しむあまり、その夜はほとんど一睡もできなかった。

翌朝八時半、フェイはゆったりした淡いライラック模様のワンピースで、ラティフが迎えによこしたリムジンに乗った。昨日の直《じか》談判の失敗を思うと気が重い。エイドリアンのことだけを話題にすれば、面目を失わずにすんだのに。でも、タリクが私を金目当ての性悪女と考えるのもしかたない。誠心誠意じっくり説明し、謝罪し、彼の敵意を拭《ぬぐ》い去る。そうすれば彼も過去のことは水に流して、エイドリアンの負債の肩代わりについて前向きに検討してくれるだろう。

リムジンは昨日とは別のハジャの横門に乗りつけた。そこにはラティフがじきじきに、静かな励ましの態度で出迎えてくれていた。

広い最新型オフィスへ通されると、フェイは緊張して深呼吸した。広い肩幅や長い脚にぴったり合ったペールグレーの上品なビジネスーツのタリクが、窓辺に立って携帯電話で話している。彼はフェイに気づいたが、かすかにうなずいただけだった。

フェイはラティフが引いてくれた椅子にかけ、タリクを観察した。芸術品のように美しい古典的な横顔。話しながら動く、優雅な長い指は言葉よりも雄弁だ。数々の記憶の断片が一挙に押し寄せ、フェイの膝の上で組み合わせた両手が震えた。

タリクの圧倒的な存在感に彼女は胸が苦しくなるほど戸惑った。あの雄々しいブロンズ色の顔は自分の顔と同じくらい知りつくしている。りりしい曲線を描く黒い眉、金色を帯びた澄んだ目、鼻筋の通った上品な鼻。ベルベル人特有の高い頬骨とたくましい顎、情熱的な引きしまった唇。

つい昨日まで、彼の外見の魅力に引かれたことを恥じていたというのに。フェイは唇を噛《か》んだ。彼はこの美しさで私を攪乱《かくらん》したんだわ。でも私はもう一年前のうぶなティーンエイジャーじゃない。感情のままに行動したり、はやる情熱と愚かな幻想に引きずられたりはしない。タリクのことはもう克服しているし、それ以来誰ともデートさえしていない。彼が私の男性に対する希望を根こそぎにしたから。

「なんの用で来た？」

フェイは前ぶれもなく現実に引き戻された。慌てて気を取り直し、頭を高々と上げて言った。「去年のことを、あなたに説明する義務があるわ」

「説明など必要ない」タリクはフェイを冷たく一瞥《いちべつ》した。「耳を傾ける気もない。君がぬけぬけと嘘をつくのを僕が聞きたがると思ったら大間違い――」

「でも」フェイは焦った。

「話を途中でさえぎらないでもらいたい」

フェイは羞恥心《しゅうちしん》をおぼえながらも、神経が張りつめていたせいで怒りがわいた。「そう、わかったわ。カーペットみたいにひれ伏した私を、足で踏みつけないと気がすまないってことね」

「カーペットではあまりに色気がない。僕は情熱的で大胆な女性が好みなんだ」

フェイは頬を真っ赤にして言い返した。「説明して謝りたいと思ってるのに。あのときのあなたは私にそのチャンスをくれなかったわ」

「それがここへ来た目的なら無駄足だ。僕はごまかしの言葉やそら涙には引っかからない。厚かましい言い訳はまっぴらだ」

フェイは息をのんだ。「あなたが……腹を立てるのも当然だと思うわ」

「偽善的態度にはもっと腹が立つ」タリクはけんもほろろに言った。「しおらしい顔をしてもだめだ。

見せかけの改悛《かいしゅん》など見たくない。昨日、僕は条件を出した。だから君はここに来た。あの条件に応じるようなあばずれ娼婦《しょうふ》が、今さら殊勝な顔で無実をよそおっても無駄だ！」

普段はおっとりしているフェイも、心の奥で激しい怒りが熱い溶岩のようにわきあがった。「娼婦ですって！」すっくと立ちあがった。「だったら、あいう条件を持ちだしたあなたはどうなのよ！」

「男は女と違って、猫をかぶったりはしない。にせの幻想を抱かせることは潔しとしない」

フェイは体が震えた。「あなたは私をまともな女性がのめるはずのない条件で侮辱しておいて、自分だけ高潔ぶるのね」

「君はまともな女性ではない。平然と嘘をついて男をだます。金のためならなんでもする」

「違うわ。私の愚かな嘘から始まったわけだから、それについては反省してるわ。でもそれはあなたに真剣だったから――」

「真剣？」タリクは尊大に頭を後ろにそらし、耳ざわりな声で笑った。「僕に五十万ポンド払わせておきながら、よくもぬけぬけと。君は欲に目がくらんだ無節操な性悪女だ！」

猛烈な怒りにくらくらしつつ、フェイは一歩下がってタリクを見た。「五十万ポンド？　今度はいったいなんの話？　変な言いがかりはやめて」

輝く金色の目をフェイに据え、タリクはりりしい口元に冷ややかな笑みをたたえた。「君は僕に五十万ポンドで買われた安物の花嫁だ。はした金で離縁できる持参金なしの花嫁だ」

フェイは膝が震えて立っていられなくなり、もとの椅子に座った。タリクが私の代価を払っていたなんて。受け取ったのが誰かは考えるまでもない。

「そのお金は――パーシーに払ったのね？」義父への非難がましい口調を隠しきれなかった。

「いいや、君に払った」

　いきなり閃光《せんこう》のように、フェイの脳裏に一枚の封筒がひらめいた。結婚式のあとタリクが足元にほうり投げた封筒。タリクはずっとアラビア語で話していたから、私は偽装結婚とはつゆ知らず、封筒には結婚証明書が入っているものと思った。式の直後に彼の本意を知ってジュマール大使館を飛びだした私は、帰宅するなりパーシーにその封筒を投げつけた。

「私の人生はめちゃめちゃよ！　こんなもの燃やして！　二度と今日のことは思いだしたくない！」

　何週間も過ぎてから、フェイは思いきってパーシーを訪ねた。ひょっとして結婚証明書をとっておいていないかきくために。ジュマールの法による離婚をイギリスの法が認めていないとしたら、婚姻無効手続きに結婚証明書が必要だと思ったのだ。だがパーシーはせせら笑って言った。

「フェイ、おまえはまったく救いようがないな」ありったけの皮肉がこもっていた。「あの結婚式はそもそも法的に認められない。初夜も迎えず婚姻直後に離縁したんだからな。つまりおまえの砂漠の戦士はな、迷信的なまじない儀式で我が身を守ろうとしたのさ。それで自分の国の大使館で内々に挙式すると言い張ったのさ。違うか？」

　パーシーは、大使館は設置されている国ではなく帰属国の法に従うのだと説明した。フェイは自分の無知を恥じて、パーシーの〝迷信的なまじない儀式〟という言葉に反駁《はんばく》できなかった。実際は結婚式にはキリスト教の司祭に似た衣装のアラビア人紳士が立ち会った。だが彼もアラビア語しか使わなかったことを考えると、タリクが言ったとおりあれは本物の結婚ではなかったのだ。

　記憶の波に溺《おぼ》れないよう、フェイは自分が無造作に手放した封筒の中身について考えた。これで自分の愚かな失敗をまた新たに思い知らされた。五十万ポンドもの大金をパーシーにみすみす渡すなんて！でも私あてに振りだされた小切手を、パーシーはどうやって現金化したのだろう。もちろん小切手がとっくに現金化されたことは疑う余地はない。

「タリク、私はあの封筒に小切手が入っていたとは知らなかったのよ」フェイは緊張と興奮でこめかみがずきずきした。「あなたからお金を渡される理由もさっぱりわからないわ」

張りつめた長い沈黙がおりた。

フェイは自己嫌悪と無力感にのみこまれ、宙を見つめた。タリクは私を娼婦も同然だと思っている。義父と共謀して脅迫をたくらんだ、欲に目のくらんだ女だと。パーシーはタリクが私との結婚を発表したため脅迫に失敗したが、代わりに五十万ポンドという大金を手にした。何に使ったにせよ、今はもう一ポンドも残っていないだろう。

「あなたは私を不道徳と非難しながら、そういう女を求めるわけ？信じられないわ」フェイはやっとの思いで言い返した。

「希少価値だからね」

「いやがる相手に無理強いしてでも？」もう言葉を選んではいられない。自分に非があることは重々承知だ。恋に夢中で何も見えなかった。タリクの気を引きたいばかりに愚かな嘘をついた。でも私の小さな嘘で彼が恩恵に浴したのも事実だ。私を自堕落な女として片づけることができたのだから！

「挑発するつもりか？」

彼の鋭いまなざしがフェイの弱々しい絶望のベールを突き刺した。「違うわ！」

「君は僕がもういいと言うまで愛人でいなければならない」タリクは自分の刻印を押そうとでもするようにフェイの体を欲望の浮かぶ目で眺めまわした。

フェイはたまらずに椅子から飛びあがり、両手のこぶしを固めた。「私なんか欲しくもないくせに！

あなたは最初から私には興味のかけらもなかった。エゴを満たすための思いつきの復讐《ふくしゅう》で――」

「思いつきではない。僕は事前に考慮せずに行動したことは一度もない」タリクは横柄に手を差しだした。「さあ、来るんだ」

フェイはあとずさった。鮫《さめ》がうようよ泳ぎまわっている海に飛びこむほうがましだと言わんばかりに。

「私はまだ同意するとは言ってないわ」

「だったら早く決めるんだな」

フェイは身を守るように胸の前で腕を組んだ。

「エイドリアンはどうなるの？」

「即刻イギリス行きの飛行機に乗せる」

フェイは脚の震えを止めようと首を振った。「私はあなたが思ってるような女じゃないわ。誰かの愛人になるなんて思いもよらなかったし――」

「そんなに謙遜《けんそん》することはない」

タリクは冷淡な金色の目に欲望を浮かべ、フェイに再び手を差し伸べた。

「私が素直にその手を取ると思うの？」

「いずれ君はそうする。辛抱強く待つよ」

彼の静かな自信にフェイは背筋がぞくっとした。

「どうかしてるわ」

彼は薄笑いを浮かべた。「おびえているね」

「おあいにくさま。あきれてるだけよ！」

彼はフェイのほっそりした体を鋭い視線で値踏みし、目を細めて満足げにほほえんだ。「君が僕のものになると思うとゆうべは眠れなかった。冷たいシャワーでも興奮をさますことができなかった」

「嘘！　あなたは私を憎んでるはずだわ」

「憎む？」タリクは獲物を追う狩人《かりゅうど》のようにフェイに近づいた。「だから君はそんなにおびえているのかい？　鞭《むち》や鎖でそのみごとな肌をいたぶられるとでも想像したのか？　心配ない、君は苦痛ではなく喜びに泣き叫ぶだろう。僕のベッドで」

フェイは彼の言うとおりだと思い、動揺のあまり背を向けた。その瞬間、太い腕に抱きすくめられ、強引に振り向かされた。彼は片手でフェイの髪留めをはずし、脇《わき》へほうり投げ、淡いブロンドの髪に指を差し入れて後ろに引き、彼女をのけぞらせた。

「タリク」

「君は僕を欲しがっている」彼は片手でフェイの腰を抱き、筋肉質の太腿をぴったり押しつけた。

フェイは話をするどころか息をすることもできなくなった。タリクを見あげ、取り乱しそうな自分を必死で抑えたが、たくましい肉体の感触が意識に容赦なく襲いかかってくる。「やめて」

「震えてるじゃないか」

「寒いのよ！」フェイはそれきり言葉を失った。理性は混乱の海に沈み、本能だけが彼女を操った。

「寒い？」タリクの息がフェイの頬にかかった。

「僕をからかってるのかな？」

フェイは弱々しくつぶやいた。「お願い――」

「何を？」タリクの唇がフェイの唇に迫った。フェイは無意識に唇を開き、つま先立って彼に身を寄せた。「僕にどうしてほしい？」

彼の匂《にお》いがフェイを媚薬《びやく》のように包みこんだ。独特の懐かしい香りに鼻孔をくすぐられ、官能的な思い出に浸った。脚の間が熱くなる。胸がコットンのブラを押しあげ、ふくらんでいる。体が内側から燃えてとろけそうだった。甘い欲望に酔いしれ、フェイは思わずかぼそいつぶやきをもらした。

「もう一度言ってごらん」タリクが低い声でささやいた。それだけでフェイは全身が震えた。

「キスして」フェイがつぶやいた瞬間、タリクは慌てた様子で抱擁を解いた。

急に支えを失ったフェイは脚がなえてよろめき、まるであてどない夢からさめたように目をぱちくりさせた。

「こういうことは場所をわきまえないと」タリクはそっけなく言った。「このオフィスにはいつ誰が入ってくるかわからない。そこへいくとムラーバにあるハーレムなら完全にプライバシーを保てる」

フェイはまだうずいている唇に震える手をぎゅっと押しあてた。「ハーレム？」

「ジュマールでの愛人稼業は楽じゃない。自由奔放な生活とは無縁で、ましてや僕の愛人ならなおさらだ。見えない女になるわけだから」タリクはため息をついた。「君は高い壁と鍵《かぎ》のかかったドアに閉じこめられ、何もかも僕に捧《ささ》げ、僕のためだけに生きなければならない。僕が君の人生そのものなのだ。世間とは完全におさらばしてもらう」

フェイはタリクとは違って、抱擁のショックからまだ立ち直れずにいた。自分が思考力のない人形のようにキスを求めたことを、千回死んでも足りないくらい悔やんだ。彼は私の欲望をかき立てた。なんの苦もなく、ほんの数秒で。

「僕を拒絶すると身のためにならない」タリクはフェイに鷹《たか》を思わせる鋭い眼光を向けた。「僕にあきられれば、君はかなり不幸な立場に追いやられる」

「ハーレムだなんて、私を本気でそんなところへ入れるつもり？」フェイは震える声で言った。「あなた、頭がどうかしてるんじゃない？」

タリクはぴかぴかに磨かれたデスクに寄りかかった。「いいや、全然。言っておくが、君は信用ならないから、君がハーレムに入るまでエイドリアンは独房から出さない」

「タリク！」

彼はゴールドの腕時計を見て横柄に言った。「時間ぎれだ。すっかり人を待たせてしまっている。君にはこれから車で僕の自宅へ行ってもらう」

「今すぐ？」フェイは信じられずに息をのんだ。

「ホテルの部屋は君が出た直後に引き払われた。君の義理の父親はエイドリアンが釈放されるとの知らせに刑務所で待機している。ただし君は僕との契約期限が切れるまで、二度と家族には会えない」

あまりのショックに、フェイは喉の奥を巨大な鉛の塊にふさがれたように感じた。「信じられない……。あなたは本気で言ってるんじゃないわ。こんなこと、本気でできるはずがないもの」

タリクはドアを開けてフェイを外へ促した。「君も往生際が悪いね」ぞっとする笑みを彼女に向ける。

フェイは真っ青になった。

「僕を見くびらないでくれよ」

3

フェイは出口の手前に石のベンチを見つけた。外ではリムジンが彼女を待っている。ムラーバ宮殿か空港か。行き先は私が決めるのだ。基本的には私は鳥のように自由だ。フェイはベンチに座り、じっくり思案した。

〝見くびらないでくれよ〟タリクのあの傲慢《ごうまん》なボディブローに、あやうくマットに沈みかけた。パーシーの姑息《こそく》さは、私のせいなの？　母が亡くなったとき、家以外の財産は何もなかった。その家もタリクとの別れから数週間後にエイドリアンが売却を決めた。私たちが生まれ育った家族の思い出の家を。

「同意してくれるかい、フェイ」兄の問いは形だけで、彼女の返事に耳をふさぎたがっていた。

エイドリアンはフェイの悲嘆を聞くに忍びなかったのだ。自宅で乗馬学校を開こうと夢見ていた妹が、住む家と同時に愛馬も厩舎《きゅうしゃ》もパドックもすべて手放さなければならないのだから。

彼女は自分の考えを口にすることに慣れていなかった。自分の望みより周囲の意向を優先するよう育てられたからだ。でもだからといって、ないがしろにされていいわけはない。住みかを失おうとしているのに黙ったままなんておかしい。だが、彼女の事務員の給料では家の維持費の負担をまかないきれなかったのは事実だ。エイドリアンは家や家財道具を売って建設会社を設立し、そこから得た利益をフェイに分配しようと決めた。会社が軌道に乗りさえすれば、気前よく分け前をはずんでくれたはずだ。

それはそうと、パーシーは五十万ポンドの小切手をどう現金化したのだろう。彼がフェイの署名を偽造したか、受取人が初めからパーシーになっていたかのどちらかだ。女というのは身内の男に食べさせてもらうものと思って、タリクは扶養者に手切れ金だか口止め料だかを支払ったのかもしれない。

フェイは身震いして両腕で自分を抱きしめた。私を感激から絶望へ突き落とした結婚の代償が五十万ポンド。大使館での結婚式の直後、タリクは態度をがらりと変えた。軽蔑《けいべつ》をあらわにしてフェイのプライドと希望と愛をずたずたに切り裂いた。

「ジュマールでは離婚は簡単だ」タリクは言った。「アラビア語で〝なんじを離縁する〟と唱えながら三回まわればいいんだ。さっそく実行するが、なんだったら見学するかい？　偽りの結婚がどうなるかを自分の目で見届けるがいい」

あのときの悲しみは一生忘れられない。結婚する気などさらさらない高慢な王子は、見せかけの結婚にさえ不機嫌で、彼女を虫けら同然に扱った。私が彼を恨むのは当然でしょう？

　そう、私はタリクを恨んでいる。同時に、理性を奪われるほど激しい欲求がいまだに二日酔いのように残っている。その理由は考えたくないが、少なくともハーレムの住人になるつもりは毛頭ない。彼がどういうつもりなのか知らないけれど、私は以前のような感傷的で弱々しい女ではない。

　とにかく病気になる前に兄を自由の身にしなければ。二の足を踏んではいられない。考えてみれば、エイドリアンはロンドン行きの飛行機に乗ってしまいさえすれば安全だ。タリクはだまされて当然の人間だし、私はこれ以上自分を犠牲にはできない。ひどい義父を持った罪は充分にあがなった。

「そろそろ、まいりましょう」

　顔を上げるとラティフがいた。フェイはベンチから立って言った。「電話をかけたいの」

　ラティフは困惑顔だ。

「犯罪者でさえ電話をかける権利は認められているのよ。洗練された人道的国家のジュマールでは違うのかしら」フェイは辛辣《しんらつ》に言った。

　ラティフは赤くなって頭を下げた。「こちらです、どうぞ」

　フェイは廊下のはずれのオフィスで一人きりにしてもらい、さっそく義父の携帯電話にかけた。

「フェイか？」受話器にパーシーの大声が響いた。「おまえがどういう手を使ったのか知らんが、首尾は上々だぞ！　どうやらエイドリアンは今日の午後にも釈放され――」

「私の質問に答えて」フェイは淡々とさえぎった。「結婚式の日に渡した封筒だけど、中に入ってた小切手はどうしたの？」

　受話器の向こうがしんとなった。

「あなたがせしめたのね」フェイは嫌悪もあらわに言った。「タリクに私をお金で厄介払いさせたせいで、私まで脅迫者扱いだわ！」

「あの金のほとんどはエイドリアンのことに使った。

それから、脅迫などという人聞きの悪い言葉はよせ。

私はただおまえの利益を守ろうとしただけだ。タリクが口止め料を払いたがってるなら、それを断る理由はない。家族には助け合いが必要だ」

「あなたはぺてん師で泥棒よ。母を奪ったうえ、私を餌《えさ》に他人からお金をしぼり取った。それで家族だなんてよく言えるわ。あなたと一緒にしないで！」

フェイは受話器をがちゃんと置いた。

　フェイはまばゆい日差しの中へ悠然と出ていき、待っていたリムジンに乗った。見くびるなよ、というタリクの言葉に心の中でこう言い返した。今に見てらっしゃい、そっくり同じ台詞《せりふ》を返してあげる！

　ムラーバ宮殿への道のりは予想外に長かった。市街を抜けたとたん、あたり一面に砂漠が広がった。無限の空虚、灼熱《しゃくねつ》の太陽、焼けた砂丘の起伏が織りなす陰影。フェイは感動にしびれた。もしもタリクを愛していたら、果てしない砂とともに生きることも喜んで受け入れただろうか。

　はるか遠くに、不規則な形に広がる巨大な建物が見えた。周囲に要塞《ようさい》のごとく壁がそびえ、その壁は近づくにつれどんどん高くなっていく。リムジンが到着すると、日陰でしゃがんでいた民族服の男たちが速やかに門を開けた。二重の鉄門は外側が高くなっていて、内側に涼しげな日陰ができていた。

　門の奥には四方の丘の斜面に息をのむように美しいひな壇の庭が伸びていた。番兵があちこちに立っているのを見て、フェイはあてがはずれてがっかりした。二十四時間以内にここを逃げだすつもりだったが、そう簡単にはいきそうにない。

　フェイは通りすがりの好奇の目やひそひそ声をよそに、毅然《きぜん》と宮殿へ入った。兵士が次々に敬礼した。

ジュマールでは自分が偉くなったという錯覚に容易

に陥りそうになる。彼女は響きわたる自分の靴音を聞きながら、広大なホールの壁をびっしりと埋めつくす、青、緑、金の極彩色のモザイクに見とれた。

そのとき、苦痛の悲鳴と子供の叫び声が静寂を破った。フェイはびっくりして声のする方向を探した。もしかして子供の虐待？

フェイは部屋の入口ではっと立ち止まった。あまりに信じがたい光景に我が目を疑った。三人の女性が壁際に泣きながらうずくまり、さらに別の一人が背中を小さな男の子に鞭打《むちう》たれている。フェイはまわりの誰かが止めに入るのを待ったが、その気配はなかった。ましてや鞭で打たれている本人はおびえきってあらがう気力もない。

フェイはつかつかと進みでた。「やめなさい」

小さなローブ姿の男の子は一瞬びくりとしただけで、すぐにまた鞭を振りあげた。

「やめなさいと言ったのがわからないの！」フェイはきつい声で叱《しか》りつけた。

男の子が鞭を手に突進してきて、フェイは両腕でひしと抱き止めた。小さな手から鞭がぽろりと落ちた。フェイが力をゆるめると、男の子はかんしゃくを起こして両足をばたつかせた。小さな顔が怒りでゆがんだ。「放せ！」彼はわめいた。「さもないとおまえも鞭でぶつぞ！」

「大声を出すのをやめたら放してあげる」

「僕は王子だぞ。ジュマールの王族だぞ！」

「でもいけないことはいけないわ」フェイはまわりの不気味な沈黙を察して緊張し、男の子の絹のローブの美しい刺繍《ししゅう》を見た。彼はフェイに唾《つば》を吐きかけた。フェイは顔をしかめて遠慮なく言った。「そんなことをするのは王子じゃないわ」

男の子の口がへの字になり、茶褐色の目に涙があふれた。「僕はイブン＝ザキールだ。僕は王子だ。おまえはなぜ言うことを聞かないんだ」

小さな怪物が急に普通の子供に変わった。彼の体から力が抜けると、フェイはゆっくり息を吐いた。勝負は私の勝ち。安堵感《あんどかん》とともに男の子を抱き寄せた。まだ五歳にもなっていなさそうだ。「王子様の名前を教えて」

「ラフィ」

いずれこの子の親にお叱りを受けるだろう。フェイはつくづく自分は違う文化圏の人間なのだと思った。王族なら年端のいかない子でも使用人に暴力をふるっていいなんて、とても理解できない。

フェイは男の子を放そうとしたが、彼はすがりついて離れなかった。ふとつま先に何か触れた。

ラフィの背中越しに、鞭で打たれていた女性がひれ伏してすすり泣いているのが見えた。ほかの女性たちもおびえながら額を床にこすりつけている。落雷か爆撃を恐れているかのように。「皆さん、顔を上げて」フェイは危険地帯に唐突に踏みこんだよそ者の気分だった。

「眠いよ」ラフィが親指をしゃぶった。

「誰かラフィを――殿下をベッドへお願いします」フェイは英語が通じることを祈って頼んだ。

「子守、私は子守です」口を開いたのは足元で泣いている女性だ。

「人をいじめるのは悪いことなのよ、ラフィ」フェイはほっとしながら言い聞かせた。

「いじめるつもりではなかったのです」子守の女性はびくついた様子でつぶやいた。

「眠いよ」ラフィは柔らかい絹のような黒髪をフェイの顎にすり寄せた。「ベッドに連れてって」

それで全員にスイッチが入って行動に移ってくれるなら、とフェイは決心した。

「僕の馬は風よりも速く飛ぶよ」フェイが歩きだすと、ラフィは彼女の腕の中で眠そうに言った。

その馬も鞭でいじめるのだろうか。フェイは心配になりながら答えた。「私も馬が大好きよ」

「今度、僕の馬を見せてあげる」

廊下を曲がるたびについてくる使用人の数が増え、しまいには大名行列のようになった。彼らの驚愕《きょうがく》と畏怖《いふ》の表情から、フェイは自分の行動がかなり異例なのだと知った。このちびっ子王子はそうとうな暴れん坊だ。私と同様、タリクも身内をそれほど自慢できたものじゃないわ。彼も使用人を殴ったりするのかしら。想像してフェイは胸の奥が痛んだ。

ようやくたどり着いたラフィの寝室は、おもちゃであふれ返っていた。甘やかされてわがままになってるのね。フェイは無邪気な寝顔を見て複雑な気持ちだった。ああいう乱暴なふるまいは大人がきちんと正さなくちゃ。親は何をしてるのかしら。とにかくタリクがこの豪華な宮殿に親族を住まわせているのは明らかだ。だから私をハーレムに閉じこめるのね。冗談じゃないわ。こんな場所に長居は無用よ！

フェイは後ろをぞろぞろついてくる使用人たちを無視して部屋を次々に見てまわり、ようやく図書室を見つけた。苦労の末に古いジュマールの地図を探しだし空港の位置を調べた。市街地からだいぶ遠いが、今は市街地自体も当時より広がっているだろう。

地図を自分のバッグにこっそりしまい、豪華な応接間に移って壁際の古風な低い長椅子に腰を下ろした。すぐに飲み物や軽食が運ばれてきた。女たちは頭を低く垂れ、歓迎するというより恐怖に縮みあがって見えた。室内にはため息が出るほどエキゾチックな装飾が凝らされていた。壁はところどころ宝石がはまった鮮やかな幾何学模様のタイル、高い丸天井はミラーガラスのような飾りモザイク。大理石の床には豪華なペルシア絨毯《じゅうたん》が敷かれ、長椅子の生地も手描《てが》き模様の絹だ。ふと、こういう中でタリクは育ったのだ、と思った。彼女とは別世界の、目がくらむような絢爛《けんらん》な暮らしの中で。

そのとき、女たちにいっせいに緊張が走ったかと思うと、中央ホールに男性の靴音が響いた。間もなくタリクが部屋に現れ、フェイをにらみつけた。

「ラティフから連絡があった。ラフィと一悶着《もんちゃく》起こしたそうだな」

フェイはさっきの光景を思い起こし、憤然と立ちあがった。「つまり誰かが私の行動を非難したのね。だったら私を今すぐイギリス行きの飛行機に乗せたら？　私は子供であれ大人であれ、使用人に乱暴するのを黙って見過ごすつもりはないわ！」

「なんだと、もう一度言って――」

「何度でも言うわ。この国は野蛮よ。小さな子供にああいうことを許すのは野蛮な証拠よ！」

タリクのブロンズ色の顔が青ざめた。「ラフィが使用人に乱暴を働いたと言うのか？」

フェイは深呼吸してから自分が目の当たりにした光景を手短に説明した。

「ラフィの監督責任は僕にある」ますます彼の顔から血の気が引き、高い頬骨がきわだった。「ここは野蛮な国ではないし、暴力は誰であれ許されない。弱い者いじめは言語道断だ。止めに入ってくれて感謝するが、弟のふるまいで国民全体を判断するのはやめてもらいたい」

「弟ですって？」フェイの頬が赤く染まった。「ラフィがあなたの弟？　でも、今あなたが言ったことが本当なら、なぜ誰もあの子を叱らないの？」

「叱る者がどこにいる。あの子は三つのときに父親を、つい半年前に母親を亡くした。母親は別の湾岸国家から嫁いだ気性の激しい女だった」タリクの瞳がきらりと光った。「ラフィに乱暴なふるまいを教えたのは彼女だ。ラフィの今の世話係は彼女が連れてきた者たちで、とっくに抵抗する気力を失っている。ラフィをたしなめる勇気などあろうはずがない。しかもこの国では王族の人間に手を上げるのはご法度だ」

「信じられないわ」

「だからといって子供に傍若無人な態度を許しているわけではない！　ラフィを赤ん坊のころからの世話係と引き離すのは気が進まなかったが、こうなったらしかたない。厳格なしつけが必要だ」

「あの子はいくつ？」

「四つだ。充分に聞き分けられる年齢だ。よし、僕がじかに教えこむ」タリクは決然とした面持ちで部屋の出口へ向かった。

フェイは慌てて追った。「どうするつもり？」

「君の想像とは違う」タリクはフェイの心配そうな顔を見て不快げに言った。「子供のしつけが体罰だけでは不充分なのは知っている。じっくり言い聞かせ、罰として彼の特権をいくつか奪うつもりだ」

「野蛮な国だって言ったのは謝るわ。気が動転して、つい短絡的なことを口走ったの。でもラフィはまだ幼いうえ両親を亡くして――」

「彼の立場は理解している。だが母親の悪い血を受け継いでいるなら早く手を打たなければ」

タリクが部屋を出ていくと、フェイは唇を噛《か》んでその場に立ちつくした。私はなぜこんなに心を砕いているの？　部外者で育児の専門家でもないのに。でも、タリクがラフィの乱暴なふるまいに怒ったことで少し気が軽くなった。一年前のタリクの人柄に対する見方はそれほど間違ってはいなかったのね。彼を水の上でも歩ける超人と信じていたとはいえ。

一年と二カ月前、エイドリアンはタリクが貴賓だった軍の上官の結婚式に招待された。妻のリジーは妊娠中で、エイドリアンは代わりに妹のフェイを同伴させた。

「なあ、いいだろう？」エイドリアンは断ろうとするフェイに言った。「ママが死んでから、おまえは馬しか相手にしていない。引っこみ思案なのはわかるが、たまには人前に出たほうがいい」

式の当日になって急にエイドリアンの車が動かなくなり、やむなくフェイのぽんこつのライトバンで行くことになった。憂鬱《ゆううつ》な気分だったため、彼は助手席でフェイの神経をさんざんすり減らした。そのあげくが教会の駐車場で駐車スペースを探しているときに起きた大事件だ。彼女はタリクのリムジンに後ろ向きに突っこんでしまったのだ。

人をひいたのかと思ったエイドリアンは慌てて車を降りた。「フェイ、どこに目をつけてるんだ！こんなタイタニック級のどでかいリムジンが見えなかったのか！」

フェイは自分の車のボンネットに震えながら寄りかかり、リムジンの窓から顔を出した威厳のある男性を恐怖の浮かんだ目で見つめた。リムジンのドアが開き、その人が降りてきた。彼はボディガードたちを制して、フェイのほうへゆっくり歩いてきた。

エイドリアンはそれには気づかず、彼女に怒鳴り続けていた。「まったくなんてことをしてくれたんだよ！　どうするつもりなんだ！」

フェイのほうは、自分に向かってほほえむ長身で褐色の肌のハンサムなすばらしい男性にただ見とれていた。思いやりに満ちた優しく語りかけるような笑顔。彼女は胸の鼓動が速くなった。視線を彼のほころんだ口元から上へずらすと、獅子《しし》を思わせる金色の瞳とかち合った。フェイは息が止まり、全身の力が抜け、目の前がぼうっとなった。タリク・シャザド・イブン＝ザキール王子に一目ぼれしたのだ。

彼はエイドリアンを無視してまっすぐフェイのもとへ来た。「だいぶショックを受けているね。座って休んだほうがいい」

「でもあの、あなたの車を――」

「気にしないでいい」タリクはフェイをリムジンの

ボディガードが待機しているドアへ促し、革張りのシートの端に座らせた。そして母国語でおつきの者に指示したあと、彼女に言った。「落ち着いて。何も心配いらない」

「タリク王子、恐れ入りますが」エイドリアンがタリクの背後から恐縮して声をかけた。「妹の面倒は僕が見ます。殿下にこれ以上ご迷惑をおかけするわけにはいきません」

「この程度のことは迷惑にはあたらない。どうかご心配なく」タリクは彼女の手に氷とミネラルウォーターの入ったクリスタルのタンブラーを持たせた。

彼に見つめられ、フェイの心臓は地鳴りのように響いた。彼は再びほほえむと、背筋を伸ばして振り返り、エイドリアンに握手の手を差し伸べた。

エイドリアンに急《せ》き立てられて自分の車へ戻る途中、フェイはタリクともう一度会えるだろうかとそればかり考えていた。ふわふわ浮いているみたいで足が地につかなかった。蝶《ちょう》がひらひら舞っているようにおなかのあたりがこそばゆく、全身が熱く脈打っていた。

「今まで全然気づかなかったが、おまえはけっこう美人らしい」エイドリアンが教会に入ってからしかめ面で言った。「おかげで難を逃れたよ。しかし停車中のでっかい車に突っこんで、おとがめなしとはな。殿下は原因はリムジンが違反駐車していたうえ、ありもしない太陽光線がおまえのバックミラーに反射したせいだってことにしてくれた。しかも、おまえの車の修理代まで持つと言ってる」

「まあ。彼はほんとに王子なの?」

「ああ、正真正銘のな」エイドリアンはそっけなく答えた。「ジュマールの王子で軍の最高司令官で、死期間近の父ハムザに代わる事実上の君主だ」

フェイはがっかりした。いくらのぼせていても、彼が手の届かない人だということはわかる。でも好奇心は抑えきれなかった。「結婚してるの？」

「いや。それがおまえになんの関係がある？」

「きいてみただけ。とてもすてきな人だから」

「おいおい」エイドリアンは渋い顔をした。「女たらしだって噂《うわさ》だぞ。ジェット機並みの速さで手を出すって。幸いおまえは、彼が興味を持つには若すぎるから安全だが」

「あら、来月で十九歳よ」

「まあ、とにかく心配ない。タリク王子は目にお星様を浮かべたねんねには関心ないさ」

兄とのその会話が、数時間後に不運にもフェイの生まれて初めての嘘《うそ》を招いた。披露宴が始まってすぐ、兄が同僚士官の輪に加わると、タリクが彼女のところへやって来た。「少し話そうか」

フェイは嘘は大嫌いだが、そのときは幼いティーンエイジャーと思われたくない一心だった。それに、タリクとは二度と会うはずがないと思っていた。

「ここには君の知人はほとんどいないようだが、一人だけ、君がまだ二十歳前だと言う者がいた」タリクは駐車場でのことはくれぐれも気にするなと念を押してから、軽くからかう口調で言った。

「しばらく会わないでいると、何年過ぎたのかわからなくなる場合もあるわ」フェイはタリクの金色がかった褐色の目を意識しつつ、豊かなプラチナブロンドの髪を指ですいた。彼の視線が髪にいくのがわかった。彼女は大人の女性を最大限によそおった笑顔で言った。「そうは見えないかもしれないけど、実は二十三歳なの」

「確かに見えないね」彼は率直だった。

「田舎育ちですれてないせいかしら」フェイは目をぱちぱちさせ、しらばくれた。

年齢のせいで彼に興味を失ってほしくなかっただけだ。近い将来に重大問題に発展しようとは予想だにしなかった。その時点ではもちろん、彼に求婚される瞬間まで、二人が未来を分かち合う可能性など思いもしなかった。

「また会いたい」彼が言った。

「いつ?」フェイはクールな女性を気取った。

タリクは一瞬驚いたあと、唇の端に美しい微笑を浮かべた。「成り行きにまかせよう」

翌日から彼女のもとに毎日決まって白い薔薇《ばら》が届けられた。家中が純白の花とかぐわしい香りにあふれた。カードは添えられていなかったが、タリクからだとわかっていた。電話が鳴るたびに胸を躍らせ、彼からの連絡を一日千秋の思いで待った。願いがかなったのは一週間後だった。

〈先約があるって言うのよ〉兄嫁のリジーが、フェイがタリクと話している最中にメモ用紙に書いた。

彼女はそれを見て気落ちした。ロンドンにいるタリクのもとへ今すぐにでも走っていきたかった。

「ごめんなさい、あいにくちょっと」フェイは電話の向こうの彼に言った。

いずれまた別の機会に、とリジーが口まねで伝えた。フェイはそれを送話口に向かって繰り返した。

「あなたにはまだまだ勉強が必要ね」タリクが次の約束もせずに電話を切り、涙ぐむフェイにリジーは言った。「慌てて会いに行ったら、一度きりのデートでふられるのが落ちよ」

リジーはフェイより四歳年上なだけなのに、現実的で世渡り上手だった。タリクからエイドリアンに家族全員を晩餐《ばんさん》に招待したいと連絡があると、リジーは夫のエイドリアンに、晩餐ではフェイの本当の年齢は伏せておいてねと言った。

「彼に嘘をついたのか?」真っ赤になって恥じ入る妹に、エイドリアンは驚きと不満をこめて言った。

「まあ、そう深刻になるな」パーシーがめずらしくフェイの肩を持った。「相手は王子だぞ、それっぽっちの嘘で何が変わるわけでもない。黙って妹の好きにさせてやれ。王子のお望みは家族同伴の健全な食事会だ。心配するほどの問題じゃない」

それから数週間、フェイはタリクのことはあきらめようと決めて仕事に打ちこんだ。それでもあふれる思いを断ち切れなかった。彼への深い愛を意識すればするほど、自分がもろくなるのがわかった。病床の父親が亡くなれば、彼は今と違って簡単にジュマールを離れられなくなる。私のことなどいずれ忘却のかなただ。彼と会える時間はあとわずか。二度とこんなに好きな人は現れない。フェイは思いつめた結果、人生最大の過ちとなる決心を固めた。

なんという皮肉かしら。フェイはムラーバ宮殿の美しい静けさの中で、あらためて苦い記憶を噛みしめた。彼女が夜に二人きりで過ごそうと自宅に誘ったとき、タリクはショックをあらわにした。でもフェイの愚かな誘いが最終的に親密な関係に至らなかったのは、タリクの過ちだ。

フェイは愛する人との夢の一夜に胸をときめかせていた。〝朝まではいられない。女性と寝るときはそう決めている〟という彼の言葉に繊細な気持ちを踏みにじられたくなかった。〝夕食はあとだ。君がいちばんのごちそうだ〟とか〝君はこういうことを今まで何人の男にしたんだ？〟などという台詞はもってのほかだ。

身持ちの悪い女と勝手に決めつけられたショックで、フェイは泣きながら二階へ駆けあがった。体から ワインの匂《にお》いがぷんぷんするのでシャワーを浴び、バスタオル一枚の姿で寝室へ行くと、そこにタリクが待っていた。そのわずか数分後、パーシーがいきなり踏みこんだのだ。彼女はびっくりしてバスルームに逃げこみ、しばらくして出てきたときにはタリクはもう家にいなかった。

フェイはぎゅっと目をつむった。タリクにあんなふうに自分を投げだすなんて、どこまでばかだったたのだろう。すっかり悲恋のヒロインのつもりになっていた。恋愛が自分の頭の中にしか存在しないことを認めたくなかった。何度か外でデートはしたけれど、タリクは一度も愛の言葉を口にしなかった。軽いキスと手を握るだけの関係だった。それなのに私が家で二人きりになろうと誘ったのだから、彼が驚くのは当然だ。フェイは長椅子の心地よいクッションにもたれた。あの夜に今でも未練を抱く自分を不安に思いつつ、静かにまどろみに落ちた。

フェイはかすかな動きにぼんやり気づいた。温かい腕に抱きかかえられ、不思議な安心感をおぼえる。腕？　誰の？

「じっとして」タリクの低い声は、静かだが有無を言わせない響きがあった。

「なんなの？　ここはどこ？」フェイは目を開けたとたん、肌ざわりのいい何かの上に横たえられた。

そこが陽光の満ちた広い部屋だとわかって驚いたが、自分が大きな天蓋《てんがい》つきベッドにいるのに気づくとさらに驚いた。慌てて背中で枕《まくら》を這《は》いのぼり、体操選手のように後転して床に着地を決めた。

ベッドの向こう側でタリクが信じられないという顔で首を振った。

「幸運な転落ね」フェイは自分のとっさの子供じみた行動に内心うろたえた。母の介護をしていたパールとスタンの夫婦は昔サーカスにいた。体が不自由な親と病気がちな兄を持つ少女だった私をかわいがり、いろいろな曲芸を教えてくれた。

タリクは眉をひそめた。「どうやって、いや、なぜそんなことを」

最初の問いには、寝室でのんきにサーカスの話などしたくないので黙っていたが、二つ目の問いには胸が騒いだ。こっちがききたいわ。なぜ彼はこんなにすてきなの？　どうして私は絹のデカダン風のべッドでむつまじく抱き合う二人の姿を思い浮かべるの？　欲望のせいよ、と心の中で無意識に答える。フェイは意志を失ったまま、タリクの引きしまった顔やしなやかで強靱《きょうじん》な体を食い入るように見つめた。下半身が熱くなる。彼女は顔を赤らめ、太腿に力を入れて体の奥のうずきを抑えようとした。

「あなたが怖がらせたからよ」フェイは自分の曲芸の才能から話題をそらそうとした。

「意味がわからないね」タリクは整った顔の隅々に高慢さをたたえ、黒髪の頭をつんと上げた。

ごまかしは通用しなかったわ、とフェイは思った。でもおびえたのはある意味で本当だ。自分が彼の魅力のとりこになり、自制心を失うかもしれないと。彼を見ているだけで体は理性を振りきって狂ったように興奮する。一年前に自分がだまされやすい人間に変わってしまった理由は今さらきくまでもない。

「僕はいかなる状況であれ、女性を傷つけたりしない」タリクは頬骨を怒りに染めた。

フェイはなぜか良心がとがめたが、手を振って取り合わないふりをし、ベッドから遠ざかった。「はっきり言って、ここにいたくないのよ」

「君が自ら選択したことだ」

「断崖《だんがい》絶壁に追いこまれた状態でね」

「結婚式の日の僕も同じだ。罠《わな》にかかった獲物の心境だった」タリクはいまいましげに言った。「君と結婚して、二匹の猛獣のうち少しでも牙《きば》の短いほうを選ぶしかなかった。ましてや父は臨終間近だった。イギリスのタブロイド紙に後継者の息子がティーンエイジャーをたぶらかしたと暴露されて、父が安心して死ねると思うのか！」

フェイは目を伏せた。「でもあなたは――」

「言い訳など聞きたくない」タリクは冷たくあざ笑うと、フェイに近寄って両手をきつくつかんだ。フェイは人形のようにあっけなく引き寄せられた。

「僕が今回も君の体に触れない可能性ははたしてどれくらいだろう。せいぜい十万分の一かな？」

室内の空気がじりじりと熱くなった。高まる緊張にフェイの体は隅々までこわばった。

タリクは手を放し、フェイのほてった頬を両手で包んだ。金色の飢えた瞳が彼女をがんじがらめにした。彼女は息が苦しくなった。興奮が甘美な波となって全身を揺さぶり、体を熱く燃えあがらせ、理性を根こそぎ奪い去った。

タリクは手のひらをプラチナブロンドの髪に差し入れ、もう一方の人差し指でふっくらした下唇をなぞった。彼女がぼうっとしてピンクの唇をわずかに開くと、熱い唇が激しく重なった。今まで見せたことのないタリクの情熱がフェイの肌の奥へとしみわたり、荒ぶる欲望で満たした。彼女は両手をタリクのジャケットの下にすべりこませ、絹のシャツの上から硬くしなやかな筋肉を味わった。手のひらに伝わる男の力強さに、全身がとろけそうになる。

タリクは両手で彼女の腰を引き寄せた。敏感になった彼女の胸とタリクの硬い胸板とが重なる。彼の舌が入ってくると、フェイは喉の奥であえいだ。興奮で震えが止まらなくなり、快感のあまり頭がくらくらした。すると、彼がうめいて体を引いた。

「時間がない」彼はかすれ声で言った。

フェイは面食らって彼を見つめた。「えっ？」

「君が寝入っていたからベッドに運んできただけだ。着替えをすましてすぐに出かけなければ。午後から集会がある」彼はまつげを伏せ、フェイがつけた服のしわを伸ばし、乱れた髪をなでつけた。

フェイは頭のてっぺんが吹き飛ぶかと思うほど深く息を吸った。どういうことかまだわけがわからない。「マジリスに……出るの？」

タリクは肩をすくめ、もったいぶって冷やかした。「ついさっきここにはいたくないと言った君が、どういう風の吹きまわしかな？　キス一つでここまで変わるとはね」

フェイは石のように体をこわばらせ、タリクに落胆を悟られまいと目をつむった。自己嫌悪をおぼえつつも、かき立てられた渇望の痛みを感じた。ひどいわ。私の動揺をあげつらって悦に入るなんて。

「うぬぼれないで」

「もちろんさ。めろめろになったのは僕のほうだからね」タリクはドアへ向かった。「君は僕を熱くさせる。ほかの男たちも同じだったろう。だが今の君は僕だけのものだ」

「ひどい人ね。大嫌いよ」フェイは両手にこぶしを握り、ぴしゃりと言った。

「君に好かれたいとは思っていない」タリクは頭をそらし、氷のような冷たい目でフェイを見た。「僕の望みは君を所有することだ。いつでも気が向いたときに、一晩中眠らせずに好きなだけ抱くことだ」

4

タリクが出ていったあとも、フェイはこぶしを握ったまましばらくドアをにらみつけていた。まともに本音を浴びせられてショックだった。彼の望みはセックスだけ。当たり前よ。何を期待していたの？　彼が私の気持ちを察してくれるとでも？　今さら彼の言葉に傷つくなんてどうかしてる。いまだに彼を信じているみたいじゃないの！

背後にある別のドアに軽いノックの音がした。振り返ると、笑みをたたえた二人の若い娘が、ラフィ王子のおどおどした世話係たちとは似ても似つかない朗らかな態度で入ってきた。

「私たちはシランとマイラといいます。昼食の用意が整いました」片方の娘がかしこまって言った。

彼女たちの先導でドアを出ると、廊下にはほかにもたくさんの部屋がアパートメントのように並んでいた。やっぱりここはハーレム？　待って、今は逃げる方法だけを考えるのよ。フェイは隣の立派な広間へ入り、豪勢な食卓についた。腕時計を見ると午後二時になろうとしていた。フェイはそばにいた者に電話の場所をたずねた。

再び義父の携帯電話にかけた。

「エイドリアンが釈放されたぞ！」パーシーの喜びいさんだ声がした。「今、一緒に空港にいる」

「よかったわ。離陸まであとどのくらい？」

「三十分くらいだ。おい、もう切るぞ。エイドリアンが売店から戻ってくる。あいつにはおまえは今朝のフライトで一足先に帰ったと言っておいた。本当のことを伝えたら、自分もジュマールに残ると言いだしかねない」悪びれる様子もなく言う。

「そう、私がどうなってもかまわないのね」フェイの皮肉な口調に心細さが混じった。

「フェイ、贅沢三昧《ぜいたくざんまい》の生活のどこが不満なんだ？　それもほれた男と一緒じゃないか。まさか忘れてはいないだろうな。あの男に捨てられて以来、おまえはずっと泣き暮らしてたんだぞ」

フェイは目を閉じた。「あなたって人は」

「念願どおり王子様を手に入れたというのに、どうして恨みがましいことを言うのか理解できんね」パーシーが物事を自分に都合よく解釈するのは毎度のことだ。「おまえもエイドリアンは大事だろう？」

「もういいわよ！　さよなら！」フェイは受話器を叩《たた》きつけるように戻した。

ムラーバ宮殿からの逃亡は至難の業だろう。いずれも確実ではないが、方法は二つ。馬を借りて変装して抜けだすか、宮殿を出ていく車にこっそり隠れるか。フェイはシランに厩舎《きゅうしゃ》の場所をたずね、いくつか入り用なものを頼んだ。シランもマイラも目を丸くしたが、とりあえず言われたとおりにした。

フェイのスーツケースが、食糧とミネラルウォーター、男物の服一式とともに寝室へ運びこまれた。男物のローブと頭飾りはさすがに女性たちの失笑をかった。たぶん深夜にパンと水の親密な饗宴《きょうえん》を開いて、男の身なりでタリクに子供じみた悪ふざけをするとでも思ったのだろう。

一人きりになると急いでズボンとシャツに着替え、持ち物をパスポートと一緒にバックパックにつめた。寝室の外には中庭が広がっていた。フェイは庭に出て、壁に設けられた小噴水を足がかりに塀をよじのぼった。高い場所は目隠ししていても平気だ。てっぺんに上がり、不気味に静まり返った庭に沿って塀の上を歩く。途中でさらに上へのぼり、バルコニーを越えて巨大なドーム屋根のまわりの欄干に下りた。

その先はかなり時間がかかったが、どうにか無事に建物の間を渡った。厩舎の低い傾斜屋根で一息ついていると、二人の馬丁が見ばえのいい黒い馬を派手な馬匹運搬車へ引いていくのが見えた。やったわ！　フェイは屋根の端から円石の地面に下りてバックパックの中のローブを身にまとい、馬匹運搬車に忍びこむチャンスをうかがった。

馬丁たちがおしゃべりを始めた。フェイは今がチャンスと駆けだした。車の中は黒い牡馬《ぼば》が一頭きりだった。馬はフェイに驚いて頭を振り、蹄鉄《ていてつ》を板の上で激しく踏み鳴らした。フェイは馬からいちばん離れた馬房へ走りこみ、姿勢を低くした。

油圧式の踏み板が上がって馬匹運搬車の扉が閉まり、エンジンがかかった。円石の地面で車体が揺れると馬はよけいに興奮した。車はじきに止まり、門の開く音がした。そのあと車は期待を裏切って市街とは逆の方角へ向かった。こうなったら馬を拝借するしかない、とフェイは思った。砂漠でヒッチハイクというわけにはいかないのだから。

タリクは私を躍起になって捜すだろうか。それとも肩をすくめてそれきり？　いいえ。〝君が僕のものになると思うと、冷たいシャワーでも興奮をさますことができなかった〟そう言ったときの表情から彼がおめおめ引きさがるとは思えない。私の脱走と契約違反を黙って見逃すはずがない。牡馬のたてるやかましい音にフェイの不安がつのった。アラビア馬はとりわけ神経質だと聞くが、はたして乗りこなせるだろうか。

馬匹運搬車が止まった。いよいよだ。牡馬の暴れ方がますます激しくなる。フェイが近寄って慣れた手つきでなだめると、馬は急におとなしくなった。車の外で扉のかんぬきがはずされる音がした。フェイは馬の手綱を握って馬房から出した。こんな危険をおかすなんて気でもふれたの？　黒い馬は気に食わない場所から一刻も早く離れたがっている。フェイは上質の革の鞍《くら》にひらりとまたがった。

次の瞬間はまるで霞《かすみ》の中の出来事だった。踏み板が下がって馬匹運搬車の扉が開き、光の洪水がわっと押し寄せた。フェイは一瞬目がくらんだが、その直後に仰天した浅黒い男の顔をかすめ、馬が風のように飛びだした。馬は馬匹運搬車が止まっている待避所の向こうの塩の平地を全速力で目ざした。

フェイは馬の行きたい方向に馬を走らせた。地図をよく見ておいたから、ここがどのあたりかはだいたい見当がつく。道路に出て砂漠のへりに沿って進めば市街だ。その前に馬を誰かに託し、宮殿まで送り届けてもらおう。それだけが当面の気がかりだ。

プラチナブロンドの髪が後ろになびいた。風は意外と強いが、窮屈な馬匹運搬車の中にいたあとだけに爽快《そうかい》だ。とはいえこれだけ風があっても驚くほど暑い。フェイは馬をいったん止めてバックパックから男性の頭飾りを出し、スカーフ代わりにかぶった。

いつの間にか太陽が霞《かす》んでいた。

蒸し暑い一時間が過ぎ、ようやく地表が塩から砂に変わった。フェイは馬の歩調をゆるめた。だがほっとしたのもつかの間、砂と灌木《かんぼく》の平地だった風景は、長い裾《すそ》を引く一面の砂丘になった。地図で調べた限り砂丘に出会うはずはない。つまり市街地への進路からはずれてしまったということだ。

強風の音に耳をふさがれ、ますます不安がのしかかった。なんだかあたりが暗くなった気がする。まだ夕方五時くらいで日没まで三時間はあるのに、太陽は赤茶けてはっきり見えない。灰色の雲が嵐《あらし》の海のごとく次々と押し寄せる。

雨になりそうだ。馬は鼻を鳴らして首をぐいと引いた。力強い背が緊張に震えた。馬は駆け足になり、フェイが抑えようとしてもきかず、すさまじい馬力で砂の急斜面を駆けのぼった。ちょうどそのときだった。風の音に混じって、上空に近づいてくるヘリコプターの音が聞こえた。

「どうどう」フェイははやる馬を必死でなだめたが、とうとう鞍から振り落とされた。細かい砂粒の地面は石のように固く、しばらく息ができなかった。ようやく立ちあがったとき、着陸したヘリコプターから男が降り、こちらへ大股で近づいてきた。

タリクだった。だがフェイが見たこともないタリクだ。王の気品と威厳をたたえた、アラビアの王子を絵に描《か》いたような姿を前に、フェイは過去にタイムスリップした錯覚にとらわれた。彼はまばゆい白装束に金の縁取りの黒いローブをまとい、頭には雄々しき遊牧民のカフィエをかぶっていた。筋肉質の体は強風をものともせず、ローブを後ろへたなびかせている。彼の金色の鋭い眼光と視線がぶつかった瞬間、フェイの全身に衝撃が走った。タリクの後ろから、すっかりおとなしくなった黒い馬が飼い犬のように嬉《うれ》しそうに駆け寄ってきた。

「砂嵐の中へ飛びだすとは、気でも狂ったのか！」タリクは怒鳴った。「ぐずぐずしてはいられない。オメイルをここで死なせるわけには――」

「砂嵐？　死ぬ？」フェイは茫然《ぼうぜん》とした。

タリクは馬に颯爽《さっそう》と飛び乗った。オメイルは馬の名前らしい。タリクはかがんでフェイを軽々と引きあげ、前に乗せた。手綱さばきもバランス感覚もみごととしか言いようがなかった。

「タリク、あなたはどうやって――」

「口を閉じろ！」タリクはフェイの頭上に怒号を浴びせた。「この危険な状況がわからないのか！」

彼は馬を猛然と走らせた。砂の上のヘリコプターがみるみる小さくなる。危険？　なのに彼は一人でここへ来た。砂嵐？　空が奇妙な赤さに染まっている。フェイは急におびえ、バックパックを抱きしめた。砂丘の合間をうねるワジと呼ばれる涸《か》れた川床を、オメイルは矢のように駆け抜けた。風で小石が頬にあたり、砂が喉をふさぐ。フェイは頭を低くして目を閉じた。しかしタリクにはこういう姿勢ができないのだと思うと罪悪感でよけいに苦しかった。

その直後、上空で渦を巻いていた砂の壁が地上に迫ってきた。フェイはスカーフを眉まで引きさげた。風に舞う砂が視界をさえぎったが、前方にぼんやりと黒っぽい岩の塊のようなものが見えた。避難壕《ひなんごう》だろうか。それから一分もせずにフェイは馬から降ろされた。馬の足が鈍るから私はここで置き去り？

フェイは恐怖に駆られながら懸命に足をふんばった。「タリク！」

「何をしている！　急げ！」タリクは手ぶりで正面にぽっかりと口を開けている洞穴へ促した。

フェイは砂の吹きこんだ内部へよろよろと入った。汗みずくのオメイルがあとから来て追い抜いた。振り返ると、洞窟《どうくつ》からほんの数メートル向こうで、根こそぎにされたなつめやしの木が地面に叩きつけられた。フェイは青ざめた顔で目を見開き、砂ぼこりの中でどうにか息をした。砂嵐がこれほど狂暴だとは想像もつかなかった。

「君のせいで僕もオメイルも命を落とすところだった。このオアシスを知りつくした馬でも、おびえれば方向を見失うのは当然だ!」タリクはフェイの肩を無造作につかみ、岩の壁の裂け目をくぐらせた。「足元が一段低くなる。気をつけろ」

裂け目は別の洞窟につながっていた。さっきより空気が新鮮で、どこからか水の流れる音もする。

あたりは真っ暗で、かろうじて純白の服を着たタリクの姿が見える程度だった。フェイは砂でざらつく地面にバックパックを置き、ごつごつした壁を手探りで進んだ。すると唐突にタリクがマッチをすり、灯油ランプに灯がともった。

フェイは目をぱちくりさせた。ちらちらした光が高くそびえる岩の柱と新鮮な湧《わ》き水の池を照らした。こんなときでなければ笑いたかったが、オメイルが岩の裂け目を窮屈そうに通り抜け、池に駆け寄って水をがぶがぶ飲み始めた。

フェイはしぶしぶタリクのほうを見た。「あなたも馬も、前にここへ来たことがあるのね」

タリクが金の縁取りのカフィエを脱ぐと、つややかな黒髪と砂まみれの褐色の顔が現れた。彼は不機嫌そうに池へ行って顔を洗い、カフィエをタオル代わりにした。「自分の行動を棚に上げて、よくあてこすりが言えるな。今さら驚くまでもないが」

とたんにフェイも不機嫌になった。信じられないほど長い一日のせいで体があちこち痛い。しかも砂漠での決死の乗馬は結局まったくの無駄骨に終わったのだ。感情が限界を超え、激しい憤りが体内を光速の勢いで駆けめぐった。タリクのもったいぶった言い方がどうしようもなく気にさわった。「はっきり言ったらどう? 私を嘘《うそ》つきのぺてん師呼ばわりしたいんでしょう！」

「ああ、逃亡したからな」

「逃亡じゃないわ！　あなたは私に選択の余地を与えなかった。強制的に――」

「強制などしていない。君は自分の意思で僕の条件に同意した」

　フェイは唇を噛《か》んでそれを無視した。「逃げたんじゃなくて立ち去ったのよ。あなたと違って脅迫に屈する人間じゃないってことを示すために」

「君を脅迫した覚えはない」タリクは口元をこわばらせ、不遜《ふそん》にフェイを見おろした。「だったらきくが、僕が君の兄の負債を見返りなしで肩代わりする理由がどこにある？」

　見返りという言葉にフェイは赤くなった。電話でのパーシーの勝手な言いぐさや、タリクと出会ってからの数々の屈辱と悲嘆を思いだし、胸がきりきりした。いったん深呼吸してから決然と言った。「理由ならあるわ。一年前あなたが私に何をしたかを考えれば、それぐらいしてくれて当然よ！」

　タリクは眉をひそめた。「僕が何をしたというんだ？」

「あなたは私の人生最高の日を悪夢に変えたわ！　なんのことかわかってる？　結婚式のことよ。あなたは結婚しようと言った。だから私はウエディングドレスを着て、幸運のブルーを身につけて――」

「幸運のブルー？」

「とにかく、あなたは結婚式が終わったらすぐに離婚するつもりだった。心変わりしたんじゃなくて、最初からそのつもりだったのよ！」フェイは憤然とまくし立てた。「全然その気もないのに私に結婚しようと言った。その言葉をうっかり信じた私はもののみごとに裏切られたわ！」

　タリクも負けじとつめ寄り、金色に輝く目で彼女を見つめた。「裏切ったのはどっちだ。君は義理の父親と結託して僕を恐喝したんだぞ！」

「ごまかさないで」結婚式からずっと持ち越していた対決のときがとうとうきた。パーシーの脅迫という泥の池に引きずりこまれるのはもうごめんだ。タリクが信じようと信じまいと、私は脅迫とはなんの関係もない。「私は本気であなたと結婚したわ」

「だが僕に離婚しないでくれとは言わなかった」

「なんですって？」

「僕に許しを請おうとはしなかった」

「許しを請う？」フェイは頭の中がこんがらがった。初めから離婚するつもりの彼に、なぜ離婚しないでと懇願しなければならないの？

「そんな余裕はなかったんだろう？　小切手をひったくって逃げるのが精いっぱいで。君はあれで自らのあさましい詐欺行為を認めたんだ」タリクの精悍《せいかん》な顔に軽蔑《けいべつ》がありありと浮かんだ。

「ひったくるですって？」


「それを恥じるどころか、自分は本気で結婚したのにと恨みごとを言うとはあきれたな」タリクは冷笑した。「本気ならなぜ大使館を飛びだしたんだ。夫の国へ一緒についていくのが本当だろう？」

「いったいなんの話？」フェイは彼の意図が読み取れなかった。「どうしてついていくのよ、本当の妻でもないのに。あなたが自分でそう言ったのよ。私とすぐに離婚するって」

「離婚しなかった」タリクは重い口調で言った。

「えっ？」どういうこと？　結婚式の直後に離婚の手続きを取ったんじゃないの？

「あのときは離婚しなかった」タリクの口が真一文字に引き結ばれた。

そう、もっとあとにしたってことね。フェイは平静をよそおって腕組みをした。「あなたがあの日、アラビア語でものすごい剣幕で言ってたのはなんだったの？　ぜひとも聞きたいわ」

タリクはさらに凍りついた。「あのときは気が動転していた」

オメイルがかばうようにタリクの前に来た。

「ええ、火祭りみたいに興奮してたわ」

「君の本性がよくわかったよ。以前は慎重に隠していたんだろうがな」タリクの侮蔑の言葉はフェイの怒りの炎に油を注いだ。

「もし私が気性の荒い女なら、あなたを無罪放免になんかしないで、体中に噛みついてたわ！」

「これ以上の議論はやめだ。僕が本気で怒る前に平静を取り戻すんだな」

「いっそあなたも平静を失ったら！」

オメイルが仲裁役になって二人の間に入り、蹄《ひづめ》を打ち鳴らしながら首を振っていなないた。

「どうしたのかしら」

「動物は緊張に敏感だ。オメイルは子馬のときから僕と一緒にいるから、僕が不機嫌だと察したんだろう」タリクは突き放すように言った。

「最後にこれだけ言っておくわ」フェイも神経がぴりぴりしていた。結婚式が本物でないことで文句を言っていると思われたくない。今は自分のプライドを守るのが最優先だ。「私はあなたが離婚するつもりだと思ったからこそ、大使館を出たのよ。これで最悪の不幸は免れたとほっとして。偽善的な男との結婚ほど悲惨なことはないもの！」

タリクはこわばった顔でフェイをまじまじと見た。燃えさかる石炭同様に、あたりの空気が熱くなった。

「今のは本心か？」

フェイが頭をそらすと、紅潮した頬にかかっていた髪が後ろへさざ波のように流れた。「あら、あなたのご立派なエゴが傷ついたのかしら」

「いいや、少しも」タリクはゆっくりと前に進みでた。獲物に忍び寄る、大きな体と金色に光る目を持つ野獣のごとく。「僕は君を欲しいときにいつでも

「君はムラーバ宮殿を逃げだして、どこへ行こうとした？」タリクが詰問口調で言った。

フェイは彼が話題を変えたことにほっとした。

「空港よ。当たり前だわ」

「空港はここから数十キロも離れている」

「そんなはずは……」フェイはバックパックを探って地図を取りだし、視線をそらしたままそれを彼の前に広げた。「地図ではそうなってないわ」

「半世紀も前の地図じゃないか。しかもアラビア語で書かれている」

「アラビア語を読めなくたって、空港の印くらいわかるわ！」

「だがその地図上の印は、今は使われていない第二次世界大戦当時の軍用機離着陸場だ」

「そんな！」フェイは慌てて地図に顔を近づけた。

「だってここが市街地で――」

「市街地は一つだけではない」タリクは抑えた口調で言った。「君の体はきっと頭より正直なんだろうな」


抱ける。妻として法的にしばらなくても」

フェイは言い返す前に両手をつかまれ、彼のたくましい体へ引き寄せられた。

「証拠を見せよう」

タリクはフェイの顔を上向かせ、乱暴に唇を重ねた。フェイの体が感情とは別の理由でかっと熱くなり、官能の衝撃に震える。彼女は両腕をタリクの首にまわし、柔らかな黒髪に指をうずめた。むさぼるような口づけが情熱の火をますますあおった。フェイは興奮の坂を駆けあがりながら、胸の頂と大腿の奥のうずきをなだめようと夢中で彼に体を預けた。

だが彼は唐突にフェイを放し、息をはずませて言った。「こんなことをしている場合ではない」

フェイは自分の反応にうろたえ、急いで背を向けた。顔が燃えるように熱い。自己嫌悪でめまいがする。彼は私をいつでも抱けると豪語した。私はそれを自ら進んで立証したも同然だわ！

で言った。「それは首都のジュマール市ではなくペルシア湾岸のカビールという街だ。砂嵐の前に君を発見できたことを神に感謝しなければ」

「大事な駿馬《しゅんめ》を救えてよかったわね」地図を完全に読み違えた恥ずかしさにフェイは背を向けた。

タリクの太い腕が腰に伸び、無理やり彼女を振り向かせた。「そういうふうにいいかげんに片づけられては困る。いいか、これは重大な問題だ。責任を負うよう教育された僕が自分の立場を忘れるはめになったんだぞ」

彼はいまいましげにフェイの体を放し、狼狽《ろうばい》する彼女を陰鬱《いんうつ》な目で見据えた。

「君が砂漠へ飛びだしたという知らせが入ったとき、僕はハジャにいた。ムラーバの屋根や壁で軽業を披露しただけなら笑ってすませたが、天候の急変を伝えられた直後だけにそうはいかなかった。僕は無謀にも周囲の制止を振りきり、単身ヘリコプターに乗りこんだ。危険な飛行条件で君を助けるためにほかの誰かを道連れにすることはできないからだ！」

フェイは自分が招いたことの重大さを知って、思わずあとずさった。

「僕は四歳の弟以外に後継者のいない身で、本来そのような危険をおかすことは許されない」ブロンズ色の顔が青ざめていた。彼は険しい顔つきで携帯電話を取りだし、荒々しい声で続けた。「しかも君とのつまらない口論のせいで時間を無駄にした。国民が非常事態にあるときに国を預かる僕がだ！」

タリクの激しい自己非難に、フェイは恐れをなした。私を救うのにそこまで大きな代償を払ったなんて。彼は公私両面で二人分の命を生きている。しかも一国の主《あるじ》としての責任は個人の意思より優先されるというのに。「申し訳ないと思ってるわ」

「僕が国民に対して感じる申し訳なさに比べれば、半分にも満たないはずだ」タリクは深刻そうな口調で言い、初めの洞窟へ戻っていった。電話で話す彼の声が岩壁にこだました。二人が気づかないうちにすでに外の嵐は静まっていた。

フェイは良心の呵責《かしやく》に苦しみながら顔に池の水をかけた。タリクが置いていったカフィエで軽く拭《ふ》くと、かすかな残り香がした。白檀《びやくだん》の香りと彼の匂《にお》いが混じり、謎《なぞ》めいた妖《あや》しさを感じさせる。私ったら、こんなことを考えている場合ではないのに。

どこかで低い単調な音が聞こえた。何かのエンジン? フェイは子供みたいにわめきたくなった。こんなつもりじゃなかったのにと。オメイルは主人のもとへ行くため、再び身をよじって岩の裂け目を通り抜けた。フェイは熱い涙がこみあげた。なんて勇敢な馬。私はオメイルの足元にも及ばない。

フェイは洞窟の外に出た。青空を背景に空軍機とヘリコプターが近づいてくる。かなたではジェットの戦闘機が三列で銀色の尾を引いている。

「これで僕がどういう事態を招いたかわかっただろう?」タリクは苦々しげに言った。「彼らが総力をあげて僕の捜索にあたったために、砂嵐の負傷者がなおざりにされていたらどうする!」

「ほんとにごめんなさい」フェイは声がつまった。「砂嵐がこんなに恐ろしいものだとは思わなかったわ。砂が少し移動する程度だと——」

「首を絞められる前に口をつぐむんだな」

「オメイルはどこへ運ばれる予定だったの?」

「この時期は各地の首長が東部地区で会議を開く。オメイルは地上輸送で僕より先に砂漠の集会所へ到着するはずだった。おかげで馬も僕も遅刻だ」

「あなたにこんな迷惑をかけるつもりは——」

「僕の欲望が招いた罰でもある」

フェイは唇を引き結んで洞窟内の日陰に戻り、ヘリコプターが砂を巻きあげながら次々と着陸するのを無言で眺めた。

タリクは急に振り返ってフェイを見つめ、険しい表情にかすかな笑みを漂わせた。「だが、これで君への欲望の代償はすべて払い終えた。あとは好きなだけじっくり楽しめる」

興奮した人々の声が近づくと、タリクはフェイを動揺させたまま再び背を向けた。心配そうな顔のパイロットたちに続き、同乗してきた老人たちが走り寄ってきた。彼らはタリクの前にひざまずき、大声で神に感謝を捧《ささ》げた。感情をあからさまに表す人々を見て、フェイは驚くと同時に感動をおぼえた。

彼らはタリクの無事を知って一様にほっとしているのね、とフェイは思った。エイドリアンも例のもめごとが起こる前はタリクの人柄を口を極めてほめていたし、私自身も同じ意見だった。なのにパーシーが割りこんだせいで、一夜にしてタリクは遠い人になった。移り気で非情な異国の人に。フェイはあらゆる意味で愛する男性を永遠に失った。それを思いだすと今でもつらい。

そうよ、私は彼を愛していた。なのにタリクが彼自身の命をかえりみず助けてくれたとわかっても、私は彼に対して一年前の自分はのぼせあがっていただけというふりをした。プライドと苦痛が嘘をつかせた。彼に残っていたかもしれない私に対する好感をそっくりはじき飛ばしてしまった。私は現実を見て見ぬふりをしたせいで、自分をどん底へ陥れてしまったんだわ。

タリクを愛していたから、どうしても彼と結ばれたかった。パーシーの脅迫のことは知らなかったけれど、パーシーに寝室で抱き合っているところを見られたのが理由でプロポーズされたのだろうとは思っていた。それでも結婚に応じたのだから、道徳観念を疑われてもしかたがない。なんて無節操で愚かな女。

5

寝返りを打ったときに体が痛み、フェイは目が覚めた。

涼しいからまだ早朝らしい。昨日のことはヘリコプターに乗ったのをおぼろげに覚えているだけ。極度の疲労と緊張のせいだ。タリクが単独で乗ってきたヘリコプターは嵐《あらし》で崩れた砂丘に埋まっていた。彼が乗っていたらと思うとぞっとする。なぜ私の失敗はことごとく彼の身にはね返るのだろう。

彼女は難しい顔で額にかかった髪をかきあげ、目を開けた。そこは天蓋《てんがい》つきベッドで、まわりを凝った刺繍《ししゆう》の薄いカーテンに覆われていた。ムラーバ宮殿のベッドではない。フェイは体を起こしたきり途方に暮れた。ここはいったいどこ？

「お目覚めですか？」シランがカーテンを細く開けた。「ラティフ老がお話があるそうです」

「まだこんな格好だわ」

「実を申せば」ラティフの落ち着いた声が近くで聞こえた。「私は今、寝室のすぐ外におります。お許しがあれば、ここから話をいたします」

フェイはカーテンを透かして室内を見た。ラティフは寝室と呼んだが実際はテントだ。広々として家具や調度も行き届いているが、テントには変わりない。タリクは私をムラーバ宮殿ではなく、砂漠の中の首長らが集う場所へ連れてきたのだ。

「ええ、どうぞ」精巧なタペストリーやペルシア絨毯《じゅうたん》、渦巻き模様の真珠のはまった家具を眺めながら、フェイは心もとない返事をした。

シランが寝室を出ていき、ラティフが再び口を開いた。「タリク王子はゆうべから一睡もなさらずに砂嵐の被災地を見舞っておられます」

「被害は大きかったの?」フェイは青くなった。

「案じていただき嬉《うれ》しく存じます」老人の声にぬくもりがこもった。「嵐は砂漠を直撃し、都市でも落ちた煉瓦《れんが》や吹き飛ばされた看板による負傷者のほか、交通事故が相次ぎました。予想を下まわったとはいえ三名の死者が出ました。しかし殿下の体調を考えますと、そろそろお休みいただかないと心配です。あなた様からもそうおっしゃっていただけますか」

「ええ、タリク王子と会ったら」

「必ずお会いになられます」力強い口調だ。

フェイは戸惑った。私がタリクにベッドを勧めるの? ラティフはタリクと私が親密な関係だと思ってるんだわ。それにしてもタリクが愛人をおおっぴらに持てる理由がわからない。ジュマールの君主は高潔さを要求されるんでしょう? 砂漠の集会所では無礼講なのかしら。それとも私が外国の女性だから例外だと言うの?

今のところ彼とはまだ何もないが、これが長く続くとは思えない。現実を直視しよう。私はこのジュマールで当分つらい生活を送るはめになる。肉体の欲求を抑えられないという私の弱みを握った男の、なすがままになる。想像して頬がほてったとき、テントの外から足音とタリクが誰かに指図する低い声が聞こえた。

ベッドのカーテンが勢いよく引かれ、タリクが現れた。「君のおつきの女たちは僕からさえ君を隠そうとする。僕の女だというのに!」

「あなたの?」顔を上げるなり淡い褐色の瞳にぶつかって、フェイは息をのんだ。

「君の居場所を見つけるのに十分もかかった」タリクは青ざめてはいたが視線は鋭く、全身に高圧電流が流れているかのように力がみなぎっている。

「正装してないのね」フェイはどぎまぎしながら、

ダークスーツ姿のタリクを見た。

「民族衣装を着るのは儀式のときか砂漠へ出るときだけだ。民族衣装は西欧の服以上に実用的だからね。昨日ハジャで行われた集会は週に一度の公開裁判のようなもので、僕が人々の争議をじかに聞いて解決する。不正をただしたいとする国民の声に応じて裁判官を務めるわけだ」

タリクはベッドの天蓋に片手をのせ、フェイのほてった頬とナイトドレスの細い紐《ひも》だけの肩を見つめた。彼の視線がシーツに包まれた上半身に移り、二人の間の空気がにわかにわきたった。

「私を見つけるのに苦労したみたいだけど、ここはテントでしょう」フェイは緊張を解こうとした。

「ところが数平方キロメートルもの広大な敷地でね」タリクはカーテンを開け放ち、ベッドの端に腰かけた。フェイは息を止めた。「このテントでできた宮殿は大事な息抜きの場だ。砂漠の民はときとして石の壁の生活から逃れたくなる。父も生前よくここで過ごした。気が向けば女を呼び寄せて」

「えっ？」フェイは声が震えた。

タリクはフェイが必死で握りしめているシーツを指でつまみ、じりじりと引っ張った。「何を驚いているんだい？」彼は濃いまつげを透かしてフェイに熱いまなざしを注いだ。「父は母と結婚する前、女性を百人以上囲っていた。当時は階級差意識がまかりとおっていて、王族にすれば民衆はどうとでも好きなようにできる存在だった」

「今はそうではないんでしょう？」タリクの力がわずかにゆるむと、フェイは脇腹《わきばら》で手のひらをいっぱいに広げてシーツを押さえた。

「少なくとも君をわざわざ呼び寄せる必要はない。ここで僕を待っていてくれるからね」彼はシーツから手を離した。勝ち誇った目が、その気になればいつでもシーツをはぎ取れるんだと言っていた。「当時と変わらない点もある。ここでの君は記者会見の真っ最中も同然に注目の的だ」

「どういう意味？」フェイはうろたえた。

「昨日のような冒険は慎めということだ。曲芸師のごとく壁の上を歩いたり馬と砂嵐の中へ飛びこんだりすれば、大騒ぎにならないほうが不思議だ」タリクは冷淡に言った。「まあいい。今夜君は僕のもとへ来る。一年前と違って、今度こそ逃げ道はない」

「あなたのもと？」

「そうだ。君は僕のものになる。いつかのような少女趣味の寝室やバスタオル姿はなし。義理の父親が知らなかったふりで踏みこむというのも願いさげだ。今夜こそ誰にも邪魔されない」

「でも」

「まだ何か？」タリクの瞳が満足げに光った。「一年前は僕をあれほど欲しがっていたじゃないか」

「今の私はもっと大人よ。あのときはあなたを愛していると思ったけど、すぐに――」

「僕もだ。君を愛してると思ったが」彼は自嘲《じちょう》ぎみに笑ったあと唇を結んでフェイを見据えた。「すぐに罠《わな》にはまったショックを克服した」

フェイは唖然《あぜん》とした。君を愛してると思った？嘘《うそ》よ！　彼にはもとから特別な感情などなかった、だから私が失ったものは何もない。そう思うほうがずっと苦しみがまぎれるのに。「あなたは私を愛してなんかいなかったわ」

タリクは体を起こし、フェイをとがめるように見た。「僕に残っていた君へのかすかな信頼が、いつ消えたか教えようか。プロポーズの翌日、君はためらいもなくイエスと答えた。君が金欲しさに義理の父親と結託していた何よりの証拠だ！」

フェイの顔から血の気が引いた。もろい心の持ち主なら、今の一撃で完全に砕け散っていただろう。だが彼の攻撃はまだ終わらなかった。

「君は僕にとって結婚がやむをえない選択だと知っていた。結婚はあってはならないとわかっていた。それでいながら平然とウエディングドレスを着て、幸運のブルーを身につけた。思いだしたよ、君たちの文化では結婚式に何か青いものを身につけるんだったね。厚かましいじゃないか。不実な花嫁にどんな幸運が訪れると言うんだ？」嫌悪に満ちた声が静けさの中に響きわたった。

「やめて」いちばん触れられたくなかった醜い罪。未熟さや愚かさのせいにはできない。

「いや、最後まで聞いてもらおう。十九歳とはいえ最低限の分別は持ち合わせていたはずだ。愛していると口にしたこともない男が結婚を申しこむのは、どう考えても不自然だと判断できたはずだ。だが君は昨日、結婚式を台なしにされたと言って僕を非難した。何度も言うが、強制された結婚など偽りでしかない。尊重する必要がどこにある！」

フェイは震える手をきつく握り、こみあげる涙を必死にこらえた。

「君は美しい花嫁だった。可《か》憐《れん》な姿を武器に計算ずくで僕の心を踏みにじった。そういう君が人生最高の日を悪夢に変えられたなどと言って、僕を責めるのか？　僕はそんな見えすいた嘘はつかない。僕にとっては憤りと落胆の日だった。人に愛される価値のない女にだまされたことを心底恥じた。外見の美しさに惑わされて心まで清らかだと思いこんだからだ！」

昨日の彼への非難が返し矢となって襲ってきた。フェイは泣きたいのをぐっと我慢した。結婚式での自分の本心を多少はわかってもらえるかもしれないと淡い期待を抱いていたのに。彼の妻になりたいという虫のいい願望に隠された本心を。

「だから僕は自分をアラビア語でののしった。理由は今話したとおりだから、それについては水に流してもらいたい」タリクは苦い口調で締めくくった。

テントを出ていく彼は、まさにパーシーが名づけたとおり砂漠の戦士だった。フェイはむせび泣いてベッドからよろめきでた。

シランが駆け寄ってきた。「大丈夫ですか?」

「バスルームはどこかしら?」フェイは片手で目を覆い、顔をそむけた。

テント屋根の通路の先に分厚い木の扉と石の壁の一角があった。フェイはその奥の大理石造りのバスルームで顔を洗い、羽を広げた白鳥の装飾がついた洗面台で鏡の中のはれぼったい目を見つめた。

「計算ずくの態度だなんて」心臓が屈辱で砕けてしまえばよかったのに。ああまでののしられては、二度とタリクの顔は見られない。兄嫁の助言に忠実に従ったのが間違いなの? リジーは彼の関心を引くための態度やこつを細かく伝授してくれた。私はそれを初めて破って、タリクと一夜をともにしようとした。あれが運のつきだったとは。

ドアに慌ただしいノックがあった。こんな顔で出ていけないわ。フェイは固くてひんやりした床に座り、心を静めようと両腕で自分を抱きしめた。タリクは賢明で敏感だ。結局私の錯覚と願望は破れ、彼はそれまでの私の態度をすべて計算ずくの誘惑と見なした。私は罵倒《ばとう》されたうえ、隠れる場所さえない。

しばらくしてドアを開けると、心配そうな女性たちをあとに部屋へ戻った。ナイトドレスを脱ぎ、涼しいカフタンドレスに着替えた。朝食は絹張りの長椅子が置かれた風通しのいい別室で出された。苦労しながら、フェイが少しずつトーストを紅茶でのみこむのを、シランは気づかわしげに眺めていた。

「子供たちに会われますか?」シランがきいた。

子供たち? ラフィもいるの? 私は見せ物にされるの? だめよ、人の善意を疑っては。私が逃亡を企てたあげくタリクを危険に追いやったにもかかわらず、冷ややかな空気は全然感じられない。フェイはシランに向かってうなずいた。

最初にラフィ王子が現れ、まじめくさった顔でフェイの前に進みでた。よく見るとタリクと面差しが似ている。「昨日はごめんなさい」

「いいのよ。でも、もうしちゃだめよ」

とたんにラフィはべそをかいた。「しないよ。みんないなくなった。タリク王子が命令したんだ」

みんなというのはラフィ王子の奴隷同然の子守たちのことだろう。タリクは弟へのこらしめを実行したのだ。それにしても弟が父親ほども年の離れた兄をタリク王子と呼ぶなんて。イブン＝ザキール家はこんな小さな子にも堅苦しい因習を強いるの？　タリクの厳しい自己管理の姿勢もきっとそのせいだわ。

フェイはラフィを膝に抱きあげた。

「僕はもう大きいから、抱っこはされない」ラフィは抱きしめられて苦しそうに言った。

「下ろしたほうがいい？」フェイは急に自分のしていることが不安になった。

ラフィはフェイにしがみついて泣きだした。フェイは小さな心が抱える悲しみの大きさに狼狽《ろうばい》しつつ、彼の涙がおさまるのを待った。タリクはラフィが母親の悪い血を受け継いでいるかもしれないと険しい口調で言った。だったらこの子は誰に安らぎを求めるの？　好き好んでわがままになったわけではないのに。厳格に育てられたタリクにすれば理解するのは難しいのだろうか。

「子供好きなんですね」シランが安心したようにほほえみ、振り返って別の女性に何か言った。

二人の年配の子守が、まったく同じ格好の赤ん坊を一人ずつ抱いて現れた。

「バスマとハヤットです」シランが言った。

「双子なの？　まあ、いくつ？」

「九カ月です。そばでごらんになりますか？」

「ふん、女だぞ！」ラフィがすねた。

フェイはラフィを長椅子に下ろし、赤ん坊たちに笑いかけた。双子はフリルのついたピンクの長いサテンのドレスにペチコートまではかされている。これじゃ動きにくいでしょうに、とかわいそうになった。「バスマとハヤット。きれいな名前ね」

「僕は大嫌い！」ラフィが甲高く叫んだ。

「私は大声が嫌い。さあ、いい子に――」

「おまえも嫌いだ！」ラフィは長椅子から下りて勢いよく駆けだしていった。

フェイは気にせず双子を眺めた。一卵性双生児ではないのだろう、容易に見分けがついた。バスマは茶目っ気たっぷり、ハヤットはおとなしそう。

ラフィが戻ってきた。「僕より赤ん坊のほうが好きなんだろう」

「そんなことないわ」フェイは静かに言った。「あなたも赤ん坊も同じくらい好きよ」

「僕のことなんか誰も好きじゃない」ラフィは長椅子の脚を乱暴に蹴《け》った。

フェイは強情な小さな顔を見つめたあと、片腕を彼の体にまわした。「私は好きよ」

おもちゃが運ばれた。ラフィは注目を独り占めしようとごねたり甘えたりの繰り返しだったが、大荒れにはならなかった。あっという間に昼食の時刻になり、子供たちはそれぞれの部屋へ戻っていった。ラフィは出ていく間際にフェイのもとへ駆け寄った。

「またすぐ会える？」

「ええ、きっと」

昼食後、シランが入浴の時間だと告げに来た。フェイは驚いて言った。

「まだ早くないかしら」

「今夜のご婦人方の集まりのために、お支度を整えなければなりませんので」

「まあ」公の場に出るのかと思うと緊張した。タリクと次に会うときのことを思うだけで不安なのに。彼との逃れられない初めての夜が、恐れと甘美な夢とのせめぎ合いとなって目の前に立ちふさがる。

用意された水風呂につかると、女性たちが入浴剤をかごいっぱいに運んできた。プライバシーなどどこにもない。薔薇《ばら》の花びらが浴槽に浮かべられ、シランが洗髪を始めた。慣れた巧みな手つきはため息が出るほど心地よかった。

すり減りそうなほど念入りに体をこすられたあとはタオルにくるまって蒸し風呂へ入った。温かい蒸気が眠気を誘う。その次は寝台に横たわってのマッサージ。上質の香油が肌に丹念にすりこまれ、筋肉がていねいにもみほぐされていく。フェイは栄養分が肌にしみこむ感覚をうっとりと味わった。マッサージ後はお茶が運ばれ、女性たちとのおしゃべりで気持ちがなごんだ。

髪は乾くと絹のスカーフで磨かれた。マニキュアとペディキュアの色について女性たちが活発に議論する前で、フェイは美女コンテストの女王の気分でソファにもたれていた。じきに細長い革の箱が届き、周囲は興奮に包まれた。箱はうやうやしくフェイに手渡された。メモが添えられている。

〈これを僕のためにつけてほしい〉という走り書きとタリクの署名があった。

フェイは大粒の濃いブルーのサファイアが並んだアンクレットを指にかけて持ちあげた。

「殿下があなた様を誇りに思ってらっしゃる証拠ですわ!」シランが感動して言った。「それはタリク王子の亡きご母堂の形見なのです」

鎖が切れたりしないかしら。宝石をつけ慣れていないだけに心配だわ。でもいやとは言えない。タリクの命令に逆らうようなことをしたら、無礼者扱いされるだろう。一時間後、白い薔薇の花束が届いた。

女性たちは我がことのように歓声をあげたが、フェイは一年前を思いだして心が冷え冷えとした。

着替えが始まった。ベッドの上に広げられた豪華な衣装にフェイはすっかり気おくれがした。サファイアのアンクレットをつけるような社交界とは無縁の自分には実に大それたことだ。金色のぴったりしたシルクドレスに、宝石を縫いこんだ金の刺繍が美しい青紫のシフォンのガウンをまとった。ずっしりと重い。おまけにハイヒールで、いったいどうやって動けばいいのか不安になった。

新たに革の箱が届けられ、女性たちから今日いちばんの大歓声があがった。蓋《ふた》を開けると、燦然《さんぜん》と輝くダイヤモンドのティアラに、そろいの滴形のイヤリングとブレスレットが現れた。タリクはなぜこんな高価なものを? 答えは周囲の反応で明らかだ。私を宣伝に利用するつもりなのだ。宝石でこれ見よがしに飾って、自分の寛大さを誇示したいのね。

フェイは宝石をすべて身につけた。すると等身大の鏡が運ばれてきた。

「お美しいですわ」シランがため息をついた。

ハイヒールで背丈まで変わり、鏡の中のフェイはまるで別人だった。髪はティアラを支えるためにたてがみのように美しく結いあげられ、顔の左右に一房ずつ下ろされている。全身が宝石できらきらして、あまりのまばゆさに目がくらむほどだ。

促されてフェイはすり足で廊下に出た。延々と歩いた末に盛装した婦人たちでぎっしりの部屋へ到着した。みんな派手な着飾りようだ。大げさに思えた自分のいでたちもここで見ればそうでもない。特別席へ案内され、注目の中で貴婦人たちとの挨拶《あいさつ》が始まった。一人ずつフェイにアラビア語で何か言い、片足を後ろへ引いておじぎする。フェイは緊張がますますつのり、不可解な夢の中にいる気分だった。

最後の一人になった。エメラルド色のドレスを着た二十代のほれぼれする漆黒の髪の美人で、ピンク色の唇を不機嫌そうに引き結んでいる。あたりの空気がさっと張りつめた。

「私はタリク王子のいとこ、マジダよ。お世辞を言う気はないわ」彼女はフェイをさげすむように見た。

「ふん、バージンでもないのに!」

静まり返っていた周囲から驚きの声がもれ、全員が慌てて顔を伏せた。一人の年配の婦人がよろよろと立ちあがり、悲痛な声で泣きだした。フェイは真っ赤になった。公衆の面前でなんて失礼な! 私がバージンか否かがこの黒髪の女性になんの関係があるの? ほかの人たちがそれを知ってどうなるの?

そばでシランがうつむいたまま言った。「これは許しがたき侮辱です。あの老婦人はマジダの母親で、泣いて娘のふるまいを恥じているのです」

嘆きの婦人はしょんぼりと椅子に腰かけた。ありがたいことにそこへ料理が運ばれてきて、最初にフェイの前に出された。しかし食欲はいっこうにわかなかった。長い食事がすむとマジダがさっきの失言をわびに来たが、反省の色どころか陰険な皮肉さえ感じられた。フェイはかろうじてこわばった笑みを返した。

しばらくして、予期せぬ飛び入りに一同は驚きと喜びにどよめいた。タリクだった。フェイは彼の姿にはっと息をのんだ。金色の刺繍をふんだんにほどこした絹の衣装は彼をいちだんと謎《なぞ》めいた雄々しい男に見せていた。フェイはすぐに朝の言い争いを思いだし、視線をそらした。彼の後ろには陽気な顔や緊張した顔の男が数人続き、最後にラティフが入ってきた。ラティフはすこぶる上機嫌の様子だ。

タリクは婦人方とひととおり挨拶を交わしてからフェイの隣に着席し、寛大ぶった態度でささやいた。

「ひとまず休戦といこうじゃないか」

フェイはほほえんで言い返した。「今夜は脱走するチャンスはなさそうね。あなたにすれば私みたいな悪人は外で稲妻にでも打たれたほうが――」

「アラーの御名において、そのようなことはたわむれにも口に出すな」

「針のむしろの上でたわむれる気になれる?」

「もう言い合いはごめんだ」

「今の言葉、そっくりあなたにお返しするわ」

「僕はかけ橋を修復しようとしているんだ」

「あるのは高い塀よ。橋はあなたがあの世まで吹き飛ばしたんだわ」部屋の中央に楽隊が入場し、やけに騒々しい曲を演奏し始めた。

「ヨーロッパの音楽とはだいぶ違う。これが特別な場で決まって演奏される伝統的な曲だ」タリクが独り言のように言った。

女性歌手が登場した。ハスキーな声で堂々とした歌いっぷりだが、タリクの前に来たときだけどういうわけか体をくねらせた。「あなたも果報者ね」フェイはタリクに思わず憎まれ口をたたいた。「あなたのハーレムに喜んで入ってくれそう」

「ハーレムなどない」タリクはフェイの耳元に不機嫌そうにささやき返した。

「脱走者が続々出たら、面目丸つぶれだから?」

「今すぐ口をつぐまないと――」

「どうする? 私を返品する? 空港へは特別輸送でね。仮装舞踏会みたいなドレスでだいぶ着ぶくれしてるから。あなたはバージンとしか寝ないの?」

「なんのことだ!」彼の声が怒りで震えた。

「なんだか早くも側妻《そばめ》の境遇に慣れてきたわ。ねえ、私にあきたら袋につめてペルシア湾に流すの?」

「袋は今すぐ欲しいね。謝るなら今のうちだ」

「私はあなたが謝ったって許さない。大勢の前で、バージンじゃないくせにと見ず知らずの人に言われたわ。あなたのせいよ。時代錯誤の――」

タリクは椅子の肘掛けを両手で握りつぶさんばかりにつかんだ。「誰が君にそんなことを言った!」

フェイは驚いて彼を見た。金色の瞳に怒りの炎が燃えあがっている。「お願い、落ち着いて」

「自分の女を侮辱されたんだぞ」タリクは獅子《しし》のように猛《たけ》り狂った。「そこまで恥をかかされて黙っている男がどこにいる！」

「やめてったら」

「早く君を侮辱した者の名前を言うんだ」

「そんな状態のあなたには言えないわ。もう小競り合いはたくさん」

「僕の名誉が傷つけられた」彼は強情に言い張った。

フェイは目を閉じた。カルチャーショックは今に始まったことではない。思えばジュマールに到着した日からショックの連続だ。自分の扱われ方といいタリクのふるまい方といい、理解しがたいことだらけ。不意にタリクに手を握られた。

「僕の名誉は君の名誉だ」

「私には名誉なんかないわ。そうでしょう？」

タリクは何も答えずすっくと立ちあがり、片手を振った。演奏がぱたりとやんだ。タリクはアラビア語で一同に何か言うと、フェイをいきなり椅子から抱きかかえた。周囲があっと息をのんだ。タリクは張りつめた沈黙をあとにして、大股で部屋の出口へ向かった。

6

「もっとささいな侮辱から戦争になることもある」タリクはテントの通路を憤然と進みながら言った。「君は女性の貞節がジュマールでいかに重んじられているかをわかっていない」

フェイは首をかしげた。私を正妻にするわけでもないのに、ずいぶんとむきになるのね。怒りたいのは私のほうよ。ふしだらな情婦としてパーティの来賓に招かれたのだから。マジダを除けばみんな好意的だったのは、ひとえにタリクの影響力のせい。先代の国王に側妻《そばめ》が百人もいたなら、一人しかいないタリクは禁欲的で立派だということになるわ。ますます株が上がったでしょうね。

だから彼がこうして愛人を堂々とベッドへ運べるのも、うなずけた。通りすがりの衛兵たちはいっせいに敬礼し、使用人たちはうやうやしく道をあける。テント部屋がいくつも後ろへ過ぎ去って、フェイは一生かかっても昨夜眠ったところには戻れないと思った。タリクがようやく立ち止まり、予想外に静かにフェイを床に下ろした。

「君がバージンでないことは僕だけの問題だ」タリクの顎が岩のように硬くこわばった。

フェイは赤くなって彼から離れようとしたが、履き慣れないハイヒールのせいでよろめいた。そこは巨大なテント部屋で、内装はフェイが今朝目覚めた寝室よりはるかに贅沢《ぜいたく》だった。美しい木彫りのベッドは六人でも悠々と寝られるほどだ。フェイはベッドを見てそわそわしてきた。

そのとたん何かが飛んできて、三メートルほど先のベッドの分厚いヘッドボードに重く鈍い音をたてて突き刺さった。フェイはごてごてした装飾の柄《つか》の短剣を唖然《あぜん》として見つめた。タリクの腰の剣帯には宝石をはめこんだ鞘《さや》が残っていた。

「僕の血をシーツにつけておけばいい」タリクは不自然なほど穏やかな口調で言った。「それで解決だ」

フェイは衝撃でまだ振動している短剣から無理やり視線をはがした。今初めてわかった。何か言おうと口を開いたが声が出ない。私がバージンかどうかはタリクの沽券《こけん》にかかわる重大問題なのだ。旧弊だと言ってしまえばそれまでだが、彼の野蛮な苦肉の策には不思議とうっとりさせられる。さながら女をかばうため、血を流す勇気ある砂漠の戦士。

花火が炸裂《さくれつ》するような激しいタリクの視線には、侮辱の苦しみを私と分かとうとする気持ちがこもっている。今朝の彼とは全然違う。あのときの怒りや辛辣《しんらつ》さは、近寄りがたい冷淡さとともに消えている。

「タリク」フェイは声が震えた。自信満々で安心しきった様子の彼を挑発しないように祈った。「そんなことにこだわること自体おかしいわ」

「以前の僕は君を見誤った。君を見かけ同様に純粋無垢《むく》だと思いこんだ」タリクは広い肩をすくめた。「だが少年じみた幻想だった。アラブの男の多くはその手の幻想をいまだに引きずっている。だが本来の僕は違う。時代錯誤は卒業した」

フェイはベッドに突き刺さった短剣を見つめた。卒業したのなら、それは何?

しょせんタリクは君主制国家の王子だ。クールで洗練された風格をまとっていても、根は保守的で頑固なのだ。私はそれに気づくのが遅すぎたんだわ。彼は女性関係が派手だと言われながら、一夜をともにしようという私の誘いの電話に狼狽《ろうばい》した。

理由は今ならよくわかる。彼は私に純白の乙女のイメージをあてはめていた。それが壊れ、私を本当に理解していなかったのだと気づいた。お金のために義父の脅迫に協力していても不思議はないと。

フェイはためらいがちに言った。「私は男性経験が豊富だって決めつけてるのね」

「君にあんなふうに誘われれば当然だ」

話はまたしてもフェイの痛恨の過ちへ引き戻された。この一年で彼女はぐんと大人になった。向こう見ずな決断が軽薄で計算高い女という誤解を生んだだけに。タリクの人柄を見抜けなかった自分が悪いのだが、それを素直に認める気にはなれない。

苦い記憶を押しのけ、フェイは淡々と言った。

「私が本当は一度も男性経験がないとしたら?」

タリクは鋭い視線を返した。「君がこの期に及んでそんな嘘《うそ》をつく理由がわからないね」

「嘘じゃないわ。あなたがそれほど女性の貞節を重んじるなら、私には手を触れないでおいたら?」

「いいや」

「どうして?」タリクの冷ややかな笑みにフェイは不安をかき立てられた。

「君は例外だ。契約だからね。僕に踏みとどまらせようとしても無駄だ。だいたいなぜそんなことをする? 君が僕に触れられたがっているのは見ればわかる。ハジャで会ったときからそうだ」

「まあ!」フェイは顔から火が出る思いだった。タリクの黒いまつげに縁取られた自信に満ちた瞳が、フェイに向かって黄金の炎を放った。

「僕は君の熱い欲望を見るたび、勝ち誇った気分になる」タリクは歩み寄ってフェイを軽々と抱きあげ、ベッドの端に下ろした。長いしなやかな指が彼女のティアラとイヤリングをはずした。「それも欠点のうちだな。だが僕は潔い敗者には甘んじない。つねに果敢に勝負を挑む強い男として育った」

フェイは彼の器用で力強い手つきにどきどきした。彼が化粧机の銀のトレイに宝石を置くのを茫然《ぼうぜん》と見つめ、遅ればせながらきき返した。「欠点?」

「僕の気性の荒さは君も知ってのとおりだ」

「ラフィと同じなのね」

タリクは剣帯とカフィエを脱ぎ、フェイを険しい目つきで一瞥《いちべつ》した。幼い弟のふるまいを今も恥じているようだ。「僕は怒りにまかせて手を上げたりはしない！」

「あの子はまだ四つだけど、あなたは二十八よ」タリクはフェイの靴を脱がせるため、前かがみになった。フェイは目の前に迫った豊かな黒髪に触れそうになる自分の手を固く握りしめた。

彼とベッドをともにするということが現実になろうとしている。砂嵐《すなあらし》やパーシーに阻まれることなく。でもなんの実感もわかないし、彼がシャツを脱ぐ姿さえ想像できない。「続きは？」彼が促した。

「忘れたわ。それより、本気なの？　私はなんだか想像がつかない」

「僕は想像するだけではあき足りない」

「いや！」フェイはベッドを下りて逃げようとしたが、ドレスの裾《すそ》で足がもつれた。転ぶ寸前でタリクの両腕に抱き止められた。

「もう話はたくさんだ」彼はドレスのファスナーを引きおろし、フェイのこわばったきゃしゃな肩をつかんだ。彼女の両腕をドレスがすべり落ちていき、足元で大きな輪になった。

「タリク！」フェイはレースのブラとパンティだけで立ちすくんだ。

彼女が両腕で胸を覆い隠すと、タリクは目を細めた。「前言撤回だ」静かな口調だった。「君にはもっと話すべきことがあるはずだ」

「何を？」

タリクの口元に笑みが浮かんだ。以前フェイをとりこにした魅惑的な笑顔と同じだった。彼はフェイをベッドに横たえた。フェイは糊《のり》のきいた白い枕《まくら》を背に丸くなって、狂ったように打つ胸の鼓動を聞いた。

タリクは無言でベッドから短剣を引き抜き、鞘におさめて脇《わき》へほうった。欲望にくすぶる目でフェイの胸のふくらみからなめらかなヒップ、すらりと伸びた脚をじっくりと眺めた。

「さて」彼は視線をフェイの顔に戻した。「では説明してもらおう。バージンの君がなぜ大胆にも僕をベッドに誘ったのか」

「拒んだ人に理由をきく権利はないわ」

「拒むなんてとんでもない。タオル姿の君を前にしたときは厚意をありがたく受け入れるつもりだった」タリクは不機嫌な口調で言った。「君の誘いが義理の父親の差し金だとは思わなかったからね」

フェイは赤くなってうろたえた。「違うわ、パーシーは関係ないの。あれは私の意思で――」

「いいかげんに本当のことを言ったらどうだ」タリクはフェイの言葉を不快げに手で制し、ベッドから離れた。山猫のように優雅に忍びやかに。

「本当のことよ。今さら嘘なんかつかないわ」

タリクがすばやく振り向き、不信感をあらわにした目でフェイを見据えた。

フェイは深く息を吸った。「私があの晩あなたを家に呼んだのをパーシーが知っていたはずがないわ。だからきっと偶然の一致よ。彼は計画を急遽《きゅうきょ》変更してロンドンから戻って、たまたま遭遇したチャンスを利用しただけで。私のほうはてっきりあの晩はあなたと二人きりだとばかり――」

「そんな虫のいい偶然はありえない。あくまでしらを切るつもりなら、話はこれで終わりだ」

「でも」

「もうたくさんだ。君はせっかく与えられた告白のチャンスをふいにした。しょせんあの無節操な義理の父親と同類だ。動かしがたい事実の前で言い逃れが通用すると思うのか」

フェイに悲しい憤りがつのった。真実を言っても信じてもらえないなんて。タリクはパーシーが絶好のタイミングで寝室に現れるのを私が事前に知っていたと決めつけている。確かに状況を考えれば、〝私は何も知りませんでした〟では説得力がない。でもパーシー本人の偶然だという主張を覆す根拠もどこにもない。つまり事実を知っているのは、素直に自分の罪を認めるわけのないパーシーだけなのだ。

あきらめて顔を上げた瞬間、フェイはどきりとした。タリクが服を脱いでいる。これから二人に起こることを再びはっきりと思い知らされ、すみれ色の瞳がタリクの裸の上半身に釘《くぎ》づけになった。

褐色の広い肩幅、筋肉隆々の腕と胸。体毛が分厚い胸板を三角形に覆い、黒のブリーフの下腹部へと細い矢を描いている。フェイは体の奥がじんとなった。両膝を胸に引き寄せ、両手で抱えこんだ。陶酔と動揺とが渾然《こんぜん》一体となって押し迫る。タリクは化粧机の前で腕時計をはずした。さりげない物腰がたまらなくセクシーだ。フェイの脳裏にベッドの中の彼が浮かび、呼吸が速くなった。

フェイは膝を伸ばして折り返されたシーツを胸にたぐり寄せた。全身が興奮でざわついている。プライドを引き裂かれると知りながら、欲望の罠《わな》を待ち焦がれ、鷹《たか》を思わせる鋭いまなざしに吸いこまれた。

褐色の大きな鋼の体がゆっくりとベッドに近づいた。フェイは口が乾き、脈が躍った。彼の猛々《たけだけ》しく目覚めた下半身から慌てて目をそらす。再び引き寄せられると、荒ぶる興奮に頭がくらくらした。

「時間はたっぷりある」彼はフェイに手を触れ、静かに言った。「君をじっくりと楽しませたい」

彼の熱い口づけは嵐のごとくフェイを揺さぶり、舌はじらしながら甘くなめらかな唇の奥へ攻めこんだ。フェイは狂おしい予感に震えた。破裂しそうになるほど胸が高鳴った。タリクの情熱に誘われ、欲望が体の奥から泉のごとくわきでてくる。

タリクが顔を上げた。フェイは彼を仰ぎ見て、彫刻のような美しく雄々しい顔に見とれた。心に無防備な感情が堰《せき》を切ってあふれ、気がつくと指先が彼の頬や唇をなぞっていた。

「どうした?」タリクがつぶやいた。

「べつに」フェイはかぼそい声で答えた。感情に支配された自分がとても弱く思えた。

タリクは再び唇を重ねた。フェイは目を閉じ、思考を止めて渇望の渦に飛びこむのを覚悟した。タリクが欲望にけぶる瞳でフェイの胸からブラを取り去った。フェイは目を開けて、自分の裸の胸を不思議な思いで見つめた。

「想像を超える美しさだ」タリクは張りのある乳房を手のひらに包み、ピンクのつぼみを指先で愛撫《あいぶ》した。フェイはたまらずにため息をもらした。

顔が焼けるように熱い。肌の細胞が隅々まで目覚め、彼の愛撫を待ちわびている。フェイは両肘で枕にもたれた。彼にあっさり降伏しそうな自分にかすかな動揺をおぼえつつ、女心は彼の賛美の言葉に躍っていた。「タリク」

フェイは途中で息をのんだ。タリクが誇らしげな胸の頂を口に含み、唇と舌を使った。突きあげる快感に彼女は息を止め、体中を緊張させた。彼は再びフェイを寝かせて胸のつぼみをじっくりと味わった。フェイは歯を食いしばり、こぶしを握った。何度も小さくあえぎながら、甘くせつない拷問に耽溺《たんでき》していった。

「こうなることを望んでいた」タリクがかすれ声で満足げにつぶやいた。「初めて君を見たときから。インシャーラー、神のおぼしめしのままに」

フェイは自分のうずく肌に彼を感じ、輝く金色の瞳を見つめた。これから彼にいざなわれる場所には、プライドや理性の入りこむ余地はないのだと悟った。

「運命なのね」

「君はその運命に逆らおうと砂漠へ飛びだした」タリクはフェイの赤くふっくらした唇に舌をこじ入れた。彼の温かい息がフェイの頬にかかる。「たとえ君が空港へたどり着いても、空港はただちに閉鎖された。君にはわかっていたはずだ、僕はねらった獲物は決して逃がさないことを」

「こうなりたくなかったのよ」高まる欲望の中でも、本能のままに熱い舌を迎え入れていても、フェイは自分の気持ちを見つめようとした。彼の狂おしい口づけはそんなわずかな思考さえ奪おうとする。

「だが受け入れている」金色の瞳がフェイに挑みかかった。

「ええ」

タリクは彼女の汗で湿った肌からパンティを引きはがした。フェイは身を震わせた。タリクの手が素肌を優しくなでる。敏感な胸の頂をじらし、おなかを伝いおり、太腿の間にそっともぐりこんだ。巧みな手つきで柔らかな茂みの奥を探った。フェイは激しい胸の鼓動に息をひきつらせた。つのる興奮に体がはちきれそうだ。タリクの愛撫に支配され、身もだえし、快感にあえいだ。彼の広い肩に顔をうずめ男性的な匂《にお》いに溺《おぼ》れ、あらゆる感覚が研ぎ澄まされていくのを感じた。

タリクがアラビア語で低くつぶやいた。

「なんて言ったの」

くすぶった黄金の瞳がフェイを見つめた。「君は今までのどんな女性よりも僕をそそる」

体内の奔放な炎は、ねじれるような熱い痛みとなってフェイを襲った。「ああ、お願い、早く」

タリクは熱に浮かされた顔でフェイをシーツの上に組み敷くと、彼女の柔らかい花芯《かしん》に熱い欲望の先端を押しあてた。フェイは体をこわばらせた。タリクは彼女の湿った髪を額からかきあげて言った。

「痛いかもしれないよ」

彼はフェイの中に少しだけ身を沈めて力を抜いた。熱く硬い肉体の衝撃に震えながら、フェイは未知の甘い充足を待ち受けた。奥深くまで貫かれた瞬間、焼けるような痛みにのけぞったが、すぐに熱い快感がそれを吹き消した。

「楽園にいる気分だ」タリクは低くうめいた。

フェイは言葉が見つからなかった。あふれでる喜びに酔いしれていた。肌を汗で光らせ、タリクに動きを合わせ、荒々しい興奮にのけぞった。未体験の本能のリズムの中で、タリクの強靱《きようじん》な肉体に突き動かされていることが誇らしかった。絶頂にのぼりつめると彼にすがって泣き叫び、果てしない恍惚感《こうこつかん》に身をよじった。

そのあとには新鮮な驚きが訪れた。めくるめく快感に放たれた自分の体に想像を絶する大きな喜びが宿ったことに。タリクの両腕に抱かれながら、深い親密な感情をおぼえた。二人の鼓動が重なり合い、彼の荒い息づかいが伝わってくる。フェイはこの沈黙が永遠に続けばいいのにと思った。目を合わさず無言でいれば、二人の世界が幸福で愛情に満ちていると錯覚できる。

愛情？　フェイの体がこわばった。ありえない。自分で避けたいと願ってきたことよ。タリクは乱れた黒髪をかきあげ、磁石のような目でフェイを見つめた。「君の最初の男になれて光栄だ」

フェイは緊張がつのって返す言葉がなかった。

「だが、こうなって当然だ」彼は枕に広がった、絹を思わせるフェイの髪にうやうやしく触れた。「君の髪の色は月光と同じだね」

「ロマンチックだわ」フェイは抑揚のない声で顔をそむけた。胸の奥が痛い。自分が愚かに思える。

「かつての君が僕をロマンチストにしてくれた」

かつて？　フェイは彼に向かって叫びたかった。

私の最初の男になることがなぜ当然なの？　強制的な野蛮な契約を正当化するつもり？　兄を釈放した代わりに私の体を利用する権利があると言うの？　それとも、冷淡にお金と引き換えのセックスと考えてるのかしら？　だとしたら彼に買われて幸福に酔った私はなんだろう。娼婦《しょうふ》っぽく無感動にあくびを嚙《か》み殺しながら抱かれたのならまだしも、彼にすがって懇願し、快感にむせび泣いた。ハーレムの女だって、あれほど主人のエゴを満たしはしないわ。

タリクはフェイを振り向かせ、穏やかな笑顔で見おろした。フェイのもろい心は彼のさりげない残酷な指と温かい体の重みとで壊れそうだった。すると彼が体を離して言った。「重かっただろう？」

「側妻としての苦労の一つかしら」フェイは仮面のような表情でつぶやいた。「文句を言える立場ではないんでしょうけれど」

タリクはさっと半身を起こした。「今の言葉はただの冗談として聞き流すわけにはいかない。側妻《そばめ》がどうのというのはいったいなんのことだ？」

「忘れて」フェイはベッドスプレッドをつかんで体に巻きつけ、ベッドからすべりおりた。

「ここへ戻るんだ」冷ややかな険しい顔でタリクが命じた。

フェイは振り向いて、白いシーツの中に浮かびあがる黄褐色の華麗でセクシーなタリクをじっと見つめた。自分と彼への怒りをこめて。目の前に赤い霧のごとく広がるむなしさをこめて。自分が彼から賛美も崇拝もされていなかった過去を彼に思いきりぶつけたかった。「ほっといてよ!」

タリクは驚いた顔でフェイを凝視したあと、以前のエイドリアンの表現どおりいきなりジェット機より速くベッドを飛びだした。「まるで反抗期のティーンエイジャーだな」

フェイの顔がさっと赤らんだ。悔しいが彼の言うとおりだ。

「どうしたっていうんだ、君は」

「私が?」フェイは挑戦的にきき返した。

タリクはためらいもなく裸のままフェイの目の前に立ち、金色の瞳で彼女を探った。「いったいどうしたのかはっきり言うんだ」

虹色《にじいろ》のベッドスプレッドにくるまってフェイは頭を後ろにそらした。「べつにどうもしないわ。ハーレムの奴隷らしく足元にじゃれついてほしいの?」

「まさか。母が父と結婚してから、ハーレムはジュマールではご法度だ」

フェイを混乱が襲った。「でも以前――」

「あれは君をからかっただけだ」フェイが唖然《あぜん》としている隙《すき》にタリクは彼女を抱きあげ、ベッドではなく部屋の外へ向かった。

「どこへ行くつもり?」

タリクはフェイの焦った表情に薄笑いを浮かべ、豪華な緑色の大理石のバスルームへ入った。肩でドアを閉めてからフェイを下ろし、ベッドスプレッドを彼女の体から引きはがした。フェイがどう反応すべきか決めかねているとタリクは再び彼女を抱きあげ、泡風呂の中につからせた。

ひんやりした水にフェイは小さく悲鳴をあげた。熱くほてった肌がたちまち冷めていく。タリクはフェイを真剣なまなざしで見つめた。フェイはそれを全身の肌で意識して自分が生まれたての赤ん坊のように無防備に思え、泡立つ水に体を深く沈めた。

タリクもゆっくりと入ってきた。フェイの上に身をかがめ、ぬれないよう彼女の髪を浴槽の枕形《まくらがた》の縁にのせる。フェイは彼の男らしい磁力に引きつけられて思わず両手を上げた。指先が彼の硬く引きしまった脇腹《わきばら》を偶然かすめてしまい、フェイは火傷《やけど》でもしたように慌てて手を引っこめた。

「ハーレムか」タリクは考え深げにつぶやき、ゆっくりと首まで沈んだ。精悍《せいかん》な顔が、獲物を前にした鷹《たか》を思わせる目つきで動揺するフェイを見つめた。

「君の言ったとおり僕は法の上に立つ身分だ。だがほかの男の目に触れさせまいと女性にベールをかぶらせたり、家に閉じこめたりするのは、さすがにこのジュマールではできない。ハーレムはもう過去の歴史書の女性解放の章にしか存在しない」

「本当？」フェイの声がかすれた。初めての泡風呂で、しかも次に何が起こるのか予想がつかないのだ。

「この国ではもともと女性がベールをかぶる習慣はない。ベルベル人の女性は顔を隠さないんだ。ハーレムも他国の概念で、好色ぶりがいまだに語りぐさになっている曾祖父《そうそふ》が採用したにすぎない」

「まあ」

「父も母のラスミラと出会う前は男の暮らしとはそういうものだと思っていた」タリクは回想にふけっているような面持ちで、フェイと反対側の浴槽の縁にゆったりともたれた。「母はレバノンの外交官の娘で、高い教養をそなえ、進歩的な考えを持っていた。ジュマールの王室ハーレムが廃止されるまで父の求愛にうんと言わず、結婚までの道のりは長く波乱に富んだものだった」

フェイは興味をかき立てられた。「お父様はよほどお母様を愛してらっしゃったのね」

「母はこの世に二人といない特別な女性だった。父の賢明な妃《きさき》選びによってジュマールは文化的に母から偉大な影響を受けた。母は女子学校を創立し、自ら車を運転し、飛行機の操縦までやってのけた。

母のおかげでこの国の社会はより自由で公正になった」

フェイはますます心を引かれた。「お母様はいつ亡くなられたの？」

タリクの彫りの深い顔が曇り、口元が険しくなった。「十年前だ。まれにしか存在しない毒蛇に嚙《か》まれ、誤った解毒剤を投与された。過失に気づいたときにはもう手遅れだった。母の死で、父は悲しみのあまり半狂乱になった」

「おかわいそうに」フェイは同情でいっぱいになった。避けられたはずの事故や過失で愛する者を亡くすなんて、これほど悲しいことはない。

「さあ、こっちへ」タリクは有無を言わせず、フェイを引き寄せた。

フェイは彼に体を預けてはっとした。向かい合わせの抱擁が無性に恥ずかしくて、彼のたくましい両脚にはさまれたまま少しずつ上半身をねじった。ようやく彼に背中を向けると、頭を彼の肩にもたせかけ、会話がとぎれないよう平静をよそおって言った。「兄弟や姉妹は何人いるの？」

「ラフィだけだ」

「えっ、でも」フェイは不安に揺れて唇を嚙んだ。タリクに体を密着させているだけでも集中力を乱されるのに、そのうえさりげない手つきで脇腹をなでられている。胸の鼓動が騒然となった。「お父様には内縁の妻が大勢いたんでしょう？」

「父は十代のころにおたふく風邪にかかっていて、子宝には生涯恵まれないだろうとあきらめていた。それだけに奇跡的な僕の誕生に大喜びだった。ラフィのほうは単に後妻の強引さと薬の助けによる結果だが」タリクは不快げに言い捨てた。

「でも、ラフィがあなたの兄弟であることには変わりな――」タリクの手が胸のふくらみの下にきて、フェイは息を止めた。必死に肺に空気をためようとしたが、みだらな欲望が体内で怒濤《どとう》のように暴れた。

「ラフィをお父様の子として見てあげるべきだわ。あまりいい人でなかった継母《ままはは》の子としてではなく」

フェイの頭上でタリクの皮肉な笑いが響いた。

「ラフィの気性は母親譲りのものだと、国中から烙《らく》印《いん》を押されている」

「まだ小さいのに。あの子はどうなるの？」

「母親の悪い評判と不人気がこの先もつきまとうだろう」タリクはため息をついてから、彼女の胸のつんととがった薔薇《ば ら》色《いろ》のつぼみに指で触れた。

体を電流のような鋭い快感が駆け抜け、フェイは思わず目を閉じた。

タリクはかすかに荒くなった息で言葉を続けた。

「近い将来、僕の身に何か起きたとしても、国民はラフィを次の王と認めないだろう。だから僕は早く二人目の妻をめとって、自分の世継ぎをもうけなければならない」

フェイは陶酔から引き戻されてびくりとした。彼が唐突に口にした言葉で、かすかな愛撫《あいぶ》にさえ奔放な欲望をたぎらせていた体が氷のように冷えた。二人目の妻？ じゃあ一年前の私との結婚はつかの間とはいえ本物だったの？ だとしてもとっくに離婚したのだから、何も問題はないでしょうに。

「そう、二人目の妻を」

フェイは感情に駆られて言い返しそうになる自分を必死で抑えた。

「風呂はもう充分だ。だが君のことはまだ充分じゃない」タリクは思わせぶりに言って立ちあがり、フェイを浴槽の外に抱きおろした。

タリクが別の女性と結婚するのだと思うと、フェイはショックと狼狽《ろうばい》で茫然《ぼうぜん》とした。大きなふかふかのタオルにくるまり、体から水をしたたらせたまま子供のように立ちつくした。彼が前ぶれもなく話題を変え、ぶっきらぼうな口調で再婚するつもりだと宣言したことに、フェイは恐ろしいほどの不安と苦悩に襲われた。

なぜこんな仕打ちを？ 彼を最初の男性として迎え入れて一時間もたっていない。体はまだ、感情のかけらもない彼のよそよそしい愛撫にも喜びであふれ返っているのに。私は彼にとってベッドの相手にすぎず、一時的な欲望の充足以上のものを分け与える価値はないのね。セックスの道具には傷つきやすい感情を持つ権利などないわ。フェイの心の奥で小さな声が答えた。そのとおりよ。アラブの王子の愛人に、もろい感情など面倒なお荷物でしかないわ。

「二人目の――」フェイは震えながら繰り返し、タリクの金色に輝く瞳を見あげた。彼がフェイの体から手を離すと、タオルは床にはらりと落ちた。

「もう一度君が欲しい」欲望のにじむ声で言った。

「女性を抱くのは久しぶりだからかもしれないが」

「久しぶり？」

愚問だとばかりにタリクは眉をひそめ、フェイを強引に抱き寄せた。「この一年間、亡くなった親族たちのため喪に服していた」

父親と継母のために？ フェイは内心首をひねった。この国ではセックスを慎むのも哀悼の意を示す一つの形なのかしら。だったら彼の自制心の強さには感服するわ。それとも彼は私はほかの女性たちとは違う存在で、私と知り合って以後は誰とも寝ていないと匂《にお》わせているの？ まさか。ヨーロッパの女性だってタリクに魅了されない人はいない。私も彼を一目見てとりこになった。今となっては苦い思い出でしかないけれど。

「フェイ、君が欲しくてたまらない。体中が君に飢えている」タリクは低くつぶやいた。

フェイはまつげを震わせて顔を上げた。黄金の瞳に揺れる生々しい本能の炎にあぶられながら、彼のたくましく精悍な肉体に視線を這《は》わせた。彼はフェイの髪にそっと指を差し入れ、彼女を自分の力強い体に抱き寄せた。下半身の猛々《たけだけ》しい欲望がフェイの柔らかいおなかに触れた。たちまち彼女の両脚はなえ、頭の中が真っ白になった。彼の硬くそそり立った欲望が熱風さながらに猛り狂っている。もうこれ以上自分を抑えられない。フェイは太腿の間が熱く潤うのを感じた。体の奥がすでに知った彼の激しく甘美な体を請い求め、痛いほどにうずいている。

タリクはフェイを抱いて寝室へ戻った。彼女は人形のようになすがままだった。一秒でも早くベッドへ行き、一秒でも早く抱かれたかった。彼の差し迫った声を聞いただけで体がとろけそうになり、彼の指に触れられただけで奔放な女に変わる。飢えたまなざしを向けられたが最後、あらゆる防御をかなぐり捨てて何もかも捧《ささ》げたくなる。こんな私にどうして自分の意志を守り抜くことができよう。

「今夜は一度きりのつもりだった」タリクが低くつぶやいた。「だが、まるで断食後の食事だ。食べても食べても満たされない。たとえ泡風呂の中だろうと君をところかまわず抱きたくなる。固い床に組み敷いてでも、壁に押しつけてでも。夜明けはまだ遠い。だがいったん朝がくれば夜まで首長会議だ」

フェイは、欲望をむきだしにしたタリクの言葉に圧倒され、気力を吸い取られた。「壁に押しつけて?」声がかぼそく震えた。

「どこでも君の好きな場所で、君の好きな方法で」彼は微笑を浮かべてうなずいた。

「一つしか知らないわ」

タリクはフェイをベッドに寝かせた。新しいシーツの匂いが彼女の鼻孔をくすぐった。バスルームにいた短い間にベッドはきれいに整えられていた。

「君が知っているのは基本だ」タリクはハスキーにつぶやいた。「これからいろいろ教える」

フェイは熱っぽい視線を彼にぴたりと据えた。どぎまぎしつつも体はみだらに燃えさかっていた。彼が全身から放つ官能の炎に体中が興奮に満たされていく。フェイは彼を見つめたまま自分に問いかけた。本当にいいの？　明日から後悔しながら暮らすのよ。誰よりも自分自身を憎むことになるのよ。

「君は空想をはるかに超えた忘我を味わう」タリクの体がじりじりとフェイに覆いかぶさった。

彼の吐息が喉にかかった瞬間、フェイの全身に期待感が猛然と押し寄せた。彼女は渇望に打ち震えて思った。自分を嫌いにならないことも学ぼう、と。タリクが言ったようにこれは運命だ。逆らうなんて意味がない。彼の精悍な顔に浮かぶ微笑に私があっけなく理性を奪われるのも、定められた運命なのだ。

「忘我」フェイは弱々しくつぶやいた。

「感じてごらん」タリクの指がフェイの脚の間にすべりこみ、知りつくした巧みな動きでじわじわと大胆に攻めた。「君は時間さえ忘れ、僕への飢えと欲望のままに生きるんだ」

フェイの心の奥底で危険な予感がうずいた。「私に身も心も捧げさせたいの？」

「そうだ」タリクは穏やかな目でフェイを見た。

「それで、私をまたほうりだすのね」

「君が僕に夢中になったら、フランスの別荘へほうりだそう」タリクは冷ややかに言った。「そうすれば僕はいつでも好きなときに君に会いに行ける。君は今とは打って変わって電話が鳴るたびに胸をときめかせ、僕の声を聞きたいと切に願い、もう決して僕を拒むようなことはなく――」

「それがあなたの計画？」フェイは無理におもしろがるふりをした。「ハーレムはなくても奴隷は存在するのね」

「主導権は僕が握る」

「そうね。あなたの傲慢《ごうまん》なエゴには他人の入りこむ余地なんてあるはずがないわ」

タリクは頭をそらして満足げに笑ったあと、フェイに唇を重ねた。むさぼるようなキスの嵐《あらし》で、フェイの意識はタリクの唇の味と感触、自分の奥底からわきあがる果てしない獰猛《どうもう》な欲望に覆われた。

フェイは寝返りを打った。夜明けの光の中で目覚めるにつれ無数の感覚が押し寄せた。タリクの両腕に抱かれていると、体がふわふわして軽い感じがする。想像も及ばなかった甘い充足感もある。

「満足かい?」タリクはつぶやき、フェイの背中を自分の大きな胸板に抱き寄せた。彼がほっそりした白い肩に唇を押しつけたとたん、フェイの目覚めたばかりの体を興奮が駆け抜けた。

「ええ、とっても」フェイのおなかに大きな手のひらが伸び、彼のほうへぴったりと引き寄せられた。タリクの胸毛で背中がくすぐったい。ヒップに彼のたくましい太腿の筋肉を感じる。二人の楽園は無上の喜びに満ち、薄い紙一枚すらはさみこむことはできなかった。これがまさに至福に違いない。

彼と分かち合った奔放な熱い一夜の記憶が、フェイをあらがいがたい興奮に酔わせていた。脳裏から締めだそうとしても、まつわりついて離れない。一年前になぜ愚かなまでに彼に夢中になったのか、今ならわかる。彼の秀でた立派な容姿でもなければ、強烈な個性でもない。彼が私の肉体に呼び起こす激しい興奮なのだ。彼が部屋に入ってくる姿を見ただけで私の体は興奮にわき返る。彼の落ち着き払った理知的な顔は、白熱の炎を舞いあがらせる生まれながらの激しい本能をはらんでいる。アラブの王子の愛人になるってこういう気分なのね。フェイは夢見心地で思った。まるで別世界へのパスポートだ。私は官能の楽園で夜がいつまでも明けないことを祈るだろう。今だって、このテントに朝の陽光が永久に差しこまないのを願っている。

「そうか、よかった」タリクは両手でフェイの胸に軽く触れた。フェイは背中をそらし、欲望にふくらんだ乳房を彼の手のひらに押しつけた。感じやすくなった体に熱いうずきが舞い戻った。

「ええ、よかったわ」フェイはタリクの意のままに一瞬で燃えあがる自分に驚いた。もしも彼以外の男性にもこんなふうだとしたらどうしよう。

「だったら僕も満足だ」タリクは彼女の敏感な胸の先端を、指でつまんだりなでたりした。

フェイはあえいでのけぞった。目をつむり、体内を甘い快感が滝のように流れ落ちるにまかせた。

「いや、満足という言葉では言い足りない」タリクの低いつぶやきにフェイの背中を小さな震えが伝いおりた。「君はとても情熱的だ」

フェイは口がきけなかった。昨日も今日も明日もなくなり、もう何も考えたくないと思った。考えても、体中の血管を駆けめぐる幸福な陶酔感を失うだけなのだから。

「まるで僕のために生まれてきた女のように」彼はかすかに苦々しさを含んだ声で言い、フェイの首筋の敏感な部分に熱い唇を押しあてた。フェイの口からうめき声がもれた。

フェイは自分に命じるまでもなく頭がからっぽになった。欲望が猛火のように降りかかり、彼女をめらめらと燃え立たせた。タリクが硬くなった熱い下腹部を押しつけると、フェイは背中を彼に預け、期待に全身を震わせた。タリクはじらすようにゆっくりと体勢を変え、フェイを仰向けにした。それから彼女の脚の間を指で探り、彼女がすすり泣いてもだえるまで愛撫を続けた。

「タリク！」

「待ってくれ」

「いや、待てないわ！」それでも彼に時間が必要な理由はわかっていた。妊娠を避けたいのだと。

「さあ」タリクは彼女の腰を引き寄せ、身を沈めた。甘美な衝撃が彼女を貫いた。背中を弓なりにして、喜びを余すところなく受け入れる。はっきりと彼に教えられたことがある。この喜びは境界のない果てしない世界なのだと。タリクはフェイの顎をつかんで唇をむさぼりながら、腰を動かした。屹立《きつりつ》した熱い欲望がフェイの奥まで届き、狂おしい歓喜と興奮をあおり立てた。フェイは意識が遠のきそうだった。完全に彼の所有物になり、この世で感じられるのは彼の存在だけだった。夢中で彼の名を叫び、絶頂へのらせん階段を駆けのぼった。やがて耳元でタリクのうなり声がとどろき、彼の体が暴れ馬のように震えた。その瞬間フェイものぼりつめ、深い満足感の中でこんこんとわく温かい泉に身を解き放った。

タリクはフェイを枕の上に横たえ、彼女の顔をじっと見おろしながら、汗ばんだ額から乱れた淡いブロンドの髪を優しくかきあげた。その手がかすかに震えているのをフェイは感じた。彼女と視線が合うと、タリクの瞳は鋭く光り、りりしい顎がこわばった。「痛いだろう？　君の激しさにつられて僕もつい我を忘れた」

フェイは髪の生え際まで赤くなって顔をそむけた。彼の言うとおりだ。私は一晩中抱かれたあとでなお、炎天下で何日も水を飲んでいない者のように貪欲《どんよく》だった。「そうだったかしら」

「ああ、そうだよ」褐色の長い指でフェイの顔を彼のほうに向かせる。「あれほど僕を狂おしく求めた女性は初めてだ。ここにいつまでもいたら、君は明日の今ごろは起きあがる力さえなくなっている」

タリクは自信ありげな口調でベッドを出た。

「私をどこかへ連れていくの？」フェイは反射的にきき返した。

「君はムラーバ宮殿へ戻るのがいちばんいい」

私に選択の自由があるような口ぶりだけど、現実にはそばにいないでくれということだわ。肌を重ね合った熱い一夜を過ごしたあとだけに、フェイは彼の拒絶がショックだった。

「これから数日間は会議にかかりきりで、君をかまってやれないからね」タリクがきっぱりと言った。

かまってやる？　フェイは内心でつぶやいた。まるで子供かペットのような言い方ね。私はしょせんどうでもいい添え物なのよ。フェイは彼の言葉にいちいち過敏に反応する自分が悲しかった。ハーレムは廃止されたと聞かされても、彼の父親が気が向いたときにここへ女性を呼び寄せていたことをつい思いだす。私はたった一晩で宮殿へ送り返されるのね。

「ムラーバへは車で戻ってもらう。ヘリコプターに比べてかなり長旅だが、我慢してくれ」

「いいのよ。私のためにわざわざヘリコプターを飛ばしてもらわなくても」フェイはうつ伏せになって、ほてった顔を枕にうずめた。だだをこねている子供みたいな自分の態度が恥ずかしかった。

「そういう意味じゃない」タリクは静かに言った。「時間の短縮だけの理由ではヘリコプターを使わないことにしている」

〝あれほど僕を狂おしく求めた女性は初めてだ〟タリクの言葉を思い起こしてフェイは身がすくんだ。男性にとって自分に夢中になる女性を見るのはどれほどいい気分だろう？　女性の貪欲さは男性の誰もが持つ狩りの本能を刺激する。私は一晩中、タリクのすばらしさに感動しどおしだった。

「フェイ、このことはあまり深刻に受け止めるな」

「どうすれば深刻に受け止めずにすむの？」

「セックスには麻薬のような魅力がある。僕もゆうべは君と天国にいる気分だった」タリクは淡々と言った。「だが僕には果たすべき責任がある」

彼の冷静さがフェイの無防備な肌を鞭《むち》のごとく打った。昨夜の情熱的な体験で、防御の壁はすべて取り払われた。見ず知らずの別人に変わって背を向けたがるタリクに、執拗《しつよう》に追いすがっているとは。なんて情けない女だろう。でも、彼の今の言葉で少しだけ目が覚めた。彼にとって天国は、制限しつつ慎重に扱うべき、禁じられた不道徳な欲求なのよ。

「君がここにいると思うと気が散って、会議の進行に支障が出る。君とベッドに入る口実にしょっちゅう休憩時間をはさむはめになる」彼の不機嫌そうなつぶやきで、あたりの空気が険しくなった。

気が散るだなんて。私は彼にとってうっとうしい足手まといなのね。フェイは力なく頭をもたげ、タリクの厳しい横顔を見つめた。高い頬骨と顎がいらだたしげにこわばっている。彼は乗馬用ズボンに手を伸ばした。なめらかな褐色のサテンのような背中に爪跡がくっきりと残っていた。肩の盛りあがった筋肉にはあちこちに歯形がついている。

まるでセックスに飢えた女に束になって襲われたみたいね。それでも彼ははっとするほど魅力的だ。不精ひげの伸びた顔も、私の指にかき乱された髪も。フェイは胸が痛んだ。彼の力強い大きな手のひらに心臓が握りつぶされ、寂しく葬りさられる気がした。静かな威厳をたたえ、何もなかったように服を着る彼の姿に、フェイはこれ以上自分をごまかせなくなった。嫌われているのがわかっていて、自分の本心に見て見ぬふりができなくなった。

「もう私の顔なんか見たくないのね」フェイは恨みがましくつぶやいた。

「僕の気持ちを勝手に決めつけるな」タリクは冷たく言い放ち、金色の目で鋭く彼女を見た。「僕は以前君に辛酸をなめさせられた。同じことを繰り返すのはごめんだ。もう決して君に理性を失ったりしない」

彼の言葉はフェイにとってつらい行く末を暗示していた。

8

フェイは黙りこくったまま朝の食卓についていた。さっきからクロワッサンをちぎっているだけで、何も口に入れていない。テーブルには工夫を凝らした料理が次々と並んだが、じきにこのテントの宮殿を去ろうというときに食欲などあるはずがなかった。

タリクの抱擁の中で朝を迎えてから二時間。わずか二時間前は、自分が彼にとって大事な存在になったと勘違いしていた。貪欲《どんよく》に体を求められたことで愚かな安堵感《あんどかん》に浸っていた。彼が二人の間に厳然と境界線を引いていたとも知らずに。でも、これでもう幻想に惑わされる心配はない。ベッドでの関係でしかないとはっきり思い知らされたのだから。

目の奥が涙でちくちくした。なぜもっと早く彼の非情さを見抜けなかったの？　一年と二カ月前、彼は白い薔薇《ばら》の花束とキャンドルのディナーで礼儀正しく私にご機嫌うかがいをした。それは古風な表現だが、パーシーにすべてぶちこわされるまで二人がデートを重ねた二カ月間にいちばんふさわしい言葉だ。タリクは私にそれなりの好感を持ちながら――『愛と青春の旅立ち』症候群と言おうか――簡単とわかっていてあえて私をベッドに誘わなかった。愛の言葉や、将来についての軽率な口約束は一度もなかった。

つまり、彼のほうは私をなびかせるつもりはなかったのに、私が一方的に夢中になったのだ。フェイは悔恨に胸が締めつけられた。私は今でもタリクへの強い思いを抑えられずにいる。しかもそれを認めたら、心が前にもましてもろくなった。愛ゆえに私は彼の意のままになった。軽蔑《けいべつ》されながら抱かれ、自分の奥のふしだらな顔をさらけだした。存分に支配欲を満たした彼は私を遠くへ追いやりたくなり、私は彼と会えなくなることを悲しんでいる。私のプライドはどこへいったの？

フェイは両手のこぶしをきつく握った。セックスは麻薬のようだと彼は言った。私にすれば破滅だ。彼を知ったこの体は囲われ者でいたがっている。そう、私はただの側妻《そばめ》。結婚指輪ももう手元にはない。それでも彼は私をいちおう妻と見なしていた。だからこそ二人目の妻という表現を使ったのだろう。世継ぎをもうけるため再婚するつもりだと。

そう聞かされて、私はみじめなまでに未練がましかった。日陰の女になるのを信じたくなかった。サファイヤのアンクレットが無性に重い。決して解かれることのない奴隷の足かせのように。フェイは震える手で足首に触れた。

「シラン、殿下にこれのはずし方をきいて」

小柄な女性は十五分ほどで戻ってきて、フェイにそっと耳打ちした。「タリク王子は、自分からの贈り物をあなた様が身につけていることが好ましい、とおっしゃっています」

フェイはぞくりとした。タリク・イブン＝ザキールはジュマールの国全体が好ましくないと気がすまないのよ。彼は誰にも立ち入れない聖域。人前で平然と外国人の情婦をベッドへさらっていける。

「殿下はこのようにもおっしゃっています」シランは見るからに戸惑った様子だ。

「どうしたの？　彼はなんて言ったの？」

「国政で忙しいときにつまらない邪魔はするなと」

フェイがジェット機並みの速さで立ちあがったとき、ラフィがミサイルの勢いで部屋に飛びこんできた。後ろから数人の使用人が慌てて追ってくる。ラフィはフェイのサマードレスをものすごい力でつかんだ。「お願いだから行かないで。僕も連れてって！」

「待って。いったいどうしたの」フェイは落ち着かせようとラフィを抱きあげた。

「ラフィ王子はあなた様がムラーバへ戻られるのをご存じなのです」シランがため息をついた。

ラフィはフェイに両手でしがみついた。「僕も一緒に行く。いい子にするって約束するよ」

「ラフィ王子と赤ん坊たちも同行させますか？」シランがフェイにきいた。

「私にはそんなこと決められないわ」

「ですがタリク王子は首長会議のさなかで、とてもそれどころではありません」

「お願い、僕も連れてって」ラフィがせがんだ。

ほかに判断を仰ぐ人はいないのかしら。双子の赤ちゃんはどうしよう。「バスマとハヤットのご両親は？」フェイはシランに言った。

シランは目を見張った。「いいえ、いません」

「いない？」フェイはきき返した。

「死んじゃったんだ」ラフィがフェイの腕の中でそっけなく言った。「飛行機ががしゃんって落ちて、みんな死んじゃった」

フェイは全身の血が凍りついた。

「恐ろしい日でした」シランが涙声になった。

「タリク王子は泣かない。ラフィ王子も泣かないよ」ラフィは言いながらぽろぽろ涙をこぼした。

フェイは目頭が熱くなってラフィを抱きしめた。そうと知らずに悲しい話題に触れたことが悔やまれた。「では誰にも異存がなければ、あなたと私で双子の赤ちゃんを連れて宮殿に戻りましょう」フェイは決意をこめてラフィに言った。

ラフィは自分のおもちゃを取ってくるからと部屋を出ていった。

「その飛行機事故について詳しく聞きたいわ」フェイはシランに言った。

ラフィの母親と双子の両親にあたるラフィのいとこ夫婦、さらに双子の祖父母の計五人が事故で帰らぬ人となった。ジュマールの首都から近隣国のカビールへ向かう飛行機がエンジントラブルを起こし、胴体着陸を試みたものの失敗に終わった。バスマとハヤットの父親は遺言で後見者にタリクを指定していたが、まさか娘たちが一歳にもならないうちに自分がこの世を去るとは想像もしなかっただろう。

タリクは一度に多くの近親者を亡くしたのだ。時間の短縮だけのためにヘリコプターを使いたくない、という彼の言葉の意味が今になって胸にしみた。

ムラーバ宮殿へはトヨタのランドクルーザー四台を連ねた大がかりな旅になった。激しい揺れと徐行を繰り返す砂漠での道中、フェイは新たに知った驚きの事実を反芻《はんすう》した。タリクが丸一年も喪に服すはずだ。しかも親を亡くした幼子を三人も抱えていたとは。なのに私は大々的に報じられたはずのその悲劇を知らなかった。テレビはめったに見ないし、自宅で読んでいた地元紙では国際ニュースまで網羅していなかったせいだろう。

ムラーバ宮殿の玄関ホールには大勢の使用人たちが勢ぞろいしていた。

「みんなあそこで何をしているの?」フェイは驚いてシランにこっそりきいた。「誰か来るの?」

「敬意を表しているのです。あなた様が手をお振りになれば、全員もとの仕事に戻ります」

フェイは言われたとおりにして玄関へ入った。ラフィがぴったりとついてくる。二人は二階の続き部屋へ案内された。美しい庭園を見渡すバルコニーつきの豪華な部屋で、ほうぼうにタリクの個人的な品が飾られていた。ポロ競技会のトロフィー、家族写真、あでやかなブロンド美人の肖像写真。タリク王子の亡き母君です、とシランが説明した。スーパーモデル級の美貌《びぼう》だとフェイは思った。タリクの父が百人の側妻をあきらめた理由もうなずける。

立派なダイニングルームでの昼食にはラフィとバスマとハヤットも加わり、今までになくにぎわった。フェイは食後も子供たちと過ごし、内心の苦しいせめぎ合いを意識せずにすんだ。夕方になって双子をベビーベッドに入れたあとは、ラフィを寝かしつけるのに一苦労だった。フェイのベッドがいいとだだをこねる彼を苦心の末につっぱね、本人のベッドの枕元《まくらもと》でお話を読んで聞かせた。

夜の十一時、フェイはベッドに入って読書を始めた。イギリスから持ってきて以来一度も開いていなかった歴史ロマンスだ。夢中で読みふけっていると、宮殿のヘリパッドにヘリコプターの着陸音が聞こえた。しばらくしてフェイが再び読書に戻りかけたとき、いきなり寝室のドアが開いた。

フェイは驚いて顔を上げた。タリクがしてやったりの笑顔で立っている。

「びっくりさせようと思ってね」

フェイは彼の仕立てのいいベージュのチノパンツと真っ白な半袖《はんそで》シャツの姿に胸がときめいた。襟元にのぞく日焼けした肌がまぶしい。彼ほどスマートでセクシーなハンサムがほかにいるかしら！

「どうやら成功だな」タリクは肩でドアを閉めて入ってきた。「君は僕のベッドもよく似合う」

「大事な会議の真っ最中なんでしょう？」

「夜明けには砂漠へ戻る」

「なのにどうしてわざわざここへ？」

「答えは簡単。君が欲しいからだ」

フェイはタリクの思わせぶりなまなざしとハスキーな声に、すみれ色の目を大きく見開いた。コットンの細い肩紐《かたひも》のナイトドレスの下で胸のつぼみがつんと硬くなっているのがわかる。

彼はすらりとした指でフェイの力の抜けた手から本を取り、表紙の全裸に近いバイキングのヒーローをしげしげと眺めた。「なかなか大胆だな」

「ただの暇つぶしよ」

フェイが頬を染めて慌てて起きあがると、タリクは目を輝かせて言った。「だが今は僕がいる」

「それで?」フェイは顎を上げげた。

「表紙の男より僕のほうが身近だし、服装の趣味もはるかにいい」タリクはベッドの脇《わき》に腰かけ、フェイのきゃしゃな肩に両腕をまわした。

彼の存在を頭から締めだすのよ。反応してはだめ。フェイは懸命に自分に言い聞かせた。

「砂漠に生まれた者は氷などものともしない」タリクは顔を寄せてフェイの震える唇に息を吐きかけ、体から立ちのぼる太陽の匂《にお》いで彼女の鼻孔をくすぐった。「君は僕のために燃える」

タリクが唇を重ねると、フェイは頭の中でかけ算の九九を呪文《じゅもん》のように唱えた。口づけは激しくなり、体が誘惑と期待に震えた。たまらずにうめいた瞬間、こじ開けられた唇の間に彼の舌が入ってきた。だめ、唇を閉じて! フェイは別のことを考えようとしたが、敗北は間近だった。

タリクは片手をフェイの髪に差し入れ、唇を首筋の温かい血管に這《は》わせた。口づけはさらに熱を帯び、フェイの鼓動が激しく打った。だが瀬戸際で〝二人目の妻〟という言葉が脳裏によみがえった。タリクの再婚は、きっと三人の幼い子供たちのためでもあるのだろう。フェイは急に自分の行為が恥ずかしく思え、頭を後ろに引いた。「ゆうべあなたは、二人目の妻という言葉を口にしたわ」

「ああ」

「つまり一人目の妻がいたという意味でしょう? それは私のこと?」

「ほかに誰がいる」タリクはそっけなく答えた。

フェイは頭が冴《さ》え、気持ちを集中するのにかけ算の九九はもう必要なくなった。体を後ろへ引き、タリクを狼狽《ろうばい》の目で見つめた。「あの結婚はつかの間だったけど正式なものだったの?」

「当たり前だ」

当たり前? 私と彼は正真正銘の夫婦だったというの? フェイはベッドの端の積み重ねられた枕に背中を押しつけ、唖然《あぜん》としてタリクを見つめた。「でも、あなたは私にこの結婚は本物じゃないと言ったわ。偽りの結婚だって」

「それは」タリクは落ち着き払っていた。「結婚の本質について言ったんだ。僕にとって強制された結婚はまがいものだという意味で、結婚式が法的に無効だとは言っていない」どうでもいいことであら探しはやめてくれ、とばかりの面倒そうな口ぶりだ。

「じゃあ、私はあなたの本当の妻だったのね」

「それ以外に何がある?」タリクはあざ笑うように続けた。「君は僕の妻で、花嫁だった」

「花嫁!」頭がくらくらした。「パーシーは、どうせジュマールのまじない儀式だから、もう離婚したかどうかと心配する必要はないって――」

「ジュマールにはそういう時代錯誤的な儀式はない」タリクは不快げに言った。「いかにも性根の腐ったあの男の言いそうなことだ。僕に式への参列を禁じられて、悔しまぎれにでまかせを言ったんだろう。とにかくあれは正式の結婚だ。君はキリスト教にのっとった神聖な結婚をなかったことにするのか? 僕にはできないね。君の義理の父親と違って道義心がある」

フェイは悲しい目で彼を見つめた。「なかったことになんかしてないわ。立ち会った男性は英語で話さなかったから、司祭なのかどうか確信が持てなかったのよ。こんな結婚は偽りだっていうあなたの言葉で、てっきり式もお芝居かと思ったのよ。それはあなただってわかってたはずよ」

「今はわかっている。ハジャで会ったときに君はそれを、式の終了と同時に小切手を持って大使館からさっさと逃げだしたことの言い訳にしたからね」タリクは冷たく言い放った。

「言い訳ですって？」フェイは死に物狂いで理性にすがった。そういえば砂嵐《すなあらし》の日、彼は意味のわからない話をしていた。「あなたは洞窟《どうくつ》で、一年前に私はあなたと一緒にジュマールへ来るはずだったと言ったわね。本当の妻は大使館から飛びだしたりしないと。あのときはなんの話かわからなかったけど――」

「今さら蒸し返してほしくない」

フェイはタリクの険しい顔をじっと見つめた。

「でも私には知る権利があるわ。それはこういう意味？　一年前、私があなたについてジュマールへ来ていれば、私を妻として受け入れたと」

「水晶占い師でもないのに、そんなくだらない仮定の質問には答えられないね」

「まあ」フェイの心に怒りの猛火が駆けめぐった。「私を引き止めようともせずによくもそんな！」

「引き止めなくて当然だ」

「本音では私をお払い箱にできてせいせいしたんでしょう？」フェイは苦々しく言った。

「僕は君に腹を立てていた。勝手に逃げだした君を引き止めるほど親切にはなれない」

「勝手に逃げたんじゃないわ。あの状況では当然よ。あなたがすぐに離婚手続きをするなら、大使館にいつまでもぐずぐずしている必要はないもの」

タリクは息まくフェイに冷笑を向けた。「君はどうやら今は僕の妻になりたいらしい。あのときの小切手をもう使いきったからだろう？」

「それこそくだらない質問よ」屈辱のあまり喉の奥から嗚咽《おえつ》がこみあげた。「私を結婚式からほうりだしておいて、あとを追いもしないで――」

「追う義務がどこにある」タリクは噛《か》みつくように

言い返した。「悪いのは君で、僕ではない。君は互いの見解の相違を埋め合わせようともしなければ、弁解しようともしなかった。ただ金を持って逃げたんだ」

フェイは身震いした。彼の最大の欠点に気づくのが遅すぎた。彼の傲慢《ごうまん》で強情なエゴは、あの場から私が去っていくのを許した。私は状況を見誤っていたにすぎない。それなのに、その事実を頑としてつっぱね、私を永久に有罪にしておきたいのだ。

「すぐに離婚すると信じていた私がほかにどうすればよかったの？　封筒の中身が小切手だなんて、開けないうちからどうしてわかるの？　あなたは私を誤解したのよ。過ちは誰にもあるけど、自分の非をあくまで認めようとしない態度は見苦しいだけだわ。あなたは自分が間違うはずがないと思いこんでるのよ」フェイの唇から乾いた笑いがもれた。「私は確かに年齢を偽った。でもそれはティーンエイジャーにありがちな未熟で愚かな嘘《うそ》でしかない。私が本当に犯した罪はあなたの求婚を受け入れたことだけよ」

「フェイ」

悲しくて彼の顔を見られなかった。「でもあなたは私がいちばん欲しかったものをくれたわ。私はあなたを愛していた。いけないとわかっていても、心の底からあなたの妻になりたかったのよ！」

タリクはフェイの両手をつかんだが、その手に力はなく、フェイは簡単に振り払った。「誰にも僕らの過去を変えることはできない」

フェイは胸が締めつけられる思いで振り向いた。なぜ彼の前で自分をさらけだしてしまったのだろう。本心をぶつけてもなんにもならないのに。彼は最初から私と結婚したくなかった。だから私の弁明に耳を貸そうとしないのだ。

「最後にもう一つだけ言っておきたいの」フェイは

苦しげに息を吸った。「私がジュマールの統治について疎いように、あなたも真実の愛に不慣れだわ。あなたの馬のほうがよっぽど繊細よ。あなたはパーシーにだまされたことで、怒りの矛先を私に向けた。プライドを傷つけられた腹いせに私を責めた。それをいまだに続けてるのよ」

沈黙のあと、二人の間に怒りが渦巻いていた。

「言いたいことはそれだけか？」タリクの口調は北極の氷よりも冷たかった。

フェイは絶望感に目を閉じた。砂漠の戦士には、プライドを傷つけられるのは何より許しがたいのだ。意地にかけても私を許さないつもりだ。私を根っからの嘘つきで、金目当てで男と結婚する女だと決めつけている。正式な妻だった私を引き止めようとも追いかけようともしなかった。悪いのは君で、僕ではない？　フェイは身震いした。あんな言い方をする人が私を愛していたはずがない。だから私は彼の愛を失ってなどいない。そう思えば苦しみもいくらか和らぐわ、きっと。フェイの頬を涙が伝い落ちた。

「もし僕が怒りをパーシーにぶつけるなら、彼を近寄らせる気になるなら、今すぐ素手で絞め殺してやる。理由は僕を脅迫しようとしたからではない、育ての親として君を道徳心のない人間に変えてしまったからだ！」

本心を吐露した言葉にフェイはびっくりした。静けさのあとに彼が服を脱ぐ音が聞こえた。フェイはじりじりとベッドの端に寄った。みじめな結婚式の日については二度と考えまいと決心した。結婚や離婚に関してもこれ以上思い悩む必要はない。自分は絶え間のない後悔の中で一年間を棒に振った、それだけのこと。お気の毒としか言いようがない。だからこれでもう何もかもおしまい。

ベッドが彼の重みで沈み、明かりが消された。

フェイは口を開けて息を大きく吸った。

タリクが音もなくにじり寄ってきて言った。「さあ、僕の腕においで」

「いや！　これ以上私をみじめにするの？」

「君も僕をみじめにしている」タリクは低くつぶやき、フェイを力強く引き寄せた。フェイがもがいて逃れようとすると、抱擁はさらにきつくなった。

「君を抱くつもりはない。それこそ二人ともみじめになるだけだ。ただ静かに横になっていたい」

彼の大きなたくましい体から発散される熱が、フェイのこわばった体にじわじわしみこんだ。フェイはゆっくりと緊張を解いた。「去年の飛行機事故について、今日初めて聞いたわ」フェイはふとつぶやいた。どうしても言いたかったことだ。

タリクの体がぴくりとした。

「心からお気の毒に思うわ。お父様に続いて一度に多くの身内を亡くして、あなたにとってはまさに悪夢だったでしょうね」

「事故のことはイギリスでも報じられたはずだ」

「ええ、たぶん。でも半年前は私も身のまわりがごたごたしてたの」フェイは浮かない顔で言った。「自宅が売りに出されて、私は荷物をまとめてどこか住む場所を探さなければならなかった。それで事故の報道に気づかなかったのね。ここへ着いてすぐ、あなたの義理の母親が亡くなったと聞いたときも、ほかの方々まで犠牲になったとは思いもしなくて」

「売りに出されたのはどの家だ？」

フェイは眉をひそめた。「どの家って？」

「君の兄の家か、それとも君の家か？」

「兄には自分の家はないわ。軍にいたときは宿舎に住んでいて、除隊と同時にそこを出ることになったけど。とにかく私が言ってるのは兄と私が生まれ育った家で――」

「だったらなぜ売りに出した？」

フェイはため息をついた。「兄と私の共同所有だったけど、ロンドンから遠すぎて兄と奥さんのリジーには不便だった。だから私も売るのを承知したの。前にあなたにも言わなかったかしら。兄はそのお金を建設会社の設立資金にしたって」

「君が住む家まで犠牲にしたとは思わなかった。あんな愚かな兄によく自分の大事な住みかを黙って売らせたな」タリクは腹立たしげに言った。

「エイドリアンをそんなふうに言わないで」あながち否定できないだけにフェイは複雑な気分だった。愛すべき兄は確かに頭が切れるタイプではない。

「家を売ったあとはどこに住んでるんだ？」

「職場の近くに寝室兼居間を借りてるわ。それはそうと、今ごろはもう職を失ってるわね。二、三日の休暇願いしか出してこなかったから」

「寝室兼居間？　なんだい、それは」

「ほんとに知らないの？」フェイは暗闇《くらやみ》の中でほほえんだ。知らなくて当然だ。たぶん彼にとって、私ほど粗末な貸し部屋に住む知人はいないだろう。フェイは寝室兼居間について説明した。

「バスルームを他人と共同で使うのか？」タリクはあきれた調子できいた。

「いっせいにみんなで使うわけじゃないのよ」フェイは笑いをこらえた。

「君は義理の父親か兄と暮らしているものと思っていた」

「兄は自分の家族と一緒にジュマールに住んでいたし、パーシーは兄が刑務所に入らなければ私に連絡さえよこさなかったはずよ。彼がもし一年前の結婚が本物だったと知ったら、泣いて悔しがるわ。タリク、離婚しておいてよかったわね」

「もうお休み」

彼の静かな声にかすかな狼狽がにじんでいるのをフェイは感じた。だが一日の疲れに彼女のぜんまいは徐々に切れかけていた。小さくあくびをしてタリクの肩に頭をのせ、心の中で思った。再び結婚の話をしたのは、二人の過去から自分自身のことをまったく切り離して考えられたからかもしれないと。

翌朝の七時、フェイが目覚めてベッドを手探りすると、タリクはもういなかった。だが突然ベッドの下で何かが動いた。ぎょっとして飛び起きた瞬間、パジャマ姿のラフィが躍りあがって叫んだ。「ヤッホー！ びっくりした？」

「ええ、とっても。今、何時？」

ラフィはベッドに上がってフェイの膝にのった。

「今日はピクニックをしようよ」

「そうね」

「わーい、やった！」

「だからもう少し寝かせて」

ラフィはシーツの下にもぐっておたまじゃくしのようにくねくね這い、フェイにぴったりと寄り添った。彼の骨張った小さな肘と膝が腰にあたり、フェイはうめいた。

「タリクが出かけるのを見た？」

「ヘリコプターなら見たよ」ラフィはヘリコプターの音を大声でまね、両腕をぐるぐるまわした。「僕はヘリコプターには乗らないんだ。だって空から落ちて地面にぶつかって、お兄様が死んじゃうかも」

「大丈夫よ、タリクは死なないわ。彼は優秀なパイロットだもの」フェイは寝るのをあきらめてラフィをくすぐった。二人で大笑いしていると、シランが何事かと慌てた様子で部屋に駆けこんできた。

予想に反して、タリクはその晩は戻ってこなかった。彼が次に顔を見せたのは翌日の午後だった。丘の斜面の心地よい庭で二時間ほどひなたぼっこをしてから、ラフィと双子は昼寝のために女性たちと建物の中へ入った。一人になったフェイは靴を脱ぎ、ひっそりとした木陰にある噴水の浅い池に素足を浸した。冷たい刺激がほてった肌に気持ちよかった。

スカートの裾《すそ》を持ちあげて足を威勢よく蹴《け》りあげ、陽光にきらめく水しぶきが頭上にしだれるピンクがかった木の葉をぬらすのを眺めた。

ふと顔を上げると、そばの青々と茂った芝生にタリクがいた。金色の瞳を輝かせ、うろたえているフェイをおもしろそうに見つめている。整った魅惑的な唇に笑みがこぼれていた。フェイは胸がどきどきして、茫然《ぼうぜん》と彼を見つめ返した。

「生気に満ちた麗しい光景だ」彼はハスキーな声でつぶやき、フェイが池から出るのに手を貸した。

「笑ってたじゃないの」

「三十六時間ぶりにほっと一息ついたんだ、許してくれてもいいだろう?」タリクはフェイのきゃしゃな手を握ったまま、熱っぽい視線で言った。フェイのほてった頬がますます赤くなった。「二人の頑固な老人に放牧権をめぐる議論を深夜まで聞かされて、ろくに寝られなかった。ま、そのおかげで予定より早く君に会いに戻れたがね」

「ええと、靴はどこかしら」フェイは緊張してつぶやきながら、彼のほうをこっそりうかがった。長身の堂々たる体格で着こなしたベージュのスーツに、黒髪と日に焼けた肌が目にも鮮やかだ。降参だわ。彼に見つめられただけで息が止まりそう。フェイは氷より冷たくなれと自分に命じつつ、やっぱり彼はこの世でいちばんのハンサムだ、と思った。

「靴なんか忘れていい。だが身長差が広がるのは多少不便だな」タリクは両腕でフェイを自分のほうへ抱き寄せた。「さあ、僕の首にぶらさがって」

「お断りよ」フェイは彼の魅力に負けまいと目を伏せ、今すぐしがみついて彼の匂いに包まれたいという衝動と闘った。

「頼むから」

「何度頼んでも時間の無駄よ」

タリクはフェイを軽々と抱きあげ、熱い首筋に唇を押しあてた。予期せぬ接近にフェイはのけぞり、体内に熱い川が流れるのを感じて低くうめいた。

「そうかな」タリクはフェイを抱いたまま木陰のベンチへ行き、そこに腰を下ろした。形のいい彼の唇に満足げな笑みが浮かんだ。「君と一緒だったら、いくらでも時間を無駄にしたい」

「契約でそう決まってるならあきらめるわ」フェイはタリクを意識して頭がどうかなりそうだった。

「どういう意味だ？」

「私はあなたの側妻よ。情婦よ。あなたと一緒にいたくないと言っても通らないわ」

タリクは険しい顔つきでゆっくりと息を吐いた。

「おとといの晩、君が言ったことを考えていた。確かに僕は君を誤解していたようだ」

「五十万ドルを懐に入れたのはパーシーよ。あなたは彼から私を買い取ったのよ！」フェイは激しく言い放った。「小切手はパーシーあてだったんでしょう？」

「当然だ。僕は彼が君と一緒に暮らしていて、生活の面倒をすべて見ていると思っていた」

「パーシーが私の面倒を見たことは一度もないわ。ときおり週末を過ごした以外に一緒に暮らしたこともないし。母の看病すら自分でせず、代わりの人を雇ってたのよ」

「一緒に会食したときの、仲のいい幸福な家族のイメージとは違ってたわけか」

「ええ、大違いよ。家庭内の恥をわざわざ自分からさらけだす人なんていないわ。パーシーはまさに恥だった。私はどれだけあなたを彼に会わせたくなかったか。彼が誰に対しても不快な態度をとることは知りすぎるほど知ってたから」

「君の母親はなぜそんな男と結婚したんだ？」

「口には出さなかったけど、母も後悔してたと思うわ」フェイはため息をついた。「でもパーシーは母の前では不親切なことは言わなかったから、母が生きているうちは特に波風は立たなかったのよ」

「エイドリアンは僕にこう言ったことがある。亡くなった実の父親は投資に失敗して家族に借金を残したが、パーシーはまるで知らんぷりだと」

「私には一度もそんな話はしなかったのに」

「僕も君に対して無責任だと責められそうだ」

フェイは驚いた。「そんなことないわ。私はあなたの妻だとは思ってなかったもの。とにかく、もうこんな話はよしましょう」彼女は体にまわされたタリクの両腕を解いて立ちあがり、裸足《はだし》なのを忘れて砂利を踏んだ。「いたっ！」慌ててベンチに座りこんで、片足をもう片方の足の上にのせた。

タリクは笑ってフェイを見あげた。「王妃はもっと威厳を持たなければ」

フェイは強がって言った。「隣においでの紳士は私の靴を持ってきてくださるかしら」

タリクは立ちあがってフェイの両手を握り、急に唇を重ねた。それから茫然としている彼女を抱きあげてベンチに下ろし、靴を取りに行った。フェイは激しい口づけにくらくらしたまま、彼の後ろ姿を見つめた。

「なんだかシンデレラみたいだ」戻ってきた彼は太陽の光に黒髪を輝かせてフェイの前にしゃがみ、彼女の小さな足にサンダルを履かせた。

「シンデレラはすてきな王子様に出会えたけど、私の場合は意地悪な蛙《かえる》」

「え？」

「聞こえたでしょ」

タリクは愉快そうに笑い、フェイの手を取って宮殿の建物へ向かった。

「私を部屋へ呼び入れるために庭に来たの？」

「君を捜しに来たんだ。だが君の言うとおり、これから寝室へ連れ戻して、着ているものをできるだけ早くはぎ取るつもりだ」彼は平然と言った。

「お役目を果たしなさいってことね」フェイは皮肉を返したが、顔がほてり、体の奥が欲求でうずくのを感じた。自分がいやになる。彼に夢中なくせに側妻の立場に不平をこぼすなんて、素直じゃない。

タリクは意外そうに言った。「君は変わった」

「え?」

「僕とベッドに入るのが苦でなくなったらしい」

「ほんとね」フェイは肩をすくめた。「あなたにすればあまり嬉《うれ》しくないでしょう? 仕返しのつもりが、逆に楽しまれるなんて」

「もう仕返しのつもりはない」

「私は平気よ。これを休暇の延長と思えるようになってきたわ」フェイは自分でも不思議なくらい気丈だった。実は心はずたずただとタリクが知ったら、きっとびっくりするだろう。

「いわゆる休暇先でのロマンスか」

「さあ、どうかしら」

十分間の息づまる沈黙のあと、フェイは靴を脱いでベッドに寝転んだ。「このアンクレット、はずしてはだめ?」

タリクの目がきらめいた。「いや、そのままつけていてほしい」

「四六時中ずっと、どこでも? 噴水の池で水遊びをするときもがんじがらめ?」

タリクはジャケットを脱ぎ、おもむろにネクタイをゆるめた。フェイは緊張しつつ思った。彼って怒ってるときも私から目をそらさないわ。そう意識して、女としての新たな感覚が芳醇《ほうじゅん》なワインのように体中に広がった。

「へらず口はもうよせ」彼は静かに言った。

「ドアマットみたいに、一生おとなしく踏まれてろと言うのね」

彼は全裸になってベッドに近づいた。バルコニーの開け放たれたドアから陽光が差し、彼のブロンズ色の彫像さながらの肉体を包んだ。フェイはその美しさに息をのみ、時間の感覚を失った。自分は今この瞬間にだけ生きているのだと実感した。

「君に勝ち目はない」彼は全身に欲望をみなぎらせ、フェイに覆いかぶさった。「君は僕の女だ」

「私があなたを求めているうちは」

タリクの指が彼女のドレスの前ボタンにかかった。黒いまつげの下で瞳が金色の光を放ち、唇に興奮を誘う謎《なぞ》めいた笑みが浮かんだ。「そのうちに君が僕に夢中になって、どうかしてしまわないといいが」

「取り越し苦労よ」

彼は純金の包みでも開けるように、そっとフェイのドレスを左右に開いた。ブラをつけていない白い乳房があらわになる。「ゆうべの放牧権の議論が上の空になるわけだ」彼はハスキーな声でささやき、薔薇色の王冠をつけた柔らかなふくらみに手のひらを優しく這わせた。「こんなにも美しい」

フェイはもどかしさに震えながら、背中をベッドに押しつけた。感じていることを悟られてはだめ、彼の思うつぼよ。「あなたが上の空だったのは一年間の禁欲生活のあとだからじゃない？」

「なぜわかる。ついこの前まで君はバージンだったろう」タリクは挑むようにフェイを見おろした。

「あくまで意見を言っただけよ」

「聞きたくない」

「ほかの男性たちも同じ意見かしら」フェイの頭の中で踊る小さな悪魔がそう言わせた。

タリクは怒りのこもった声で言った。「どうしてそんな不愉快な質問をするんだ」

「おあいこよ。あなたも不愉快な質問をしたわ。今まで何人の男を夕食とベッドに招いたんだって」

「あのときは君の行動に面食らって――」

「嘘ばっかり。私を動揺させようとしたのよ。安っぽい女だと非難して」

「取るに足らないことだ」タリクは拘束するように両手にフェイの乱れた髪を巻きつかせ、獰猛《どうもう》に唇を重ねた。

フェイは一瞬のうちに頭が真っ白になり、快感に溺《おぼ》れながら彼の肩にしがみついた。

タリクはいったん唇を離し、フェイの体からドレスを脱がせた。「君は安っぽい女ではない」

「ええ、あなたに五十万ドルも払わせたもの」

タリクがびくりとした。

「それを安いと言う人はいないわ」

日に焼けた顔が青ざめ、彼は恐ろしい形相でフェイをにらんだ。「そうだ、君には五十万ドルの価値がある。それで満足か?」

フェイは満足ではないがうなずいた。お金のことになど触れなければよかった。パーシーがだまし取った小切手や、エイドリアンの釈放に支払われた金額については、この際もう忘れよう。

タリクは人差し指でフェイの震える唇をなぞった。彼女はまばたきで涙を隠そうとしたが、タリクは見逃さなかった。「僕らは最後には一つになる。それだけを考えればいい」

再び唇が重ねられると、フェイの欲望は鮮烈な感情とともに舞い戻った。タリクを愛している。彼を求めている。その現実から一歩たりとも退くことはできない。フェイは両手を彼の体に狂おしくさまよわせ、たくましい筋肉の感触に酔いしれた。

彼はたまらずに体を震わせた。唇を合わせたままフェイをかき抱き、硬くなった熱い下半身を彼女の素肌に押しつけた。

「君は僕を狂気に駆り立てる」タリクは熱っぽい口調でつぶやいた。

フェイは息をつく間もなく巧みな愛撫《あいぶ》に翻弄《ほんろう》された。乳房をもみしだかれ、敏感なつぼみを吸われ、興奮の階段を駆けのぼった。しなやかな指に脚の間を探られ、渇望の海にのみこまれた。息が乱れ、心臓が狂ったように叫んでいる。もう待てない。今すぐ彼が欲しい。

その瞬間、タリクが中に入ってきた。フェイは歓喜のうめき声とともにのけぞった。快感があとからあとから押し寄せる。そのまま生々しい興奮に身を預けると、やがて甘い恍惚《こうこつ》に抱かれ、今にも空に手が届きそうな高みへと吸いあげられた。

ゆっくり舞いおりたあとは、うっとりとした余韻に包まれた。タリクに強く抱きしめられたまま、深い感動に溺れた。どこが始まりでどこが終わりなのかわからなかった。ただ、彼の穏やかな視線が嬉しかった。フェイはほほえんだ。

「君は特別だ」彼はつぶやいた。

「あなたもよ」

「君を決して逃がしはしない」

フェイは女の幸せを実感しながら、スフィンクスのような謎めいた笑みを浮かべた。

「僕は今、どこにいると思う?」電話の向こうでタリクがささやいた。

彼の電話の声って、とてもセクシーだわ。フェイは至福を噛みしめた。彼はどんな何げないことを言ってもたまらなくセクシーだ。フェイは彼に渡された携帯電話を握っていた。それがあれば離れ離れのときも二人きりで話せる。フェイは電話を肌身離さず持っていた。彼の身代わりとして、自分がジュマールで誰よりも望まれた女だと確認するホットラインとして。つい二週間前の自分は彼を意地悪な蛙と呼んだ。魔法が解けて、蛙は王子様に戻ったのだ。

「ここに帰ってくる途中?」フェイは期待をこめてきいた。

「いいや」

「いつ帰るの?」思わず落胆のため息がもれた。

「君はどこにいる?」

「宮殿の庭よ。またあなたに捜してもらうわ」

「ああ、いいとも」彼のハスキーな声にフェイは悩ましさで背筋がぞくりとした。

フェイは電話を切って、子供たちに注意を戻した。そろそろ昼寝の時間だわ。木陰でのんびりとピクニックランチを楽しんだあとで、ハヤットはフェイの腕につかまり立ちをし、バスマはラフィと一緒にフェイの膝の上にいた。フェイはタリクの不在中だけ子供たちと過ごしている。早朝と夕方はタリクが子供たちの相手をするし、宮殿の育児係に対して差しでがましいまねはしたくない。自分は子供たちに対してなんの権利もないのだから。

実際、彼女は何度かタリクの意見をきいてみようかと思った。自分は子供たちと何時間くらいなら一緒にいていいかと。なかなか言いだせないのは、ラフィの話題を持ちだそうとするたびタリクがさえぎるからだ。ラフィがタリクに私と過ごしていることを話していないはずがないのに。

フェイはタリクといるときは何も考えずにすんだ。情熱の捕らわれの身となって、幸福をむさぼりつくせばよかった。心の片隅にはびこる未来への不吉な暗雲は見ないことに決めていた。明日の心配は明日すればいい。そうでなければ怖くてたまらなくなる。前にもましてタリクを愛していたから。

そばにいた二人の女性が慌ててピクニックランチを片づけ始めたので、フェイははっと我に返った。見あげると、タリクが立っていた。彼は帰宅途中ではなくもう帰宅していたのだ。私をからかったのね。フェイは内心ほっとした。

タリクはフェイがまるで一枚の絵のように子供たちに囲まれている姿に目を見張った。指を鳴らして女性たちを下がらせ、フェイに向かって言った。

「いつの間に子供たちと仲よくなったんだ?」

ラフィがフェイの膝から下りてアラビア語で何か叫び、タリクを凍りつかせた。

「静かになさい、ラフィ」フェイはうろたえた。

ラフィは傷ついた様子で、泣きべそをかきながらフェイにそっぽを向いた。

「子供を手なずけて、自分を欠くべからざる人物にしたわけか」タリクがあざけるように言うと、双子がフェイの腕をつかんで声をそろえて泣き始めた。

「うまくいったようだな」

タリクは捨て台詞《ぜりふ》をあとに憤然と去っていった。

「ラフィ、彼になんて言ったの?」フェイは震える声できいた。

「フェイは僕の秘密のママだから、お兄様には渡さないって言ったんだ!」ラフィは青ざめたフェイの肩にすがり、大声で泣きじゃくった。

9

フェイは一階の数ある広間の一つにタリクを見つけた。

「タリク?」入口から遠慮がちに声をかけた。

タリクは彫りの深い顔になんの表情も浮かべずに振り向いた。「僕が登場するなりパニックに陥った子供たちはもう落ち着いたか?」

フェイは赤くなった。「ええ、三人ともお昼寝中よ。タリク、知らなかったのよ。私が子供たちと過ごしているのをラフィがあなたに黙っていたのも、彼が私を新しいお母さんだと思っていたのも」

「狼《おおかみ》扱いされるのは愉快じゃない。普段は笑顔で迎えてくれるバスマとハヤットまであの調子とは」

「今日だって笑顔で迎えたはずよ。たまたま眠くてむずかっただけよ。それもこれも私の責任だわ」

「いや、それは違う」タリクは悲しげにほほえんだ。「近ごろのラフィの態度には目に見えて進歩があった。僕はそれを、以前からの子守と引き離したことが功を奏したんだろうと思っていた」

「それは逆じゃないかしら。彼は不安が増して混乱して、それで私になついたんだと思うの」

タリクはため息をついた。「ラフィは不思議と落ち着いて、暴れたり一晩中めそめそ泣いたりすることはなくなり、正直言ってほっとしていた。奇跡に感謝した。僕に一目置くよう育てられた彼に不用意に甘い顔はできなかっただけに」

「それで彼にしょっちゅう小言を言ってたのね。あなたの立場も知らず、私は浅はかで自分勝手だったわ」フェイは気がとがめてしょんぼりした。「子供たちをむやみになつかせるのは、逆に本人たちのためにならないのね」

「だが驚いたよ。知らない間に君たちの絆《きずな》があそこまで強くなっていたとは」タリクが唇を結んだ。「あなたとラフィの関係を台なしにしたんだとしたら、ごめんなさい」

「いいや。彼は秘密のママができて以来、僕に対しても以前に比べてはるかに素直だ」

「ほんとは情が深い子なのね」

「情が深いのは君もだ。まさかこれほど子供好きとは思わなかった」

〝うまくいったようだな〟フェイは庭で言われたタリクの言葉を思い起こした。彼は私が何かねらいがあって子供たちと仲よくなったと考えたのかしら。フェイははっと思った。正妻の座に返り咲きたがっていると誤解されたのでは？　子供たちの心を利用して、彼が私との関係を断ち切りづらくさせる作戦だと。あんまりだわ。もし本当にそんなふうに疑われているとしたら、耐えられない。

「だがもっと意外なのは、ラフィが心を温めてくれる女性の出現で、わずか数週間前の彼とは見違えるほど変わったことだ」タリクはフェイの握りこぶしをゆっくりと開き、互いの指をからめた。「ラフィの乱暴には誰もが手を焼いていて、特に女性は近寄ろうとさえしなかった。君は勇気がある」

「でも、思慮が足りなかったわ。あと先考えずにしたことなのよ。なんの計算もなく」

「君が計算ずくで行動したとはこれっぽっちも思っていないよ」タリクはフェイの手を大切そうに握った。「僕は何事にも即断を心がけている。ただし、幸いにも君との離婚にかけては例外だった」

「離婚？　いつの……こと？」フェイは緊張した面持ちできいた。

タリクは深呼吸しただけで何も答えなかった。フェイは悲しそうな目で、彼の気品のある高い頬に暗い陰りを見た。

「していない」彼は重い口を開いた。

「えっ」フェイは彼の琥珀色《こはくいろ》の瞳を見つめた。二本の揺れ動く思考が一本の太い綱になっていく。

「これまで黙っていたのは、いずれ離婚の手続きを取ることになると思っていたからだ。中途半端な期待を持たせて君を苦しめたくなかった」

「本当に離婚してないの？」フェイの背中を冷たいものが伝いおりた。

「ああ、していない。君は今でも僕の妻だ。側妻《そばめ》でも愛人でもない、正式な妻だ」

「日光浴のしすぎかしら」フェイは脚がスポンジのようになり、おなかの奥に鈍痛をおぼえた。

タリクはフェイを柔らかい豪華なソファに座らせた。「顔色が悪い」

それに続いた彼の言葉に、フェイは体からますます力が抜けた。

「砂嵐《すなあらし》の日の騒動のあと、僕は君が妻だと公表することにした。そうするよりほかになかった。君の存在が周囲に知れわたったため決断を迫られたわけだ。僕が君の評判を永久に傷つけるか、真実を公表するかの二者択一だった」タリクは彼女のだらりと下がった手をきつく握り、かたわらに腰を下ろした。

「真実？　私はあなたがいつも真実を語ってるとばかり思ってたわ」フェイは力なくつぶやいた。

「かつては口にさえしたくなかったその真実が最近はありがたく思えてきた」

ずいぶんと虫がいいのね。フェイはそう口に出して言いたくなった。私が年齢を偽ったことを厳しくとがめた人が、自分の嘘《うそ》については都合よく言い逃れるつもり？　「私をだましたのね」

「離婚手続きをすませたとは一度も言っていない」

「でも私が離婚したと思ってたのは知ってたわ」

「君が僕にはっきりきいたのだとしたら、嘘をついたと責められてしかたないが――」

「あなたは洞窟《どうくつ》で、あのときは離婚しなかったと答えたのよ。あのときはって。世間には私を、どこからか降ってわいた謎《なぞ》の妻だとでも説明したわけ？」

「身近にいる者たちは僕らの私生活を軽々しく口外しない。スキャンダルや噂《うわさ》の心配は無用だ」タリクはきっぱりと言った。「しかし僕が君を一年前に妻にしたと認めたため、結婚が喪中に執り行われた事実が必然的に明るみに出た」

「まわりからさぞ驚かれたでしょうね。敬虔《けいけん》な印象の強いあなただけに」

「実に不面目だ」タリクはため息をついた。「だが災難につながりかねない問題に、きちんとけりをつけられた」

フェイは内心でつぶやいた。確かに離婚は彼にすれば災難だろうが、延々と続く苦痛ではない。たとえ手続きが、彼が以前言っていたほど簡単ではないにせよ。フェイはわからなかったことがようやく見えてきた。「砂漠でのパーティは私たちの結婚披露宴だったのね。なぜそう言ってくれなかったの？出席者の人たちも私にはそれらしき言葉を何も言わなかったわ」

「親類縁者だろうと自分のほうからは君や僕に話しかけないのがこの国の礼儀だ。さらに花嫁は夫以外の人間とは通常口をきかない。だがそれを事前に君に話せば、あの日の朝の状況から君が反発するのは目に見えていた」

「違うわ。あなたは私を妻として認めるのが不本意で、わざと意地悪したのよ」フェイはタリクの手を振りほどき、勢いよく立ちあがった。「私に結婚披露宴だと知らせずに、側妻として見せ物にされる気分を味わわせたんだわ！」

「あながち否定できないが、常識で考えれば、僕がジュマールで妻以外の女性を周囲に見せびらかすはずがないことはわかったはずだ」

「あなたの魂胆は読めてるわ。私に妻だと言ってぬか喜びさせて、すぐに手のひらを返すつもりなのよ。見損なわないで。誰が喜ぶものですか！」

「フェイ」タリクはフェイの両肩に手を置いて振り向かせようとした。

フェイは身をよじって彼の手を振り払った。「あなたはどこまでエゴイストなの！」

タリクは彼女をつかんで引き戻した。「待て。僕は過ちを犯した。君もそうだ。だがこの数週間で僕らの間に変化が生じた。君がそれを認めなくても僕は認める。僕は君に妻でいてほしい。君を自分の妻と呼ぶのを誇りに思う」

「勝手なこと言わないで」フェイは神経質に笑った。怒り、傷つき、動揺していた。体の震えが止まらない。「私は一年前から妻でいながら、それを知らされなかった。侮辱はもうたくさんよ！」

タリクはフェイを抱きしめた。「君が僕の妻だと知らないとわかっていたのは僕しかいない」

「それがなんの気安めになるの？　私はベッドをともにしていた人を信頼できないのよ。軽々しく心をもてあそばれたのよ。もういや！　放して！」

「いいや、君が冷静になるまで放さない」

「冷静ですって？　よくもそんな！」フェイの平手打ちがタリクの頬に命中した。彼は両腕をゆっくりと下ろし、フェイからあとずさった。二人とも震えていた。フェイは度を失った自分にショックを受けた。ましてや相手はジュマールの法律であらゆる暴力から守られている絶対君主だ。

張りつめた沈黙の中で、タリクは感情の読み取れない目でフェイを見つめた。

「私を牢獄《ろうごく》に入れたら？　終身刑にでもなんにでもすればいいのよ！」フェイは部屋を駆けだした。

自分がどこをどう走っているのかわからなかった。どこへ行けばこの巨大な苦しみから逃れられるのだろう。涙で目がかすんだが、タリクがあとを追ってくるのがわかった。フェイはとにかく一人になりたくて近くにあった階段へ向かった。使用人専用の石のらせん階段へ。

「フェイ！」タリクの声がすぐ背後で聞こえた。

フェイは階段の上にいるのを忘れて振り向こうとした。とたんに足が宙に浮いた。しまったと思ったときにはもう遅く、頭が壁にぶつかった瞬間の激痛とともに目の前に暗黒の帳《とばり》がおりた。


「ただ頭をごっつんこしただけよ。階段を踏みはずすなんて、ほんとにおばかさんでしょう」フェイはナイトドレスをつかんで離さないラフィの手をぽんと叩《たた》いた。小さな手からしだいに力が抜けていった。

「安心してね。こうして退院できたんだし」

「ここにいてもいい？」

「だめだよ。フェイはしばらく休まないと」タリクが代わりに答え、小さな弟を抱きあげた。「あとでまた会いに来よう。約束だ。わかったね」

フェイはタリクを見ようとしなかった。おととい階段から落ちて気絶したあと、ジュマール市の病院へ運びこまれる途中、タリクのヘリコプターで意識を取り戻した。そのあとは代わる代わる三人の医師から診察を受けた。転落の途中でタリクがとっさに受け止めてくれ、そのおかげで大事に至らずにすんだのだと知らされた。

昨夜の病室では医師や看護婦のほかにタリクも一晩中つきっきりだった。だがフェイは彼に目もくれなかった。手を握られ、許してくれとささやかれたときでさえ。彼をいないものと思って口をつぐんでいるのが、フェイに残された唯一の生きる術《すべ》だった。

ラフィがしぶしぶドアの向こうに消えると、タリクは大きく息を吐いた。「僕も出ていこうか？」

フェイは目を閉じ、こっくりとうなずいた。ドアが再び開いて閉まった。フェイは泣くこともできずベッドでじっとしたまま天井に目を凝らした。彼に何を言うというの？　彼のほうも今さら私に何を言いたいの？　私たちはずっと夫婦だった。なのに彼はその事実を、いずれは私を離縁するつもりだからと隠していた。つらいのは彼がそうしてくれてよかったということだ。もし私が彼の妻だと知っていたら、いつか訪れる離婚にびくびくして暮らしていただろう。同じ苦悩を二度も味わいたくない。

私に妻でいてほしいなんて、彼はなぜ心にもない言葉を？　愛人契約を持ちかけたのがやましくて、それをうやむやにしたいのね。だったら道はほかにもあるのよ。今の窮状から逃れる唯一の道が。フェイは苦痛とともに脳裏にその二文字を刻んだ。〝離婚〟と。タリク、なぜ早く踏んぎりをつけてくれなかったの？　なぜ一年間も先延ばしにしてきたの？

虚脱感が広がり、頭痛がますます激しくなる中、フェイはいつしか眠りに落ちた。

二時間ほどして目を覚ますと、頭痛はおさまっていた。鏡で右のこめかみを調べたところ、幸い青痣《あおあざ》は髪で隠れている。フェイは入浴をすませ、遅い昼食のために着替えようとクローゼットを開けた。

そこには新しい服がぎっしりつまっていた。一週間前、タリクは外国から一流デザイナーの服を大量に取り寄せ、フェイに好きなものを選ばせた。彼女にとっては雑誌でしかお目にかかったことのない、ため息の出るような服ばかりだった。最初はタリクの寛大さに気が引けたが、そのうちに彼の前で美しく着飾りたいという願望がつのった。彼はオートクチュールを着こなす女性を見慣れている。彼を愛する女性で、私のスーツケースに入っているような質素な服を着たがる人はいないだろう。

彼にきれいだと思われたいという願望と虚栄心が分別を上まわるなんて。フェイは恥ずかしさに顔を赤くした。自分が持ってきた服を着たいが、ほとんど処分してしまった。明日のことは考えまいという決心で向こう見ずになったらしい。フェイは結局、深みのある渋い金色の上品なスーツを選んだ。タリクに離婚したいと告げるときに自分が美しく見えてほしかった。ベッドを温めるためだけの女だったが惜しいことをした、と彼に思わせたかった。

サファイヤのアンクレットをつけた足にハイヒールを履き、階下へ下りた。だがタリクはハジャのオフィスへ出かけたあとだった。フェイは一秒でも早く彼と話をつけたくなり、ハジャへの車を用意してもらった。しばらくしてようやく、小さな国旗を二つはためかせたリムジンが到着した。

宮殿の門を出たところで、リムジンは警察のオートバイ二台に先導された。フェイが恐る恐る窓の外をのぞくと、案の定、後ろには二台の乗用車がぴったりとついてくる。市街に入り、仰々しい一行は赤信号を無視して疾走した。周囲はすべて通行止めになった。フェイはタリクとの結婚はほかの男性との結婚といかに違うかをあらためて思い知らされた。思いつきのちょっとした行動が、いちいち大きな波紋を呼んでしまうのだ。

側近のラティフが巨大な建物の横門で迎えてくれた。彼はフェイの怪我《けが》をいたく気にかけ、もう出歩くまでに回復したことに驚いた。彼によればムラーバ宮殿のらせん階段は目下のところ改修工事中で、安全のための手すりが取りつけられるそうだ。

タリクのオフィスへ入った瞬間、フェイはどきりとした。タリクは淡いグレーのスーツを着て、窓辺に立っていた。すらりとした長身のたくましい体で、金色に輝く目をまっすぐフェイに据えた。フェイは彼の手に肌をなでられているような錯覚に陥った。

「君がここへ向かっていると聞いてびっくりした。顔色が悪いね。さあ、座って」タリクが椅子に促した。「医者たちは数日間は安静にしているようにと言っていたぞ」

「立ったままでいいわ」フェイは彼の心配そうなまなざしに磁石のように引きつけられた。彼の存在感が強力に押し迫ってくる。防衛のためには敵意をかき集めるしかなかった。「何週間か前に初めてここへ来たときは、猛暑の中で庭に立たされたもの」

「君は僕をもっとよく知るべきだ。僕が礼儀を欠いたのは、故意ではなく不注意からだ。君の前で緊張していた」

逆に非難されてしまい、フェイはかっとなった。

「そんなの言い訳に――」

「自分の妻が妻であることを知らなかったとわかったら、誰でもショックだろう?」タリクはやんわりと皮肉をこめた。

「もういいわ。庭でひどい出迎えを受けた話をどうして持ちだしたのか、自分でもよくわからない」

タリクは優雅な身のこなしでフェイに近寄った。

「僕はわかるよ。君が今、何を考え、どう感じているか。君は僕の過去から現在に至るあらゆる罪を頭の中で残らず書きだしている。そうやって、僕との間に壁を作りたいんだろう?」

フェイはうろたえた。「私は……」

「僕も一年前に同じことをした。君に会わなくても、君の罪を山と積みあげられた。父が死んでも手紙一つよこさない君を、薄情な女だと思うようにした」

「手紙を……書こうとは思ったわ」フェイは幽霊のように白い顔でつぶやいた。今ごろそんな言い訳は通らないとわかっていた。現実に一通も書かなければ怠惰の罪だ。「でも、どう書けばいいのかわからなくて、結局書かずじまいだった」

「君は僕の妻だと知らなかったんだろうが、僕にはそうとはわからない。その後の飛行機事故で僕は仲のよかったいとこと彼の妻、さらに僕の叔父と叔母にあたる彼の両親を亡くした。僕にとって、もう一つの家族とも言うべき人々だ。それでも君からはなんの音さたもない。僕の気持ちが想像できるか?」

形勢は完全に逆転し、フェイは立つ瀬がなくてうつむいた。同情の涙でまぶたが熱くなった。「事故のことは知らなかったのよ」

「ああ、今はもうわかっている。べつに君を責めようとして言っているのではない」

フェイはうなだれたまま思った。たとえ私を責めても彼が得られるものは何もないだろう。

「ただ、過ちと誤解が重なったことで僕がどれほど怒り、どれほど傷ついたかを知ってほしかっただけだ。だがもうやめよう。今の僕らはそうした数々の障壁を乗り越える道を見つけたのだから」

しょげ返っていたフェイはさっと顔を上げた。すみれ色の瞳が憤りに輝いていた。「ほんとにそうかしら。いつの間にそんな奇跡が起こったの？」

「フェイ、君が僕を愛してさえいれば障壁は何もない。いずれ時間がすべて解決してくれる」

フェイは怒りをおぼえた。そもそもここへは直接対決のために来たのだ。目標に向かって敢然と進む決意だったはずが、オフィスに入って数分もせずにタリクに逆転勝利を許している。これじゃ私は先生に叱《しか》られる臆病《おくびょう》な小学生だ。タリクにのぼせあがっていた一年前と少しも変わらない。

「おあいにくさま、私はあなたを愛してなんかいないわ」フェイは悔しまぎれに言った。「あなたとはただセックスを楽しんだだけよ！」

タリクは冷ややかにフェイを見つめたが、フェイには彼の顔から血の気が引いていくのがわかった。

「そうか、多少なりとも役に立てて光栄だ」

「私がここへ来たのは、離婚について話し合うためよ」フェイはきっぱりと言った。


「僕が帰宅するまで待ちきれなかったわけか」

フェイの顔が上気した。「タリク」

「オフィスでこんな会話は続けたくない」彼は淡々と言った。「家へ帰ってくれ」

彼の命令口調に悔しさが増し、フェイは肺が破れそうなほど深く息を吸った。

タリクは彼女の横をつかつかと通り過ぎ、ドアを大きく開け放った。フェイは震える手を握りしめた。

「待って、私は――」

「ラティフ、妃殿下をラッシュアワーの前に自宅へ送り届けてくれ」タリクが命じた。

茫然《ぼうぜん》と部屋を出たフェイは、廊下でラティフとぶつかりそうになった。

ラティフは彼女を石のベンチで休ませた。

「私は妃殿下なの？」フェイは思わずきいてから、頬を赤らめた。

「さようです、たった今から」ラティフは朗らかに答えた。「称号を授与する権利はタリク王子だけがお持ちです。あなた様はこの国の王家における歴代二人目の妃殿下になられました」

「まあ」フェイはぼんやりとつぶやいた。

ラティフは見るからに嬉《うれ》しそうだった。「最初の妃殿下であられるタリク王子のご母堂は、男児出産の折に称号を与えられました。ですがわたくしは、今回のような将来を見極めた英断こそもっともふさわしいと存じます。殿下はそれだけあなた様を信頼されているのです」

「信頼？」フェイは弱々しく繰り返した。

「あなた様は国民の前で殿下の代理をお務めになることもございましょう。つねに対等のお立場で殿下と二人三脚で責務を果たされるのです」フェイが目を見開いて驚くと、ラティフは誇らしげに胸を張った。「そうですとも、我が国は貴重な先例を作り、他国に偉大なる手本を示すのです」

10

その晩、タリクは八時ごろにムラーバ宮殿へ帰ってきた。すでに子供たちは寝ていた。フェイは彼らをお風呂に入れたりベッドでお話を聞かせたりしたことで、だいぶ落ち着いたつもりだった。

タリクは居間の入口に現れ、緊張して室内を歩きまわっていたフェイに憎らしいほど朗らかな笑みを向けた。「シャワーを浴びて、すぐに戻るよ」

フェイは奥歯を噛《か》みしめた。

彼は金色に光る目でフェイのこわばった顔を見つめた。「一緒に浴びるかい？」

「どうしてよ」フェイはむきになって言った。

「べつに。成り行きを見守ってるだけさ」タリクは涼しい顔で答えた。「他意はない」

フェイは十分間待って寝室へ入った。続き部屋のバスルームのドアが開いたままで、シャワーを浴びるタリクの姿が見えた。フェイは寝室を行ったり来たりしたが、シャワーの音がやむとすぐバスルームの前へ行った。

「一年前にどうして離婚しなかったの」

タリクはシャワーから出て、額にかかった黒髪を後ろへなでつけた。筋肉質の褐色の体がしなやかに動いた。「たとえ希薄でも、最後のつながりだけは断ち切りたくなかった。離婚そのものを恐れていたのも事実だ。まずい影響が出るのは目に見えていた」

「意味がわからないわ」フェイはタリクがタオルで体を拭《ふ》くのを見て条件反射のように体が熱くなり、慌てて目をそらした。

「以前、最高裁判所の判事らによる議論の中で、離婚をめぐる綿密な審理が行われた。僕は今日の夕方それを調べてみて、自分が無知に等しかったことを思い知らされた。僕のご先祖様には離婚者が一人もいないんだ。よってジュマールを治める者が離婚するのは極めて困難だろう。判例が一件もないわけだから」

フェイはあっけにとられた。「その場で三回まわれば離婚できるって言ったのは誰？」

「一般の国民にとってはそれくらい離婚は簡単だ。僕だけが例外なんだ。結婚式の日はまだそれを知らず、しかも怒りで頭に血がのぼっていた。自分が何を言っているのかわからない状態だった」

「あなたは離婚は可能だってはっきり――」

「おそらく最終的には超法規的措置によって可能になるだろう。だが僕は……」彼のフェイを見つめる目がかすかに光った。「離婚を望まない」

フェイはうろたえた。「いいえ、望んでるわ。だからこそ最高裁の判事たちが離婚手続きについて真剣に検討したんでしょう！」

「いや、その議論があったのは父が亡くなる数カ月前のことだ」

「えっ」

「僕は全然知らなかったが、父はラフィの母親との離婚を考えていたんだ。ラティフが今日の夕方、そう話してくれた」タリクは引きしまった腰にタオルを巻いてフェイに近づき、逃げようとした彼女の肩をつかんだ。「もう一度言う。僕は離婚を望んでいない。今度は聞こえただろう？」

「でも、あなたとはこれ以上一緒にいられない。だから私はただ自分の国へ帰ればいいのよ。あとはこの国の法律家がよきにはからうか、一生ほうっておくかのどちらかだわ」

「フェイ」タリクは大きく息を吐いた。「昨日まで君は幸せだったんだろう？　その幸せが再び訪れない理由はどこにもないじゃないか」

「私に側妻《そばめ》のつもりで暮らし続けてほしいの？」

「側妻だと思っていたからこその喜びや興奮もあったはずだ。それをよく考えてほしい」

彼の言うとおりだった。フェイは赤くなって身をひるがえし、寝室へ戻った。

「僕は君が大事だ。君を失いたくない。だがそろそろ我慢も限界に――」

「私の我慢はとっくに限界を超えてるわ。一年前、あなたに脅迫の共犯だと誤解されて、罪を何もかもなすりつけられたんだもの！」

「僕はもう君を裁いてはいない」タリクは静かに言った。「君は妻になりたいと心底望んでいたと言った。なぜなら僕を愛していたからだと。それを聞いて僕はすべてを許し、過去の恨みつらみはいっさい捨てようと決心した。君は僕に心がないとでも思っていたのか？　僕が君のひたむきさに何も感じない冷血な男だとでも？」

フェイは自分が感情の高ぶりからつい口にした言葉を思いだしていやな思いをしたくなかった。「つまり、脅迫の件は水に流してやるっていうのね」

「僕は君の義理の父親が首を突っこんでくる前から結婚するつもりだった」タリクは穏やかな声で言った。「だから脅迫はたいした問題ではない」

フェイはその言葉に思わず心がぐらついた。当然それが彼のねらいだろう。対決のたびに決まって勢いが衰えてしまう自分が腹立たしい。彼は必ず巻き返して私の弱みを突いてくる。彼がパーシーに脅されなくても結婚を考えていたなら、私は鼻先にぶらさがったにんじんをあさましくひったくったことになるのだ。

「だけど、あなたは今でも私の言葉を信じていないわ」フェイは攻撃の糸口を見つけた。「私にはあなたから離れる権利があるわ」

「だったらどうしてラフィの愛情を受け止めた？君を失えば、彼は今度こそ立ち直れない。愛することを教えたあとでなぜ彼を置き去りにするのか、荷物をまとめて出ていく前に本人にじかに説明するんだな！」

タリクが隣の着替え室へ大股で入っていくと同時に、フェイから怒りと攻撃心がすっと引いた。急に脚が震え、ベッドの端に力なく腰かけた。

まるで夢から覚めたように、この二十四時間の出来事が脳裏をよぎった。私は病院の個室で、枕元《まくらもと》につきっきりのタリクにそっぽを向き、子供みたいにむくれていた。それを彼はとがめるどころか、私が階段から落ちたのを自分のせいにしていた。あの高慢な頭を垂れ、私に許しを請うた。なのに私はベッドの中で胸のすく気分を味わいながら、内心に敵意と憤りをかき立てた。ハジャにまで乗りこんで彼に対決を挑んだ。なんという許しがたい行為。

私は彼を愛している。けれどその愛はこの二十四時間、迷子になっていた。私が愛よりも自分の傷ついたプライドにこだわったからだ。私はずっと彼の義務不履行の妻だった。本人の言葉によれば、彼は離婚が身分上困難だとはつゆ知らず、しかも私を薄情者と恨んでいたのに、離婚手続きを取ろうとはしなかった。そして今は離婚を考えていないと断言している。私がかわいがった三人の子供たちへの影響まで心配している。

「タリク」フェイはかぼそい声で呼んだ。

「なんだ?」

彼はフェイが口論の続きをするつもりだと思ったのか、いきり立った口調だ。

「なんでもない」

「何か言い足りないことがあるんだろう?」

「ええ。私はラフィやバスマやハヤットを傷つけるつもりはないの」

「だったら出ていくのは今すぐがいい。長くいればいるほど、子供たちがつらい思いをする」タリクはふうっと息を吐いた。「僕はもうこれ以上君に言う言葉はない。言いたいことは全部言った」

張りつめた沈黙がフェイにのしかかった。感じたことのない恐怖の波がひたひたと押し寄せてくる。

「じゃあ、行かなくちゃ」乾いた口でつぶやいた。

「残念だけど」

タリクは無言で筋肉隆々の体を色あせたデニムのジーンズと深緑色のシャツに包んだ。フェイが今まで見た彼の服装でいちばんカジュアルだ。彼はフェイのほうを見向きもしなかった。彼女が突然透明人間になったかのようだった。険しい横顔を向け、フェイが病院のベッドで彼を無視したように彼女を無視しているのではなく、ただ自分の思考に没頭している様子だ。

「いろいろと、心残りだわ」フェイはすべてのことが関係している気がして、どこから始めればいいのかわからなかった。

「君と同様、僕も子供たちも心残りだ」タリクは困惑した顔で目を伏せ、まっすぐ寝室のドアへ向かった。

フェイは彼の後ろ姿を静かに見送った。なんて広い肩だろう、なんて大きな背中だろう。彼はそれ以上何も言わずに去っていく。私は今にも気がふれて泣き叫びそうなのに、彼は最後まで冷静な態度と公明正大な言葉を貫いた。長い目で見れば私が出ていくのが最善だと判断したのだ。

「タリク」フェイの声がかすれた。

「別れ際に何か気のきいたことが言えたらと思うが」褐色の力強い手がドアのノブを握った。「僕らの関係は誤解が招いた皮肉な喜劇、それにつきる。インシャーラー、神のおぼしめしのままに」

フェイは喉がひきつり、心にぽっかりと穴があいた。すぐに言葉を使い果たせればいいのに。

タリクはドアを開けてから足を止めた。「そうだ、あの馬のことだが」

「馬？」

彼は顔をしかめて振り返った。「君を驚かせるつもりでデリラを――君が去年売った馬を、乗馬学校から買い戻したんだ。じきにここへ届くから、君がいずれまた厩舎《きゅうしゃ》を持てる日まで預かっておく。だから心配ない」

フェイは意外な知らせに、その場に立ちつくした。ようやく我に返り、彼のあとを追おうと思ったときにはタリクはもういなかった。宮殿の外へ出ていったらしい。誰も行き先を知らなかったらどうしよう。

フェイはおろおろしてラティフに電話をした。彼もほうぼうへ問い合わせたものの結局わからず、すぐにムラーバへ馳《は》せ向かうと言った。

「ご心配には及びません。タリク王子は必ずご無事です」ラティフは到着するなりフェイを慰めた。

「私はただ彼の居場所を知りたいだけなの」

ラティフはため息をついた。「殿下には一人きりになりたいときに行かれる場所がいくつかあります。殿下にとって孤独はぜいたくなのです。浜辺、砂漠、市内のドライブ、あるいは一般人の顔で通りをぶらぶら散歩されているかもしれません」

「それでどうして無事なの？　居場所がわからなくて、なぜ彼が安全だってわかるの？」

ラティフは目を伏せて床のオービュソン織りの絨毯《じゅうたん》を無言で見つめた。

「彼は完全に一人きりではないの？　そうなの？」

フェイは安堵《あんど》のあと、タリクに対して同情と罪悪感をおぼえた。「護衛がしっかりついてるのね」

「ですから心配には及びません」ラティフは再び顔を上げた。「タリク王子は重責を抱える身で、さまざまな制約に耐えていらっしゃいます。お若いのに、お父上が楽しまれたような自由を満喫されていません。お気の毒ですが今後もそれは同じでしょう。世の中はあまりに大きく変わりました。しかし妃殿下がどうしてもタリク王子の居所を知りたいとおっしゃるなら、私は首を横には振りません」

フェイは青ざめた顔で答えた。「いいえ、いいの。よくわかったわ。この話はなかったことに」

彼女はぎこちなく笑ってラティフを宮殿の玄関まで見送った。丁重な堅苦しい態度を崩さない彼に、フェイは老人を遅い時刻に呼びだしたうえ、厄介な立場に追いこんでしまったと悟った。

「昨年はタリク王子にとって耐えがたき暗い日々でしたが」ラティフは普段の気さくな調子で言った。「ここ数週間は緊張が解けたご様子でした」

「明日からまたそうなるわ」フェイは答えた。

彼女はベッドの中で考えにふけった。ラティフの助言をありがたく思った。私を動揺させることなく、夫である男性への理解に思ってもみなかった新しい視点を与えてくれたんだわ。タリクは一時的な息抜きに出かけただけ。彼が無理強いされた結婚と感じながら私を妻と認めざるをえなかった気持ちを思うと、涙がこぼれる。誤解が招いた皮肉な喜劇。でも彼はすべてが悪い方向に向かう前から結婚を考えていたと言った。一年前に私を愛してくれた彼は、二日前まで情熱的に私を抱いた。だったらまだ彼をあきらめるわけにはいかない。そうよ、絶対に。

タリクは深夜過ぎに、忍び足で寝室へ戻ってきた。フェイはベッドの中で身じろぎもせずに横たわっていた。彼はシャワーを浴びに行ったようだった。私がいることに気づいてないのかしら。やがてカーテンが開いたままの窓から差す月光が、ベッドに近づいてくる彼を照らした。

「眠っているときの君はもっと呼吸が深い」タリクはシーツの間にすべりこんで言った。「君が起きているのは最初からわかっていたよ」

「そう」

彼の手がフェイの指をかすめた。きっと偶然よ。彼は伸びをしようとしただけよ。なのにフェイは、気がつくと自分から彼の胸に飛びこんでいた。彼は躊躇《ちゅうちょ》なく彼女を抱き寄せた。

フェイは抱擁の中で彼の胸の鼓動に耳を澄まし、ゆっくりと息をした。「もう何も言葉はいらないわ」

「今までは互いに言葉を間違えていた」タリクは太い両腕でフェイをぎゅっと抱きしめた。「だが好奇心で胸がはちきれそうだから教えてくれ。ラティフは君になんて言ったんだ？」

「彼が来たことを知ってるの？」

タリクは低く笑った。「僕には特別な情報網があってね」

「私、あなたが心配だったの。ばかね」

「嬉《うれ》しいよ」タリクはフェイが不安になるほど落ち

着き払っていた。「本当は海へ泳ぎに行きたかったんだが、暗闇《くらやみ》でダイバーたちの身に何かあってはいけないからあきらめた」

「知ってたのね、護衛がついてるのを」

「僕はつねに大勢の護衛に囲まれている。たまにパーティを開こうと誘いたくなるが、気づかれているとは知らない彼らをがっかりさせたくない」

「けっこう楽しんでるみたいね」

「今夜は彼らもけっこう楽しんだだろう」タリクはフェイの頬にかかった髪を優しく後ろへなで、彼女をじっと見おろした。瞳が月明かりに反射して漆黒の輝きを放った。「深夜のドライブを。僕はハンドルを握ったまま何時間も考えごとをしていた」

「考えごとなんかしないで」

「君はここにいる」問いではなく宣言だった。

「ええ」

「寛大な男なら君をそっとしておくだろうが、僕は寛大でいられないときは無理をしない」

「かまわないわ」

彼はフェイを抱いたまま仰向けになり、手のひらで彼女の柔らかいヒップをなでた。彼の興奮が伝わると、スイッチが入ったようにフェイの胸の鼓動も速くなった。

「僕にもう一度冷たいシャワーを浴びて興奮を冷ませと命じるのは酷だろう？」

「そうね」

「ずいぶんと従順だね。従順はセックスの喜びの真髄を知るうえで大切だ」彼は穏やかに言った。

フェイは驚いて口を開けた。顔を上げると、タリクの飢えた唇が激しく重なった。

11

三日後、フェイはタリクと初の公式行事に出席した。身体障害児学校の新設記念式典だった。

「私が行ったら驚かれないかしら」決心がつく前、フェイは心配してタリクにきいた。

「僕らの結婚が正式発表されて以来、君にはほうぼうからお呼びがかかっている。僕の予定は何カ月も前に決まっているが、各行事の主催者はぜひ君にも来てほしいと言ってくる。臨時の秘書官を置く必要があるな」タリクは愉快そうに答えた。

フェイはそう聞いてますます緊張した。

「誰もが君の出席を待ち望んでいる。君は注目の的だ。だが目立たないでいたければ、それでもまったく問題ない」

「ほんとに？」

「君の前任者であるラフィの母親は人前にまったく姿を現さなかった。つねにベールに覆われた存在で、徹底した隠遁《いんとん》生活を送っていた」

フェイは顔をしかめた。「私はそこまでするつもりはないわ」

タリクは心をとろかす優しい笑顔で言った。「彼女は不人気だった。国中の女性たちは、王族に古くさい保守的な価値観が突如、戻ったのではと懸念した。いずれにせよ、僕としては君を隠しておかないで堂々と見せびらかしたい」

彼の穏やかな確信に満ちた言葉でフェイは勇気がわいた。しかも実際に来てみたら大人や子供の列席者たちと言葉を交わすのが楽しく、言葉が通じなくても笑顔を振りまけばいいので気が楽になった。写真撮影には必ず事前にタリクの許可が求められた。

休憩を兼ねた軽食の時間になると、フェイはタリクのいとこのマジダを見かけた。砂漠でのパーティで心ない中傷をしたあの美しい女性だ。

均整のとれた体をチェリー色のブロケードのスーツに包んだマジダは、うんざりしたような笑みでフェイに近寄ってきた。タリクは少し離れた場所で別の男性と話している。

フェイは会話の主導権を取らなければと思い、無理に笑顔を作った。「お元気？ いらっしゃってるとは気づかなかったわ。あなたもこの学校の創立にかかわってらっしゃるのね」

「私が基金を設置したんですもの。私はジュマールでは慈善事業で知られているのよ」マジダは冷ややかな目でブルネットの頭を高々と上げた。彼女のほうがだいぶ身長が高いので、フェイは首を精いっぱい伸ばした。「宮殿の子供たちと仲がいいそうね。さすがみごとな腕前だこと。おめでとうございます、妃殿下」

皮肉を言われ、フェイは緊張した。「どうもありがとう」

「今いる三人の子供に加えて、いずれ自分の世継ぎも生まれるとなれば、タリク王子が妻に子守の能力のある人を選びたがるのは当然ね」マジダはわざとらしく言った。「それで私よりもあなたのほうがよかったんだわ」

マジダはぷいとそっぽを向いて行ってしまい、その場に残されたフェイはろう人形のように青ざめた。マジダはとげとげしい言葉で遠まわしに私を傷つけた。子守の能力だなんてひどい。十秒前まで浮き浮きしていたフェイはすっかりふさぎこんだ。

でも、タリクの陰険ないとこの言葉にも一理ある。私がもしラフィやバスマやハヤットと仲よくならなかったら、タリクは結婚を考えなかったの？ 彼は最初こそ驚いて複雑な気持ちだったようだけど、すぐに私が子供好きなのをもっけの幸いととらえることにしたのでは？　彼はつねに子供たちのためにいいかどうかを気にかけている。子供たちに対する責任の重さを真剣に受け止めて、これから彼らに何が必要かをよく考え直したのかもしれない。

それに、タリクは世継ぎとなる自分の子供を早く欲しいはずなのに、私に対しては慎重に避妊している。まだ数週間しか一緒に暮らしていないというのに、突然その現実がフェイを底知れぬ不安に陥れた。たぶん彼は私をまだ信頼しきっていないのよ。私が子供たちを置いて出ていこうとしたのを彼は忘れていない。私は情けないほど未熟だった。怒りまかせに彼の前で子供たちを脅したようなものよ。私が今やっと気づいたその恥ずべき事実に、彼のほうが先に気づいていたのね。二人の子供を作る話をする前に、長続きする結婚かどうか様子を見たいんだわ。

ゆっくりと歩きだしたフェイは、タリクが黒髪の頭をていねいにマジダに向かって下げる姿を目にした。とたんに身がすくみ、胸が不安でざわついた。マジダはずるがしこい。タリクのいないところでこっそり私をけなした。でも、男性はそういう女性に意外と弱いのかもしれない。フェイが再び視線を戻すと、ドアからそっと出ていくマジダの青ざめた横顔がちらりと見えた。

ムラーバ宮殿へ戻るリムジンの中でタリクはフェイの手を取り、半分からかう調子でうやうやしく手の甲にキスした。「今日の君はすばらしかった。心から君を誇りに思う」

フェイは緊張がすっと解けてほほえんだ。「まわりの方々から私があなたのお母様のようになれると期待されないうちはね。もし期待されたら、がっかりさせてしまうに決まってるわ」

「君はそんなことを心配してたのかい？」フェイがうなずくと、タリクはにっこり笑った。「僕の母は世に秀でたすばらしい女性だったが、聖人ではない。自分の掲げた目標に熱心なあまり、率直すぎる演説でしばしば反感をかった。それでも彼女が慕われたのは持ち前の心の温かさゆえだ。君にもそういう特別な資質がある。世界全体を一日で変えたいとは思っていないまでもね」

彼のほめ言葉がフェイには嬉《うれ》しかった。

「マジダが君を困らせることは二度とない」タリクはそっけなく言った。「僕は彼女の君への言葉を耳にして我慢ならなくなった」

「聞こえたの?」フェイは赤くなった。

「偶然聞こえたんじゃない。耳を澄まして聞いていたんだ。僕にはわかっていた、砂漠の結婚披露宴で君を侮辱した人物はマジダに違いないと」彼はフェイの驚愕《きようがく》の表情にかすかにほほえんだ。「僕は自分の親類縁者のことは知りつくしている。僕が若くて美しい妻をめとるのをおもしろく思わないのはマジダしかいない。ほかの者たちは皆、僕の結婚を心待ちにしていた」

「彼女は自分のほうが妃《きさき》としてふさわしいと思ってるみたいだったわ」フェイはため息をついた。

「いとこ同士の結婚はアラブ諸国ではめずらしくない。だが僕の家系ではあまり歓迎されない」

フェイは緊張した。「じゃ、あなたは彼女と結婚したかったとしてもできなかったのね」

「いいや、僕は結婚については選択の自由が認められている。それとは別問題だ。マジダはうぬぼれが強く、嫉妬《しつと》深い。だがこれからは君に対して慎重に適切な敬意を持って接するだろう」

「ほんとはあなたが割って入る必要は――」

「あったとも。君は何も言い返さず、傷ついた目で少女のように立ちつくしていたんだから。僕は内心こう思ったよ。君らしくないと」

「そうかしら」フェイはまごついた。

「君は僕が相手だったら、威勢よく堂々と言い返してるだろう？　そういう果敢な君がマジダの鼻っ柱を折るのを躊躇《ちゅうちょ》した」

「大人げないかと思ったのよ」

タリクは長い腕をフェイの体にまわし、そばへ引き寄せた。「気持ちはわかるが、僕は君が反論の言葉を黙ってのみこんでいるのを見ていまいましかった。少なくとも彼女を冷たく鼻であしらって立ち去ってほしかった。まあ、今日のようなことは二度とないだろうがね。彼女の親戚《しんせき》として僕からも謝るよ」

「あなたのせいじゃないわ」フェイはほっとして彼にもたれ、頭を彼の顎の下にうずめた。男性的な匂《にお》いを喜びとともに吸いこむ。彼は私を愛してはいないかもしれないけど、大切に思ってくれている。彼はマジダになんて言ったのだろう。きいてもきっと教えてくれないでしょうね。

自動車電話が鳴った。タリクは残念そうにため息をついて受話器を取った。すると即座に彼の力強い体に緊張が走り、フェイは驚いて体を起こした。

「何があったの？」フェイは受話器を置いた彼にきいた。「子供たちとは関係ないんでしょう？」

「ああ、関係ない。だが気を確かに威厳を失わないように。僕らを困らせる事態だ。家族にかかわる重大な決着の日がいよいよきた」

「いったいなんのこと？」

「君の義理の父親がムラーバ宮殿で待っている。ためまたまラティフがヨーロッパの王室の人々を迎えるため宮殿にいたが、声の調子からかなり厄介な状況らしい。今すぐ助けを求めている」

「パーシーがまたジュマールに？」フェイは目の前が真っ暗になった。

「彼をどうしてほしい？　たとえば公道を占領したとかいう罪をでっちあげて、彼を刑務所へほうりこんでほしいか？　だがジュマールはやっぱり野蛮な国だったと彼を喜ばせるのが落ちだな。それではあんまりしゃくにさわる」

フェイはタリクの皮肉混じりのユーモアにも、少しも気が軽くならなかった。自分を侮辱したパーシー・スマイズになんとか一矢報いたかった。「あなたは心配しないで。私がどうにかするわ」

「心配などしていない。彼との対決が楽しみなくらいだ」タリクはフェイの心配げな顔を見て、にやりと笑った。「大丈夫だよ、彼を素手で絞め殺すようなまねはしないから。マジダの件は笑いごとではすまないが、パーシーに関してはそれなりの手段で大いに楽しませてもらおう」

この世でパーシーだけだわ、自分が脅迫した相手の家にずうずうしく乗りこめるのは。フェイは言った。「パーシーは何がねらいなのかしら」

「たぶん君の大切な兄上がやっと自分に妹がいたということを思いだし、どうやら行方不明らしいと気づいたんだろう」

「ひどい言い方ね、タリク」

「君あてに誰からか手紙や電話がきたという話はまったく聞かないがね。君が家族に見捨てられているのは明らかだ」

タリクは口には出さなくても、何もかも察してたのね。フェイは困惑をおぼえた。実を言うと、自分も兄からなんの音さたもないことは気になっていた。エイドリアンは妻子とともにパーシーと暮らしているのだろうと思い、義父の家に何度か電話して留守番電話に伝言を残した。だが向こうからはうんともすんとも言ってこない。手紙を出してもなしのつぶてだ。

「エイドリアンは昔からまめに連絡する人ではなかったわ。男の人ってそんなものよ」フェイは兄をかばった。

「だが彼は君のおかげで自由の身になった」

「あなたと私との間の取り引きは知らないからよ」

「世界一鈍感な男でも、自分の奇跡的な釈放が妹の突然の失踪《しっそう》と関係あることくらいわかる」

「パーシーには私一人で会うわ！」ムラーバ宮殿に到着すると、フェイはタリクより先にリムジンを降りた。「でも、どうしてラティフはパーシーを私たちの自宅であるここへ連れてきたのかしら」

「パーシーにハジャを勝手にうろつかせたら、ジュマールに対する私見をところかまわず大声でわめいて大騒動になる」タリクはにべもなく言った。

フェイは赤くなった。タリクは気落ちするフェイの両手をすかさず握り、宮殿の中へ入った。ラティフが玄関ホールで二人を出迎え、礼儀正しい挨拶《あいさつ》とわびの言葉をフェイに言ったあと、タリクにアラビア語で静かに何か伝えた。

するとと意外にもタリクの顔に笑みが浮かんだ。彼は振り向いてフェイに言った。「ラティフによれば、パーシーに大金が入ったそうだ」

「まあ、どうして？」

「イギリスの富くじがいちばん不相応な男に大当たりを出してしまったらしい」

フェイはびっくりしたが、タリクとは意見が異なった。お金を持ったパーシーはお金のないパーシーほど危険ではない。義理の娘とジュマールの王子が正式な夫婦だと知って金の無心に来たのでは、というフェイの懸念はひとまず消え去った。

二人が広い応接間へ入ると、パーシーは美しいミントンの花瓶の底のマークを調べていた。彼は悪びれた様子もなく花瓶を置いて言った。「すごいな。こいつは全部、四百年間の略奪による戦利品だろうな」パーシーはうらやましげにつけ加えた。「君たち民族がしょっちゅう侵略し合うのもうなずける」

フェイは義父のいきなりのぶしつけな言葉にさっ

そく気がめいった。

「ムラーバへようこそ、パーシー」タリクは落ち着き払ってにやりと笑った。「ご指摘のとおり僕の先祖は非常に残虐だった。覇権を争って血なまぐさい虐殺を繰り返した」

パーシーはタリクには別の評価を与えた。「だがタリク、君は恨みを持つような人間ではないとわかっている。君は私と同じビジネスマンだ」パーシーの小さな目が義理の娘を見てきらりと光った。「フェイ、楽しくやってるみたいだな。ところで私はタリク王子と内々の大事な商談がある。いい子だから、おとなしく席をはずしてくれ」

フェイは腕組みをした。「お断りよ」

パーシーはやれやれという顔で言った。「後悔しても知らんぞ」

フェイは彼の脅しを無視してきいた。「エイドリアンはどうしてるの？　なぜ私に何も言ってきてくれないの？」

「二週間前からリジーや子供たちと一緒にスペインを旅行させてる。だから、あいつはまだおまえがここにいるのを知らない。さあ、まわりくどい話は抜きだ」パーシーはもったいぶって間をおいた。「私がここへ来たのはフェイを家に連れ帰るためだ、タリク」

「なんですって？」フェイは息をのんだ。

パーシーはいきなり脇《わき》にあったテーブルに小切手を叩《たた》きつけた。「私がくじに当たった話はすでに聞いただろう。これがその賞金だ。君への過去の借りとその利子も全部こみだ」

タリクは黒い眉をひそめた。「エイドリアンの負債を返しに来たわけか」

「一年前に君がロンドンの大使館で一芝居打ったあと、フェイに口止め料として払った五十万ポンドもだ」パーシーは腹立たしげに言った。

フェイは身をすくめた。

「結婚式と呼んでもらいたいね」タリクは静かに言い返した。

「好きなように呼ぶがいい。とにかく私はあのときのことを反省してる。普段はめったに引きさがらないが、今度ばかりは君が正しかったと認める」

「僕を恐喝しようとした」タリクが言った。

「めっそうもない」パーシーはあっけらかんとして言った。「私はただ君に、やんごとない身分で年端のいかぬ娘に手を出したと新聞に書かれたらどうなるのか、ときいただけだ」

「私はもう十九歳だったわ！」

パーシーはフェイを無視して続けた。「フェイの身を守るのは私の務めだ。そうだろう？」

「確かにそうだ」タリクの返事にフェイはぎょっとして振り返った。

パーシーは喜色満面になった。「正直言って、フェイが君を自宅での二人きりの夕食に誘ってるのを内線電話で聞いたときはひやひやした。フェイが猫をかぶった性悪女だと勘違いされないかとね。あの誘い方ときたら娼婦《しょうふ》も顔負けの口ぶりで――」

「率直な話に感謝する」タリクがさえぎった。

フェイは真っ赤な顔で宙を見つめた。恥ずかしさが先に立って、パーシーが一年前の悔恨の一夜について彼なりに無遠慮に再現しようとしたことがすぐにはぴんとこなかった。それにしても、パーシーはなぜ今になって嘘《うそ》をついてまで負けを認めるのだろう。なぜ大金と引き換えに、置き忘れた古い傘も同然の私を取り戻したいのだろう。

「そんなわけで私は知ってたんだ。君があの晩フェイと、その――」

「それは勘が鋭い」タリクは口をはさんだ。

「私はしかもそれをこの目で見た。君を追い払ったほうが結局はフェイのためだと思ったんだ」

「そういうことだったのね」フェイは忘れてしまいたい過去の苦痛を噛《か》みしめた。

「ところで、私はフェイが受け取った五十万ポンドを同じ家族経営の事業に投資した。だからもし私がだまし取ったとフェイが言ってるなら、それは単なる負け惜しみだ」パーシーは挑むような口調で言った。「さてとフェイ、殿下はご多忙だ。さっさと荷造りに取りかかったらどうだ?」

「フェイは商品ではない。買い戻そうとしても無理だ」タリクは冷たく言った。

「どうして私を連れ戻したいの? あなたにすれば私の身がどうなろうと全然かまわないはずよ」フェイはかたくなな口調で言った。

「私はこういう国に最強の敵を残したままにしたくないんだ」パーシーは威張って答えた。「早くも空港で、持ってきたウイスキーをぶん取られた」

「税関職員を泥棒呼ばわりしないでもらいたい。ジュマールではアルコール類の持ちこみは禁じられている。飲みたければホテルのバーへ行けばいい」タリクは淡々と言った。

「フェイ、私は今まで必ずしも理想的な義理の父親ではなかったかもしれん」パーシーはしびれを切らしたように言った。「おまえが私を好きだったことが一度もないのもわかってる。しかしだな、結婚指輪欲しさにここでぐずぐずするのだけはやめたほうがいい」

「そのとおりだ」タリクの言葉にフェイはびっくりして振り向いた。「僕の曾祖父《そうそふ》はいちばんのお気に入りの側妻《そばめ》にサファイヤのアンクレットを贈った。以来、正妻は結婚指輪の代わりにそのアンクレットを身につけるのが習わしだ」

「フェイ、わかったろう?」パーシーは焦った表情で言った。「ここはまともな国じゃない」

フェイは自分の足首の美しいアンクレットをじっ

と見おろした。細い足首によく似合ってとてもセクシーだとタリクに言われ、はずし方を教わってからもずっとつけたままでいた。

「足がどうかしたのか？」パーシーがフェイに食ってかかった。

「フェイは僕の妻だ」タリクが言った。

「フェイ、これはいったいどういうことなんだ？」

パーシーの小さな目がフェイに据えられた。

「僕たちは一年前から夫婦だ」タリクが答えた。

「なんだって？」

「大使館での結婚式は本物だったのよ」フェイはつけ加えた。

「驚いたな」パーシーは唖然《あぜん》としてタリクを見つめた。「君はもっと利口かと思ってたよ。ただでフェイをものにできたのに、わざわざ結婚するとは！」

フェイはタリクが身をこわばらせるのがわかり、彼が前に進みでた瞬間、手をつかんで引き止めた。

だがパーシーはタリクの怒りの形相に慌てふためき、テーブルに勢いよくぶつかった。花をいっぱいにいけた花瓶が倒れ、彼はびしょぬれの丸太のように床の上に転がった。

うめきながら体を起こしたパーシーに、タリクが厳然と告げた。「命が惜しければ、二度とジュマールには足を踏み入れないことだ」

「さよなら、パーシー」フェイはせいせいした気分で言った。

タリクはパーシーを玄関ホールまで送りだした。「ラティフ、応接間に掃除が必要だ。それから、こちらの客人はまっすぐ空港へお送りして搭乗するまで誰かにつき添わせるように」

「一発、殴ってやりたかった」二人で二階の私室へ向かう途中、タリクがフェイの肩を抱いて言った。

「せっかくのチャンスをなぜ止めた？」

「ショックだったのよ。彼に、おまえが私を好きだったことは一度もないって言われて」フェイはため息をついた。「そのとおりよ。彼が私をかわいがれなかったのも無理ないのかも」

「君はまだ五歳の、素直で優しい女の子だったはずだ。かわいがれなかったなら彼はよほど冷淡な男だ」

「もう気にしないわ。二度とここへは来ないでしょうから。でも、兄とはいつか会えるといいけど」

「会えるとも。なんだったら僕がエイドリアン一家をパーシーから引き離してやる」

「パーシーは一筋縄ではいかないわ。マジダより、はるかに手ごわい相手よ」

「彼はラティフに、ジュマールでの女の相場はいくらかとたずねたそうだ」

「まあ、なんてことを！」

「ラティフは奴隷や娼婦のことだと思い、同じ部屋にいるのが耐えられないほど怒った。もし本当は君の値段をきいたんだと知ったら、ラティフははたしてどうしたかな」

「このアンクレットに宝石以上の価値があるって、もっと早く言ってくれたらよかったのに」

「無用ないさかいは避けたかったからね。現代的な女性には、君がそれをつけているのを見ると所有欲が満たされるなんて言っちゃいけない」

フェイは笑った。「特別な家族の絆《きずな》を表すアンクレットなのね」

「結婚指輪も君に返さなければ。あれは母の形見なんだ」

そんな大事な指輪を不和と誤解の時期に贈られたということにフェイは心がうずいた。

「アンクレットは結婚初夜のための幸運のブルーの意味もあった」タリクが言った。

「あなたって私が思ってた以上に繊細な人」

「君をパーシーのあこぎな脅迫の共犯者と疑ったことを謝りたい。本当にすまなかった」

フェイは頬を赤らめた。「誤解を与えるような誘い方をした私も悪かったのよ。こうなったらすべて打ち明けるわ。私はあなたが真剣な気持ちだとは思わなかった。お父様が深刻なご容態なだけに、じきに私の前から永久に去ってしまうと思いつめていたのよ」

「僕の頑固なプライドが知力をくじかない限り、決してありえないことだ」

「なのに私ったら矢も盾もたまらなくなって。情熱的な成熟した女性のつもりになっていたの」

「確かにあの晩の君は驚くほど情熱的だった。僕が不機嫌になったのは、君がセックスを軽く見ていると思ってショックを受けたからだ」タリクは寝室の中央で立ち止まり、青ざめた顔で言った。「君は僕とは違って特別な絆を感じてくれていないと思ったんだ。僕は君を心の底から愛しているのに、君にとって僕は目新しい男友達でしかないのだと」

「今の言葉、本心？」フェイは驚いてきき返した。「私を心の底から愛してくれてたの？」

「それまで誰かを本気で愛したことはなかった。本能的な欲望しか知らなかった」タリクは暗い目をした。「僕が交際したヨーロッパの女性たちは、セックスと何を買ってもらえるかにしか興味を示さなかった。君と出会うまで、僕自身が望むのもうわべの享楽だけで、だからそういうタイプの女性に引かれるんだろうと納得していた」

「そうだったの」フェイは彼の女性遍歴を聞かされるのがつらかった。

タリクはその気持ちを察したのか、歩み寄ってフェイの手を握った。「僕が言いたいのは、君と会う前の自分を反省するあまり、君を天使か何かのように理想化してしまったということだ」

「私は天使なんかじゃないわ」

「ああ、もちろんだ。僕も天使と暮らすのはとても無理だ」タリクのきまり悪そうな笑顔がフェイの心をなごませた。「そこで僕は愛の告白やプロポーズの前に、君の本当の姿を知りたかった」

「ええ、わかるわ」

「父の不幸な再婚からも大きな影響を受けた。賢明だった父がすっかりそそのかされて、愚かな過ちを犯したんだからね」

「あなたが慎重になるのは当然よ」

タリクはフェイの手を放し、彼女の両頬を手のひらに包んだ。「フェイ」深い悔恨をたたえた目で彼女を見つめた。「僕は父以上の大きな過ちを犯した。君を愛してやまずに結婚しておきながら、つまらない意地を張って君を邪険に追い払った。一瞬たりとも心の休まるときはなかったのに、頑として君を迎えに行こうとしなかった」

「パーシーのひどい仕打ちのせいよ。あなたが悪いんじゃないわ」

「いや、僕が悪い」タリクはきっぱりと言った。「あの日、僕は君が結婚式を本物でないと思いこんでいるとは知らず、大使館で二十四時間、君が戻るのを待ち続けた」

「まあ、そうだったの」フェイは涙ぐんだ。

「僕は怒って帰国し、結婚したことは誰にも言わなかった。妻がそばにいないわけだからね。泣かないでくれ、フェイ。僕には君が涙を流す価値はない」タリクは苦しげに言った。「僕は弱みを見せるのがいやで、自分のほうからは君に接近しまいと決めた。そうこうするうちに父が死んだ。僕は君がそれをきっかけに連絡してくるだろうと思った」

「私は連絡しなかった」フェイは後ろめたい気持ちでつぶやいた。

「君は完全に僕から去ったのだと思った。暮らすのに困らないだけの金を手にしたから、もう僕に用はないのだと」

「実際には悲しみから立ち直れずにいたわ」

「しかも僕にとっては不面目なことに、君は夫の経済力に頼らずとも立派に自活していた。そういう君の自立心に家族はつけこんだわけだ。僕はそうとは知らず、君が好意を寄せてくれていると信じたのは錯覚だったと決めつけた。君に見捨てられた気がした。飛行機事故のあとさえ何も言ってこない君をますます恨んだ」

フェイはタリクのシャツの胸に額をあて、両腕で彼を抱いた。「それで仕返しを決意したのね」

「僕の望みは、君のほうから僕のところへ戻ってくるよう仕向けることだった。ハジャで会った日、君が僕とはすでに離婚しているか、結婚式自体がそもそもなかったと思っているのを知って驚いた。が、僕はそれを逆手に取ろうとした」

「どうかしてたわ、私。とんでもない勘違いね」

「いいや、どうかしてたのは僕だ。君に妻だと知らせずに無理やり自分のものにするとは狂気のさただ」タリクは吐き捨てるように言った。「気の毒にラティフもあきれていた。僕は君を手に入れたい一心で、前後の見境がつかなくなっていた」

フェイは彼のこわばった背中をジャケットの上からさすった。「私にすれば身にあまる光栄だわ」

「君がオメイルと一緒に砂漠へ逃げたときは、生きた心地がしなかった。嵐《あらし》の前に君を見つけられなかったらと思うとぞっとした。僕はそのときようやく気づいた。君をまだ愛しているのだと」

「まあ」安堵《あんど》と喜びがフェイの心に広がった。

「だが君のほうは僕の価値をセックスにしか求めなかった」タリクは目で笑いながらフェイを抱きあげた。「あのほめ言葉には傷ついたよ」

「ほんとはあなたが好きでたまらなかったのよ」

「そうであってくれと望んだ。君が僕を情熱的に愛し、生涯の絆を感じてくれることを」タリクはフェイをベッドに下ろし、彼女の服をゆるめた。

「ずっと怖かったわ」

「僕もだ。自分の駆け引きがあれほど君を傷つけるとは予想外だった。君は本気で出ていくつもりだとわかったが、引き止めたいのを必死でこらえた」

「あのまま私を行かせるつもりだったの？」

「いいや。君のパスポートは僕の金庫の中だとわかっていたからね。黙って君を出ていかせるなんてできるわけがない。絶対に君を失いたくなかった。これからも一緒にいられて夢のようだ」

彼の熱のこもった告白へのお返しに、フェイはベッドで大胆に体をくねらせた。

タリクは彼女をうっとりと見つめた。「君はまさに僕のために――」

「あなたも私のために作られた人」フェイは新たな自信に満ち、片肘をついて寝そべった。「ねえ、赤ちゃんが欲しくない？」

「欲しいとも。ただしあと数年先だ」タリクが言った。「まだ二十歳の君をすでに三人の子持ちにしてしまった。すまない気持ちでいっぱいだ」

「子供は大好き。もう一人増えても平気よ」

「僕は何が君にとっていちばんかを最優先させたい」タリクはフェイに口づけした。「当面はラフィのことで手いっぱいだろう。僕はわがままなんだ。これまでも君と二人きりのつもりだった。君が子供たちの面倒を見ていたとは知らず、君を独り占めしているつもりだった」

「それで私の前では子供たちの話はしなかったのね」フェイはくすりと笑った。

「君が僕との暮らしにますます負担を感じないかと心配だった」タリクはしぶしぶ認めた。「子供たちのことを気にかけてくれて感謝している。だが、それが理由で君に妻でいてもらいたいのではない。首長会議を抜けだしてここへ戻ってきたのは、君と離れ離れでいるのが耐えられなかったからだ。僕はもう君なしではいられなかった」

「愛してるわ」フェイは夢心地でささやき、タリクの絹のような髪を指でくしゃくしゃにした。

「意地悪な蛙《かえる》でもかい?」タリクがからかいながらフェイのドレスをうやうやしく脱がせ、両手に抱きしめた。

それから一年半後、フェイは木陰の乳母車に赤ん坊を寝かせた。

小さなアシフ王子は思わぬ授かり子だった。子作りは来年のはずだったが、昨年のカリブ海ヨットクルーズで急遽《きゅうきょ》計画変更になった。アシフは眠そうに伸びをして、大きな深いブルーの輝く目をゆっくりと閉じた。性格のおっとりした赤ん坊だった。

ショートパンツとTシャツ姿のバスマとハヤットは、噴水の池で裸足《はだし》ではしゃいでいる。フェイは二人を池から抱きあげながら、学校であったことを熱心に報告するラフィのおしゃべりに耳を傾けた。フェイは幸福に満たされていた。大勢の人たちが援助の手を差し伸べてくれ、四人の子育てはタリクの心配をよそに少しも苦にならない。

それに、先月はエイドリアンがリジーや子供を連れて、一週間の泊まりがけで遊びに来た。エイドリアンは今はロンドンでタリクのためにがむしゃらに働いている。兄の話では、パーシーは投機家として順調にやっているそうだ。

夕方、フェイは養育係に子供たちを預けて自室に戻り、シャワーを浴びた。ふかふかのタオルを巻いてバスルームを出ると、タリクが寝室にいた。

「まあ、グッドタイミングね」フェイはくらくらするほど魅力的な夫に目を輝かせた。

タリクはほっそりしたフェイの体を熱い視線で見つめた。「偶然だと思うかい？」

フェイは頬を真っ赤に染めた。「そうね、一週間に三度目となると偶然と呼ぶのは無理があるわ」

タリクはフェイをそばに引き寄せ、かすれ声でささやいた。「それは苦情なのかな？」

「さあ、あなたはどう思う？」

「僕らが思ってることはいつだって同じだ」彼はフェイの唇を味わいながら、たくましい両腕に彼女を抱きあげた。「幸せかい？」

「ええ、とっても」フェイはささやいた。

「僕はいつの間に蛙王国を脱出したんだろう」

「とっくの昔に蛙から王子様に変身したわ」

フェイはベッドに横たえられ、その上にタリクが覆いかぶさった。「それはよかった」

「私の愛馬のデリラが到着したとき、こんな無器量な馬は見たことないと思ったでしょう？　なのに私に遠慮して口に出さなかった」

「気づかれてたか」

「エイドリアンのためにさりげなく仕事を用意してくれたり、妊娠中の私を世界一セクシーな女性として扱ってくれたり、ダイバーの見張りなしで二人きりで楽しめるようプールを造ってくれたり」

「ほかには？」タリクの目が欲望にけぶった。

フェイは彼への愛が日増しに強まる理由をいくらでもあげられたが、大事に小出しにしたかった。

「じゃあ次は僕の番だ。まず一つ目に、君はアラビア語を勉強している」

「あなたは私が間違えても笑ったりしない」

「君は良妻賢母にして立派な王妃で、しかも僕の心の支配者だ」彼はつぶやきながらフェイの唇をついばんだ。二人の会話はそれきりとぎれた。次に言葉が交わされるのはしばらくあとになりそうだった。

砂漠の貴公子

バーバラ・フェイス 作

神鳥奈穂子 訳

◇作者の横顔

バーバラ・フェイス　愛はかけがえのない贈り物と信じ、文化や境遇の違う男女が惹かれ合う姿をひたすら描き続けた。一九九五年、惜しまれつつもこの世を去る。

1

会議用テーブルの向かいに座った女性は、自信たっぷりで落ち着き払い、とても能弁だった。アリ・ベン・ハリが最も嫌いなタイプの女性だ。

彼女はアリの好みより背が高く、きっちり結った金髪のシニヨンから、すらりと伸びた脚の先まで一分の隙《すき》もない。シックなロイヤルブルーのワンピースに、パールのネックレスとイヤリングをしている。

今朝、彼女に引き合わされたときは、当然秘書に違いないと思った。だが打ち合わせが始まってみると、記録を取っているのは彼女の後ろにうやうやしく座った若い男性のほうだった。書記の若者が〝申し訳ありませんが、もう一度言っていただけますか、ミス・ジョーダン？〟と言うのを聞いて初めて、アリは彼女が副社長の一人であることに気づいた。

女の副社長だと！　アリにはとても認める気にはなれなかった。

二カ月前、ようやくカシュキーリ国際会議の日程が決まったとき、アリはこの〈カニンガム・ランドール・タブラー&ジョーダン〉社にコンタクトを取った。いくらアリの母国カシュキーリが中東では指折りの豊かな石油原産国であっても、世界からは後進国と見なされていることを首長《シーク》である父ツルハン・ベン・ハリに納得させるのは骨が折れた。

〝我が国で国際会議を開くつもりなら、我々のよく知らない外交儀礼を教えてもらう必要があります〟アリは父に説いた。〝もしアラブ諸国以外の外交官が夫人を伴ってきたらどうします？　海外のマスコミの相手もしなければいけないんですよ〟

ニューヨークのこの広報会社《PR》を勧めてくれたのは

か？」

アリは彼女には目もくれず、列席した重役の一人C・J・カニンガムの方を向いて答えた。「アメリカ、イギリス、ドイツ、日本の代表が来る予定だ」

カニンガムに目で促されて、ジュヌヴィエーヴは口を開いた。「アラブ圏以外の外交官は、夫人を同伴すると思われます」

アリは顔をしかめた。「おそらく」

「ではお父上や政府閣僚の奥方も、社交の席にはご出席なさるわけですね」

「父には妻が三人いるが、誰も会議にはかかわらない、ミス・ジョーダン。もちろん、大臣の妻たちもだ」

「理由をお聞かせ願えますか？」

「男のビジネスに女が口を挟む筋合いはないというのが、我々の信条だからだ」

「なるほど」ジュヌヴィエーヴは小声でくすりと笑した。「アラブ以外の国からも代表が来るのです

ルパートだった。〝アメリカには、そういうビジネスがあるんですよ。先代の大統領が当選したのも、この会社のおかげでイメージアップに成功したからですし、顧客には政界トップが何人も名前を連ねています。二年前、ロザリーニ・ベンガルが独立宣言して新政府が世界中の政府高官を招待したときも、あの会社のジョーダンという重役がすばらしい手腕を発揮して、会は大成功だったと聞いています〟

問題は、そのジョーダンという重役が女性だったことだ。ミス・ジュヌヴィエーヴ・ジョーダン。

「ミスター・ランドールがカシュキーリ国際会議の担当だったのですが、あいにく休暇を取ることになりまして」当のミス・ジョーダンが話している。

「もちろん引き継ぎは完璧《かんぺき》ですので、ご安心くださ い。ただ、念のためにいくつか確認させてくださ い」ジュヌヴィエーヴはテーブルの書類に目を落とした。「アラブ以外の国からも代表が来るのです

った。「確かにそれでは、わたしどものお手伝いが必要ですわね」

アリの目が怒りで暗くなり、一瞬、ジュヌヴィエーヴの背筋を、恐れと期待の入りまじった寒気が駆け抜けた。

アリ・ベン・ハリは堂々とした男だった。身長は百九十センチ近く、みっちり筋肉のついた体躯《たいく》は九十キロを超えるに違いない。短く刈り込まれた黒々とした髪、濃い眉、オマー・シャリフに似た眼光鋭い瞳。鼻は高く突き出し、怒った唇はどこか肉感的だ。テーブルに置かれた褐色の手は力強そうだった。

三十六歳のアリは、小国ながら石油の豊富なカシユキーリ国の王子であり、いずれシークとなる男だった。いくらイギリスのケンブリッジ大学に留学し、パリで一年間暮らしたことがあるとはいえ、彼が西洋のやり方になじんでいるとは思えない。

イギリス人がつき添っているのはそのせいだろう。金髪碧眼《へきがん》のルパート・マシューズは、見たところアリより数歳年上のようだ。聞くところでは、彼はケンブリッジ大学でアリの個人教師を務め、アリの卒業後は、親友とアドバイザーを兼ねるアリの右腕として、カシユキーリに赴いたのだという。

アリの隣に座ったルパートは、女性に政治参加を認めないのは問題だと言わんばかりのジュヌヴィエーヴの言葉に、かろうじて笑みを押し隠した。

だが、ジュヌヴィエーヴはとても笑うような気分ではなかった。彼女はどんな難しい仕事にも尻込みしたことはなかったが、アリ・ベン・ハリのような男と仕事をするのは至難の業だと知っていたからだ。アリの父親であるシークもこんな男なら、確かに独力で国際会議を開くのは難しいだろう。

この仕事はなかなかの難題になりそうだ。

ときどきジュヌヴィエーヴは、自分の人生が男性との戦いの連続であるような気がすることがあった。

幼いころからジュヌヴィエーヴは、もし隅に追いやられたくなければ、声をあげて自己主張しなければいけないことを学んでいた。

十年前、〈カニンガム・ランドール・タブラー&ディロン〉社の面接を受けたとき、真っ先にきかれたのは〝タイプは打てるかね?〟という質問だった。ジュヌヴィエーヴは三年かけて副秘書から主任秘書に昇進し、チャド・カニンガムのアシスタントを経て、ようやく顧客会計担当部長になり自分の担当する取引先を持てるようになった。その一年後、〈クォリティ・タイヤ〉社との巨額の取り引きを成功させ、会社の副社長として名前を連ねることになった。

現在の地位にたどり着くまで、彼女は熱心に働いてきたし、今もそれは変わらなかった。毎朝七時半には出社し、夜も、たとえほかの重役が帰っても遅くまで残業した。ビジネスランチはライム入りのソーダ水を飲んでしのぎ、顧客や同業者とは、けしてデートをしなかった。

だが、いかに仕事に燃えるジュヌヴィエーヴといえども、今はジョン・ランドールからカシュキーリ国際会議の仕事を引き継いだことを後悔していた。

彼はこう言った。〝君こそ僕の後任にうってつけだ。モロッコとチュニジアに住んだことがあって、我が社の誰よりアラブ世界に通じているからね〟

確かにそれらの国に住んだことはあったが、彼女だってアラブ世界のすべてを知っているわけではないのだ。

それから二時間というもの、アリは常に男性の重役に向かって質問をした。だが、それに答えるのもアリに質問をするのも、すべての資料を手元に持ったジュヌヴィエーヴだった。

「首都カシュキーリ・シティの新しいホテルに、会議の出席者全員が宿泊することはできますか?」

「ホテル・カシュキーリには、客室が三百五十、スイートルームが百室ある。調度も内装も贅《ぜい》を凝らしたもので、従業員の訓練も行き届いている」

ジュヌヴィエーヴは満足そうにうなずいた。「では宿泊先の心配はいりませんね。客室に花と果物を届ける手配だけしておきましょう」彼女は書類に目を落とした。「あと、各国の外交官夫人たちが参加する行事も必要ですね。彼女たちはおそらく、カシュキーリの病院や教育施設を視察したがると思います」ジュヌヴィエーヴは口ごもった。「そちらの学校は共学ですか、ミスター・ベン・ハリ?」

アリは首をふった。「男女の学校は別々だ」

「ハイスクールや大学もですか?」同席したもう一人の重役ジョゼフ・タブラーが尋ねた。

「とんでもない。カシュキーリの娘が学校へ行くのは十三歳までだ」

ジュヌヴィエーヴは眉を上げた。「なるほど」

アリは顔をしかめ、こちらの顔に穴が開きそうなほど強い視線でジュヌヴィエーヴを見つめた。「カシュキーリでは、それ以上の公的教育は女性には必要ないと思われている。女性の仕事は、夫や子どもの世話をすることだからな」

ジュヌヴィエーヴはきれいに磨かれた爪の先でテーブルを叩《たた》いた。「博物館や図書館はどうですか?」

「カシュキーリ・シティの図書館は中東でも有数の蔵書を誇っている。国立博物館はカシュキーリの歴史やアラブ美術に焦点を置いている。アラブの文化は我々の誇りだ」アリはカニンガムの方へ向き直った。「こちらの担当者が我が国に来られた折には、彼は我がアラブ文化の豊かさを自分の目でごらんになることだろう」

「ああ……彼は……きっとそうでしょうな」カニンガムは咳払《せきばら》いをした。「ミスター・ランドールがそちらへ伺う予定でしたが、彼が行けなくなった以上、ミス・ジョーダンが代わりに参ります」

アリは憤然とした顔になったが、彼が口を開く前にカニンガムがこう言った。

「ミス・ジョーダンは、父上が国務省に勤めていた関係で、モロッコとチュニジアで何年も暮らしていました。当社のスタッフで、彼女ほどアラブの慣習に通じている者はおりません。さらに彼女は、父上がワシントン勤務になると、亡くなられた母上の代わりに、十代の若さでパーティの接待役も果たしてきました。外交儀礼も十分に心得ています」

カニンガムはジュヌヴィエーヴにほほ笑みかけたが、彼女のほうはしかめっ面を返した。カニンガムはそれにはかまわず続けた。

「私見ですが、カシュキーリ国際会議の仕事に、彼女ほどの適任者はいません」

「だが、ミス・ジョーダンは女性だ」

アリの言葉は、事実を述べたというより非難のように聞こえた。ジュヌヴィエーヴがアリをにらむと、彼もにらみ返した。

アリは思った。女がでしゃばるなんて、なんと非常識な！　もちろん彼だって女が嫌いなわけではなかった。連れて歩けば美しい飾りになるし、子どもを産んでもらうのにも必要だ。ベッドの相手としても欠かせない。だがアリに関する限り、女性の役割はその程度だった。いい女とは自己主張しない女のことだ。

アリが口を開こうとしたとたん、カニンガムが立ち上がった。「今日のところはこのくらいにしましょう。ところで、わたしと家内は今夜、日本の国連事務次官の歓迎パーティに出席する予定ですが、ミスター・ベン・ハリもご一緒にいかがです？」

アリはうなずいた。「ありがとう、ミスター・カニンガム。喜んで行かせていただこう」

「それでは、ミス・ジョーダンがホテルまでお迎えに上がります。夕食をご一緒してから、パーティにご案内しましょう」カニンガムはルパートも誘った。

ルパートはアリとジュヌヴィエーヴを見やると、打ち合わせの間中見せていた面白がるような顔で答えた。「せっかくですが、今夜は所用がありますので、またの機会にお願いします」

「わかりました」カニンガムはうなずくと、ジュヌヴィエーヴに言った。「ミスター・ベン・ハリは、セント・レギス・ホテルにお泊まりだ。レストランの予約はわたしが入れておくよ」

カニンガムの顔はにこやかだったが、断固としたその声の響きは経験を積んだジュヌヴィエーヴにはこう聞こえた――これはビジネスだ、ジュヌヴィエーヴ。悪いが異議は唱えないで従ってくれ。

カシュキーリは百万ドルにもなる顧客なのだ。言われたとおりにするしかない。

エレベーターを降りてロビーに出た瞬間、アリはフロントにいる彼女に気づいた。こちらに横顔を向け、一方の肩から布を斜めに垂らしたギリシア風の白いドレスを見事に着こなしている。むき出しになったもう一方の肩が、ロビーの照明を受けて磨き上げた象牙《ぞうげ》のように輝いていた。

ジュヌヴィエーヴはふり返ってアリに気づくと、彼の全身を値踏みするように見つめた。「リムジンを待たせてあります」

リムジンに乗り込むと、ジュヌヴィエーヴの香水がかすかにアリの鼻先に漂ってきた。

「料理がお口に合うといいのですけれど」そう言う彼女の声は、響きは柔らかいが感情がこもっていなかった。

彼女に恋人はいるのだろうか？　この自信たっぷりの態度を突き崩し、エクスタシーの吐息をつかせることができるのは、どんな男なのだろう？　ジュヌヴィエーヴの横顔を見ながらアリは考えた。心の中でアリは、彼女がカシュキーリの銀色の月光を浴び、乱れた金髪を枕《まくら》に広げて、サテンのシーツにものうげに横たわる姿を思い描いた。

不意に体がこわばり、アリは内心で罵《ののし》った。この女は気に入らない。なのに、彼女を我が物にすると考えると体中を熱い興奮が駆け抜けるのだ。

アリはディナーの間ずっと、彼女を見つめていた。ワイングラスを持つほっそりと長い指、赤ワインに染まった唇。ジュヌヴィエーヴは自信たっぷりで、ずけずけと自分の意見を口にした。こんなタイプの女は大嫌いだ。それなのに彼女を見つめるたび、むき出しの肩をそっと噛《か》みたくてたまらなかった。いまいましい女だ！　アリはジュヌヴィエーヴから、声も物腰も穏やかなミセス・カニンガムに目を移した。ミセス・カニンガムは、かつて訪ねたエジプトがとてもすばらしかったと言っていた。

「それでは、いつかカシュキーリにもおいでください」アリは応《こた》えた。「我が国は小国ながら、とても美しい国です。きっとお気に召すでしょう」

「観光客は多いのですか？」ジュヌヴィエーヴは尋ねた。

「観光客は非常に少ないな」

「外交官夫人たちはカシュキーリをあちこち見て回りたがるはずです。首都以外に宿泊施設は？」

「ほとんどないのが実状だ」

「海辺でも？」

「残念ながら、そうだ」

「では、砂漠のほうならホテルはありますか？」

アリは首をふった。「ホテルはないが、サハラ砂漠のへりに、僕の大きな別荘がある」

「大きいとは、どのくらいですか？」

「三十室はある」

「それだけあれば十分です。さっそく何か計画を立てましょう」

「ジュヌヴィエーヴの心は、体より先にカシュキーリに飛んでいるみたいだな」カニンガムが笑った。

彼女が来るなんて論外だ。カシュキーリは男の国なのだ。会議準備のために女性重役を伴って帰国すれば、父は卒中を起こしかねない。だが……このジュヌヴィエーヴ・ジョーダンがカシュキーリで過ごすと思うと、それはそれで面白そうだ。アリは思わずこう言っていた。「どうしてもミス・ジョーダンが来ると言うのなら、一般のカシュキーリ人女性と同じように、我が国のしきたりに従ってもらう。もちろん、宮殿のハーレムで王族の女性たちと暮らしてもらおう」

「ハーレム？」カニンガムはぎょっとした。「彼女にハーレムで暮らせと？」彼はしだいに楽しそうな顔になって笑った。「それは面白いお考えだ」

「もちろん、彼女のために特別室を用意させる」アリは言った。

ジュヌヴィエーヴは今やかんかんに腹を立て、カクテルの氷よりも冷ややかな声で言った。「わたしは、ハ――」彼女はハーレムと言おうとして言葉につまった。「ハーレムなどでは暮らしません」彼女は肩をいからせ、まずカニンガムを、ついでアリを見て、同じ言葉をくり返した。「わたしはハーレムなどでは暮らしませんわ、ミスター・ベン・ハリ」

「だが宮殿の女性たちは、みんなハーレムに住んでいる」アリは冷淡な独裁者の声で答えた。

「わたしはホテルに泊まるほうが落ち着きます」

「だが僕は、君がカシュキーリにいる間はハーレムにいてくれるほうがいい」黒い瞳を猛々《たけだけ》しく燃やして、アリは喧嘩《けんか》腰で顎を突き出した。

ジュヌヴィエーヴも負けずににらみ返した。グリーンの瞳と黒い瞳が火花を散らした。

彼女はこんなに腹が立ったのは初めてだった。アリ・ベン・ハリは信じられない男だ。真っ黒な髪の毛から、固く引きしまった腰、とんでもなく長い脚にいたるまで。彼は完全に男性優位の国から――女性はただ男性にへつらうだけの国、女性がハーレムに住む国からやってきたのだ。

確かにカシュキーリの女性はハーレムに住んでいるかもしれないが、ジュヌヴィエーヴは断固としてそのしきたりに従うつもりはなかった。

「どこに住むかは、カシュキーリに着いてから君たち二人で相談したらどうだろう」カニンガムが口を開いた。「いずれにせよ、たった二カ月間だ」ジュヌヴィエーヴが激怒しているのもわかっていたし、この契約もまとめたかったので、最後にこう言ってしめくくった。「これで万事解決だ。ジュヌヴィエーヴ、カシュキーリで頑張ってくれ」

ジュヌヴィエーヴは、すぐに荷造りをしたほうがいいことがわかった。

燦然《さんぜん》と輝くレセプション会場は、笑いさざめく人々であふれていた。アリとジュヌヴィエーヴはカニンガム夫妻に続いて主賓に挨拶《あいさつ》する列に並んだ。夫妻が挨拶をすますと、ジュヌヴィエーヴは日本から来た国連事務次官の前へ歩を進めた。

「カシュキーリから来られたアリ・ベン・ハリ王子をご紹介します。ベン・ハリ王子、こちらがミスター・ヨシロー・スモトです」

「五月にあなたのお国に伺うのをとても楽しみにしております、ベン・ハリ王子」スモトが言った。スモトは隣の美しい女性に目をやった。「こちらが家内です。わたしと一緒にカシュキーリを訪問するのを、家内も楽しみにしております」

アリは頭を下げ、ミセス・スモトの手を取った。「我が国をご案内できて光栄です」

列から離れるとジュヌヴィエーヴは小声で言った。「言ったとおりでしょう、夫人を同伴する外交官もいると。カシュキーリの女性も、なんらかの形で積極的な役割を果たすのが望ましいと思いますけれど」ジュヌヴィエーヴは言葉を切ると、差し出されたトレイからシャンペンのグラスを二つ取り、一つをアリに手渡した。それからシャンペンを一口飲み、グラスの縁越しにアリを見上げた。「ところで、あなたには何人の奥さんがいらっしゃるの、ミスター・ベン・ハリ?」

「僕はまだ結婚していない、ミス・ジョーダン」

「では結婚なさったら、何人の妻を迎えるおつもりなの?」

「イスラム教では四人まで妻帯が許されている」

「ならあなたも四回結婚なさるつもりなんですね」

思わずアリは、カシュキーリの女性がジュヌヴィエーヴほどずけずけ意見を言うようなら、結婚などするものかと言いそうになった。「僕自身は、妻は一人で十分だと思っている。いずれ時が来れば結婚するとは思うが、するとしても一度だけだ」

アリは、さまざまな国籍の人間が談笑する部屋を見渡した。一組の魅力的な夫婦を見つけ、アリはそちらに頭を向けてうなずいた。「確かに妻が夫と一緒にいるほうが、利点のある文化もあるようだな」

ジュヌヴィエーヴはほほ笑んだ。「あちらはカフィスタンの女性首相、ミセス・ブーラニですよ」

「夫のほうが妻のお供だと言うのか?」アリは頭をふった。「世の中の変化に僕はついていけないな」

小編成のオーケストラが演奏を始め、何組かの男女が踊り始めた。ジュヌヴィエーヴはソファに腰を下ろすと、アリを見上げて尋ねた。「お母様のことを教えていただいてもいいかしら? お母様は父上の最初の奥方でしたの?」

アリはうなずいた。「母は僕を産んだときに亡くなった」

「まあ、それはお気の毒に」彼女はアリの手にそっと触れた。「ごめんなさい、こんなことをきいて」

アリは、一瞬だけ自分の手に触れた色白の手を見つめた。今朝ジュヌヴィエーヴに引き合わされてから初めて、彼女の声がやさしくなり、グリーンの瞳に心配そうな表情が浮かんだのに気づいた。氷の姫君でさえ態度が和らぐのだと思って、アリは驚いた。

「その後、お父上は再婚なさったんですね？」

アリはシャンペンを一口飲んだ。「そうだ。二番目の妻メリタは六人の娘を産んで亡くなった。六人とも、今はもう結婚している。その後、父は三人の妻を娶《めと》ったので、僕にはさらに五人の成人した妹と、八歳の弟と、二歳の双子の妹がいる」

ジュヌヴィエーヴの唇がほころんだ。「あなたのお父上は大した男性のようね」

「カシュキーリの男はみんなそうさ」アリはグラスを置いた。「踊ろう」ジュヌヴィエーヴの返事も待たずに、アリは彼女の背中を押すようにしてダンスフロアへ導いた。

アリに抱き寄せられたとき、ジュヌヴィエーヴの背筋をおののきが走った。確かにアリは精悍《せいかん》だと思ってはいたが、その腕に抱かれるとむせ返るほどの男らしさを感じずにはいられない。固くたくましい胸、背中にあてられた温かい手。ジュヌヴィエーヴは全身でアリの存在を意識していた。

二人はしばらく体を寄せ合い、音楽に身を委《ゆだ》ねて踊った。ふと目を上げたジュヌヴィエーヴは、はっと息をのんだ。謎《なぞ》めいた漆黒の瞳が怖くなるほど真剣にこちらを見つめていたからだ。目をそらそうと思っても、強烈なアリの視線に絡め取られ、身動きがとれなかった。

アリの血も熱くたぎっていた。もはやほかの人間は目に入らない。彼の目に入るのは、腕の中の女性――カシュキーリの海のようなグリーンの瞳をしたジュヌヴィエーヴただ一人だ。

アリは彼女を抱く腕に力を込めた。柔らかな胸のふくらみや、すらりと伸びた脚の感触は、えも言われぬ拷問だった。だがアリは腕をゆるめようとは思わなかった。彼がジュヌヴィエーヴの金髪に顔を寄せると、くぐもったため息が彼女の口からもれた。

ジュヌヴィエーヴはまるでアリの好みではなく、カシュキーリに来てほしいとも思わなかった。それなのに、なぜか彼女といると情熱をかき立てられた。

彼女を女性のあるべき姿に――自己主張しない、従順で愛に満ちた女性に作り直せたら面白そうだ、不意にアリはそう思った。

そう、愛に満ちた女に。

彼はジュヌヴィエーヴの耳たぶを噛むと、耳に軽く舌を走らせて味わった。

ジュヌヴィエーヴが息をのんで、体を震わせた。

彼女は真っ赤な顔で身を離した。グリーンの目が怒りに燃え上がっている。

「失礼」アリは言った。「飲みつけないシャンペンを口にしたのが悪かったらしい」

だがアリにはわかっていた。こんなにも彼らしくない行動をとらせたのは、酒のせいではない。ジュヌヴィエーヴ・ジョーダンのせいだ。

アリはきたるべき日々に――ジュヌヴィエーヴがカシュキーリ宮殿のハーレムで暮らす日々に思いをはせ、密《ひそ》かに笑みを浮かべた。そう、彼女は僕の国に、僕の縄張りに来るのだ。どんなこともできるだろう。

2

真夜中にカシュキーリにいる父から電話があった。

「面倒なことになった」ツルハン・ベン・ハリは言った。「オマル・ハージ・ファターがまた反乱を起こした。すぐに帰国してくれ」

「わかりました」アリはサイドテーブルの明かりをつけた。「軍に出動命令は？」

「今朝いちばんに出動させた。すでに反乱軍を制圧しつつある」ツルハンは毒づいた。「外部に反乱のことを知られてはならん。こんなことで重要な会議を台なしにしたくはない」

「もちろんです、父上。明日、こちらを発《た》ちます」

「うむ。おまえが戻ってくれれば安心だ。広報《PR》会社との連絡はついたか？　誰かこちらへよこしてくれるんだろうな？」

「はい、手配しました」

「ランドールが来てくれるのか？」

「いいえ、彼は休暇中とのことで、代わりにジョーダンという者が担当になりました」

「その男も必ず同じ飛行機に乗せて帰ってこい」

「わかりました、父上」

　受話器をいったん下ろすと、アリは電話帳でG・ジョーダンの名前を見つけ、彼女に電話した。

　二度目の呼び出し音で相手が出た。「もしもし？」

彼女の声は眠そうでぼんやりしていた。

「こんな時間に申し訳ない。アリ・ベン・ハリだ」

「今、何時です？」

「午前三時過ぎだ」

「今ごろどうしたというんですか……？」声が少しはっきりしてきた。「なんのご用でしょうか？」

「父から電話があった。カシュキーリで面倒が起きたらしい。我々は明日、カシュキーリへ戻る」

「困りましたね。まだ相談することがあるのに」

「それは飛行機の中で相談すればいい」

「予定では……」ジュヌヴィエーヴが息をのむ音が聞こえた。「飛行機の中ってどういうことですか?」

「君も同じ飛行機でカシュキーリに行くんだ」

電話の向こうで彼女が起き上がり、明かりをつける気配が感じられた。彼女は何を着て眠るのだろうか? そう思ったとたん、サテンとレースの透けたネグリジェを着た彼女の姿が目に浮かんだ。

アリは受話器をぎゅっと握りしめた。

「明日、いきなり出発するのは無理です」ジュヌヴィエーヴはかすれた声で言った。

「なぜだ? パスポートは持っているんだろう?」

「ええ。でも荷造りもしていないし、やりかけの仕事がいくつもあるんです。持っていく書類を準備して、飛行機の予約を入れて――」

「うちの自家用ジェット機がケネディ空港で待っている。連絡すれば一時間で離陸できる」

「自家用ジェットですって?」

「そうだ」こんなことをきき返されるなんて驚きだった。「僕はできるだけ早くカシュキーリに戻りたい。明日の午後五時に迎えを差し向けるから、それまでにするべきことをすませておいてくれ。こちらを六時に発てば真夜中にはローマに着けるだろう」

「ローマ?」

ジュヌヴィエーヴは枕《まくら》に倒れかかった。あまりにも急な話だ。会社で片づける仕事も山ほどあるし、旅行の準備もいろいろある。買い物をして、荷造りをして、髪のセットとマニキュアもすませなければ。

「カシュキーリには二カ月も滞在するんですよ。念入りな準備もなしで、いきなり出張できません」

「もちろんできるさ」アリはいらだたしげに言った。

「買い物をしなくてはいけないし」

「必要なものはローマで買えばいい」

「一足先にあなたがカシュキーリに戻って、わたしは今週末に行くという案はどうですか？」

「明日、僕と一緒に来てもらいたいんだ」

まったくなんて男なの！　ジュヌヴィエーヴは拳《こぶし》をマットレスに叩《たた》きつけた。この調子では、母国に戻ったらどんな暴君になるかわかったものではない。そう思うと不安になった。カシュキーリでは、あちらのしきたりに従わねばならないのだ。

「ルパートにも電話する」アリは言った。「彼には、君の会社とカシュキーリとの連絡役をしてもらう。カニンガムとの細かい打ち合わせは彼に任せればいい。君は長旅に備えて少しでも眠っておいてくれ」

電話を切ったジュヌヴィエーヴは、アリ・ベン・ハリがオフィスに足を踏み入れた日を密《ひそ》かに呪《のろ》った。これから二カ月間、彼の横暴な指図を受けるかと思うと気が重かった。アリは、彼女が忌み嫌う男性の典型だった。傲慢《ごうまん》な男性優位主義者で、常に自分の意見を通し、腹が立つほど自信家だ。それだけではない。セクシーで男らしくて、こちらの心を騒がせる。パーティ会場で耳を噛《か》まれたときは、思わず心臓が跳ね上がった。

耳をくすぐる彼の息を思い出して、ジュヌヴィエーヴは胸の上までシーツを引き上げ、指で耳たぶをこすった。だがかえって、あのとき感じた熱いうずきが、また込み上げてきただけだった。確かにアリ・ベン・ハリは魅力的な男だ。しかし彼は、誰よりも深入りしてはいけない相手なのだ――アラブ人で、仕事上の顧客なのだから。

わたしにはするべき仕事がある。仕事の妨げになるような行動はつつしまなければ。カシュキーリ国も、アリ・ベン・ハリもきわめつけの難題だ。だが彼女は、難題にひるむ人間ではなかった。

ニューヨーク時間できっかり午後六時に、747ジャンボジェット機はケネディ空港を離陸した。飛行機が苦手なジュヌヴィエーヴは、背もたれに体を押しつけて目を閉じた。

ゆうべの電話のあと、スーツケース二つとフライトバッグの荷造りをした。朝の六時半にカニンガムに電話して、その日のうちに出張することを伝え、オフィスに着くとすぐ個人的な郵便物や未決のアポイントメントの処理について秘書に指示を出した。机の整理をし、カシュキーリで必要となる書類を集めてブリーフケースに突っ込む。ほかに必要なものが出てくれば、カニンガムに送ってもらうしかない。

美容院で髪と爪の手入れをすませたジュヌヴィエーヴは、午後四時半には赤いウールのツーピースと黒いハイヒール姿になっていた。

ルパートが迎えに来たとき、ジュヌヴィエーヴの支度はすっかり整っていた。最後の指示を出しながら、彼女はエレベーターに飛び乗った。

そして今、見たこともないほど贅沢《ぜいたく》な自家用ジェット機の客席に座っているのだ。

「怖いのかい?」通路の向こうからアリがほほ笑みかけた。「心配はいらない。サリムは優秀なパイロットだ。リラックスして旅を楽しんでくれ。まもなくディナーが出る。シートベルトのサインが消えたら、カクテルかシャンペンはどうかな?」

ジュヌヴィエーヴは唇をなめた。「ありがとう、シャンペンをいただきます」

「真夜中過ぎにローマに着く。ローマから父に電話して、カシュキーリの情勢が変わらないようなら、明日一日はローマで過ごし、明後日、カシュキーリへ向かおう。ローマは初めてかい?」

「一年前に一度行きました。でも仕事の出張だったから、観光らしい観光はしていないんです」

「一日しか滞在できなくて残念だな。ゆっくり君とローマ観光ができれば楽しかっただろうに」

社交辞令のつもりだったが、不意にアリは自分が本心からそう思っていることに気づいた。赤いスーツのジュヌヴィエーヴはとても魅力的だ。もっとも、膝までしかないスカート丈は感心しなかった。これでは形のいい脚が丸見えではないか。

下半身に熱いものが込み上げてきて、一瞬アリは、こんな気持ちをかき立てるジュヌヴィエーヴにも、ほかの男であっても彼女を見ればこんな気持ちになるだろうことにも腹が立った。なぜ西洋人はアラブの考えを——女性の体は夫以外の男性には見せてはいけないという考えを——理解しないのだろう？ジュヌヴィエーヴのような魅力的な女性が、無防備にアラブの町を歩くなど無分別きわまりない。もちろんカシュキーリでは考えられないことだ。

アリは考え込むように目を細め、飛行機の後部に積み込まれた二つのスーツケースを見やった。ほかの衣類もこの赤いスーツ同様、男心をそそるものだったら大変だ。彼女がしかるべき衣装をまとうように、気をつけておく必要がありそうだった。

飛行機が水平飛行に入ると、アリはジュヌヴィエーヴをサロンへと案内した。白い上着の従者に合図すると、アイスバケツに入ったドン・ペリニヨンが運ばれてきた。従者はシャンペンの栓を抜くと二人のグラスについだ。それから、キャビアがのった銀の皿とクラッカーの皿をテーブルに置いた。

少々の贅沢には驚かないジュヌヴィエーヴも、感嘆せずにはいられなかった。彼女が革張りのソファにもたれてため息をもらすと、アリが言った。「もし休みたければ、特別室にはベッドもある」

「あとでお言葉に甘えるかもしれません」彼女は答えた。「ゆうべは三時間しか眠れなかったので」

「夜中に起こして申し訳なかった」アリはシャンペ

ンを一口飲んだ。「うまい。イスラム教で飲酒が禁じられているからカシュキーリでは飲まないんだ」

「ゆうべ、カシュキーリで面倒なことが起きたとおっしゃっていましたね。事態は深刻なんですか？会議の開催に差し障りが出そうですか？」

「そうならないことを願っている」アリは窓の外に広がる夜のとばりを見つめた。「カシュキーリには、父を目の敵にしている男がいるんだ。名前をオマル・ハージ・ファターという。この男のせいでこの二年間は面倒の連続だった」アリはクラッカーにキャビアを塗って彼女に渡した。「君はカシュキーリを後進国だと思っているだろうが、もしハージ・ファターが政権を奪えば、我が国は原始時代に逆戻りだ。あの男は人の命などなんとも思っていない。父や重臣たちを殺し、女たちは奴隷として売り飛ばすだろう。カシュキーリさえ手に入るなら、自分の部下や家族を犠牲にすることも厭《いと》わない男なんだ」

アリは目を閉じると、眉間《みけん》をもみながら思った。彼女をカシュキーリに連れて帰るのは間違いだったかもしれない。ゆうべは、彼女がどんな危険にさらされるか考えてもいなかった。だが今、冷静になって考えてみると、こんなにあわてて父の言葉に従うことはなかったのだ。万一ジュヌヴィエーヴがハージ・ファターに捕まったりすれば、まだ根絶されていない奴隷市場で巨額の金が動くことになるだろう。

「今夜カシュキーリに電話してみる」アリは言った。「反乱がまだ鎮圧されていなければ、事態が落ち着くまで君はローマで待っていたほうがいい」

「でも会議まであと二カ月しかないんですよ」ジュヌヴィエーヴは反論した。「することがたくさんあります。ローマでじっと——」

「つべこべ言わずに、言われたとおりにするんだ」アリは言葉を切ると、たっぷりした黒髪を手で梳《す》いて、頭をふった。「すまない。君に八つあたりしても仕方がなかった。だが君のカシュキーリ滞在中、君の身を守るのは僕の責任だからね」

アリはジュヌヴィエーヴのグラスにシャンペンをつぐと、もう一度謝った。

「すまない」

不思議な人だわ。ジュヌヴィエーヴは思った。強引なところはあるが、人に命令し慣れた威厳ある態度は、ほれぼれするくらいだ。女性に対する考え方は時代遅れだが、母国をよく見せたいという気持ちが真剣なのはよくわかった。

今のように白いセーターに茶色のスラックス姿だと、アリはあまりアラブ人に見えなかった。アラブ社会にいるアリの姿を想像するのは難しかった。

カシュキーリ国際会議の仕事を引き受けることになったとき、ジュヌヴィエーヴはアリ父子《おやこ》に関する記事に目を通していた。アリの父首長《シーク》ツルハン・ベン・ハリは一九五〇年代に裕福なプレイボーイとして鳴らし、一方、コラムニストに〝砂漠の貴公子〟と呼ばれる息子のアリも、父に負けじとヨーロッパ社交界きっての美人と交際してきたようだ。

アリは体格もマナーも堂々としており、荒々しい男らしさを感じさせるハンサムな男性だ。ある種の女性にはとても魅力的に映るだろう。だがジュヌヴィエーヴは、たとえ彼が砂漠の貴公子であっても、彼に惹《ひ》かれないだけの分別があった。

ヒレ肉のステーキに続いて新鮮な野菜サラダが出るころには、飛行機で緊張していたジュヌヴィエーヴもリラックスしていた。彼女はカシュキーリについて質問し、アリは家族について話をした。

「幼い子どもたちもハーレムで母親と暮らしているんですか?」ジュヌヴィエーヴは尋ねた。

アリはうなずいた。「ハーレムには子どもがたくさんいるから、お互いがいい遊び仲間だ。子どもたちにも女たちにも、居心地のいい暮らしだよ」

「確かに子どもたちにはそうでしょうね」ジュヌヴィエーヴは、ブリーチーズを一切れとマスカットをデザート皿に取りながら言った。「でも女性にはおぞましい生き方だと思いますわ」

「どうしてだ？」アリはまるでわからない様子だった。「子どもの世話以外はなんの責任も持たずにすむ。雑用はすべて召使いがやってくれるんだぞ」

「でもハーレムにいれば囚人同然ではないですか」

「もちろん囚人などではないさ」アリは憤って答えた。「買い物にだって出かけるし、夫と旅行に行くこともある。ハーレムがどれほど快適か、君も自分の目で確かめてみればいい」

「前にも申し上げましたが、わたしはホテルのほうがいいんです。ハーレムなどとんでもないわ」

アリは濃い黒い眉を寄せた。「そうかい」

二人は黙ったまま食事を終えた。

食器が下げられるとアリが言った。「ローマに着くまで、特別室でしばらく休んだらどうだい？」

「そうですね」彼女は立ち上がった。「少し休ませてもらいます。着陸する前に起こしてくださる？」

アリはジュヌヴィエーヴの腕に手を添えて、特別室へ案内した。ドアの前でアリは立ち止まった。

「よく休むといいよ、ミス・ジョーダン」

「ありがとう、ミスター・ベン・ハリ」

「お願いだ」アリは彼女の腕に添えた手に軽く力を込めた。「これから二カ月間、一緒に仕事をするんだ。アリと呼んでくれ」

ジュヌヴィエーヴはうなずいた。「わたしのこともジュヌヴィエーヴと呼んでください」

「ジャン――ヴィ――エヴ」アリはフランス風の発音でゆっくりと言った。「誰か君をジェニーと呼んでいる人はいないかい？」

彼女はほほ笑んだ。「父がそう呼んでいました」

「君がよければジェニーと呼ばせてもらおう」アリ

は彼女の手にキスをした。「おやすみ、ジェニー」

ドアを閉めると、ジュヌヴィエーヴは靴を脱ぎ捨て、ベッドに横になった。「やれやれ」ジュヌヴィエーヴは天井を見上げてつぶやいた。

永遠の都ローマは、夕日を受けて茜《あかね》色に燃え上がっていた。ジュヌヴィエーヴとアリはバルベリーニ広場で足を止め、トリトーネの泉で噴水を賞美したあと、ヴェネト通りをぶらついてオープンカフェに入った。エスプレッソを注文すると、アリはジュヌヴィエーヴに目をやった。「疲れただろう?」

「興奮のあまり、疲れを忘れてしまったわ。今日は本当に楽しかった」ジュヌヴィエーヴは今朝買ったばかりの、しゃれた麦わら帽子を隣の椅子に置いた。

隣のテーブルの男がジュヌヴィエーヴにほほ笑みかけたので、アリは男をにらみつけた。

今日、ローマを散策している間、ジュヌヴィエーヴにほほ笑みかけた男は数知れなかった。スペイン階段では口笛を吹いた男がいたし、フォロ・ロマーノの遺跡では彼女に触ろうとした若者までいた。アリが若者の手首をつかんで〝やめろ〟とすごむと、相手はもごもごと文句を言いながら走り去った。

ジュヌヴィエーヴはカフェの椅子にもたれて脚を組んだ。歩道を歩いていた二人の男がふり返り、そのうちの一人がずうずうしくも口笛を吹いた。アリは、もし彼女が自分の妻だったら、必ず体をすっぽり隠すよう目を配り、海のような緑色をした瞳だけが見えるようにしておくだろうと思った。

「なぜ難しい顔をしているの?」ジュヌヴィエーヴが言った。「反乱のことが心配なの?」

アリは首をふった。「いや。ゆうべ父と話をした。郊外では、まだ思い出したように銃撃戦があるらしいが、事態はおさまってきたようだ。遠からず、反乱軍が再結成されるのは間違いないだろうがね」

「あなたもお父上も心配でしょうね」彼女はにぎやかな通りに目をやった。「明日は何時に発つの?」

「午後早くに。カシュキーリには真夜中前に着くだろう」アリは肩の筋肉をほぐした。「故郷に戻るのはいいものだな」

彼の故郷。いったいどんなところだろうかとジュヌヴィエーヴは思った。

二人は〝アウレリアヌスの城壁〟にほど近いガーデン・レストラン、〈トラットリア・ロモロ〉で夕食をとった。最高においしくて量の多いアンティパストに続いて、パスタ料理はクリームのかかったカネローニ、メインディッシュは自生アスパラガスとアーティチョークを添えた子羊のローストだった。もうこれ以上、一口も入らないと思ったジュヌヴィエーヴだったが、とろりとしたザバイオーネクリームのデザートは残らずたいらげてしまった。

「食欲旺盛《おうせい》なんだな」

アリが感心したように言った。スタイルのいい体には贅肉などないように見えたから、この食欲は驚きだった。今夜の彼女の装いは、一見シンプルな黒いベルベットのシースドレスだった。スカートは膝丈で、黒いシルクのストッキングをはいた脚が見えている。髪はやはりシニヨンに結って、黒いベルベットのリボンを結んであった。

「どうやって体型を維持しているんだい?」濃いホットコーヒーを飲みながらアリは尋ねた。

「ワークアウトをしているの」

「失礼、なんだって?」

「週に何回かヘルスクラブでエアロビクスをしているの。そのあとで三十分、泳ぐのよ」

アリはうなずいた。「君が滞在することになるハーレムの続き部屋にも、専用の庭とプールがある」

ジュヌヴィエーヴの顔がこわばった。「でもわたしが滞在するのはホテルよ。ハーレムではないわ」

「君とは会議の相談をしなくてはいけない。君がホテル住まいだと、何かと不便だ」

「何を言われようと、わたしはホテルに泊まるわ」

アリの黒い眉が寄せられ、ひどいしかめっ面になった。「ハーレムのほうがずっと快適なのに」

「ハーレムであなた方の奥さんや愛人と暮らすなんて考えられないのよ」

「我が国に愛人などいない。ハーレムで暮らす女たちは、シークや大臣の妻や姉妹や娘たちなど、女の家族ばかりだ。みんな仲よく暮らしている」

「でも妻と夫は別々に暮らしているんでしょう」

「いつもとは限らない。ともに過ごすこともある」

「夜にベッドで？」ジュヌヴィエーヴのグリーンの瞳が、怒りの火花を散らした。

アリの唇が歪《ゆが》んだ笑みを浮かべた。「もちろん、夜にベッドでだ。夫が妻に夜伽《よとぎ》を命じたらね」


ふとアリは、一日の政務を終えたあと、ジュヌヴィエーヴを部屋に呼び寄せたらどんな感じだろうと想像した。彼女を抱きしめ、服を脱がせ……。口の中で自分を罵《ののし》ると、アリはテーブルに金を置いて、あわてて立ち上がった。「すてきな夜だ。しばらく散歩しよう」

ジュヌヴィエーヴが怒っているのはわかっていたが、アリは彼女の手を取って腕を組んだ。ここはローマなのだ。今夜くらい、この美しい古都を腕を組んで歩いても罰はあたらないだろう。

トレヴィの泉に近づくと、マンドリンの演奏が聞こえてきた。ジュヌヴィエーヴが足を止めたのでアリは尋ねた。「この音楽が気に入ったのかい？」

「ええ、とても」ジュヌヴィエーヴはほほ笑んだ。

「なんだかとても……イタリアらしいわ」

「ブランデーでも飲みながら、しばらくこの音楽を聴こうか？」

ジュヌヴィエーヴがうなずいたので、二人は階段をのぼって一軒のカフェに入った。

二人は赤いジャケットのウエイターについて、トレヴィの泉が見下ろせるバルコニーに席を取った。

「あの泉にコインを投げると、ローマにまた来られるという伝説があるんだ」滝のように流れ落ちる水を指してアリが言った。「いつかまたローマに来たければ、あとで忘れずにコインを投げたらいいよ」

「そうするわ」さっきの怒りは忘れて、彼女は古都ローマの美しい泉を見下ろした。ローマはまるでシーザーの時代から変わっていないように見えた。

二人は静かにブランデーを飲むと、カフェを出た。

この時間になると通りも静まり返り、聞こえるのはトレヴィの泉でさらさらと水が流れる音だけだ。三百年という年月で摩耗されてはいたが、泉はできた当時と変わらず美しかった。

「本当にコインを投げればローマに戻ってこられるのかしら」ジュヌヴィエーヴはつぶやいた。

アリはコインを何枚か彼女に握らせると、肩に手を添えて泉に背を向けて立たせた。「さあ」アリはほほ笑んで言った。「願いを込めて投げてごらん」

ジュヌヴィエーヴは頭越しにコインを投げた。だが泉をふり返ろうとした瞬間、アリにまた肩をつかまれた。アリはもの問いたげな瞳でこちらを見つめたかと思うと、ため息とともに彼女を抱き寄せ、唇を重ねてきた。

ジュヌヴィエーヴは、驚きのあまり棒立ちになり、アリの胸を押し戻そうとした。

アリは彼女の肩をつかむ手にいっそう力を込め、〝ジェニー〟とささやいて抱きすくめた。

アリの口づけを受けた彼女の唇が震えた。アリの息が荒くなる。アリはやさしく試すようなキスをくり返し、彼女の唇をじらすように熱く味わった。

不意にジュヌヴィエーヴの体にも火がついて、唇が開いた。アリを押し戻そうとしていた手が彼のうなじに這《は》い上がり、首筋の柔らかい巻き毛をなでた。アリが彼女の背に手を回し、ぐっと抱き寄せても、ジュヌヴィエーヴはあらがわなかった。それどころか嬉《うれ》しいと言わんばかりに、しっとり熱いアリのキスに燃え上がった体を、ぴったり添わせた。

アリは彼女の名前をささやくと、いったん唇を離して顔を見つめた。それからまた彼女を抱き寄せ、今度はたぎる欲望そのままの激しいキスを浴びせた。抱きすくめられたジュヌヴィエーヴは、固くそそり立つ彼の欲望の証《あかし》を感じた。

「だめ!」ジュヌヴィエーヴはアリの腕から逃れようともがいた。「だめよ」ジュヌヴィエーヴは全力疾走したあとのように息を切らせて、くり返した。

アリは彼女を見つめた。「ジェニー……?」

流れ落ちる水音を背景に、アリの声はやさしい愛《あい》撫《ぶ》のように感じられた。漆黒の瞳が熱く燃えている。

彼は背筋を伸ばして身を離した。

「すまない。こんなことをするつもりはなかったんだ」アリは深く息を吸った。「もう二度としない」

ジュヌヴィエーヴはうなずくと、早鐘を打つ心臓が落ち着くように念じた。「ローマの魔法にかかったのよ」声が震えているのが我ながら情けなかった。

不意にジュヌヴィエーヴは寒気を覚え、ぞくりと身を震わせて自分の体を抱きかかえた。

「寒いのかい」アリはすかさずジャケットを脱ぐと、返事も待たずに彼女の肩にかけ、名残惜しげに手を離した。「タクシーで帰ろうか」

タクシーの中でアリはきたるべき会議のことばかり話し、彼女を求める欲望の炎が体の奥で燃えさかっていることは、おくびにも出さなかった。

アリはシートにもたれて目を閉じた。ジュヌヴィエーヴ・ジョーダンほど食指をそそられる女には出会ったことがない。

3

翌日の午後、ジュヌヴィエーヴは離陸したばかりの飛行機の窓から、鐘楼の輝く丸屋根《キューポラ》や教会の尖塔《せんとう》を見下ろしていた。ローマ中の噴水が陽光を受けてきらめいている。ゆうべアリとキスをしたトレヴィの泉も見わけられそうな気がした。もし目を閉じれば、耳にはとどろくエンジン音ではなくさらさらと流れる水音が響き、唇にはアリの唇の感触がよみがえるに違いない。

ゆうべは、熱いアリの抱擁で心乱れたまま、もう二度と同じことを起こしてはならないと自分に言い聞かせながら眠りについた。アリ・ベン・ハリはこのうえなく魅力的でセクシーだ。だがアリとの関係は、あくまで仕事上のものでなければいけない。これまでジュヌヴィエーヴは、ビジネスランチやディナー以外では、顧客と個人的な交際は一切しないようにしてきた。一緒に仕事をした男性から、花束攻めや電話攻めに遭ったことも一度や二度ではないが、プライベートな交際が仕事に役立つことはないと知っていたので、取り合わずにきたのだ。

これから二カ月間、アメリカとは何もかも異なった国で、彼女とは昼と夜ほど考え方の違う男のために仕事をしなければいけない。ゆうべはローマの魔法とアリの熱いキスに、つい我を忘れてしまった。だが、あんなことが二度とあってはならない。

今朝ロビーで顔を合わせたアリは、地味なビジネススーツ姿で、ただのイタリア人ビジネスマンに見えた。ジュヌヴィエーヴはほんの一瞬、アリが一介のビジネスマンで、このまま二人でローマにいられたらいいのにと思わずにはいられなかった。

今朝のアリはどこか遠慮がちで、ゆうべの過ちを後悔しているのは明らかだった。今、アリはこちらに背を向け、機内のデスクに書類を広げている。ジュヌヴィエーヴはため息をつくと、自分もブリーフケースから書類を出し、カシュキーリに到着しだい手配する事柄のメモを取り始めた。

数時間たって、さすがにジュヌヴィエーヴの集中力も衰え、まぶたが重くなってきた。とうとう彼女はあきらめて、椅子の背にもたれて目を閉じた。

目を覚ましたときには、日もだいぶ傾いていた。ジュヌヴィエーヴはそっと目を開けて、あたりを見回した。窓の外に果てしない砂漠が広がっている。

サハラ砂漠だわ、とジュヌヴィエーヴは思った。アフリカ大陸に太古の昔から広がる、砂と石の不毛の地。目を閉じると期待が全身に広がっていった。

次に目を開けると、アリがこちらに向かってくるところだった。だがアリは、今朝のアリとはまったくの別人だった。地味なビジネススーツは脱ぎ捨て、ジェラバと呼ばれる灰色のローブをまとい、頭にターバンを巻いている。

ジュヌヴィエーヴはアリをまじまじと見つめ、不意に彼が、時代も場所も違う世界からやってきた、男らしさに満ちた男性のように感じた。

アリは彼女の視線をまっすぐに受け止めた。僕を見ろ、ジェニー。心の中でアリは叫んだ。これこそ僕の真の姿だ。ツルハンの息子《シーク》アリ・ベン・ハリ、いずれカシュキーリの首長となる男。僕はアラブの男、君たち西洋の生白い男とは違う。僕には砂漠の民ベドウィンの血が流れているのだ。

アラブを讃《たた》えるもろもろの思いに心をとらわれていたアリは、ローブ姿の彼を見てジュヌヴィエーヴの瞳に衝撃が浮かんだような気がして気分を害し、必要以上に冷たい声で言った。「まもなくカシュキーリに到着する。相変わらずホテルに泊まるほうがいいと思っているのか?」

　ジュヌヴィエーヴは唇をなめた。「ええ」

「わかった。スイートルームを手配しよう」

「ありがとう」冷ややかなアリの態度に、彼女は喉がきゅっと苦しくなった。ゆうべ、わたしを抱きしめてくれた男性はどこへ行ったの? トレヴィの泉のほとりでわたしにキスをし、わたしの名前をささやいてくれた男性は、どこへ行ってしまったの?

　アリが背を向けたとき、ジュヌヴィエーヴは目が涙でちくちく痛むのは、飛行機の翼に反射する日光がまぶしいせいだ、悲しいからではないと自分に言い聞かせた。

　エアコンのきいたロールスロイスは首都カシュキーリ・シティの通りを抜け、尖塔やモスクの前を過ぎ、椰子《やし》並木と花壇のある大通りを進んだ。ニューヨークを発《た》った日は肌寒かったのに、ここの気温は三十度はありそうだ。三百キロほど内陸の砂漠では、もっと暑いに違いない。

　通りや道ばたのコーヒーハウスに男性の姿はたくさん見受けられたが、ベールをまとった女性の姿は一人か二人だけだ。ジュヌヴィエーヴは民家の格子窓を見て、中にいる女性たちに思いをはせた。きっと彼女たちは夫の帰りをじっと待っているのだろう。

　ジュヌヴィエーヴの滞在していたモロッコやチュニジアとは大違いだ。特に彼女がアメリカへ帰国するころには、職業を持つ女性や、大学へ通う若い女性も多かったし、通りで洋装の女性を見かけることも珍しくなかった。だがここはモロッコでもチュニジアでもない。カシュキーリなのだ。

　ようやくリムジンは、堂々たる大王椰子の並んだ広い通りに入った。背の高い鉄の門をくぐると、そこがホテルだった。鉄とガラスのモダンな建物で、両脇《りょうわき》に美しいテラスガーデンがある。

リムジンが車寄せに入ったとたん、真っ白なローブの若者が二人、玄関のガラスドアから飛んできた。

運転手の手を借りてジュヌヴィエーヴが車から降りると、二人の若者が彼女のスーツケースを手に取った。「中へ案内しよう」アリが言った。

ロビーに入るとフロントの男が頭を下げた。アリのアラビア語は早すぎてジュヌヴィエーヴには聞き取れなかった。「仰せのとおりに、アリ殿下」フロント係は答えて、気がかりそうな視線をジュヌヴィエーヴに向けた。アリとジュヌヴィエーヴは、スーツケースを持った二人の若者のあとについて、ロビーを横切ってエレベーターに向かった。

「部屋まで僕がエスコートしよう」アリはこちらをじろじろ見る男たちにかまわず言った。「今夜はルームサービスで夕食をとって、明日僕か宮殿の者が迎えに来るまでホテルの外には出ないほうがいい」

「でも……」ジュヌヴィエーヴは口ごもったが、不意にアリの目に怒りが浮かんだのを見て口を閉じた。

「女性が一人でホテルに泊まるのは、我が国の慣習ではないんだ」アリは言った。

「それではわたしは、あなたの迎えが来るまで、部屋に閉じこもっていなければいけないというの?」

ジュヌヴィエーヴもかっとなって足を止め、アリに向き直った。「ハーレムに閉じ込められているのと同じではないの」

「ハーレムのほうがずっと自由だし、間違いなくもっと安全だ」アリは、さあどうすると言わんばかりに、眉を片方上げた。「気が変わってハーレムに行くなら、まだ間に合うぞ」

「ハーレムには行きません」彼女は言い返すと、二人のポーターを追って、赤い絨毯《じゅうたん》敷きの長い廊下を歩き出した。

四人は大きな金のプレートが埋め込まれた、がっしりしたドアの前で立ち止まった。ポーターがドアを開け、ジュヌヴィエーヴは部屋に足を踏み入れた。白と薔薇《ばら》色で統一されたゲストルームはこのうえなく美しかった。彼女は笑みを浮かべてふかふかの白い絨毯の上を通り、オレンジのボウルの置かれたコーヒーテーブルにハンドバッグを置いた。

ポーターがつきあたりのドアも開けた。「こちらがベッドルームでございます」ジュヌヴィエーヴは一歩中に入って、思わず息をのんだ。青の濃淡で彩られた部屋は、まるで映画のセットのようだ。天蓋《てんがい》つきの大きなベッドの上には、クリスタルのシャンデリア。薔薇の花の飾られたドレッサーとナイトテーブル。テレビがあり、窓辺に金色のサテンのソファが置かれている。

ゲストルームに戻ると、ポーターの姿はもうなかった。バルコニーに出てみると、アリがそこで外を眺めていた。

カシュキーリ・シティが眼前に広がっていた。夕日に神々しく輝く金色のモスク、大通りにそよぐ椰子の木や咲き乱れる花々。目を上げると山並みが見える。その向こうは、西には海が、東には砂漠が広がっている。憂いを帯びた声がかすかに聞こえてきた。一日五回、祈りの時間を告げるアザーンの声だ。

少女のころから聞き慣れているのに、いつ聞いても心の奥が震える響きだった。ジュヌヴィエーヴは思い出にふけるように言った。「なつかしいわ」

「僕のいちばん古い記憶が、アザーンの声なんだ」

アリはバルコニーの手すりをつかみ、街を見渡した。

「故郷に戻るのはいいものだな」

アリはジュヌヴィエーヴをふり返った。夕日に照らされた端整な顔があまりに美しかったので、アリは手を触れまいと必死で自制した。彼女の顔を両手で挟み、まぶたや頬や鼻にキスしたくてたまらない。もちろん、ゆうべ味わった、あの唇にも。

ゆうべのことを思い出して、アリは手すりを握りしめた。もし今、彼女に触れたりキスしたりしたら、歯止めがきかなくなりそうだ。そのまま彼女を抱き上げてベッドルームに運び込み、広いベッドに横たえたい。一糸まとわぬ美しい体に、くまなく口づけをしてみたい。そして、あらん限りの力で、深く彼女の体を奪いたい。柔らかな体に身を沈めることを思うと、アリの動悸《どうき》が速くなり、息が荒くなった。

アリは目をそらした。「父が待っているから、もう失礼する。何か必要なものがあれば、フロントに頼むか、宮殿の僕のところに電話してくれ」

「わかったわ」ジュヌヴィエーヴとアリはゲストルームに戻った。「本当にすてきな部屋ね。どうもありがとう」ジュヌヴィエーヴは律儀に礼を言った。

アリはうなずいた。「明日、また会おう」ノブに手をかけたアリは、何か言い残したことがあるような顔でためらっていたが、やがて首をふった。「また明日」そう言って、アリはすばやく出ていった。

ジュヌヴィエーヴは、言われたとおりルームサービスで夕食を頼んだ。それから寝室のテレビをつけた。アラビア語のニュースとフランス語の映画を放送していたので、映画を見ることにし、映画が終わると着替えてベッドに入った。

だが寝心地のいいベッドなのに、なかなか寝つけなかった。妙に人恋しく寂しかった。もしほかの町だったら、夕食後に散歩に出たかもしれない。それとも……いいえ、とジュヌヴィエーヴは自分に言い聞かせた。もしここがニューヨークやロサンゼルスのような大都市だったら、やはり夜の散歩には行かないだろう。カシュキーリだって同じかもしれない。

明日は、シークの宮殿へ出かける。そこでアリの父や大臣たちに引き合わされ、きたるべき会議に備えていろいろ計画を練らなければならない。シーク・ツルハン・ベン・ハリはどんな男性だろう。アリと似ているだろうか。彼には何人の子どもがいるのだったかしら？　アリの話を思い出してみたが、子どもの数が多すぎてわからなくなった。ジュヌヴィエーヴはほほ笑んだ。〝あなたのお父上は大した男性のようね〟とアリに言ったとき、〝カシュキーリの男はみんなそうさ〟とアリが答えたことを思い出したからだ。

もしカシュキーリの男性がみんなアリのようだったら……ジュヌヴィエーヴは目を閉じて枕《まくら》に顔を埋《うず》めた。アリのような男。今日ローブ姿のアリを見たとき、最初に頭に浮かんだ言葉はなんだったかしら？　男らしく、たくましい？　そう、そうだった。アリは男らしく、精悍《せいかん》だった。あまりにもセクシーなので、手を触れずにいるのが精いっぱいだった。

ジュヌヴィエーヴは拳《こぶし》で枕を叩《たた》いた。それからため息を一つつくと、今夜はもうアリ・ベン・ハリのことは考えまいと誓った。

だが翌朝ジュヌヴィエーヴは、おぼろげな夢の記憶にほほ笑みながら目を覚ました。灰色のローブをなびかせた男が、アリの瞳と同じ漆黒の駿馬《しゅんめ》を駆って、ジュヌヴィエーヴを砂漠へ連れていってくれた夢を見たのだ。

シャワーをすませると、ジュヌヴィエーヴはカーテンを開けてみた。部屋にいるのがもったいないくらいのいい天気だ。朝食はホテルのダイニングルームでとることにしよう。

ジュヌヴィエーヴは翡翠《ひすい》色のスーツと白いハイヒールに着替えると、ハンドバッグに必要なものを入れ、シークと話し合う問題点のリストを持って、スイートルームを出た。

昨日とは違うフロント係が当番だった。

「おはようございます《サバーハル・ヘイル》」

おざなりな挨拶《あいさつ》に、ジュヌヴィエーヴも応《こた》えた。

「おはようございます《サバーハン・ヌール》」

フロント係は尋ねた。「何かご用でしょうか」

「ダイニングルームはどこかしら？」

「ロビーのつきあたりにございます。どなたかとお待ち合わせですか？」

「いいえ、わたし一人よ」ジュヌヴィエーヴは教えられた方向へ歩き出した。ロビーにいる女性が自分一人なのに気づいた彼女は居心地が悪くなり、自分に言い聞かせた。気にすることはない。ホテルは公共の場所だ。ロビーでもダイニングルームでも、わたしには好きなところへ行く権利があるはずだ。

ダイニングルームに入ると、白いジャケットのウエイターが、コーナーの二人用のテーブルへ案内してくれた。「ご主人が来られるまで、ご注文はお待ちしましょうか？」

ジュヌヴィエーヴが、自分は一人だと答えると、ウエイターの濃い眉毛がぐっと上がった。彼は顔をしかめたが、ジュヌヴィエーヴはその顔を見すえて注文した。「オレンジジュースとスクランブルエッグ、それからパンをいただくわ」ウエイターが非難するように唇を結んでいるので、ジュヌヴィエーヴはつけ加えた。「それから今すぐコーヒーをお願い」

ジュヌヴィエーヴは食事をしながら、話し合うべきことのリストを眺め、いくつかメモを取った。その間中、自分がここにいるただ一人の女性であることを意識せずにはいられなかった。だがジュヌヴィエーヴはおじけづくまいと思った。

三杯目のコーヒーを飲み終わるころには、ほかの客もほとんどいなくなっていた。ジュヌヴィエーヴは請求書にサインすると、書類とハンドバッグを手に、ダイニングルームを出た。

腕時計を見ると、アリが迎えに来るまでまだ一時間もあった。ジュヌヴィエーヴはホテルの正面玄関から表を眺めてみた。

通りには人がいっぱいだった。今朝はベールをかぶった女性の姿もちらほら見える。店も開いているし、通りの真ん中では警官が交通整理をしている。ホテルの近くをちょっと歩いてみよう。ジュヌヴィエーヴはそう思って、にぎやかな通りに足を踏み出した。店を何軒かのぞいて、おみやげを物色するのもいいかもしれない。

太陽が輝き、気温はすでに二十五度以上になっていた。ジュヌヴィエーヴはホテルの前を右折して、交差点へ向かった。うす汚れたジェラバを着た男が声をかけてきたが、ジュヌヴィエーヴは無視した。男が彼女の腕をつかんで引き寄せた。「やめて《ムシュ》！」ジュヌヴィエーヴは叫んだ。「放してよ！」

男は声をあげて笑うと、彼女の腰に腕を回した。ほかの男たちも、足を止めてじろじろ見つめた。ジュヌヴィエーヴは相手の肩をこづいたが、男は笑ってよけい強く抱きしめただけだった。ジュヌヴィエーヴが身をふりほどけずにいると、男は路地の方へ彼女を乱暴に押していった。

恐怖と怒りでジュヌヴィエーヴは手をふり回し、大声で叫んだ。「放して！　放してってば！」

男が一人、路地をのぞき込んだが、肩をすくめて行ってしまった。

ジュヌヴィエーヴの胸に男の手が伸びてきた。ジュヌヴィエーヴは男の顔を叩いた。男は何かわめくと、彼女の両手首を後ろにねじ上げ、もう一方の手で彼女をなで回し始めた。

ジュヌヴィエーヴは膝で蹴《け》りつけようと思ったが、相手は笑いながらよけて、今度は彼女の下半身に手を伸ばしてきた。ジュヌヴィエーヴは悲鳴をあげた。交通整理をしていた警官がこちらを見たので、ジュヌヴィエーヴはほっとして力が抜けそうになった。

「助けて！」ジュヌヴィエーヴは声の限りに叫んだ。

警官は一瞬こちらを見たが、すぐに背中を向けて、向こうから来た車に直進するよう笛を吹いた。

とても信じられなかった。白昼、人通りの多い町中だというのに誰も助けてくれないなんて。誰か助けて……ジュヌヴィエーヴは必死でもがくと、また膝蹴りを試みた。相手がよけた瞬間を狙《ねら》って、男の向こうずねを思い切り蹴飛ばした。

男は叫ぶと、手の甲でジュヌヴィエーヴの顔を殴った。「この女《あま》！　おまえは――」

ジュヌヴィエーヴは次の一撃に備えて顔をそむけた。だが男はいきなり彼女から身を離すと逃げ出した。男は足をすべらせて引っくり返り、恐怖の悲鳴をあげた。

ジュヌヴィエーヴがふり返ると、アリが男をつかんで引きずり上げたところだった。アリは男を壁に叩きつけ、弁解する間も与えずに殴った。アリが男のやせこけた首をしめ上げると、男は白目をむいて、膝をがくがく震わせた。

アリは男の首根っこをつかんで、路地の奥へほうり投げた。男は這《は》うようにして逃げていった。

そこでようやくアリはジュヌヴィエーヴをふり向いた。「大丈夫かい？」

「たぶん」ジュヌヴィエーヴは乱れた髪を顔から払いのけた。「信じられないわ」彼女は呆然《ぼうぜん》としたまま言った。「真っ昼間で人がたくさんいたのに、助けを求めて叫んでも誰も助けてくれなかった。警官だってわたしの声が聞こえたはずだし、こちらを見たのに、あの男を止めてくれなかったわ」

「なぜなら悪いのは君だからだ」

彼女はアリを見つめた。「なんですって？」

「君の自業自得だと言ったんだ。僕が迎えに来るまでホテルを出るなと言っただろう」怒りのあまり、彼女を揺さぶってしまいそうで、アリは体の脇で拳を固めた。「そんな格好をしていれば無理もない」

「そんな格好？　普通のスーツじゃないの」

「君は短いスカートでカシュキーリ中の男に脚を見

せびらかし、ベールもかぶらないむき出しの顔に化粧までしているんだ」

ジュヌヴィエーヴは怒りのあまり口もきけず、アリをにらみつけた。そして、くるりときびすを返すとホテルへ向かった。だがすぐにアリが彼女の腕をつかんでホテルのエレベーターホールまでついてきた。

「部屋まで送ってくれなくてもいいわ」ジュヌヴィエーヴはアリの手をふりほどこうとした。

だがアリは彼女の腕をつかむ手にいっそう力を込め、エレベーターに彼女を押し込んだ。そしてスイートルームの前へ来ると、鍵《かぎ》を出すように言った。

「荷造りをしたまえ」部屋に入るとアリは言った。「僕と一緒に宮殿へ来るんだ」

「いいえ、行かないわ!」

「ホテルをチェックアウトして宮殿のハーレムに来たまえ。そこなら面倒に巻き込まれることもない」

ジュヌヴィエーヴはふり返ってアリと向かい合った。「もし断ったら?」

「今日の午後いちばんに、ニューヨーク行きの飛行機で帰ってもらう。ルパートに連絡して、ほかの広《P》報《R》会社を探すよ」

アリの怒りに燃え上がった目と固く食いしばった顎を見れば、素直に従わない限り、アリが言ったとおりの手段に訴えるのは明らかだった。

「荷造りの間、少し待ってもらえるかしら」ジュヌヴィエーヴはアリに背を向けた。「スーツが破れてしまったから、着替えもしないといけないわ」

アリはうなずいた。怒りが徐々におさまってくる。「さっきは怒鳴って悪かった。だがあの男に絡まれている君を見たとき……」アリは彼女の腕に手を置いてそっとふり向かせた。「父にはたくさんの敵がいる。オマル・ハージ・ファターは、会議を阻止するためならどんなことでもするだろう。君が会議の準備のために来ていることを知られたら、何をされるかわからない。たとえば誘拐とか――」

「誘拐ですって?」ジュヌヴィエーヴはまじまじとアリを見つめた。「冗談でしょう?」

「僕は本気だ。もし君がホテルに泊まると言い張るのなら、それでもいい。だが結局、君はスイートルームから出られず、ホテルの囚人になってしまうんだよ。君の部屋の前に衛兵を置いてもいいが、それでも百パーセント安全だとは言い切れないんだ」

アリは彼女を見つめ、思わずそっと抱き寄せた。

「僕は君の安全に責任があるんだ、ジェニー。もし君の身に何かあったら……」

アリの黒い瞳が熱っぽくジュヌヴィエーヴを見つめた。しばらく二人とも何も言わなかった。そして、アリは口を開いた。

「着替えてくるといい、ジェニー。それから一緒に宮殿へ行こう」

4

首長《シーク》の宮殿は街のはずれにあった。ごつごつした山すそに立つ宮殿は、外から見ると石とモルタルでできた堅固な要塞《ようさい》のようだ。

ジュヌヴィエーヴは両手を膝の上できつく握り合わせ、ニューヨークに戻りたいと思った。だがもう後戻りはできない。リムジンは濠《ほり》にかかった橋を渡り、壁に囲まれた前庭で止まった。

アリはジュヌヴィエーヴが車から降りるのに手を貸して、言った。「宮殿を案内しよう」そして、彼女を連れてアラブ風の玄関アーチをくぐった。

中はまるで別世界だった。中庭《パティオ》はアルハンブラ宮殿かと見まがう美しさだ。花々が咲き乱れ、澄んだ池の面には純白の睡蓮《すいれん》が浮かんでいる。あたりの静けさを破るのは、レモンの木の枝から闖入者《ちんにゅうしゃ》を叱《しか》りつける小鳥のさえずりだけだ。

「こっちだ」アリはパティオを抜けると、精巧な彫刻の施されたアーチ道に入った。

二人は次々とアーチを通り抜け、モザイクの施された通廊や、大小さまざまのパティオを通り過ぎた。池の噴水が陽光にきらめき、真紅のハイビスカスをはじめ、さまざまな花が咲き誇っている。

白いローブの召使いが、通り過ぎる二人に頭を下げた。アリは軽く応じたが足は止めなかった。

「これからハーレムに案内する」アリは言った。「君が休息を取って、しかるべき衣装に着替えたら、夕食の席で父や大臣たちに引き合わせよう」

「あなたも同席するの？」

「もちろんさ」アリはにやりと笑った。「君一人で、父に対面させようとは思わないよ」

ジュヌヴィエーヴはおぼつかなげにほほ笑んだ。今のアリの言葉が、シークが人食い鬼のように恐ろしいという意味なのか、単に女好きのカシュキーリの男だという意味なのか、はかりかねたからだ。アリの言う〝しかるべき衣装〟がどんなものなのか、聞きただすことなどまるで頭に浮かばなかった。

アリは大きな銅の扉を開けると、緋《ひ》色と金色のモザイクタイルの施された玄関広間に入り、短い階段を上がった。「ここがハーレムの入り口だ」

床はペルシャ絨毯《じゅうたん》が敷きつめられ、ベルベットのカーテンに挟まれて格子細工のドアがある。

ジュヌヴィエーヴは両手の震えをアリに気づかれないように、脇《わき》にぎゅっと押しつけた。

「君にはとても奇妙に思えるだろうが」アリは低い声で言った。「ここなら安全だし、身の回りの世話もしてもらえる」

「ハーレムにずっと閉じ込められていたら、会議の準備ができないわ」

「閉じ込められたりはしないさ。僕と相談したいときや、街へ出かけたいときは、部屋から電話をしてくれたらいい。どこへなりとも君の行きたいところへ連れていってあげるよ」アリは彼女の顎の下に指を添えて、上を向かせた。「怖がらなくてもいい、ここは牢獄《ろうごく》ではないんだ」

「怖がってなんかいないわ。ただ――」

「違いすぎると言うんだろう」アリはそっと言った。

アリは答えた。「君の気持ちはよくわかる、ジェニー。だがカシュキーリにいる間は、我々の習慣に従ってほしい」

アリはジュヌヴィエーヴにキスしたかったが、彼女の唇がわななくのに気づいて身を引いた。言葉とはうらはらに、ジュヌヴィエーヴがなじみのない世界に本心から怯《おび》えているのがわかったからだ。

アリはカーテンの横に下がる金の紐《ひも》を引いた。

格子細工のドアが開いた。

ジュヌヴィエーヴの心臓が激しく動悸《どうき》を打ち始めた。今の彼女と同じようにハーレムに足を踏み入れ、そのまま行方不明になってしまった白人女性の噂《うわさ》を聞いたことがある。逃げたい。逃げなければ……。

ローブ姿の女性が現れ、二人に英語で挨拶《あいさつ》した。「ようこそ、ジュヌヴィエーヴ様。ようこそ、アリ殿下。お待ちしておりました」

「支度はすべて整ったか？」

「はい、殿下」

「今夜七時に、父上のサロンに彼女を連れてきてほしい。彼女はそこで夕食をとる」

「かしこまりました」

「君の世話係のハイファだ」アリはジュヌヴィエーヴに言った。「何か必要なものがあれば、ハイファに言いたまえ」

ジュヌヴィエーヴはうなずいた。

「僕はそろそろ行くよ」そう言ったもののアリは心

細げな彼女を置いていくに忍びず、彼女の不安をなんとか鎮めてやりたくてたまらなかった。

だが彼がハーレムにとどまるわけにはいかない。アリは背を向けて廊下を歩き出した。数歩もいかないうちにジュヌヴィエーヴの声がした。「アリ?」

アリは足を止めた。「なんだい?」

「あの、わたし……」ジュヌヴィエーヴは頭をふった。「なんでもないわ」そう言うと彼女はハイファのあとについて、ハーレムの世界へ足を踏み入れた。

ジュヌヴィエーヴの思い描いていたハーレムでは、薄衣《うすぎぬ》をまとった女奴隷《オダリスク》たちが憂いに沈んだ顔をベールに包み、寝椅子にもたれていた。だが実際のハーレムの女たちは、憂いに沈んでもいなければ、ベールをかぶってもいなかった。女たちは色とりどりのカフタンをまとい、てんでに子どもを引き連れて、笑いさざめきながらジュヌヴィエーヴの周りに群がってきた。「ようこそ《マルハバン》、ようこそ」

小さな男の子が一人、いばって前に歩み出た。「僕はイズマイル。シーク・ツルハンの第二王子《ラバス》だ」

ジュヌヴィエーヴは手を出した。「はじめまして、イズマイル」

イズマイルは握手を返した。「あなたは異教徒にしては、なかなかの美人だね」

ジュヌヴィエーヴは笑いをこらえた。「本当?」

イズマイルは隣に立っている女性を見上げた。「そうでしょう、母上?」そして返事も待たずに、幼い女の子二人の手を取って前へ連れ出した。「ごらん、これが異教徒だよ」

「イズマイル!」どう見ても二十歳そこそこにしか見えない母親が、頭をふりながら言った。「外国からいらしたお客様に失礼ですよ」そしてジュヌヴィエーヴにはこう言った。「わたしはタムラズ、シーク・ツルハンの第三夫人です。息子の非礼をお許しください。この子に悪気はなかったんです」

「ちっとも気にしてませんわ」ジュヌヴィエーヴはイズマイルの黒い縮れ毛をなでた。「とてもハンサムな坊やだこと。こちらがお嬢さんたちね」

「ええ。二歳になるゾラとシュベリアです」

ジュヌヴィエーヴは双子の手を取って言った。

「はじめまして。わたしはジュヌヴィエーヴよ」

「ジュヌヴィエーヴ」何人かの女性がつぶやいた。

その中の一人で大きな黒い瞳が美しい、若い女性が口を開いた。「アメリカからいらしたんですね」

「ええ、そうよ」

「わたしはズアリーナと申します」女性は手を差し出した。「マダムを心から歓迎いたします」

「どうかジュヌヴィエーヴかジェニーと呼んでくださいな」

「ジェニー」ズアリーナは恥ずかしそうに呼んだ。

ハイファがジュヌヴィエーヴの手を取った。「こちらへ、マダム。お部屋へご案内します」

続き部屋へ案内されたジュヌヴィエーヴは、驚きに目を見張った。これは夢に違いない。こんな部屋は初めてだ。まるで時をさかのぼり、『アラビアン・ナイト』の幻想美の世界に飛び込んだようだ。

純白の柱にシフォンのカーテン、サテン張りのソファ、ハイヒールでは歩けないほど毛足の長い絨毯。部屋の一隅には、白地に金箔《きんぱく》を施したデスクセットがある。つりランプの下には凝った彫刻のテーブルがあり、せきせいいんこのつがいの入った金の鳥籠《とりかご》も置いてある。

「アリ殿下がアメリカを発《た》つ前に、この部屋の支度をお命じになりました。お気に召せばよろしいのですが」返事もできないでいると、〝こちらへどうぞ、寝室にご案内します〟と言われた。

ハイファのあとについてアーチ形の戸口をくぐったジュヌヴィエーヴは息をのんだ。これほど優美で、女らしい部屋は見たことがない。部屋の中央が一段高くなり、淡いあんず色の天蓋《てんがい》のついた円いベッドが置かれている。

窓辺に小さなテーブルと椅子が二脚。格子細工のフレンチドアの横にはサテンの寝椅子。ドレッサーの上には、ピンクの薔薇《ばら》が飾ってある。

フレンチドアを開けたハイファァに手招きされて、ジュヌヴィエーヴは庭に出た。いたるところで花が咲き誇り、羊歯《しだ》や鉢植えの椰子《やし》がある。庭のプールには、くちなしの花が何百と浮かんでいた。

「こちらはマダム専用のお庭です」ハイファァが言った。「この庭に無断で入る者はおりません。庭師が夜明け前に、くちなしの花を交換に来るだけです」

まるでオアシスにある夢の楽園のようだ。驚きのあまり口もきけず、ジュヌヴィエーヴは黙ってハイファァについて寝室に戻った。

「バスルームはこちらです」

ハイファァは衝立《ついたて》に隠された戸を開けた。薔薇色のタイルの浴槽を囲んで、竹や羊歯が植わっている。テーブルの上には、ずらりと並ぶ香水やバスオイル。

「すぐにお湯をお張りいたしますが――」ハイファァは寝室に戻るよう身ぶりで示した。「湯浴《ゆあ》みの前に、今夜の衣装を選んだほうがよろしいでしょう」

「それなら、荷ほどきをしたほうがいいわね」

「荷ほどきならわたしがいたします。アリ殿下は、マダムがアメリカからお持ちになった衣類は、お召しにならないようにとお命じになりました」

「それでは、何を着ろと言うの？」ジュヌヴィエーヴは腰に手をあて、ハイファァにしかめっ面を見せた。

ハイファァは取り合わず、部屋の奥にあるクロゼットを開けた。「お召し物はこちらにございます」

ジュヌヴィエーヴはずらりと並んだ衣装を見つめた。あらゆる色と素材のカフタンがある。白や黒や灰色のローブ。スパンコールや刺繍《ししゅう》の施された色鮮やかなガウン。

「靴はこちらです」クロゼットの別の棚には、宝石をちりばめたサンダルが並んでいた。ハイファァは一足を選び、金糸とスパンコールで彩られたクレープデシンのブルーのガウンを選んだ。引き出しからガウンと揃《そろ》いのシフォンのスカーフを出す。

見事なくらいエキゾチックな衣装だったが、ジュヌヴィエーヴは着たいとは思わなかった。

「わたしは自分の服のほうがいいわ」

「ベン・ハリ家におられる間は、カシュキーリの女性と同じ格好をしてください」ハイファァは出した服をつるした。「そのように命じられております」

そう言ってハイファァは、浴槽に湯を張り始めた。

ジュヌヴィエーヴはぐっと息を吸った。あんまり腹が立ったので、ハイファァをしめ上げ、スーツケースをつかんで宮殿から出ていこうとさえ思った。だがハイファァに逆らってもなんにもならない。彼女は命令に従っているだけなのだから。ここにいる間は、カシュキーリの服を着るしかないだろう。

腹立ちのおさまらぬまま香水入りの湯に身を浸したジュヌヴィエーヴだったが、ハイファァが選んだドレスが美しくあでやかなのも認めないわけにはいかなかった。仮装ごっこのつもりでいればいいのよ、ジュヌヴィエーヴは自分に言い聞かせた。たとえハーレムの衣装を身にまとっても、自分がどこの誰なのか、一瞬たりとも忘れなければいいんだわ。

かすかな笑みを浮かべて、ジュヌヴィエーヴは浴槽で体を伸ばした。異国のハーレムで過ごす日々はどんなものだろう？　しばらくは地下鉄に駆け込んだり、電話の合間に昼食を食べるような、あわただしい生活とはさよならだ。朝は好きなときに起き、のんびり日光浴や水浴びをして過ごせばいい。風呂の支度も衣装選びも召使いがやってくれるのだから。

もしアリ・ベン・ハリにベッドの相手を命じられ、彼の部屋へ向かうとしたら、どんな感じだろう？

それともアリのほうがオレンジの花とジャスミンの香る夜に、わたしの部屋にやってくるとしたら？

ジュヌヴィエーヴは目を閉じた。もしアリと一緒に湯浴みをし、彼と愛を交わしたら？　もし……。

ジュヌヴィエーヴはぱっと目を開けた。わたしはいったい何を考えているの？　アリは仕事上の顧客で、しかもアラブの男だ。これまで交際した男たちとは違う。デートのあと、玄関先で軽く頬にキスをして満足するような男たちとは、まったく違うのだ。

ゆうべローマでアリと交わしたキスは、軽いキスどころか、熱烈なディープキスだった。アリのほとばしる欲望が怖いほど伝わってきた。今でも思い出すと怖くなる。なぜならアリは、ノーと言うのが難しい相手だからだ。アリは欲しいものは手に入れる男だ。もしアリがわたしを望んだら……。

彼女は浴槽に身を沈めた。これから二カ月間、このハーレムで暮らし、カシュキーリのしきたりに従わなければならない。慎重にふるまわなければ。

アリ・ベン・ハリは魅力的な男性だ。別のところで出会ったなら、とても興味を引かれただろう。だが、アリはいずれこの国のシークとなる男性なのだ。

それはまぎれもない事実だ。アリはエキゾチックな俳優ルドルフ・ヴァレンティノではないし、わたしも彼の足元で恐れおののく小娘ではない。わたしはジュヌヴィエーヴ・ジョーダン、ニューヨークで指折りの広報《PR》会社の副社長なのだ。世界のどこに行っても男性と対等にやっていける現代の女性だ。たとえ不本意ながらハーレムに暮らすことになっても、これだけは忘れてはならない。

だが入浴をすませ、ハイファからバスローブを渡されて〝爪のお手入れをいたします〟と言われると、本来の自分を忘れずにいるのは難しかった。

マニキュアとペディキュアがすむと、昼食のトレイが運ばれてきた。湯気の上がるクスクスの鉢、ひらたいアラブパン、紅茶、クリームをつめた棗椰《なつめ》子。食事が終わると、ハイファがベッドの支度をした。「しばらくお休みください、マダム。夜の身支度の時間になりましたら、起こしに参ります」

ベッドは柔らかく、ひんやりしたサテンの肌触りが心地よい。シフォンのカーテンが風をはらみ、昼下がりの静けさを破るのは庭で鳴く雀《すずめ》の声だけだ。

ジュヌヴィエーヴはため息をもらすと目を閉じた。仮装ごっこよ、そう思いながら彼女は眠りに落ちた。

ジュヌヴィエーヴが美人なのはアリも知っていた。だが今こちらへ向かってくる彼女を見ると、アリの息はつまり、彼女に触れたくて両手がうずうずした。今夜の彼女は、抜けるように白い肌にグリーンの瞳がエキゾチックに輝き、物腰も優美だった。

ほかの男たちも彼女に目を奪われているようだ。父が目を満足そうに細めるのにアリは気づいた。

実は今日の午後父と一悶着《ひともんちゃく》あった。PR会社の派遣した担当者が女性だと知って父が激怒したのだ。「女だと!」ツルハンは、廊下まで響き渡る大声で怒鳴った。「会議の手はずを整えるのに、おまえは女を連れてきたと言うのか?」

ジュヌヴィエーヴがチュニジアやモロッコに滞在経験があり、アラブの慣習をよく知っていることをアリは説明した。

「その女にどれほどの知識と経験があろうと、わしはなんとも思わん」ツルハンは怒鳴った。「男のビジネスに女が口を挟むなどもってのほかだ」

だが今、アリがジュヌヴィエーヴの手を取って父の前に連れてくると、彼女を見つめる父の目には、明らかに賞賛の色が表れていた。

「こちらはアメリカから来られたミス・ジュヌヴィエーヴ・ジョーダンです」アリは二人を引き合わせた。「ミス・ジョーダン、こちらがわたしの父、シーク・ツルハン・ベン・ハリです」

「シーク・ツルハン」ジュヌヴィエーヴは額に指を触れて目礼した。「お目にかかれて光栄です」

ツルハンはほほ笑んだ。

「わたしは、きたる会議が成功するよう、微力ながらお手伝いするためにアメリカから参りました」

「さあ、わしの隣に座るがいい」ツルハンはかたわらの絹のクッションを示した。「まず食事をしよう。会議の相談はそのあとだ」

ジュヌヴィエーヴはシークの隣に腰を下ろし、部屋を見回した。磨き抜かれた床に美しいオリエンタルカーペットが敷かれ、薔薇色や珊瑚《さんご》色のシルクのカーテンが、白い壁に彩りを添えている。かすかに漂っているのは、香を焚《た》く匂《にお》いだろうか。

白いローブ姿の男性が十人、低いテーブルを囲んでいた。アリが一人ずつ紹介してくれた――財務大臣、貿易大臣、外務大臣。いずれもシーク・ツルハンの右腕を務める男ばかりだ。ジュヌヴィエーヴは彼らの名前と役職を覚えようと思ったが、とても覚えられそうもなかったので、あとでアリにリストにしてもらって復習することに決めた。

若い大臣もいたが、大臣の多くは五十代か六十代だった。ツルハン自身も五十代半ばだろう。ハンサムな顔立ちで、アリより背は低いが、がっしりした体格だ。短く刈り込まれた髪にも、口髭《ひげ》や顎髭にも、白いものはごくわずかしか交じっていなかった。

ツルハンの子どもは何人だったかしら、とジュヌヴィエーヴは思い出そうとした。アリの話では、腹違いの妹たちの中にはすでに嫁いだ者もいたはずだ。シークの夫人はみなハーレムに住んでいるのだろうか？　明日ハーレムの女性たちと親しくなって、誰がツルハンの妻で、誰が大臣たちの妻か確かめる必要があるだろう。会議の手伝いをしてもらう夫人の人選もしなければいけない。

ディナーが始まった。挽肉《ひきにく》をスパイスと松の実と一緒に炒《いた》め、ズッキーニにつめた料理。生野菜のサラダ。ラム肉と白米とトマトの料理カブサ。葡萄《ぶどう》の葉で白米を包んだもの。アーティチョークのサフランソース添え。揚げ茄子《なす》。ミンチとたまねぎのペーストを塗ったピタパン。

メインコースが終わって皿が下げられると、召使いがデザートのバクラヴァとクリームをつめた棗椰子、そして熱いミントティーを持ってきた。

「では会議の相談をしよう」ツルハンが言った。

「ミス・ジョーダン、提案を聞かせてくれ」

「会議の計画を詳しく見せていただきましたが、シーク・ツルハンならびに賢明なる大臣のみな様方が、準備万端整えていらっしゃるのがわかりました。わたしの仕事は会議そのものの準備をするより、むしろ各国代表者が会談している間、随行した夫人たちをもてなす計画を立てることだと思います。また、晩餐会《ばんさんかい》の手配もお手伝いするつもりでおります」

「まったくそのとおりだ」外務大臣が言った。

「アラブ諸国に加えて、アメリカ、イギリス、ドイツおよび日本の代表が来ると伺いました」ジュヌヴィエーヴはテーブルの男たちにほほ笑みかけた。「この四カ国の代表は夫人を同伴するでしょうし、ほかにも配偶者同伴の参加者がいると思われます」

「あり得るな」ツルハンは答えた。

「すると、当然ながら、こちらの奥方にも会議に参加していただくことになります」

「〝参加する〟とはどういう意味だ?」ツルハンが顔をしかめながら言った。

「あなた方の奥方にも、会議に積極的にかかわっていただくんです」誰もが仰天した様子なので、ジュヌヴィエーヴはあわててつけ加えた。「ディナーや社交行事の場に出ていただくという意味ですわ」

しばらく誰もが黙り込んだ。ようやくシークが口を開いた。「それは問題外だ」

今度はジュヌヴィエーヴが顔をしかめる番だった。

「失礼ですが、なんとおっしゃいました?」

「問題外だと言ったのだ。我が国の女性は、男のビジネスに口を挟んだりはせん」

「男のビジネス?」ジュヌヴィエーヴの口元に、かすかな笑みが浮かんだ。「奥方を会議そのものに出席させよと申し上げているのではありません。単に、ディナーパーティに出席したり、外国のレディたちに、この美しいカシュキーリの国を案内する役割を請け負ってほしいと申し上げているのです」

「考えられん!」貿易大臣が言った。

「なるほど」ジュヌヴィエーヴは両手の指先を合わせると、テーブルの面々を見渡した。「わたしが誤解していたようですね。カシュキーリは二十一世紀を担う国になりたいのだと思っていましたが」

「もちろん、我々は二十一世紀を担う国だ」ツルハンは、ミントティーの入ったグラスをテーブルに叩《たた》きつけた。

「殿方はそのおつもりでしょう。ですがこの国の女性を見ると、まだまだ中世に取り残されているように見えます。少なくとも——」彼女は口ごもった。

「先進国の人間の目で見れば」

大臣はみな、ツルハン・ベン・ハリの方へいっせいに顔を向け、彼の答えを待った。

ツルハンはかろうじて怒りを抑えた声で言った。「カシュキーリはほかの国とは違う、ミス・ジョーダン。我々には我々の伝統があり、やり方がある。我が国の女性は崇《あが》められ、何が起こるかわからぬ残酷な外の世界から大切に守られておる。女どもは子どものように純真だ」

「それは、彼女たちが子ども扱いされているからです、シーク・ツルハン」ジュヌヴィエーヴはまっすぐにツルハンの目を見すえた。「男性と同等の、一人前の人間として扱われていないからです」

誰もがはっと息をのんだ。そして沈黙。

ツルハンは立ち上がると、ジュヌヴィエーヴをにらみつけた。「下がりたまえ、ミス・ジョーダン。女のいるべきハーレムまで、アリに送らせよう」

アリが立ち上がった。ジュヌヴィエーヴはアリにエスコートされる前に口を開いた。「わたしの言葉でお腹立ちになったのなら、おわび申し上げます。ですが、国際会議でカシュキーリのイメージアップをはかるおつもりなら、わたしの意見にも耳を傾けてください。奥方たちが参加なされば、絶対にプラスになるとわたしは信じております」

「あの者どもは、外交儀礼など知らぬ」ツルハンは言った。

「それを教えるのがわたしの仕事です。少しばかり世慣れた女性たちの前に出ても、彼女たちが引け目を感じないように、わたしがお手伝いします」

ツルハンは顎髭をなで下ろした。

ジュヌヴィエーヴは頭を垂れた。もし言葉がすぎてシークを怒らせてしまい、二度と口をきいてもらえなくなったら、最初から大失敗だ。

「それなら……」

ジュヌヴィエーヴは頭を上げた。

「いちおう考えてみよう」ツルハンは言った。「続きはまた明日だ」

「お返事をお待ちしております」

「下がってよいぞ。ハーレムの部屋はお気に召したかな」

「もちろんです、シーク・ツルハン。とても美しい部屋を賜り、感謝しております」

ツルハンは顔をかすかにほころばせ、指輪をはめた指をふった。「では、また明日」

この勝負はとりあえず引き分けだ、とジュヌヴィエーヴは思った。

5

「父は西洋のやり方に慣れていないんだ」ハーレムへ戻る中庭《パティオ》を歩きながらアリは言った。「父はベイルート大学で学び、マドリードやパリに行ったこともある。だが常に側近に取り巻かれていたためにアラブ以外の文化に直接触れることがなかったんだ」

アリは噴水の横で足を止め、ジュヌヴィエーヴをふり返った。さっき彼女がツルハンに反論したときは、腹も立ったが誇らしくも思った。アリ自身は父と議論することも珍しくないが、ツルハンが最も信頼を置く重臣でさえ、父に異を唱えることはめったにないからだ。だが彼女は臆《おく》せずに意見を述べ、首長《シーク》に屈しなかった。アリはその勇気に感服した。

アリはほほ笑んだ。「女性がビジネスにかかわるという考えに父はなじめないんだ。今は腹を立てているだろうが、冷静になれば許してくれると思う」

「許してもらえるかどうかは重要ではないわ。大事なのはわたしの意見を尊重してくれるかどうかよ」

ジュヌヴィエーヴは噴水から流れ出る、月光に銀色に輝く水に指をすべらせた。レモンの花の香りが甘く漂ってくる。ふと彼女は自分がこの美しい国の一員でないことが悲しくなった。だがここは男が支配する国、女は一人前とは見なされない世界なのだ。

「あなたの言ったとおりかもしれないわね」ジュヌヴィエーヴはため息をついた。「わたしの代わりに男性が担当者になったほうがよかったんだわ。明日ニューヨークへ電話して、お父上が女性の担当者では承知しないと伝えてちょうだい。きっと代わりにジョゼフ・タブラーが来るわ。中東の知識が豊富とは言えないけれど、彼は有能よ――」

「いや、ジェニー、代わりの担当者に来てもらう必要はない」アリはジュヌヴィエーヴのスカーフをするりと脱がせ、彼女の顔を両手で挟んだ。「僕は君にいてほしい」

恐れと期待の入りまじる目でジュヌヴィエーヴはアリを見上げた。二人きりのパティオはまるで時が止まったようだ。聞こえるのは噴水の穏やかな水音だけ。ジュヌヴィエーヴがこれほど誰かの存在をひしひしと意識したのは初めてだった。夜を映す漆黒の瞳、肉感的で分厚い唇、がっしりとした幅広い肩。彼女の顔を挟む手は力強く、彼女の目をとらえて離さない瞳には挑戦と期待が浮かんでいる。

思わずジュヌヴィエーヴはふらりとアリに寄りかかり、次の瞬間、強く抱きすくめられていた。アリの唇が彼女の唇をとらえ、名前をささやく。顔中に熱いキスを受けて、ジュヌヴィエーヴの唇が開いた。彼女がため息をもらすと、アリはじらすように彼女の耳たぶを噛《か》み、さらに胸を手で包んできた。

淡いブルーのガウンの上から固くなった胸の頂にアリが指を走らせると、ジュヌヴィエーヴの唇から低いあえぎがもれた。アリの名をささやいた唇を、再びアリが奪う。「君が欲しい、ジェニー。欲しくてたまらない」

「アリ、放してちょうだい。お願いだから……」

だがそう言いながらもジュヌヴィエーヴはアリに強くしがみついていた。もし手を離したら、倒れてしまいそうだ。体中がかっかと熱い。ジュヌヴィエーヴはアリの胸に体を押しつけ、今度は自分から彼の唇を求め、舌を絡めていった。

青いスカーフがはらりと落ちた。アリは彼女の顔にキスの雨を降らし、あっという間に髪どめとピンをはずすと、金髪を指でほぐして肩に垂らした。

「この輝くばかりの美しさはどうだ」アリは彼女をまじまじと見つめた。「君は美しすぎる」

「アリ、わたし――」

「君の部屋へ行こう、ジェニー」アリはかすれた声で言った。「君を抱きしめてキスしたい。君と体を重ねたい」アリはキスをしながらつぶやいた。「君と愛を交わしたい。僕は――」

ジュヌヴィエーヴは持てる力をふりしぼって身をふりほどいた。このままではいけない、彼の胸に戻りたいという甘い誘惑に負けたら、身の破滅だ。

「だめよ」ジュヌヴィエーヴは弱々しく答えた。

アリが止める間もなく、ジュヌヴィエーヴはくるりと背を向けると、月光に照らされたパティオの向こうへ走り去った。

アリはしばらく立ち尽くしていた。それからシフォンのスカーフを拾い上げ、そっと唇にあてるとささやいた。「ジェニー」

ジュヌヴィエーヴは通廊やパティオを次々と抜けて、男子禁制のハーレム目がけて駆け続けた。心臓が怯《おび》えた小鳥のように胸の中で暴れ回り、今にも破裂しそうだ。

ジュヌヴィエーヴもアリを熱く求めていた。あと一回キスされていたら、あと一回愛撫《あいぶ》されていたら、この身を委《ゆだ》ねていたことだろう。

だが、わずかに残った理性が、感情の赴くままに行動するのは狂気の沙汰《さた》だと告げていた。アリはまったく異なる世界の住人だ。深い関係を持つなどもってのほかだ。

ようやくハーレムの入り口に着いた。息を切らし、身震いしながら、ジュヌヴィエーヴは金の紐《ひも》を引いた。「急いで」ジュヌヴィエーヴはささやいた。「早く中に入れて。もしアリに追いつかれたら……」

ドアが開き、ハイファが現れた。

「お一人で帰ってこられたんですか？」

「ええ、わたし……気分が悪くなって」

「お入りください」ハイファはジュヌヴィエーヴの腕を取って歩き出した。「着替えをお手伝いします」

だがジュヌヴィエーヴは首をふった。「ありがとう、ハイファ。でも大丈夫よ。一人になりたいの」

それ以上ハイファが言いつのらないうちに、ジュヌヴィエーヴは部屋のドアを閉めた。そしてドアにもたれて、息づかいがおさまり、心臓が落ち着くのを待った。

彼女は寝室でガウンを脱ぐと、下に着ていたブルーのテディ一枚になって、フレンチドアから庭を眺めた。プールの水が月光にきらきら輝いている。ジュヌヴィエーヴは冷たい窓ガラスに頭をもたせかけた。このままでは眠れそうにない。彼女は丈の短いローブをテディの上にはおって庭に出た。

庭はひどく静かで穏やかだった。ジュヌヴィエーヴはプールサイドにたたずみ、甘やかな夜の空気を吸い込んだ。ローブを脱ぐと、くちなしの香る水の中にそっと身を沈める。

ひたひたと打ち寄せる水は、まるで彼の手のようにジュヌヴィエーヴの胸を愛撫した。切ないあえぎが口からもれる。水はひんやりしていたが、さっきの熱い抱擁を思い出すと、体がほてってきた。濃厚なくちなしの香りが彼女を酔わせた。ジュヌヴィエーヴはかぐわしい花弁に顔をこすりつけると、わざと花が胸や腿をかすめるように、ゆっくりと泳ぎ始めた。彼に愛撫されたい、彼に奪われたい。おののくほどの切望が込み上げてくる。

すすり泣きながら仰向けに浮かぶと、椰子《やし》の葉の隙間《すきま》から満天の星空が見えた。愛を交わすのにうってつけの夜だ。彼女の体は愛されたいと叫んでいた。この美しい場所で、アリの魔法にかかるのはあっけないくらい簡単だ。

ジュヌヴィエーヴは力強く泳ぎ出した。何度もプールを往復するうちに、ようやく気分が落ち着いてきたので、びしょぬれの体でプールから上がった。

彼女はしばらく月に照らされたプールサイドに立ち尽くし、夜空を眺めていたが、やがてため息をもらすと、フレンチドアから寝室へ戻っていった。

だが、隣り合う庭にいたアリは動かなかった。のぞき見などするつもりはなかった。ただ静かな庭を散歩して、熱い血のたぎりを鎮めようと思っただけだ。それなのに、ジュヌヴィエーヴが泳ぐ水音が聞こえたとたん、矢も楯《たて》もたまらなくなって、庭を仕切る柵《さく》からのぞき込んでしまったのだ。

彼女がくちなしのプールを泳ぐ姿も、月に照らされてプールサイドにたたずむ姿も見た。ぬれた衣類が体に張りつき、この世のものとは思えぬ美しい体がくっきり見えた。胸は豊かに張り出し、贅肉《ぜいにく》のない体がまろやかな曲線を描いている。彼女の脚が自分の腰に絡みつくところを想像して、アリは思わず息をのんだ。

新たに込み上げた欲望に下半身が固くなる。アリは必死で自制心を働かせて、その場を動かなかった。だが彼女を眺めるうちに、あちらの庭に忍び込んだらという想像がどんどんふくらんでいった。ひんやりした草の上に彼女を横たえ、体を重ねたら……。月光を浴びた彼女の胸にキスし、彼女の柔らかな体の奥深くまで、ゆっくりと身を沈めたら……。彼女は夜のしじまに、僕の名をささやいてくれるだろうか？　僕の愛撫に応《こた》えて、彼女も愛撫を返してくれるだろうか？

くぐもった叫びとともに、アリは衣類を脱ぎ捨てると、頭からプールに飛び込んだ。引きしまった腕で水をかきわけ、強靱《きょうじん》な脚で水を蹴《け》りながら、欲望の虜《とりこ》となった体をいじめるように泳ぎ出した。

アリは、いっそうスピードを上げて泳ぎ続けた。とうとう疲れ果てて精も根も尽きると、アリは水から上がって、さっきの彼女と同じように星のまたたく夜空を見上げた。

「ジェニー」アリは夜のしじまにつぶやいた。そして、彼女がカシュキーリにいる間に必ず彼女を手に入れる、と心に決めた。

続く数日間を、ジュヌヴィエーヴはハーレムの女性と親しくなることに費やした。ハーレムで暮らすのは、ツルハンや大臣たちの妻や母や姉妹など、女の家族ばかりだ。ツルハン以外にも妻を二人以上持つ者もあったから、どの女性が誰の家族で何番目の夫人なのかを探り出すのには苦労した。

二十人ほどいる子どもたちに関しては、最初はイズマイル少年とその双子の妹しか覚えられなかった。

イズマイルは、態度こそ父に似て偉そうだったが、愛くるしい少年だった。ハーレムに外国人がいるのが面白くて仕方がないらしく、次々とジュヌヴィエーヴに質問を浴びせてくる。母親のタムラズがたしなめても、ジュヌヴィエーヴのあとをハーレム中ついて歩いた。ハーレム共用のプールサイドで腰を下ろしていると、イズマイルが膝にもたれかかってくることもしょっちゅうだった。

どうして、あなたの髪は黄金色なの？　イズマイルは尋ねた。なぜ肌が白くて、目が緑色なの？　子どもはいるの？　いつまでもハーレムで僕たちと一緒にいてくれる？　延々と続く質問に、ジュヌヴィエーヴは辛抱強く答えてやった。

ジュヌヴィエーヴがアラビア語を話せるとわかると、女たちもいろいろききにやってきた。彼女たちはとても人なつっこく、イズマイルに劣らず好奇心が強かった。なぜ一人でカシュキーリに来たの？　家族は反対しなかった？　そもそも、なぜカシュキーリに来たの？　ジュヌヴィエーヴが会議のためにアメリカから来たのだと答えても、女たちが交わす視線を見れば、信じていないのは明らかだった。

「ここへ来たのは、アリ・ベン・ハリのためでしょ

「そう?」サリダという名の女が言った。ジュヌヴィエーヴは首をふったが、女たちはくすくす笑って、やっぱりという目配せをするだけだった。

「カシュキーリ中の女がアリに思いを寄せている。それなのにアリは、はるばるアメリカからあなたを連れてきた」ザイダという女性が言った。「つまり、あなたを妻にするつもりなのよ」

「そろそろ潮時だよ」年配の女性がうなずいた。「アリは三十六歳なのにまだ子どもがいない。シーク・ツルハンが三十六のときにはもう八人の子どもがいた」彼女はジュヌヴィエーヴの脇腹《わきばら》をつつくと、訳知り顔でウインクをした。「アリがその半分でもうまくやりたいなら、さっさと始めたほうがいい」

「そのとおりですわ」タムラズが得意そうな澄まし顔でうなずいた。「わたしは二十歳になったばかりですけれど、もう三人の子どもがいて、おなかに四人目がいます。こういったことは早く取りかかるほうがいいんです。アリほどハンサムで男らしい人に選ばれたなんて、あなたは本当に運がいいわ」

シーク・ツルハンの第二夫人セフェリーナが、ジュヌヴィエーヴの髪に手を触れた。「アリは黒髪で肌が褐色、あなたは金髪で肌が白い。二人の間には、きっと美しい子どもが生まれるに違いないわ」

子ども。ジュヌヴィエーヴのみぞおちがくすぐったくなった。アリの腕に抱かれたあの日から、もう三日たっている。ジュヌヴィエーヴは夜ごと、ベッドに一人で横たわりながらアリのキスを思い出し、彼のことは考えまい、アリを思うたびに体がほてるのを認めまいとしてきたのだ。

ハーレムの女性たちの訳知り顔にばつが悪くなったジュヌヴィエーヴは、強いて笑顔を作ると言った。「わたしがカシュキーリに来たのは、アリとシーク・ツルハンを助けて会議を成功させるためよ。会議が終われば、アメリカへ帰るわ」

ジュヌヴィエーヴはできる限りの威厳を保って立ち上がった。

「ご期待にそえなくてごめんなさい。でも本当にアリとわたしは、そんなロマンチックな関係ではないの」そして逃げるようにいとまごいすると、自分の部屋に戻った。

　部屋に入ってすぐに、ドアに軽いノックの音がした。ドアを開けると、ズアリーナという名の若い女性が立っていた。

「先程のおしゃべりでお気を悪くされたのなら申し訳ありません、マダム」ズアリーナは言った。「タムラズもセフェリーナも悪気はないんです」

　ジュヌヴィエーヴはためらったが、ドアを開けて言った。「どうぞ、お入りになって」

「ありがとう《シュクラン》」

「お茶を一緒にいかが？」

　ズアリーナはおずおずとうなずいた。ジュヌヴィエーヴはハイファに電話をして、紅茶を持ってくるように頼んだ。

「イギリス風の紅茶よ」とジュヌヴィエーヴは念を押した。熱いミントティーもときどきならおいしいが、いつも飲むには甘すぎる。

　電話を終えてふり向くと、ズアリーナはフレンチドアから庭を眺めていた。ほっそりした体にまとったピンクのカフタンが、温かい蜂蜜《はちみつ》色の肌によく似合っている。大きな黒い目をコールと呼ばれる墨で縁取り、唇には軽く珊瑚《さんご》色の口紅をさしている。たっぷりした黒髪はまっすぐ背中に垂らしていた。年は二十代半ばくらいだろう。彼女が結婚しているかどうかは、ジュヌヴィエーヴにはわからなかった。

「庭でお茶を飲みましょう」ジュヌヴィエーヴはドアを開けた。「この時間は戸外も気持ちがいいわ」

　プールサイドのテーブルにつくと、ジュヌヴィエーヴは尋ねた。

「お子さんはいらっしゃるの？」

「いいえ、マダム」ズアリーナは目を伏せた。「子どもができなかったので主人に離縁されたんです」

「ご主人って？」

「財務大臣のバラケットです。主人はわたしが実家に戻ることを望みましたが、シーク・ツルハンが、それではわたしが恥をかくとおっしゃって、そのままハーレムに住むことをお許しくださったんです」

「そうなの」ジュヌヴィエーヴはハイファが紅茶をつぐのを待ってからきいた。「あなたはここで暮らしていて幸せ？」

「ええ、マダム」

「どうかジェニーと呼んでちょうだい」

ズアリーナははにかんだ笑みを浮かべ、頭を下げると低い声で言った。「教えてください、マダム……いえジェニー。セフェリーナの話は本当でしょうか？　その……肌の色の違う両親から生まれる子どもは、両方の特長を受け継ぐのでしょうか？」

「ええ、そう思うわ。でもわたしはアリとは……」

ジュヌヴィエーヴはズアリーナの頰が染まるのを見て言葉を切った。これはどういうことだろう？　彼女はアリを愛しているのだろうか？　わたしとアリの関係を確かめたくてこんな質問を？

嫉妬《しっと》を覚えてジュヌヴィエーヴは身をこわばらせた。ズアリーナは指折りの美人だ。当然、アリだって惹《ひ》かれるだろう。

ジュヌヴィエーヴは黙って紅茶を飲んだ。物思いにふけっていたので、ズアリーナの次の質問に不意をつかれた。「ミスター・マシューズはまだニューヨークにいらっしゃるんですか？」

「ルパートのこと？」あっけにとられながらジュヌヴィエーヴはうなずいた。「ええ、そうよ。会社との打ち合わせがまだ少し残っているの。明日か明後日には、こちらに帰国すると思うわ」

ジュヌヴィエーヴはもう一口紅茶を飲んだ。

「数回しかお会いしなかったけれど、いい方ね」

「ええ、彼はとてもいい人です」

　静かに、だがきっぱり言い切ったズアリーナの言葉に、ジュヌヴィエーヴはカップを手に持ったまま動きを止めた。

「あなたは……」ジュヌヴィエーヴは口ごもり、注意深く言葉を選んだ。「あなたとミスター・マシューズは、お互いによく知っているの？」

「親族の集まりで顔を合わせたことがあります。ミスター・マシューズはとてもやさしい紳士です」

「ええ、そのようね」ジュヌヴィエーヴはズアリーナの次の言葉を待った。

「ミスター・マシューズも会議の準備を手伝われるのでしょう？」

「ええ、そのはずよ」

「彼にお会いになられますか？」ズアリーナは伏し目がちにジュヌヴィエーヴを見上げた。

「ええ」

「それなら、その……彼に伝言をお願いします」

　ジュヌヴィエーヴはそっとカップを置いた。「ええ、喜んで」

　ズアリーナはカフタンの隠しから白い封筒を取り出した。「できれば誰もいないところで、これをミスター・マシューズに渡してください。無理でしたら、わたしに返してください」ズアリーナの黒い目にかすかな恐怖が浮かんだ。「どうかアリ殿下には黙っていてください」

　ジュヌヴィエーヴはぐっと唾《つば》をのんだ。やはりズアリーナとアリの間には何かあるのだ。それならなぜルパートのことを尋ねたのだろう。

「あなたとアリは……婚約しているの？」

　ズアリーナが目を見開いた。「婚約？　わたしとアリ殿下がですか？」ズアリーナは首をふった。

「わたしの婚約相手は彼の父、シーク・ツルハンです。わたしを第四夫人にしてくださるんです……」

不意にズアリーナの唇が震え、涙がこぼれ落ちた。

「大変な名誉なのはわかっています」ズアリーナはすすり泣いた。「シークに求婚されるなんて、誰よりも恵まれた女だとアラーの神に感謝しなくてはいけないことも。でもわたしは陛下を愛してはいないんです。わたしが愛しているのは……」ズアリーナは手に顔を埋《うず》めた。「こんなことを口にするなんて、わたしは悪い女です」

ジュヌヴィエーヴはズアリーナの顔を覆う手をやさしくはずした。「あなたはミスター・マシューズを愛しているのね？」

「ええ」ズアリーナの頬を涙が流れ落ちた。「こんな気持ちを抱いてはいけないことはわかっています。でもどうしても抑えられないんです、マダム――」

「ジェニーと呼んで」ジュヌヴィエーヴは慎重に尋ねた。「ミスター・マシューズの気持ちは？　彼があなたをどう思っているかきいたことがある？」

「この間、親族の集まりでお会いしたときに……」

ズアリーナの唇が震えた。「彼は言いました。〝無理なのはわかっている、でも君と二人きりで庭を散歩してみたい。君の手を取って、君の美しさを語りたい〟と」

「ルパートは、あなたがツルハンに求婚されていることは知っているの？」

「ええ、たぶん。ミスター・マシューズはアメリカに行く前に手紙をくださいました。そこには彼と同じイギリス人の、ミスター・ウォルター・サヴィジなんとかという人の詩が――」

「ランドーね」ジュヌヴィエーヴは言った。「どんな詩だったか覚えている？」

「ええ、ジェニー。一節だけでしたから」ズアリーナはおじぎをしてから、震える声で暗唱した。

〝君は自慢げな言葉など口にしたことはない。
だが遠からず、君は誇らしげにこう言うだろう。
熱い頬を涙にぬらして、
開かれし我がページに白い手をのせて、
「彼はわたしを愛していた！」と。〟

しばらく二人とも黙っていた。わたしたちは同じ境遇なんだわ、とジュヌヴィエーヴは思った。わたしはアメリカ人で彼女はカシュキーリ人。でも、二人とも異なる世界の男性を愛してしまったのだ。

ジュヌヴィエーヴはズアリーナの手を取った。

「手紙をミスター・マシューズに渡してあげるわ」

それ以外になんと言ってズアリーナを慰めていいかわからず、また自分自身の悲しみを鎮めるすべも思いつかなかったので、ジェニーはズアリーナと二人、あたりに黄昏《たそがれ》が降りて小鳥がねぐらに戻ってからも、しばらく座ったまま動かなかった。

6

ジュヌヴィエーヴは鏡の中の自分を見つめた。頭のてっぺんから爪先まで、全身がすっぽり灰色のローブに包まれている。外から見えるのは、コールでくま取ったグリーンの瞳だけだ。ベールで鼻がくすぐったい。なんだか妙な気分だった。まるで謎《なぞ》めいた中東の女スパイ、マタ・ハリになって、これから謎の男とカスバへ逢引《あいびき》に行くような気分だ。

だがこれから会う相手は、謎の男ではない。アリ・ベン・ハリだ。

「父と話をした」昨日、アリは電話でジュヌヴィエーヴに言った。「君がカシュキーリに残って、会議の準備をするのを認めるそうだ。それから、女性が参加する件も考慮はしてみると言っている。だからしかるべき女性を選んで、外国の女性を相手にどうふるまえばいいか教えてやってくれ」

　外国の女性。ジュヌヴィエーヴは思った。たとえば、わたしのような人間ね。

「明日は街へ出かける」アリは続けた。「大学と図書館と病院を案内するから、外交官夫人の視察先はどこがいいか相談しよう。君にはつき添いが必要だから、ハイファに来てもらうといい」

「ハーレムでズアリーナという女性と仲よくなったの。ハイファの代わりに、彼女でもいいかしら?」

「もちろんだ。要するに……」アリの声が一瞬、ためらうようにとぎれた。「僕たちが二人きりにならなければいいんだから」

　あらためてジュヌヴィエーヴは、鏡に映った他人のような自分の姿を見つめた。「アリ」そっとささやいてみる。アリに会えると思っただけで、心臓が期待で早鐘を打ち始めた。

　ハイファとズアリーナに伴われてジュヌヴィエーヴが宮殿玄関の中庭《パテイオ》に現れたとき、アリの目に入ったのはジュヌヴィエーヴただ一人だった。女らしい体の線はすっぽり灰色のローブに覆われている。だがプールサイドで月光を浴びて立つ彼女の姿を見てしまったアリは、ローブの下に隠されたものを思って、思わず体が熱くなった。

　アリの心の目には彼女の豊かな胸、細くくびれた腰、白い脚などが見えていた。急に汗ばんできた手のひらをローブにこすりつけ、アリは動揺でかすれた声で挨拶《あいさつ》した。「おはよう《サバーハル・ヘイル》」

　ジュヌヴィエーヴが顔を上げた。その瞬間、アリは息が止まるかと思った。ベールからのぞくのは、アリを燃え立たせるグリーンの瞳だけだ。アリは父よりは進歩的なつもりでいたが、やはり心のどこかに彼女を自分以外の誰にも見せたくない気持ちが残っていたらしい。彼以外の男は、ローブに隠されたこの美しい体に思いをはせるべきではないし、ベールの下の輝かしい顔を見るべきではない。

　リムジンに乗り込むと、アリは口を開いた。「まず大学を見学しよう。それでいいかい？」

「ええ。楽しみだわ」ジュヌヴィエーヴはズアリーナにほほ笑んだ。「大学を見に行ったことはある？」

「前の主人に一度、連れていってもらいました。男性がさまざまな教科を学べる、すばらしい場所です。わたしも父との約束でソルボンヌ大学へ行けるはずだったのですが、ミスター・バラケットに求婚されて進学はかないませんでした。残念でしたが、大臣の求婚を父が拒めるはずもありませんでしたから」

　ジュヌヴィエーヴは固く唇を結んだ。「教育を受けるのに遅すぎることはないわ。今からでもお父様を説得してパリへ行ったら？」

　ズアリーナは首をふった。「わたしはアリ殿下の父上と婚約しています。大学のことではなく、首長《シーク》に賜った名誉を思うべきです」

「そのとおりだ」アリがうなずいた。「君はきっと美しい妻になるだろう」

「ほかの美しい妻たちはどうなるの？　タムラズやセフェリーナは？」ジュヌヴィエーヴが鋭く尋ねた。

「べつに変わりはないさ。今までどおり父に愛され、面倒を見てもらって暮らすんだ」アリはこれ以上口を挟むなと言いたげに顔をしかめた。「これは我が国の伝統だ」

　ジュヌヴィエーヴはアリをにらみつけたが、窓の外の風景に目を移した。伝統ですって！　二十一世紀になったというのに、女性だけが望まぬ結婚を強いられるなんて、あまりにも時代遅れだ。ズアリーナとルパートは愛し合っている。彼女が結婚するべき相手はルパートだ。

　窓から目を離すと、ジュヌヴィエーヴは尋ねた。

「ルパートはアメリカから戻ってきたの？」

「ああ。ゆうべ帰国した」アリが答えた。

「今日は彼が一緒に来られなくて残念だわ」

「彼にもいろいろ都合がある」

「じゃあ、明日はどうかしら」ジュヌヴィエーヴの隣でズアリーナが身をこわばらせた。「久しぶりに彼に会いたいわ」

「それなら、そのように取りはからおう。明日の午後、一緒に博物館を見学できるよう手配しておく」

ジュヌヴィエーヴはズアリーナにほほ笑みかけた。

「楽しみだわね」

由緒ある大学の建物を見学したあと、三人は街の中央にある市立病院へ向かった。四百の病室を誇る近代的な病院は、手術室と集中治療室を完備し、産科と小児科の病棟のほかに老人専用の別棟があった。

「当院のスタッフは、チューリッヒやパリで先進医療を学んだ者ばかりです」案内してくれた医師が言った。「万一、会議の出席者が病に倒れても、最高の治療が受けられます。当院にはまた、すべての女性患者を担当するエジプト人の女医もおります」

「すべての女性患者？」ジュヌヴィエーヴがきいた。

「当然です。よほどの緊急事態でない限り、男性が女性の治療にあたるのは好ましくありません」

ジュヌヴィエーヴは眉を上げ、病院の見学が終わるまでずっと口を閉ざしていた。

病院の見学が終わると十二時半を回っていた。ジュヌヴィエーヴがホテルの客室を確認したいと言ったので、アリがホテルで昼食をとろうと提案した。

「昼食？」ジュヌヴィエーヴは言った。「ベールをかぶったままで、どうやって食べろと言うの？」

「難しくはないわ、ジェニー。片手でベールを持ち上げて、もう一方の手で食べればいいの」ズアリーナが手本を見せた。「ほらね？　簡単でしょう」

「その必要はない」アリが言った。「ダイニンググルームでは、ベールを取ってもかまわないよ」

ベールを取ってもかまわない。許可しよう。それは許可できない。これがしきたりだ。まったくもう、カシュキーリの女性たちは、どうやってこの男性中心の生活に耐えているのだろう？　どうして来る日も来る日も、夫と過ごす夜の準備をするだけで生きていけるのだろう？　お互いの爪や髪の手入れをし、夫に夜伽《よとぎ》を命じられたときに備えて、夫の好みに合いそうなガウンを互いに選んでやるような生活に、なぜ満足できるのだろう？

ジュヌヴィエーヴはハーレムの女性たちと話し、彼女たちの会話や噂《うわさ》話や笑い話に耳を傾けてきた。妻たちがあまりにもあけっぴろげなのがジュヌヴィエーヴには驚きだった。ある朝、教育大臣の第四夫人ザイダが夫のもとから眠そうな、だが満ち足りた顔で帰ってきたとき、周りから悪気のない野次や冗談が飛んだ。数日後、教育大臣の第一夫人タマラがやはり満足げな顔で戻ってきたときも、さんざんみんなにからかわれていた。

どうして彼女たちは夫を共有できるのだろう？　同じ男と床をともにしているのに、どうしてタマラとザイダは互いに冗談が言えるのだろう？

その一方で、子どもたちもよく話題にのぼった。どうも女たちは、娘よりも息子に関心が深いようだ。「イズマイルもいずれ、いい大学に進むでしょう」タムラズがそう言ったことがある。「アリと同じケンブリッジかもしれないし、ひょっとすると、あなたの国アメリカへ行くかもしれません」

「ゾラやシュベリアは？」ジュヌヴィエーヴは尋ねた。「彼女たちはどこへ行くの？」

「行く？」タムラズは、何をばかなことをきくのだという顔できき返した。「娘たちはどこへも行きませんわ、マダム。もちろん、外国の外交官と結婚することにでもなれば、話は別ですが」

「でも、あの二人の教育はどうなるの？」

「読み書きに加えて、自分の魅力の引き立て方や、衣装の選び方を教えられます。それが女の子のたしなみですから」

ジュヌヴィエーヴは歯噛《はが》みしながら黙り込んだ。だが善悪の判断を下したり、ハーレムの女性の意識改革をするのは彼女の仕事ではない。何より、たったの二カ月ではできることもたかが知れている。たった二カ月。二カ月たてば、カシュキーリからアメリカに帰るのだ。アリ・ベン・ハリとも別れて、二度と会うこともないだろう。

そう思うと胸の中が虚《うつ》ろになった。だがジュヌヴィエーヴは強いてその思いを押しのけた。

ホテルで見せてもらったスイートルームは、彼女が一晩だけ泊まった部屋に劣らず贅沢《ぜいたく》だった。ジュヌヴィエーヴは支配人と話をして、会議期間中は十分な数の客室が予約できていることを確認し、さらに会議室の下見をさせてもらった。チーフシェフとメニューの相談をし、接客係に命じて花と果物の籠《かご》が各部屋に届くよう手配した。

最初、支配人は非常に冷淡で、シェフはむっつりとしており、接客係は面白半分だった。誰もが眉を上げてアリを見た。アリは何も言わず、ただ黙って彼らを見返した。そうすると、彼らは何度も咳払《せきばら》いをして、へつらっているのが見え見えの態度で彼女の話に耳を傾け始めた。

「何もかもおっしゃるとおりに手配いたします」彼らは請け合った。「必ずご満足いただけるでしょう」

そう言いながら、彼らは心配そうにちらちらとアリに目をやった。

ようやく三人は個室のダイニングルームに案内された。男性はアリとウエイターだけになったので、女性二人はベールをはずしてもよいと言われた。

ズアリーナは、籠から出してもらった小鳥のように、ひどく興奮して笑いさざめいていた。「なんて美しいホテルかしら。それにあのすてきなお部屋。このダイニングルームもすばらしいわ」

〝こんなおいしいクスクスは食べたことがないわ。それにデザートのバクラヴァの甘くてこってりしていることといったら〟

ズアリーナがあまりに嬉《うれ》しそうなので、いつしかジュヌヴィエーヴも笑みを浮かべていた。

アリにはジュヌヴィエーヴのほほ笑みで部屋が輝くように感じられた。彼女もズアリーナと同じように、一日でもハーレムの外に出られたのが嬉しいのだろうか？　それほどハーレムの暮らしがいやなのだろうか？　あの贅沢なハーレムの部屋の支度を命じたのも、専用の庭やプールの手配を命じたのもアリ自身だった。ジュヌヴィエーヴがそれを活用しているのも知っていた。夜ごとに彼女が庭を散歩する姿を見かけていたからだ。だがプールに入る姿は二度と盗み見するまいと心に決めていた。前に一度のぞき見をしたのは、あまりにも紳士らしからぬ行為だった。

だが、紳士らしからぬ行為だからと自分に言い訳していても、本当の理由は、もしジュヌヴィエーヴの泳ぐ姿をもう一度見てしまったら今度こそ自制できそうにないからなのも、わかっていた。

ズアリーナに話しかけるジュヌヴィエーヴの唇を、アリは見つめていた。あの唇が愛をささやいたら、どんな感じだろうか。今のジュヌヴィエーヴは、ニューヨークで会ったときのように自信満々で理性的だ。だがあの夜のパティオではほんの一時だったが、彼女は情熱に我を忘れていた。アリが抱きしめた彼女の体がおののき、官能で高ぶっていたのは間違いない。逃げる彼女を追わずにいるのは、大変な意志の力が必要だった。今度あんなことになったら、けして彼女を行かせるものか。

そしてアリは、二人で旅行に行くことを考え始めた。ジュヌヴィエーヴがハーレムへ逃げ込めない場所へ、彼女と二人きりになれる場所へ出かけるのだ。

いとしいジェニー、まもなく君を僕のものにするよ。アリは心の中で静かに誓った。

「よく、こんなことができましたね」

翌日、国立博物館でルパート・マシューズが言った。ちょうどコーランの写本の前で立ち止まった瞬間を利用して、ジュヌヴィエーヴがズアリーナからあずかった手紙を渡したときのことだ。

「彼女には、親族のパーティで会っただけなんです」ルパートはローブのポケットに手紙をすべり込ませると肩越しにズアリーナを見やった。「本当に美しい女《ひと》だと思いませんか？」彼は低い声で言った。

「ええ、本当に」ジュヌヴィエーヴも静かに答えた。

「わたしが口を挟むのはおかしいかもしれないけれど、あなたはズアリーナを愛しているの？」

「絶望的なくらい深くね」ルパートは金髪に指を差し入れた。

「それなら、どうして何もしないの？」

「何ができると言うんです、ミス・ジョーダン？　ズアリーナはシーク・ツルハンと結婚することになっている。僕にできることなどありません。それにアリは僕の親友です。シークの婚約者と駆け落ちして、アリの信頼を裏切りたくありません」

「アリに彼女への気持ちを打ち明けたことは？」

ルパートは頭をふった。「カシュキーリ人がアラブ人以外との結婚をどれほど嫌っているか、あなたはわかっておられない。彼らはアラブの文化に誇りを持っています。部外者の干渉を嫌うのは、彼らの強みでもあり弱みでもあるんです」

ルパートは歴史的な展示物に目をやった。

「カシュキーリの文化は、ヨーロッパに先進文明が生まれるずっと前に生まれたサハラ砂漠の遊牧民の文明、スルタンやシークの文明です。砂漠の王者である彼らは、敵と戦うことで欲しいものを手に入れてきました。彼らは法律を持たず、心の赴くままに行動してきましたが、それは今でも変わっていません。時折、あなたや僕のような外国人の助《すけ》っ人《と》が呼ばれることはあっても、けしてカシュキーリの一員になることはないんです」

ルパートはふっと笑みを浮かべた。

「もっとも、女性のあなたはハーレムに入るという手がありますがね。でもミス・ジョーダンにハーレムは似合いません」

「ええ、そのとおりよ」ルパートが笑顔になったのを見て、ジュヌヴィエーヴも笑った。「わたしのことは、ジュヌヴィエーヴかジェニーと呼んでちょうだい。これから二カ月、一緒に仕事をするんですもの。堅苦しい呼び方はやめにしましょう」ジュヌヴィエーヴは、アリとズアリーナが古代武器の展示の前で立っているのをちらりと見やった。「アリと知り合ってからどのくらいになるの?」ジュヌヴィエーヴは好奇心に駆られてきいた。

「かれこれ十八年になります。アリがケンブリッジに入学したとき、僕は大学院生でした。アリの英語は今ほどうまくなくて、僕が個人指導教師として雇われたんです」ルパートは笑いを噛み殺した。「あの最初の一年は、アリには大変な一年でした。それまでアリはカシュキーリの外に出たことがなく、英語もほとんど話せなかったんです。シークの長男として、彼は欲しいと言いさえすれば望むものが手に入り、自分の意見が通って当然だと思い込んでいました。でも大学ではそういうわけにはいかなかった。彼は留学生の一人でしかなかったんです」

ルパートは頭をふって、くすりと笑った。

「それまでアリは男女が普通に同席するのを見たことがなかったので、少なからぬカルチャーショックを受けていました。初めて女性のクラスメイトに真っ向から反論されたときは、かんかんに腹を立てていました。女性が堂々と彼に意見を述べるなど、恐れを知らぬにもほどがあると思っていたようです」

ジュヌヴィエーヴは、ふと十八歳のアリの姿が目に浮かび、声をあげて笑った。シークの息子としてわがまま放題に育った傲慢《ごうまん》でハンサムな青年が、いきなり男女平等の、まるで価値観の違う世界にほうり込まれたのだ。

「そのころと比べて、アリはあまり変わっていないようね」ジュヌヴィエーヴは思案げに言った。

「ええ、幼いころから身についた価値観は抜けていません。ニューヨークで、あなた自身もそれを感じたのではありませんか？　あなたが副社長だと知ったときのアリは、ケンブリッジで初めて女の子に反論されたときと同じくらいショックを受けていましたよ。あなたが自分の意見を口にするたびに、怒りが込み上げてくるのが目に見えるようでした」

「ええ、覚えているわ」ジュヌヴィエーヴはにやりとした。「二度ほど、あなたが笑いを噛み殺しているのも気づいたわ、ルパート。あなたは面白がっていたんでしょう？」

「ええ、すごくね。でも誰かに反論されるのは、アリにはいい薬です」ルパートはためらった。「これはよけいなお世話かもしれませんし、僕が口を挟むことでもないかもしれませんが――」

「なんなの？」ルパートが内心、迷っているのがわかったのでジュヌヴィエーヴは言った。「お願いだからルパート、教えてちょうだい」

「アリは少なからずあなたに惹《ひ》かれています、ジュヌヴィエーヴ。あなたが彼にどんな気持ちを持っているかは知りませんが、気をつけたほうがいいですよ。アリは強情だし、自分の欲しいものを奪ってでも手に入れることに慣れた男です。あなたがどうにもならない立場に立たされるのを見たくはありません。僕は……」

ルパートは言葉を切った。展示物を見ていたアリが、こちらをふり返ったからだ。怒りでアリの顔がどす黒くなる。アリはズアリーナに何か言うと、連れ立ってこちらへ近づいてきた。

アリはジュヌヴィエーヴの腕をつかむと、ルパートに顔をしかめてみせた。「さあ行こう、あちらの部屋に君に見てもらいたいものがある」

アリは何も言わなかったが、彼女がルパートと親しげに話していたのを妬《や》いているのがわかった。

〝東は東、西は西、二者は相交わることなし〟と言った人は、この言葉の意味を心底わかっていたに違いない。ここは西洋の常識が通じない世界だ。ルパートはアリの友人でありながら、アリが彼女に惹かれているから気をつけろと忠告してくれた。だが何に気をつけろと言うのだろう？　アリに？　それともわたし自身の感情に？

ここ数日何度もしてきたように、カシュキーリに来たのは会議の準備をするためだ、とジュヌヴィエーヴは自分に言い聞かせた。仕事が終われば、ニューヨークに戻るのよ。

ジュヌヴィエーヴが館長に会いたいと言うと、アリが館長室へ連れていってくれた。

三十分ほど打ち合わせをしたあと、ジュヌヴィエーヴは三人が待つサロンへ戻った。三人とも古代の衣装の展示に見とれていたので、ジュヌヴィエーヴも砂漠の暮らしが展示されている前で足を止めた。すぐ横に、精巧な金めっきを施した鏡がある。通り過ぎざまにふと目を上げたジュヌヴィエーヴは、鏡に映った女性に、もごもご挨拶の言葉を口にした。

ジュヌヴィエーヴははっと口に手をあて、鏡に映る自分の姿を見つめ直した。今のようにローブとベールで全身を包んでいると、自分で自分がわからなかったのだ。

もしわたしがアリの愛人だったらこんなふうになるのだ。もしわたしがカシュキーリ人だったら……。

鏡に映ったジュヌヴィエーヴの後ろにアリが現れた。彼は無言で彼女の肩に手をのせた。二人は鏡に映る自分たちの姿を——背の高いカシュキーリの男性と緑の目を持つベールをかぶった女性を見つめた。

「見てごらん」アリはささやいた。「君には何が見える、ジェニー?」彼は肩にのせた手に力を込めた。ジュヌヴィエーヴは催眠術にかかったように、鏡を見つめた。

「僕たちはお似合いだと思わないか?」

アリの低い声がジェニーの耳をくすぐり、彼女の心を絡め取った。

「ジェニー」アリはささやいた。「僕がどれほど——」

「ジェニー! 早く来て!」ズアリーナが急ぎ足でやってきた。「あちらに、最高に美しい宝石が展示されているの」

アリは手を離した。

「行こう」アリは低い声で言うと、ジュヌヴィエーヴの腕を取ってズアリーナのあとを追った。

彼らを見張っていた男は、三人が宝石の展示室へ入るのを見届けると、物陰から姿を現した。

男は頬髭《ひげ》を生やした顔をなでると、ほくそ笑んだ。なるほど、アリ・ベン・ハリとアメリカ女の噂は本当だったのだ。女は噂どおり大変な美人だ。これを知らせたらハージ・ファターも喜ぶだろう。

こんなチャンスを待っていたのだ。あの女を利用すれば、シーク・ツルハンとアリ・ベン・ハリを屈服させることができるに違いない。

7

二台のリムジンが連なって走っていた。一台目にアリとジュヌヴィエーヴが、二台目にアリの召使いとハイファ、そして三人の護衛が乗っている。

二日前、博物館を訪れた日の晩に、アリから電話がかかってきた。「砂漠の別荘へ行く段取りをつけた」アリは言った。「各国代表の夫人方を案内したらどうかと言っていただろう?」

「ええ、きっと好評だと思うわ」

「それでは、一度下見をしてくれないか。出発は明後日だ」

受話器を置いたジュヌヴィエーヴは、これは仕事なのよと自分に言い聞かせた。心臓がどきどきしているのは、朝からコーヒーを飲みすぎたせいだわ。

一行は明け方に出発し、ここ二時間ほどはカシュキーリの海岸沿いに進んでいた。空はからりと晴れ上がり、海はターコイズグリーンに輝いている。

「窓を開けてもいい?」ジュヌヴィエーヴはきいた。

「もちろんだ」アリがボタンを押すと、ガラス窓がするすると開いた。「街を離れるのはいいものだな」

ジュヌヴィエーヴはうなずき、窓から入る海の香りを胸に吸い込んだ。首長《シーク》の宮殿に移ってから、こんなに解放された気分になったのは初めてだ。

「向こうに着くのは何時ごろかしら」

「日没前には着くはずだ。別荘からは砂漠が目の前に見える。君が気に入るといいんだが」

この二日間、アリは砂漠で彼女と二人きりになることばかり考えていた。今夜こそ彼が最も愛する場所で——ハーレムも外交儀礼も政務もない場所で——彼女と二人きりで過ごせるのだ。

アリは運転席の仕切り窓を軽く叩《たた》いた。「そろそろ昼食にしよう。少し先の海辺に車を止める場所がある。後ろの車にそう伝えてくれ」

運転手はうなずいて、無線で二台目のリムジンに連絡を取った。運転手二人と護衛の一人が、浜辺へローブとピクニックランチを運び、まずアリとジュヌヴィエーヴの席を作ると、少し離れてハイファと召使いと運転手たちの席を作った。

三人の護衛は腰を下ろすことなく、ライフルをかまえて、油断なくハイウェイを見張っていた。

「あの三人は食べないの?」ジュヌヴィエーヴは不思議そうに尋ねた。

「あとで食べるんだ」

ジュヌヴィエーヴの眉が、もの問いたげに寄せられた。「どうして護衛が一緒なの?」

「父には敵が多い」アリは海を見やった。「尾行はされていないと思うが、用心に越したことはない」

「反乱は鎮圧されたのに?」

「ハージ・ファターは父と僕が死ぬまであきらめないだろう」アリの声は厳しかった。「今は身をひそめているがいずれ次の手を打ってくるに違いない」

「危険があるなら会議は中止にしたほうがいいわ」

アリは頭をふった。「中止にはしたくない。父と長い間、計画を練ってきたんだ。会議を開けば、カシュキーリの世界的地位も高くなる。それを知っているからこそ、ハージ・ファターも邪魔を企てるんだよ。そんなまねを許すわけには——」

トラックが一台、ハイウェイから下りてきた。護衛たちはライフルを持つ手に力を込めた。アリも身をこわばらせ、万一狙撃《そげき》されたら、いつでもジュヌヴィエーヴを砂に突き飛ばせるよう身がまえた。

トラックがスピードを落とした。アリはジュヌヴィエーヴの背に手をあてた。ジュヌヴィエーヴはぎょっとしてふり返った。「なんなの……?」

トラックはそのまま通り過ぎた。「なんでもない」アリはいつの間にかつめていた息を吐いた。ジュヌヴィエーヴは心配そうな顔でアリを見た。アリの言っていた危険が現実のものだと、初めて実感がわいた。アリを殺したがっている人間が本当にいるのだ。彼女は思わずアリの手を握りしめた。

「君は安全だ」ジュヌヴィエーヴが怯《おび》えていると思ったのか、アリは言った。「怖がることはないよ」

「自分の身は心配していないわ。あなたのことが心配なのよ、アリ。もしあなたが狙《ねら》われたら……」そこまで言ってジュヌヴィエーヴは絶句した。

アリの心にこれまで感じたことのない感情が込み上げてきた。彼女が僕の身を案じてくれるなんて。

「心配いらない。僕なら十分守られている」

それでもまだ彼女が怯えている様子であり、何より彼女に触れたかったアリは、銀の皿から棗椰子《なつめやし》を一つ取って彼女の口元へ運んだ。彼女が棗椰子に歯を立てたとき、舌がアリの指をかすめた。

アリが彼女の名をささやくと、ジュヌヴィエーヴは頬を染めた。

その瞬間、アリは悟った。この旅行の間に、ジュヌヴィエーヴが彼のものになることを。

それからしばらく海沿いに進み、その後は小さな村をたどって進んだ。ある村でちょうど市が立っていたので、アリは運転手に合図して車を止めさせた。

アリとジュヌヴィエーヴが車を降りたとたん、後ろのリムジンから三人の護衛が現れて、すぐそばで配置についた。ライフルは持っていないが、ローブの下に拳銃《けんじゅう》を隠し持っているのは間違いない。

アリはジュヌヴィエーヴの腕を取って、市場の人込みの中を歩き出した。アリの召使いがあとに従う。

体格のいいアリの威圧的な存在感の前に、村人たちは何も言われずとも道を空けた。一方、人々はジユヌヴィエーヴを見て、ひそひそとささやき交わした。髪は隠していたが、顔はむき出しだったからだ。なんだか不思議な気分だった。認めたくはなかったが、確かにベールで顔を隠していると、妙な安心感を覚えたことがこれまでにも何回かあった。ベールさえかぶっていれば、笑おうが渋い顔をしようが誰にもわからないのだから。

市に集まる女たちもベールはかぶっていなかったが、代わりに顔に入れ墨をして、手や足をヘンナ染料で赤く染めていた。女たちはジュヌヴィエーヴを指さしては互いにこづき合い、口元を手で覆ってささやき交わした。

だがジュヌヴィエーヴはあまり気にならなかった。見えるもの、聞こえるもの、漂ってくる香り、すべてに魅了され、ぼうっとなっていたからだ。

立ち並ぶ露店には、魅力的な品が並んでいた。いちじくや棗椰子をはじめとして、さまざまな果物が幾何学模様に並べられた店。男性用ジェラバに女性用ローブ、種々のベールにベルトやサンダルを商う店。真鍮《しんちゅう》の水差しや壺《つぼ》が鉤《かぎ》からぶら下がっている店。ガラスケースの中で、貴金属がきらめいている店。

あたりに香を焚《た》く匂《にお》いが充満し、さらに羊肉をあぶる匂いやミントの匂い、らくだの排泄物《はいせつぶつ》の臭《にお》いが入りまじって、目まいがしそうだった。彼女が魅せられたようにあたりを見回していると、アリに腕をつかまれ、金細工を商う店へ連れていかれた。

「旅の記念になる贈り物を買わせてくれ」ジュヌヴィエーヴは断ったが、アリはずっしりとした金鎖のネックレスを指さした。「あれなんかどうだい?」

「すてきだわ。でも、いただくわけには――」

「そのネックレスをもらおう」アリが店主に告げた。

店主は揃《そろ》いのイヤリングとブレスレットを見せた。アリはうなずいた。「よし、それも包んでくれ」

ジュヌヴィエーヴはかぶりをふった。「こんな高価な贈り物をもらうわけにはいかないわ」

だがアリは取り合わなかった。店主に値段をきくと、召使いに支払いをするよう顎をしゃくった。そして彼女の腕を引いて店を離れた。

「心ばかりの贈り物だ」アリは言った。「どうか受け取ってくれ。今夜、身につけてくれると嬉《うれ》しい」

その〝心ばかりの〟贈り物は、軽く三千ドル以上したが、アリは無理やり彼女の手に包みを持たせた。

「会議の準備に尽力してくれたお礼のしるしだ」

突き返すことはできなかったので、ジュヌヴィエーヴはこう言った。「ありがとう、アリ。今夜、忘れずに身につけるわ」

長い午後の間中、アリはこれから迎える夜のことばかり考えていた。砂漠に近づくにつれ、ますます彼女の存在を――唇の曲線や華奢《きやしや》な手、かすかに漂う香水の香りなどを――意識してしまう。

もうすぐだ、と彼は自分に言い聞かせた。

砂漠が目の前に広がると、ジュヌヴィエーヴは歓声をあげた。「まあ、見て」

彼女が美しい砂漠に感動している様子に、アリの胸はおどった。

「十四歳のときに一度だけ、父と砂漠に旅行に出たことがあるの」ジュヌヴィエーヴは言った。「らくだは好きになれなかったけれど、それ以外は何もかも気に入ったわ。どこまでもうねる砂丘。沈む夕日。焚き火で調理する食べ物の匂い」

ジュヌヴィエーヴはシートに身をあずけて目を閉じた。あの旅行で、父と固い絆《きずな》ができた。最後の夜、父から母の病気のことを知らされたからだ。

〝父さんが気弱にならないように、おまえが助けてくれ、ジェニー〟と父は言った。〝おまえの強さを、父さんは頼りにしているからな〟

一年後に母が亡くなったとき、彼女は父の言葉を思い出した。そして父のために、できる限り強くあろうと努めた。

「どうした?」アリの手が彼女の手を包んだ。「なぜそんな悲しそうな顔をしている?」

ジュヌヴィエーヴは指先で涙を払った。「両親のことや、父との砂漠旅行のことを考えていたの」

「会議が終わったら、一緒に砂漠へ旅行しないか。僕も砂漠は久しぶりだ。君と行ければ嬉しい」

「せっかくだけど、すぐに帰国しなくてはいけないわ」ジュヌヴィエーヴは首をふり、笑みを浮かべた。「休暇ではないんですもの。でも、誘ってくださってありがとう、アリ。もし時間があれば……」

とぎれた言葉が宙にたゆたった。時間があれば。時間ならあるさ、とアリは思った。君を砂漠へ連れていく時間も、君と二人きりになる時間も、君と愛を交わす時間も――。


別荘には日没直前に到着した。

その大きな建物は、椰子の木の生えたオアシスの中にあった。褐色の壁が、すぐ向こうに広がる砂丘と絶妙の調和を見せている。

すぐそばに馬小屋と囲い柵《さく》があった。柵の近くに五、六張りのテントが散在している。オアシスと砂漠の境目に、遊牧民の大きな黒いテントがあった。

「僕はいつも、あそこで寝泊まりするんだ」アリは黒いテントを指した。「できるだけ砂漠を身近に感じたくてね。あそこで眠ると、時をさかのぼり、先祖たちと同じように砂漠の一部になったような感じがするんだ」アリはリムジンの窓から、なだらかな起伏を描く砂丘を眺めた。「僕の祖父はベドウィンの族長だった。父の話を聞くと、祖父はフン族のアッティラとモハメッドを足して二で割ったような人物だったらしい。祖父からもっと当時の話を聞きたかった」アリは静かに言った。「祖父のように、砂漠で暮らしてみたかった」

アリはため息をついて、ジュヌヴィエーヴをふり返った。

「ハイファに部屋まで案内させよう。疲れただろう、少し休みたまえ。夕食は八時だ」アリは彼女の頭からスカーフをそっとはずした。「ここでは髪を隠す必要はない、ジェニー。ここは僕の家だ。だから君にも自分の家だと思ってほしい。明日、このあたりを案内するから、各国代表の夫人方をもてなすのに、この別荘が適当かどうか考えよう」

「きっと好評だと思うわ。とても美しいもの」

ふと見ると、護衛たちがライフルをかまえて、あちこち危険はないか確認しているところだった。

「あそこまでする必要があるの？」ジュヌヴィエーヴの瞳が曇った。「ここは安全なんでしょう？」

「彼らは自分の仕事をしているだけだ。だが、君がここにいる間は、あまり目障りにならないように言っておく」それからハイファに言った。「ミス・ジョーダンをお部屋へお連れしろ。夕食は八時だ」

アリは彼女の手に口づけをした。

「また今夜」砂漠の夜に似た漆黒の瞳が、期待に熱く燃えていた。

緋色《ひ》のペルシャ絨毯《じゅうたん》が敷かれた玄関を抜けると、黄昏《たそがれ》の光を浴びて、くちなしやつつじがかぐわしく咲き乱れる中庭《パティオ》に出た。噴水がきらめき、オレンジ色ののうぜんかずらが周囲の壁を明るく彩っている。

ハイファはパティオを横切り、赤い絨毯敷きの短い階段を上がると、小さなサロンを経て、二階へ通じるらせん階段を上がっていった。らせん階段も壁も、青色と金色のモザイクで飾られている。

ジュヌヴィエーヴが通された続き部屋は、ハーレムの部屋ほどエレガントではなかったが、とても美しかった。壁は象牙《ぞうげ》色で、シルクのカーテンとベッドの天蓋《てんがい》は淡い金色だ。

ハイファがカーテンを開けると、バルコニーへ通じるフレンチドアが現れた。「すぐにお風呂の支度をいたします、マダム」ハイファは言った。「お風呂をお使いの間に、今夜お召しになるガウンを出しておきます。湯浴《ゆあ》みがすみましたら、しばらくお休みください。今日はお疲れでしょうから」

ジュヌヴィエーヴはハイファにほほ笑みかけると、バルコニーへ出てみた。目の前にサハラ砂漠が広がっていた。見る間に太陽が遠い砂丘の向こうに沈んでいく。庭の花の香りとともに、砂漠の匂いも漂ってきた。ジュヌヴィエーヴは黄昏が降りるのをしばらく眺めてから部屋に戻ると、服を脱ぎ、大理石の浴槽に張られた香水入りの湯の中で体を伸ばした。

初めてハーレムの部屋に通されたときもそうだったが、思わずこの贅沢《ぜいたく》な暮らしの誘惑に屈しそうになった。ニューヨークの暮らしは大好きだった。セントラル・パークを見下ろすアパートメントも、仕事も交友関係も気に入っている。その生活を変えようとは思わない。それなのに、何かと反感をかき立てられるカシュキーリの自堕落とも言える贅沢から離れられそうにないのだ。

そう、それにアリと別れるのも難しそうだ。

気をつけるのよ。カシュキーリにはほんの二カ月間しかいないのだから。彼女は自分に言い聞かせた。

ようやく風呂から上がると、ベッドの支度ができていた。眠るつもりなどなかったのに、ほんの少しまどろんだと思ったら、〝お召し替えの時間です〟とハイファに起こされた。

白いベルベットの寝椅子に、ペールグリーンのシフォンのカフタンが出してあった。鏡台に化粧道具やブラシ、香水が並べてある。ハイファは身支度の手伝いを申し出たが、ジュヌヴィエーヴが、〝ありがとう、でも自分でやるわ〟と答えると、八時にお迎えに上がりますと言って部屋を出ていった。

ジュヌヴィエーヴはいつもより念入りに化粧をした。まぶたにほんのりペールグリーンのアイシャドウを塗り、長いまつげにマスカラをつけた。髪はいつものようにシニヨンにまとめかけたが、ふと思い立って、今夜は肩に垂らしたままにしておいた。耳の後ろと喉に香水を軽くつけると、緑のカフタンと、お揃いのサンダルを身につけた。それからアリにもらった包みを開いた。ネックレスを首に通し、イヤリングとブレスレットをつける。

ハイファァが迎えに来たので、ジュヌヴィエーヴは彼女のあとについて、再び青と金のモザイクの階段を通って一階のダイニングルームへ入った。

アリは窓辺にたたずんで夜の砂漠を見つめていたが、ハイファァが〝マダムがおいでです、殿下〟と言うとふり返った。

「ありがとう《シュクラン》、ハイファァ。もう下がっていい」ジュヌヴィエーヴの方を見たアリはしばし言葉を失った。

ジュヌヴィエーヴは胸にずっしりと下がるネックレスに手を触れた。「すてきなプレゼントを本当にありがとう。とてもきれいだわ」

「君もきれいだよ」アリの唇がかすかにほころんだ。「本当に君はとても美しい」ジュヌヴィエーヴが答えられずにいると、アリはサイドボードからシェリーを出してジュヌヴィエーヴにつぎ、自分にはミネラルウォーターをついだ。「会議の出席者たちに、どんな飲み物を用意しておけばいいか、教えてくれないか。日本人はサケを飲むんだろう?」

ジュヌヴィエーヴはうなずいた。「でも日本人はスコッチのほうが好きなの。日本では高価なスコッチを出せば、喜ばれるはずよ」ジュヌヴィエーヴはリカー・キャビネットを見やった。「アメリカ代表の一人はテキサス出身だから、バーボンがあったほうがいいわね。あとは上等のワインにコニャックにビール。女性用にウォッカも少しあるといいわ」

「女がウォッカなんか飲むのか？」

「ええ、飲む人もいるわ」ジュヌヴィエーヴはほほ笑んだ。「わたしも飲むわよ」

「それなら、ウォッカは絶対いるな。あとはマティーニ用のベルモット、そうだろう？」

ジュヌヴィエーヴはうなずいた。「オリーブを忘れないでね」

「もちろんだ」召使いが入ってきて、〝いつでもディナーをお出しできます〟と告げた。

ディナーはこれまでカシュキーリで食べたどんな料理にも劣らずおいしかった。こくのあるレンズ豆のスープ、椰子の実とアーティチョークのサラダ。メインディッシュは子羊の首肉だった。

二人は食べながら談笑した。アリはジュヌヴィエーヴのニューヨークでの暮らしぶりが知りたくて、次々と質問をした。どんなところに住んでいるのか、仕事は気に入っているか、気晴らしには何をするのか、等々。だがアリがいちばんききたかったのは、誰か特別な交際相手がいるのかということだった。

ジュヌヴィエーヴは質問に答えていった。映画を見に行くこともあるし、オペラも好きよ。

アリはテーブルを指で叩いた。「誰かつき合っている特別な男性はいるのかい？」

一瞬ジュヌヴィエーヴはためらった。イエスと答えて、恋人がいると思わせておくほうが安全なのはわかっていた。そうは思ったが、ふと気づくと首を横にふって答えていた。「いいえ」

アリの瞳孔《どうこう》が開き、砂漠の夜空のような漆黒の瞳が輝いた。ジュヌヴィエーヴが目をそらそうと思ったときには、アリの官能的な瞳の強い視線の虜《とりこ》になっていた。彼女はゆっくりとアリの口元に目を移し、肉感的な唇の曲線を見つめた。不思議とやさしげな、キスするためにつくられたような唇だった。

「そんなふうに見つめないでくれ」アリがかすれた

声で言った。

頬を染めて、ジュヌヴィエーヴは目を伏せた。

アリは彼女の手を取った。「散歩に行こう」

彼女の返事も待たずに、アリは立ち上がった。

「さあおいで」

夜のしじまを破るものは、椰子の木の間を吹き抜ける風のささやきだけだった。夜の空気は砂漠の花の香りで甘い。アリはジュヌヴィエーヴの手を取って、オアシスと砂漠の境目へと連れていった。

「ここここそ歴史の始まった場所だ。砂漠の姿は何百年前も前から——我々が石油を見つけて豊かになるずっと前から、一つも変わることがない。ここには飛行機もコンピューターもなく、大気汚染も化学廃棄物も、地球を破壊できるほどの最終兵器もない」

アリはため息をついた。「もし人間が地球を破壊してしまったら、残るのは砂漠だけだろう。そして砂漠のどこかで、ベドウィン族だけが自由にさすらうことだろう」

アリの声の響きには、住むことのかなわぬ遠い世界への憧《あこが》れが満ちていた。ジュヌヴィエーヴはアリに出会ってから初めて、彼の真の姿をかいま見たような気がした。まぶたを閉じると、風にローブをひるがえし、まぎれもない喜びの表情で黒い荒馬を駆るアリの姿が心に浮かんだ。

アリはジュヌヴィエーヴの手を強く握った。「もう砂漠には戻れない」アリはつぶやくと、黒いテントを示した。「だからこそ僕は、別荘に来たときにはテントに泊まるんだ。テントの天窓を開けておくと、星が見えるんだよ」アリの声が低いささやきになった。「見上げてごらん、ジェニー。これほどたくさんの星を間近に見たことはあるかい？」

彼女が見上げると、手を伸ばせば届きそうなところに星が見えた。砂漠には銀色の月光が降りそそいでいる。こんな美しい夜をアリ・ベン・ハリと一緒に過ごしていると思うと、息が苦しくなった。

ジュヌヴィエーヴは、月光の影になったアリの顔に触れた。ため息をもらし、アリの胸に頭をあずける。アリの唇が、彼女の髪をかすめた。

「ジェニー?」アリはそう言って唇を重ねてきた。まるで家に帰ってきたような、ようやく自分の居場所を見つけたような気分だった。温かくやさしく、どきどきするのに、不思議と心が和む感じがする。なぜなら、こうなったのは正しいことだと心のどこかでわかっていたからだ。

ジュヌヴィエーヴの唇が開いた。押しつけられた胸に、アリの鼓動が伝わってくる。アリは彼女の顔中にキスの雨を降らせ、顎から喉のラインを口でたどると、耳たぶを軽く噛《か》んで舌を走らせた。

「ジェニー」アリは言った。「ああ、ジェニー」

アリの手がジュヌヴィエーヴの胸のふくらみを包んだ。「だめよ」そう言いながらもジュヌヴィエーヴはアリの首に腕を伸ばし、低いあえぎをもらした。

アリの指先がジュヌヴィエーヴの胸の頂をかすめると、つんと固くなるのがわかった。

アリはこれ以上待てなかった。彼女をもっと間近に感じたくてたまらない。アリはジュヌヴィエーヴの腰に手を回すと、固くそそり立った欲望の証《あかし》を押しつけた。熱くて柔らかいジュヌヴィエーヴの体の感触に、アリはうめき声をもらした。

ジュヌヴィエーヴも体を押しつけ、彼の唇を求めた。

アリの体が熱く燃え上がった。「僕のテントへ行こう」アリはかすれた声で言った。

「だ……だめよ」ジュヌヴィエーヴは身を離した。

「君だって、これを望んでいるはずだ」

「アリ、お願い。わたしは――」

アリは再びジュヌヴィエーヴにキスをすると、どれほど懇願されても彼女を放そうとしなかった。ジユヌヴィエーヴほど手に入れたいと思った女はいなかった。そして、こんなふうに彼を拒んだ女もいなかった。

こんなに熱くなったのは初めてだった。ジェニーを僕のものにするのだ、そうしなければいけない。彼女だってこれを望んでいる。たとえ最初はあらがったとしても、いずれ身を委《ゆだ》ねてくれるはずだ。

アリのがっしりとした体が震え始めた。彼女と愛を交わせばどれほどすばらしい経験になるか、どれほど恍惚《こうこつ》の高みをきわめられるか想像できたからだ。

アリは再び彼女を抱き寄せると唇を奪った。今ほど自分が男だと実感したことはなかった。

「さあ来るんだ」アリはささやいた。

ジュヌヴィエーヴの中でも炎が荒れ狂っていた。だが頭のどこかで警鐘が鳴った。こんなことをしてはだめ。ここで体を許せば、もう後戻りできないわ。もう彼から離れられなくなる。

残る力をふりしぼって、ジュヌヴィエーヴは身を引いた。「アリ、わたし……」ジュヌヴィエーヴはアリの胸を押し戻して、顔を上げた。「だめよ。できないわ」

アリはジュヌヴィエーヴの肩に置いた手に力を込めた。アリの口元に酷薄そうな笑みが浮かぶ。

ジュヌヴィエーヴは恐怖に貫かれ、その一方で、これまで感じたことのない不思議な興奮に身を震わせた。彼はわたしを我が物にするつもりなんだわ。たとえわたしがいやだと拒んでも、力ずくでわたしを奪うつもりなのだ。もうどうすることもできない。彼のほうが力が強いのだから……。

だがアリは手をだらりと脇《わき》に落とした。ジュヌヴィエーヴはあとずさった。

「本当にごめんなさい」彼女はささやいた。

ジュヌヴィエーヴはあっという間にきびすを返して別荘に逃げ込んだ。

8

甘い期待はしぼみ、アリは一人取り残された。

アリはテントで横になり、荒れ狂う欲望をなだめようとしていた。彼女のすがるような目に負けて、みすみす行かせてしまうなんて愚かなことをした。

祖父のユーセフが聞かせてくれた話を思い出す――。

祖父は言った。もしおまえが砂漠の男で、相手が砂漠の女なら、けして逃がしてはならんぞ。

〝あのころは、部族同士が常に小競り合いをくり返しておった〟そう語る祖父の目は、略奪をなつかしむように輝いていた。〝ほかの部族に望む女がいれば、馬を駆って奪いに行ったものだ。敵の野営地に乗り込んで、女を奪い出すスリルが想像できるかね？　あらがう女を無理やり鞍《くら》に乗せ、夜を通して駆け抜ける興奮がわかるかね？　やがて興奮が限界まで高まると、その場で手綱を引いて馬を止め、砂の上で女の体を奪ったものだ……〟

アリは目を閉じると、想像の翼を広げ、時をさかのぼった。もし僕がベドウィンの男なら……。

月のない夜だった。彼は十二人の部下とともに、敵の野営地に近づいた。闇夜《やみよ》にぼんやり黒いテントが浮かぶが、どれが女のテントかはわからない。

男たちは無言のまま散開し、野営地を取り囲んだ。みなが持ち場につくと、彼は鬨《とき》の声を放った。

声の限りに叫びながら、野営地へなだれ込む。敵の男たちがテントから走り出てきた。彼はいとしい女の姿を求めて、剣を払ってひたすら突き進んだ。

いた、あそこだ。女が一瞬こちらを見、はっと恐怖の表情を浮かべて逃げ出した。

彼は女を追っていっそう馬を走らせた。雲間からのぞいた月が、ふり返った彼女の顔を照らす。女は悪鬼に追われるごとく、ひた走った。だが彼は手を伸ばして女をすくい上げ、鞍の前に乗せた。女は体をひねって彼につかみかかり、爪で引っかき、必死であらがった。だが彼は女を抱きすくめ、ついに女を手に入れた喜びに、声をあげて笑った。

自分の野営地へ戻ると、彼は馬から飛び降り、女を降ろした。女をひしと抱き寄せ、柔らかな胸のふくらみや脚の感触を楽しむ。あらがう女を抱えてテントに入ると、分厚い絨毯《じゅうたん》の上に横たえた。女はカシュキーリの海のようなグリーンの瞳でこちらを見上げた。

この女は戦利品だ。〝おまえは俺《おれ》のものだ。けして手放したりはしない〟

アリはうめき声をあげると腹立たしげにつぶやいた。「まったく、僕は何を考えているんだ」

アリはジュヌヴィエーヴ・ジョーダンに会った日を呪《のろ》った。ニューヨークになど行かなければよかった。広報《PR》会社の会議室で、彼女に出会わなければよかった。

彼女と僕は異なる世界の住人だ。でも僕は彼女が欲しい。欲しくてたまらない。でも、彼女が僕を求めていなければ……。

いや、彼女もおまえを求めているさ、内なる声がささやいた。おまえにもわかっているはずだ。力ずくで奪ってしまえ。このままカシュキーリに引きとめろ。誰にもわかりっこないさ。PR会社には、彼女はローマへ戻る途中で行方不明になったとでも、別荘を襲った盗賊にさらわれたとでも言えばいい。

そうだ、この別荘に閉じ込めたらどうだろう？　いっそのことハーレムに住まわせたら？　そうすればいつでも好きなときに呼び出せる。

いや、それはできない。なんと言っても、僕は野蛮人ではないのだから。どれほどジェニーを求めていても、無理やり彼女を奪うわけにはいかない。

それに、どんなにつらくても、彼女を責める気にはなれなかった。彼女のほうが賢明だっただけだ。たとえ二人の心に通い合うものがあったとしても、僕がアラブ人で彼女がアメリカ人である以上、二人の関係が長続きするとは思えない。

それでも彼女が欲しい。一度でいい、体を重ねたい。一度でも愛を交わすことさえできれば……。

不意にかすかな音が聞こえ、アリは身をこわばらせた。うす暗いテントの入り口に誰かが立っている。アリの心臓が胸を突き破りそうに脈打ち始めた。アリはおそるおそるささやいた。「君かい?」

ジュヌヴィエーヴは暗がりの中を近づいてくると、アリのかたわらで立ち止まり、黙って待った。

「ジェニー?」

ジュヌヴィエーヴはアリの横にひざまずいた。その瞳が天窓から差す月光にきらきら輝いている。彼女はそっとアリの頬に手を触れた。

アリは動くことができなかった。

ジュヌヴィエーヴが口を開いた。「アリ?」そのとたん、二人はどちらからともなく抱き合っていた。

アリは彼女の頭のてっぺんにキスをするとアラビア語で〝いとしい人〟とささやいた。

ようやくアリは身を離し、そっと彼女の顔を傾けて唇を重ねた。これまで感じたことのないいとおしさが込み上げてきて、胸がしめつけられそうだった。

あわてることはない。今は彼女を胸に抱けるだけで十分だ。アリはジュヌヴィエーヴと寄り添ってクッションに横たわった。彼女の背中をなで、緊張に震える彼女の体をほぐしていく。彼女がアリの顔にそっと触れたので、その指先にも一本ずつキスをした。

彼女のぬくもりがガウン越しに伝わってくる。だがアリは欲望を抑え、彼女の体が彼を求めてうずき始めるまで待った。それからゆっくり彼女のガウンを脱がせて脇《わき》へほうった。ジュヌヴィエーヴがささやいた。「今度はあなたよ」

アリはローブを脱ぎ捨て、彼女の瞳をじっと見つめたまま、ブリーフに指をかけて引き下ろした。ジュヌヴィエーヴは目をそらさなかった。背中に手を回し、レースとシルクのブラジャーのホックをはずす。彼女の唇が震えるのがアリには見えた。

アリは再び彼女をクッションに横たえ、サテンのパンティをするりと脱がせた。月光を浴びた彼女の美しさに、アリは涙が込み上げるほど感動した。

アリはかがんで、ジュヌヴィエーヴの胸の頂を口に含んだ。彼女はアリの髪に指を絡め、〝ああ〟とつぶやいた。「すてき」

アリの口は熱く、唇はこのうえなくやさしかった。アリは胸の先をそっと噛《か》んだり吸ったりしながら、さらに舌でころがして彼女を高ぶらせた。

ジュヌヴィエーヴがアリを抱き寄せた。アリは彼女の脚のつけ根へ手をすべらせ、そっと愛撫《あいぶ》し始めた。

「お願い」ジュヌヴィエーヴの体を快感の波が次から次へと走り抜けた。彼女もアリの体に手を伸ばし、固くそそり立つものをなでさすった。指先で軽くじらしながら、ベルベットのような感触を楽しむ。

アリが喉の奥で低くうめく声に、まぎれもない歓喜を聞き取って、ジュヌヴィエーヴの興奮も高まった。アリは震えながら彼女の手首をつかんだ。「頼む」アリはかすれた声で言った。「もうやめてくれ」

アリはしっとりと甘く熱い唇を重ねた。「ジェニー」一言そうささやく。そして、息が止まるほどの激しさで彼女と体をつないだ。

ジュヌヴィエーヴは彼に満たされ、彼と一つになった。アリは切迫した欲望に駆り立てられるように、容赦なくジュヌヴィエーヴを貫いた。何度も身を引いては彼女の奥深くに身を沈める。ジュヌヴィエーヴも歓《よろこ》びの叫びをあげて腰を突き上げ、無我夢中でアリを求めた。

ジュヌヴィエーヴの五感が揺らぎ始めた。アリの唇を探しあてると、噛みつくように吸いついた。

だが、あまりにもあっけなく、最後の瞬間が近づいてきた。なんとか持ちこたえようと思ったが、できそうにない。

「今だ！」アリが喉の奥でかすれた声を出した。そして激しく覆いかぶさると、彼女を抱く腕に力を込めた。

ジュヌヴィエーヴは切ない悲鳴をあげて、満天の星を見上げた。星が寄り集まって目もくらむような明るさで空を照らしたかと思うと、彼女が恍惚《こうこつ》の高みに達した瞬間、光がはじけ飛び、無数のダイヤモンドのかけらとなって舞い散った。

「ジェニー、僕のジェニー」アリは彼女の顔中にキスをし、きれいだ、すてきだったよとくり返した。そして彼女の呼吸が落ち着き、体の震えがおさまるまで、しっかりと抱きしめていた。

こんなすばらしい経験をわかち合えるとは、夢にも思っていなかった。アリは夜空を見上げて、すばらしい贈り物をアラーの神に感謝した。

「すばらしかったわ……」それだけ言うとジュヌヴィエーヴは絶句し、アリの胸にキスをした。

彼女も自分と同じ思いを抱いていると知って、アリは胸がいっぱいになった。アリは悟った。これから先、ほかの女性を愛することなどできないと。命ある限り、僕が愛する女性はジェニーただ一人だ。今ようやく僕のものになった彼女を、けして放すものか。

しばらく二人は言葉もなく横たわっていた。とうとうジュヌヴィエーヴが言った。「行かなければ」

だが、アリは腕に力を込めて引きとめた。

「ここにいてくれ」アリは言った。「君と一緒に眠り、君と一緒に目を覚ましたいんだ」アリは彼女の頬にキスをした。「僕がどれほど君を求めていたか、知っているかい？　初めて君を見た瞬間から、君のことしか考えられなかった。こんなふうに君を抱きたい、君に触れたいと、そればかり考えていた」

ジュヌヴィエーヴはほほ笑んだ。「わたしがずけずけと反対意見を言ったときも？」

「そうだよ」アリは親指で彼女の胸の先をなでると、つんと固くなった頂を軽くつまんだ。ついさっき愛を交わしたばかりなのに、彼女の反応は速かった。彼女がこれほど愛情深く敏感に応《こた》えてくれることが、アリは言葉にできないくらい嬉《うれ》しかった。

新たな欲望の波に襲われ、アリの体が固くなった。だが彼女に無理強いはしたくない。アリは言った。

「今日は疲れただろう。少し眠るといい」

ジュヌヴィエーヴはアリの胸に頭をあずけ、ため息をもらして目を閉じた。今夜は一度、アリのもとを逃げ出した。どうして戻ってきたのか、自分でもよくわからない。ただ、戻らなければいけないことが――もし戻らなければ一生、後悔することだけがわかっていたのだ。二人の関係が長続きするとは思えなかったが、砂漠で過ごす今しばらくの間だけは、アリとすべてをわかち合いたかった。街に戻れば本来の職務に没頭し、仕事が終わればニューヨークへ帰らなければならないのだから。

ジュヌヴィエーヴはアリの胸に顔を埋《うず》め、アリの腕が腰に回されてくると、さらに顔をすり寄せた。

アリ、わたしのいとしい人。そう思いながらジュヌヴィエーヴは眠りに落ちた。

羽毛のような軽い愛撫がジュヌヴィエーヴの胸をかすめた。ジュヌヴィエーヴは目を閉じたまま、そちらへ身を寄せた。体の奥の熱いうずきが、とぐろを巻いて大きくなっていく。彼女はため息をもらして、アリの抱擁に身を委《ゆだ》ねた。

アリはジュヌヴィエーヴの背中を肩から腰へとなでながら、徐々に彼女を引き寄せた。アリは彼女のまぶたにキスをした。唇にもキスをした。ジュヌヴィエーヴの唇が開く。アリは嬉しげなため息とともに、彼女の舌を探すと、自分も舌を突き入れ、まもなく起こることをやさしく伝えた。

ジュヌヴィエーヴは目を閉じたまま、アリの広い肩に指を這《は》わせ始めた。黒い髪を指で梳《す》き、うなじをなでると、耳の後ろの柔らかい肌をかすめる。そして今度はびっしりと生えた胸毛に指を絡め、さらに手を下へ移動させていった。

アリの息づかいが速くなった。ジュヌヴィエーヴがアリの腹に手のひらを広げると、指の下で筋肉がこわばるのがわかった。彼女は腿の内側に手をすべらせ、脈打つアリの中心を軽くなでた。アリはうめき、自分もジュヌヴィエーヴの中心を愛撫し始めた。

ジュヌヴィエーヴの体を電撃のような快感が駆け抜けた。彼女は手で愛撫を続けながら、アリの肩を舌で刺激し始めた。

「もうだめだ」アリはくぐもったうめきをあげて、ジュヌヴィエーヴを組み敷いた。

アリはジュヌヴィエーヴの顔にキスの雨を降らせながら、彼女を貫いた。

ジュヌヴィエーヴは腰を突き上げた。彼女が歓びのあえぎをもらすたびに、アリは絶頂の縁へといざなわれた。

「アリ」ジュヌヴィエーヴはささやいた。「ああ、いとしい人」

情熱の快感に我を忘れ、アリはさらに激しく深く、ジュヌヴィエーヴを貫いた。

ジュヌヴィエーヴもそれに応えた。「感じるわ」

「これでどうだ?」アリはジュヌヴィエーヴの胸を口に含んだ。「もっとか?」

もうろうとして言葉も出ないジュヌヴィエーヴは、アリの肩をつかむ手に力を込めた。そうでもしないと、めくるめく感覚の渦にのみ込まれてしまいそうだ。

アリは一声叫ぶと、次々と押し寄せる快感の波に体を震わせた。波は何度も続き、その間中、アリはジュヌヴィエーヴをきつく抱きしめ、やがて歓びを堪能《たんのう》し切って、ぐったりと倒れ込んだ。

「君は僕のものだ」アリはアラビア語でささやいた。「もう君を放さないよ」

次にアリが目覚めたとき、天窓から日光が差していた。ゆうべのことは夢のような気がしたが、横を見るとジュヌヴィエーヴが静かに眠っていた。彼女は片手をアリの腰にかけ、体を丸くしてアリに寄り添っている。乱れた金髪がアリの胸に広がっていた。

彼女を求める気持ちが、自分でも驚くほど強く込み上げてきた。だがテントの中は暑いし、明るいと彼女も恥ずかしいかもしれない。アリは彼女の頭のてっぺんにキスをして声をかけた。「ジェニー?」

ジュヌヴィエーヴはぼんやりと目を開け、長いまつげ越しにアリを見上げた。「もう朝なの?」不意に彼女は頬を染め、アリの胸に顔を埋めた。

アリは彼女の顎に手を添え、上を向かせた。「ゆうべのことを恥ずかしがることはない」

「恥ずかしがってなんかいないわ」それでも頬は赤いままだった。「ただ、ゆうべは……」

アリはキスをした。「あまりにも新しい体験だった?」アリはジェニーの胸から脚のつけ根へと指を走らせ、愛撫し始めた。「ゆうべは乱暴すぎたかな?」アリはきいた。「君に触れたとたん、ゆっくり進めようと思う気持ちが吹き飛んでしまった。もし痛い思いをさせてしまったなら、すまない」

ジュヌヴィエーヴはアリの胸で首を横にふると、体を起こしてアリを見上げた。「いいえ、アリ。ゆうべは……」ジュヌヴィエーヴは自分の気持ちを言いあぐねて言葉を探した。「すばらしかったわ」ようやく彼女は口を開いた。「思っていた以上に……ずっとずっとすばらしかったわ」

アリは海のような緑色をした瞳をのぞき込み、込み上げる思いに喉がつまりそうになった。彼女が正直に思いを語ってくれた安堵《あんど》感や、彼女にとってもすばらしい体験だったと知った喜びが胸にあふれた。ジュヌヴィエーヴの腿に、自分のそそり立つ部分が押しつけられているのがわかっていたので、アリは言った。「ここは暑すぎる。そろそろ――」

ジュヌヴィエーヴはキスで彼の口をふさぐと、こう言った。「いいえ」そしてアリの背中に手のひらをすべらせて、彼を引き寄せた。

アリは目を閉じた。ジュヌヴィエーヴのような女性は初めてだ。これほどやさしい手と甘い唇を持ち、これほど豊かな胸と美しい色の乳首を持つ女性は初めてだ。

アリは目を閉じたままで顔を下げると、薔薇《ばら》色の胸の頂を口に含んでころがした。こんなに情熱的で、こんなに奔放に愛に応えてくれる女性にも会ったことがない。彼女に触れられ、一言ささやかれただけで、彼の体が燃え上がる。

アリは舌で何度も彼女の胸の先をころがした。ジュヌヴィエーヴが切ないあえぎをもらして、体を震わせると、アリは彼女を横たえ、柔らかい体の奥に身を沈めた。

二人はゆっくりとむつみ合いながら、互いを愛撫した。アリは彼女の胸をなで、ジュヌヴィエーヴは彼の肩をさすった。キスをしながら、どれほどの快感を得ているか伝え合った。ついに二人の体が、あの解放の瞬間を求めて震え始めると、ジュヌヴィエーヴは昨夜と同じようにささやいた。「ああ、アリ、いとしい人」

アリの心は、それまで知らなかった深遠な思いでいっぱいになった。そしてアリは自分が生まれ変わったのを知った。

これほど神々しい日没を見るのは、二人とも初めてだった。アリは手綱を引いてジュヌヴィエーヴに言った。「壮麗だと思わないか?」

西の空が鮮やかに燃え上がっていた。真紅に濃いピンクとオレンジの縞《しま》が走っている。空が暗くなるにつれ、砂丘も黄金から琥珀《こはく》に色を変えた。

この景色を覚えておこう、とジュヌヴィエーヴは思った。この風景を心に刻みつけ、寒い夜に思い出せるようにしておこう。

涙があふれてきて、視界がぼやけた。

「どうした?」アリが馬を寄せた。「なぜ泣いているの?」

「あまりに美しいから」ジュヌヴィエーヴは答えた。「それに……」危うく、あなたを愛しているから、と言うところだった。だがその言葉を口にしたら、取り返しがつかなくなるような気がして、代わりにこう言った。「それに砂漠が大好きだから」

「そうだろうと思っていた」アリは何かを思いついたらしく、少し口ごもった。「よければ、砂漠に遠出してみないか?」

「ええ」ジュヌヴィエーヴは涙をぬぐった。「行きたいわ、とても」

「今夜ルパートに電話しておこう。僕たちがいない間、彼がなんとかやってくれるはずだ」アリは東の空に目を向けた。「ここかららくだで一日のところにオアシスがある。そこで野営しよう。君がかまわなければだが——」

「ええ、かまわないわ」

「明日の日の出に出発だ。君の旅支度をハイファに言いつけておく。砂漠は暑いだろうが、休憩をひんぱんに取ればいい」アリはにやりと笑った。「着いたときに、君が疲れ果てていると困るからね」

ジュヌヴィエーヴも笑顔を返した。「鞍ずれするかもしれないわ」

「それなら僕の愛撫で治してあげるさ」

ジュヌヴィエーヴの体がかっと熱くなった。つないでいたアリの手に力が入ったので、彼も同じように熱くなっているのがわかった。

「そんな顔で見つめないでくれ」アリはささやいた。「さもないと、この砂の上で君を奪いたくなる」

「それはとても……」ジュヌヴィエーヴは唇の端に笑みを浮かべた。「じゃりじゃりしそうね」

アリの中で張りつめていたものが、少しゆるんだ。「なんてことを言うんだ」思いがけず彼女にも奔放な面があるとわかってアリは嬉しかった。「それなら今夜は、君を徹底的に愛してやる」

ジュヌヴィエーヴの緑の瞳が、面白そうに輝いた。

「それはただの口約束かしら?」ジュヌヴィエーヴはわざとらしい笑い声をあげると、不意に馬の向きを変えて夜の砂漠目がけて走り出した。

アリはあとを追った。ジュヌヴィエーヴは鞍に身を伏せ、顔に風を受け、髪をなびかせて疾走している。まるで夜の砂漠に生きる、美しくて奔放な野生動物のようだ。

ようやく追いついたアリは、ふり返った彼女の顔にまぎれもない喜びが浮かんでいるのを見て、声をあげて笑った。二人は走り続け、とうとう息が切れたので手綱を引いた。

アリは馬から飛び降りると、手を伸ばしてジュヌヴィエーヴも地面に降ろした。彼女が息をつく間もなく、アリは彼女を抱き寄せると、午後の間ずっと抑えてきたありったけの欲望を込めて、唇を重ねた。

ジュヌヴィエーヴの膝から力が抜け、彼女はアリにしがみついた。アリは彼女の唇をやさしく噛み、下唇を強く吸った。喉や耳たぶにキスマークをつけては、その痕《あと》を癒《いや》すように舌でなめた。

ジュヌヴィエーヴは体中が熱く燃え上がり、アリが身を離したときには、ふらふらして立っているのがやっとだった。

「砂でじゃりじゃりしてもかまうものか」アリは小声で言うと、白いローブを頭から脱いで、砂の上に広げた。それからブリーフを脱ぎ捨てると、暗くなる空を背景に、このうえなく男性的な裸身をさらして立ちはだかった。

アリの体は完璧《かんぺき》だった。がっしりとした広い肩、厚い胸、ほっそりと引きしまった腰。そしてどの男性よりも大きくそそり立つ欲望の証《あかし》。

ジュヌヴィエーヴは彼が欲しくて息がつまりそうだった。アリは手を差し伸べ、ふらふらと歩み寄ったジュヌヴィエーヴをしっかり抱きしめた。彼の熱いたぎりが、薄い木綿のローブ越しにジュヌヴィエーヴに伝わってくる。

「君が欲しい」かすれ声でアリは言った。「今、ここでだ！」アリは白いローブの上にジュヌヴィエーヴを下ろすと、彼女の服を脱がせ始めた。そして一糸まとわぬ彼女の姿を、吟味するように目を細めて眺め回した。それからかすれた叫びをあげて、しっとりと熱い彼女の柔らかい体に身を沈めた。

アリは高まる興奮を抑えられず、彼女の腰をつかんで、深く貫いた。彼女だって、これを望んでいるに違いないのだ。

そう、そのとおり、ジュヌヴィエーヴはアリを求めていた。彼女はアリの肩をつかんで引き寄せながら、腰を突き上げてアリを迎えた。甘い拷問に我を忘れ、間近まで来た解放の瞬間を待ち望んだ。

とうとうのぼりつめたとき、ジュヌヴィエーヴの体は幾万ものかけらに砕け散り、気を失いそうなほど強烈な快感に、声をあげて叫んだ。

　アリは何度も彼女の名前を呼んだ。アリも彼女同様、砕け散って果てた。

　二人は仰向けに横たわり、星が出るのを眺めていた。アリは彼女の手を取ってキスをした。

　こんな心の平安と充足感を覚えたのは、ジュヌヴィエーヴは初めてだった。いつまでも砂漠でアリと暮らしたい、彼とともに年齢を重ねたいと思った。

　アリは片肘をつくと、ジュヌヴィエーヴを見下ろした。乱れて顔にかかった金髪をやさしく払いのけると、額にキスをする。「僕のジュヌヴィエーヴ」

「アリ」ジュヌヴィエーヴはアリの顔に手を触れた。

　二人はしばらくじっと抱き合った。それから、月明かりのもと、ローブを着ると別荘へ戻った。

9

　アリは反対したが、カミルという名の護衛は、どうしても砂漠へ同行すると言い張った。

「首長《シーク》から、殿下を守るよう命じられております」カミルは言った。「ゆうべのように単独行動をとられると、護衛することができません。もし殿下やあの女性の身に何かあれば、わたしはシークに殺されてしまいます」

　腹は立ったが、カミルの言い分が正しかった。砂漠が危険だとは思えなかったが、ハージ・ファターのスパイはいたるところにいる。用心するに越したことはなかった。

　一行は夜明けに出発した。アリとジュヌヴィエーヴが先頭を行き、三人の護衛が荷物を積んだらくだを引いてそのあとに続いた。ジュヌヴィエーヴは白いコットンパンツに長袖《そで》シャツを着ていた。頭に白いターバンを巻いたおかげで、わずかだが顔にも日陰ができた。

十時にはもう太陽が高くのぼっていたので、一行はらくだを止めて休憩した。キャンバス地の日よけを広げてもらったので、ジュヌヴィエーヴはターバンをはずし湿った布で顔をふいた。砂漠が容赦なく暑い場所だということを忘れていた。らくだに乗るのも十何年かぶりだ。ぎくしゃくと横揺れするせいで軽い吐き気がする。彼女は一言もつらいとは言わなかったがアリはもうしばらく休めと言ってくれた。

何度も休憩しながら進むうち、ようやく太陽が沈むころになって、オアシスが見えてきた。

「ほら、あそこだ、ジェニー」アリはらくだの手綱を引いた。「右の方を見てごらん」

ジュヌヴィエーヴは鞍《くら》に座ったまま背を伸ばし、手をかざして遠くに目を凝らした。確かに、椰子《やし》の緑陰が誘うように広がっている。

疲れていたはずなのに、オアシスを見たとたん元気がよみがえってきた。彼女はゆうべと同じように〝競走よ！〟と言うなり、〝早《ヤ》く《ラ》！　早く！〟と叫びながら、オアシス目ざしてらくだを駆った。

アリは嬉《うれ》しそうに笑った。彼女はまるで砂漠を疾走するベドウィン族のようだ。アリも一声叫ぶと、らくだの腹をかかとで蹴《け》ってあとを追った。

ジュヌヴィエーヴはオアシスの手前で手綱を引き、アリたちを待った。棗《なつめ》椰子、棕櫚《しゅろ》、そして背の高いココ椰子が茂るオアシスは、とても美しかった。わき水があり、その奥の扇葉椰子の陰に池が見える。

「キャンプを設営する間に、水浴びしてくるといい」アリが言った。「池はここからは見えないから、気兼ねはいらない」そして護衛たちには英語はわからないのに、声をひそめてつけ加えた。「夜になったら、僕が君の体を洗ってあげよう」

「楽しみにしているわ」ジュヌヴィエーヴはなまめかしい笑みを見せ、ポーチを持って池へ向かった。

黄昏《たそがれ》がせまる中、頭上で大きな椰子の葉が風にさわさわと音をたてている。まもなく日が暮れれば、アリと二人きりになるのだ。

冷たく澄んだ水に身を沈め、ジュヌヴィエーヴはアリのことを考えた。なぜ彼が相手だと、魂の奥を揺さぶられるほどの情熱に駆られるのだろう？

ジュヌヴィエーヴは三十三歳だった。これまでにも交際した男性はいたが、この数日間にアリが感じさせてくれたような経験をさせてくれた男はいなかった。どうして、よりによってアリ・ベン・ハリを愛してしまったのだろう？

アリとわたしは、まったく違う世界の人間だ。彼はニューヨークには住めないし、わたしもカシュキーリには住めない。この関係を続けることは不可能なのに、彼と別れ、ゆうべわかち合ったような愉悦を二度と味わえないと思うと胸の中が虚《うつ》ろになった。

ようやく水浴びを終えて戻ってみると、すでにキャンプの設営は終わり、テントの前に折り畳み式のテーブルと二脚の椅子が出してあった。

「護衛は、あの砂丘の向こうで眠ることになった」

アリはオアシスを二分する砂山を指さして言った。

「そうすれば僕たちは二人きりになれるし、必要があれば、すぐ駆けつけてもらえる」

アリはジュヌヴィエーヴにシェリーのグラスを渡してほほ笑んだ。

「もうすぐ日が暮れるな」

ジュヌヴィエーヴの唇が開き、頬に血がのぼった。

「ステーキが焼けました、殿下」カミルが言った。

アリはジュヌヴィエーヴの腕を取って、銀の皿が並ぶテーブルへいざなった。彼女が腰を下ろすと、カミルが二人の皿にステーキを給仕した。

「のちほど、後片づけに参ります」カミルが席をはずそうとしたとき、ジュヌヴィエーヴが言った。

「後片づけならわたしがするわ、カミル」

カミルは顔をしかめた。

「彼女に任せるといい」アリが言った。「明日の朝に、また来てくれ」

「誰かが殿下を護衛しなければなりません」

「砂丘の向こうでも護衛はできる。万一近づいてくる者があれば、砂煙が立つから、いやでもわかる」

「ですがシークは――」

「――ここにはおられない」アリがしめくくった。

カミルは顔をこわばらせて歩み去った。

「わたしが口を出したのが、まずかったのかしら」

ジュヌヴィエーヴは尋ねた。

「まずくはない。カミルは驚いただけだ。カシュキーリでは女性が指示を出すことはないんだ」

「へえ、そう？」ジュヌヴィエーヴは片眉を上げた。

「僕は、君が口を出してくれてよかったと思っている。カミルに悪気はないんだが、融通がきかない」

「仕事熱心なだけだと思うわ」彼女はシェリーを一口飲んだ。「ここも危険なの、アリ？」

「大丈夫だろう。ハージ・ファターが襲ってくるなら、町中だと思う。それに、奴《やつ》の狙《ねら》いは父だ」

「でも、あなたは後継ぎよ」そう思うとジュヌヴィエーヴは悲しくなった。いつかツルハンが引退すれば、アリが次のシークになる。そして彼はカシュキーリの女性を娶《めと》るだろう。ひょっとしたら父に負けないほどたくさんの子どもを授かるかもしれない。

ジュヌヴィエーヴは皿を押しやった。

「どうしたんだ？　おなかがすいていないのか？」

「なんでもないわ」

「疲れたのか？」

ジュヌヴィエーヴは首をふった。

「では、どうしたというんだ」

彼女は肩をすくめた。「自分でもわからないの」

「急にふさぎ込んだ理由はなんなんだ、ジェニー？ここに来たことを後悔しているのか？」

「いいえ」

「それなら、いったいどうしたんだ」

「いつかあなたがシークになることを、今初めて実感して、なんだか無性に悲しくなってしまったの」

ジュヌヴィエーヴは無理に笑顔を作った。「あなたはいずれ、しかるべきカシュキーリの女性を娶るでしょう。ひょっとしたら父上と同じように何人もね。そして多くの子どもや孫に囲まれて――」

「孫だって！」アリはぎょっとした。

「そしていつの日か若いころを思い出し、子どもや孫たちに、ニューヨークから来た女性の思い出話をするんだわ」もはやほほ笑むことも、アリの顔を見ることもできず、ジュヌヴィエーヴは目を伏せた。

しばらくアリは無言だった。「父はまだまだ若い」ようやくアリは口を開いた。「父が引退するころには、イズマイルが成人しているかもしれない。正直に言って、僕はシークになどなりたくないんだ。それに妻については――」アリの唇がほころんだ。「前にも言ったとおり、僕は一度しか結婚するつもりはない。僕の手に負えるのは一人の女性だけだ」

アリは立ち上がった。

「水浴びしてくる。背中を流してくれるかい？」

「では、わたしのおなかを洗ってくれる？」ジュヌヴィエーヴは立ち上がった。「ここを片づけてしまうから、先に池へ行ってちょうだい」

アリはテントから石鹸《せっけん》とタオルを取ると、〝待ってるよ〟と肩越しに声をかけ、池に向かった。

今の話をじっくり考えたかったので、アリはしばらく一人きりになれるのが嬉しかった。ジュヌヴィエーヴの言うとおり、シークの息子はしかるべきカシュキーリ女性と結婚するのが当然だろう。イズマイルがあとを継ぐ可能性を口にはしたものの、見込みが薄いことはアリにもわかっていた。長男は僕なのだ。時が来ればこの国の手綱は僕が取らねばならない。もし僕が外国の女性と結婚したりしたら……。ジェニーは外国人で異教徒だ。カシュキーリ国民はけして彼女を受け入れはしないだろう。

そしてジェニーも、僕の妻としての暮らしを受け入れられないだろう。会議までたったの二カ月間ハーレムで暮らすというだけで、あれほど強硬に抵抗したのだ。死ぬまでハーレムで暮らすとなったら、彼女がどんな思いをするか想像にかたくない。アメリカ人の彼女に、カシュキーリの生活に適応してくれと頼むことはできなかった。

僕はいったいどうすればいいのだ？　彼女が欲しい。それも永遠に。彼女に強く惹《ひ》かれていると最初に気づいたときは、一度でも関係を持てればそれで気がすむと思っていた。だが一度では不十分だった。千の千倍でもまだ足りない。

アリは腿の深さまで水につかると、仰向けになって星を見上げた。じっと浮かんで、ジュヌヴィエーヴのことやゆうべのことを思いめぐらした。ようやくかすかな音が聞こえて水辺に目をやると、椰子の木の間をジュヌヴィエーヴがやってくるところだった。彼女は水際で足を止め、月明かりのスポットライトを浴びながら、アリが見ている前で白いローブを脱ぐと池に入ってきた。

アリの体はまたたく間に強く反応した。背筋を電流が走り抜け、下腹部が熱くなる。アリの中心が制御できないほどの欲望にそそり立ち、脈打った。

金髪を肩に垂らしたジュヌヴィエーヴが、ゆっくり近づいてきた。アリは持てる自制心を総動員してその場を動かず、彼女が来るのを待った。

ジュヌヴィエーヴはアリの手から石鹸を取ると言

った。「あなたの背中を洗いに来てあげたわ」

「ジェニー……」欲望にアリの息が苦しくなった。

彼女はアリの肩をつかんだ。「向こうを向いて」

アリが言われたとおりにすると、ジュヌヴィエーヴはアリの腰に腕を回し、彼の体にみなぎる欲望を鎮めようとでもいうように彼の背に顔をもたせかけた。やがて彼女はアリを放し、手に石鹸をつけてアリの背中に泡を立て始めた。

ジュヌヴィエーヴはアリの肩をゆっくりなでると、手のひらで円を描きながら、背筋に沿って下へすべらせていった。それから、引きしまった腰を両手でもむように洗い始めた。

泡だらけの彼女の手はなめらかにアリの肌をすべり、その感触にアリの肌はぴりぴりと興奮した。

「次はこっちを向いて」ジェニーがささやいた。

アリはふり向いて彼女に手を伸ばした。だが彼女は唇を半開きにし、瞳を欲望にけぶらせながらも、首をふった。

「まだ洗い終わっていないわ、アリ」

ジュヌヴィエーヴはさらにアリに近づくと、彼の背中に水をかけた。アリは彼女に腕を巻きつけ、ぐいと抱き寄せた。

「僕をどんな目に遭わせているか、君はわかっているのか？」アリは食いしばった歯の間から言った。

「ええ」ジュヌヴィエーヴは今度はアリの腕に泡を立て始めた。肩から指先に向かって泡を塗ると、洗い上げた手を彼女の乳房の上にのせた。

アリはぎゅっと乳房をつかんだが、ジュヌヴィエーヴはもう一方の腕を洗い始めた。そちらも洗い終わると、その手を乳房にのせた。

次にジュヌヴィエーヴは、アリの胸に石鹸を塗り始めた。「もう十分だ！」アリはうなった。

「まだ洗い終わっていないわ」彼女はアリの胸から腹へ手をすべらせ、さらにその下へと移動させた。

ジュヌヴィエーヴの手が震えてきた。その目がうっとりと閉じられる。

アリは脚を開いて立ちすくみ、荒い息を吐きながら必死で耐えていた。

だが不意に限界がきた。アリは彼女を抱き上げ、自分の腰に彼女の脚を巻きつけさせると、熱くたぎる思いのままにうなり声をあげて彼女を深く貫いた。ジュヌヴィエーヴはうめくと、頭をのけぞらせた。アリの腰に絡む彼女の脚に力がこもる。アリが彼女の胸の頂を口に含んで歯で刺激すると、ジュヌヴィエーヴの体が痙攣《けいれん》し始めた。アリは彼女を抱き上げたまま、何度も貫いた。とうとうジュヌヴィエーヴは次から次へと押し寄せる快感の波に体を震わせ、夜のしじまに彼の名を叫んだ。

アリは指が食い込むほど強く彼女の腰をつかんだ。差しせまった欲望にジュヌヴィエーヴの唇を探しあてる。そしてよろめくほどの強さで世界が炸裂《さくれつ》した。

ジュヌヴィエーヴはアリに脚を絡め、首に腕を回したまま離さなかった。いつまでもいつまでも、こうしていたかった。

だがとうとう、ジュヌヴィエーヴの脚がすべり落ちた。彼女の体は、余韻でまだ震えていた。

アリは彼女の瞳をのぞき込んだ。「僕たちが出会えたのは、なんという奇跡だろう。僕たちは異なった世界の住人だ。信仰も、ものの考え方もまったく違う。それなのに君と一緒にいるとそんなことはどうでもよくなってしまう。君はまるで僕の分身だ」

アリはジュヌヴィエーヴを抱き寄せた。

「この先どうなるのかわからない。僕にわかるのは、君と別れたくないということだけだ」

ジュヌヴィエーヴの喉がきゅっとつまった。アリの言葉はそのまま彼女の気持ちを代弁していた。

ジュヌヴィエーヴは、漆黒のアリの瞳を見上げた。

「愛しているわ」

だがアリが口を開こうとすると、ジュヌヴィエーヴは彼の唇に指をあてて制した。

「先のことは考えないで、今この瞬間だけを楽しみましょう。今はわたしたちの思い出を作る時間よ」

「僕は残る人生を思い出だけで生きたくはない」アリはしぼり出すように言った。「君と別れることなんかできない」ふっとアリの唇に、残酷な笑みが浮かんだ。「君をここに閉じ込めることだってできるんだぞ」アリはつぶやいた。「君の会社には、君が砂漠で行方不明になったと言えばすむ。君をハーレムに閉じ込めれば、僕は――」

ジュヌヴィエーヴは首をふった。「無理よ、アリ」

アリの胸に顔をすりつけた彼女は、アリの激情がおさまるのを感じた。ジュヌヴィエーヴは泣きたかった。アリを愛していた。心のどこかで、夫と過ごす夜をひたすらハーレムで待つカシュキーリ女性のような生き方ができればいいのにと思った。

だがそれは彼女の生き方ではなかった。

ようやくジュヌヴィエーヴがアリの抱擁から抜け出ると、今度はアリが彼女の体を洗った。だがさっきの彼女の洗い方とは違い、彼の手つきは欲望を抑え、やさしくうやうやしいものだった。

ようやく手をつないで水から上がった二人を、オアシスの月光が照らしていた。

続く何日かはまるで夢のようだった。二人はお互いのことを知ろうと、いろいろ話をした。ジュヌヴィエーヴは中東で過ごした子ども時代の話をした。

「本当のカルチャーショックを受けたのは、実はワシントンに戻ってきたときだったわ。わたしは十六歳だったけれど雪を見たこともなければ、あんなにたくさんの人や車を見たこともなかったの。帰国して一カ月後に母が亡くなったのもショックだった」

アリは彼女の手を取った。「学校はどこに?」

「ワシントンのハイスクールよ。これもモロッコの小さなアメリカンスクールと違って、とても大きな学校だったから、最初はよく迷子になったものよ。帰国して半年後に、父のパーティで接待役を務めるようになったの。楽しかったわ」

アリはほほ笑んだ。そのころの彼女の姿が目に浮かぶようだ。きまじめな少女が、大人っぽく見せようと髪を結い上げ、ドレスにハイヒール姿で父の賓客を歓迎したり、昼食会やディナーパーティの采配《さいはい》をふるうところがまざまざと想像できる。そのころの彼女に会ってみたいと思った。

「ニューヨークで暮らし始めたのは?」

「大学を卒業してからよ」ジュヌヴィエーヴの顔が、悲しそうに曇った。「大学二年のときに父が亡くなったの。なんとか大学を卒業して、あの会社で副秘書として働き始めたのよ」

「そのころはどこに住んでいたんだ?」

「西五十七丁目のアパートメントに、二人のルームメイトと住んでいたわ」ジュヌヴィエーヴはほほ笑んだ。「ベッドが三つ並んだ寝室と、クロゼットが一つあるきりのアパートだったわ。生活は厳しかったけれど楽しかった。どんな大邸宅に住まわせてやると言われても、あのときの思い出と交換する気にはならないけれど、あんな生活は二度としたくはないわね」彼女は笑った。「一週間に四日はスパゲッティで、残りの三日はホットドッグだったのよ」

アリは眉を寄せた。「そんなにお金がなかったのか? お父さんが何か遺《のこ》してくれたんだろう?」

「母の病気を治療するのに、ずいぶんかかったの。父の死後、まだ大学が二年間残っていたし、ニューヨークに出てきたときに、コロンビア大学の夜間コースに通ったから、暮らしは楽ではなかったわ」

「君は誰の保護も受けずに、自活していたというのか? 君は何歳だったんだ?」

「二十一歳よ」

アリは口の中で毒づいた。若いジュヌヴィエーヴが、大都会で孤軍奮闘していたと思うと腹が立った。

「カシュキーリでは、そんなことはあり得ない。女性は結婚するまでは、家族が守ってやるんだ」

「でもわたしには守ってくれる家族がなかったの」

「そんなはずはない。誰か男の親戚《しんせき》がいたはずだ」

「いいえ」ジュヌヴィエーヴは首をふると、背筋を伸ばした。「でも大丈夫だったわ。あのころだって、自分の面倒は自分でちゃんと見られたもの」

「君たち西洋人は、我々の考え方は古くさいと思うのだろうが」アリはつぶやいた。「少なくともカシュキーリの女性は保護されている」

「単にハーレムに閉じ込められているだけよ」

「ハーレムの中なら安全だ」

「ハーレムの囚人になっているだけだわ」彼女はアリをにらみつけた。「わたしなら、そんな生き方をするくらいなら、部屋が一つしかない家に住んで死ぬまでスパゲッティを食べるほうがましよ」

「父のハーレムにいる女性たちは幸せだ。贅沢《ぜいたく》な暮らしをして、なんでも欲しいものが手に入るんだ」

「自由以外はね」ジュヌヴィエーヴは一歩足を踏み出し、アリと顔を突き合わせた。「彼女たちは、奴隷と変わらないわ」

「奴隷だと！」怒りのあまり口がきけず、アリは両脇《りょうわき》で拳《こぶし》を固く握った。

「彼女たちは男たちに支配され、したいこともできず、あれこれ命じられ、結婚を強いられて――」

「そんなことはない」

「ズアリーナの場合はそうよ」

「ズアリーナ？　いったいなんの話だ？　ズアリーナは父と結婚することになっている。それがどれほど名誉なことか、彼女だって知っているはずだ」

「ズアリーナはルパートを愛しているの」

「ルパート?」アリはまじまじと彼女を見つめた。「そして、ルパートも彼女を愛しているのよ」

「誰からそんなことを聞いた?」

ジュヌヴィエーヴはしまったと思った。怒りに任せて、うっかり秘密をばらしてしまったのだ。どんな大きな波紋を生むか、わかったものではない。

「どうなんだ?」アリが強い口調できただした。

「何も言うべきではなかったのに」

「だから博物館へ行くとき二人を誘ったんだな?」

アリはジュヌヴィエーヴをにらんだ。「ジェニー、はっきり教えてくれ。ズアリーナは父の婚約者で、ルパートは僕の親友だ。これは重大問題だぞ。もし二人が過ちを犯していたら――」

「そんなはずはないわ。二人は親族の集まりで会っただけで、手さえ握ったことがないと思うわ」

「それが本当であることを神に祈るよ」アリは黒髪に指を走らせた。「君はどうやって知ったんだ?」

ジュヌヴィエーヴはためらったが、アリが推測するのに任せるより、真実を聞かせたほうがいいと腹をくくった。「ズアリーナ本人から聞いたのよ」ととうとう彼女は言った。「ハーレムの女性たちが、あなたのことでわたしをからかったことがあったの」

アリは眉を上げた。「続けてくれ」

「みんなは……冗談半分で……わたしとあなたに子どもが生まれたらどうなるか、という話をしたの」

アリの体の奥がきゅんとしめつけられた。

「つまり、二人の肌の色が違うから……」

子ども。僕とジェニーの子ども。

「そのあとでズアリーナがわたしに会いに来たの。彼女も肌の色の違う男性を愛してしまったから」

きまりの悪い思いをこらえながら、ジュヌヴィエーヴは続けた。

「ズアリーナは、シークに選ばれた栄誉もわきまえていたわ。でも彼女はルパートを愛してしまったの。

ルパートが彼女に贈った詩を見せてもらったわ。ルパートも彼女を愛しているのよ」

アリは奥歯を噛《か》みしめた。なぜルパートはこんな恋には成就の見込みがないことがわからないのだろう？　だが不意にアリは無力感に襲われた。彼とジュヌヴィエーヴだって違う世界の住人同士なのだ。もしルパートが本当にズアリーナと恋に落ちたのなら、気の毒なことだとアリは思った。

そして、気の毒なのは僕も同じだ。

愛がすべてに勝ち、僕とジェニーが、そしてズアリーナとルパートが、末永く幸せに暮らせたらどれほどいいだろう。だが人生はそんなに甘くはない。何事も思いどおりにはいかないものだ。

「街に戻ったらルパートと話をしてみる」

「ごめんなさい、アリ。腹が立ったので思わず口がすべってしまったの」

「わかってる」アリは彼女の手を取ってキスをした。「僕も腹を立てて悪かった、ジェニー。謝るよ」アリは笑顔を作った。「ここにいる間は、ルパートやズアリーナの話はやめよう。ここは僕たちだけの世界、僕たちだけの小さな楽園なんだから」

そのとおりだわ。でもなんて短命な楽園かしら。

ジュヌヴィエーヴは爪先立ちになってアリにキスをした。「愛しているわ」


毎日、日暮れになると、カミルが夕食の支度をしている間に、二人は砂漠へ出かけた。ジュヌヴィエーヴが砂漠の鮮烈な日没を楽しんでいるのが、アリには我がことのように嬉しかった。

黄昏の光を受けて砂漠が一面まばゆい琥珀《こはく》色に染まり、それを映してジュヌヴィエーヴの肌が虹《にじ》色に輝く。彼女がいなくなれば、アリの心の一部も永遠に失われ、胸に虚ろな穴が開くことだろう。

この一時は、砂漠そのものと心を交わす特別な時間だった。いずれ愛を交わすときを待ちながら、欲望を抑え、ただ日没を拝むだけの一時だ。

夕食後、二人は月光と星明かりだけを頼りに、池に水浴びに行った。アリは彼女の体を洗うのが、このうえなく楽しかった。最初の晩に彼女にしてもらったように、立たせた彼女の華奢《きゃしゃ》な体をじらすように洗うこともしばしばだった。

彼女の体に触れることでわき起こる欲望を抑えるのは難しかったが、アリはまるで時間はたっぷりあると言わんばかりに、ゆっくりと彼女の胸のふくらみに泡を塗り、指先で胸の頂に触れた。

彼女の目がうっとりと閉じ、唇が開くのがアリには嬉しかった。手をさらに下に移して愛撫《あいぶ》すると、そっと低いあえぎがもれるのも嬉しくてたまらない。

ときにお互いの情熱が高まりすぎて、テントに戻るまで待てないときは、池のほとりの草の上で愛を交わした。一度など、裸で抱き合ったまま、その場で眠り込んでしまったこともある。夜明け前に目覚めた二人は、あわててローブをかぶると、カミルが朝食の支度に来る前に、テントに駆け戻った。

カミルは日に日に不機嫌になっていった。「早く別荘に戻るべきです」彼はくり返した。「陛下のお耳に入ったら、ただではすみません」

八日目にようやくアリが言った。「明日、別荘に戻ろう」

その日の夕方、いつものようにアリとジュヌヴィエーヴは日没を見に行った。今日が最後なので、二人はらくだを降りて手をつなぎ、鮮やかな砂漠の夕空が虹の七色に変化するのを眺めていた。

「すばらしい一週間だったわ」ジュヌヴィエーヴはアリの肩に頭をもたせかけた。「とても……」不意にアリが顔をこわばらせたのに驚いて、彼女はアリを見上げた。「どうしたの？」

「誰かが来る」アリは左の方を指さした。「ほら、砂煙が立っているだろう」

「せっかく砂漠で過ごす最後の晩なのに」ジュヌヴィエーヴはため息をついた。

「らくだに乗るんだ。急いでキャンプに戻ろう」

「でも――」

「言ったとおりにするんだ、ジェニー。急げ」アリはジュヌヴィエーヴを鞍に押し上げると、自分もひらりとらくだにまたがった。

砂煙が近づいてくる。

「急げ！」アリはジュヌヴィエーヴのらくだの尻をぴしりと叩《たた》き、自分もキャンプ目がけて駆け出した。

キャンプで護衛たちが待っていた。らくだを降りたアリに、カミルがライフルを投げてよこした。

「いったい何事なの？」

「なんでもないかもしれない」アリは答えた。「ただ念のために用心しているだけだ」

「女性は隠れていたほうがいい」カミルが言った。

アリはうなずくとジュヌヴィエーヴが入れと言うまで、中でじっとしていろ」ジェニーに命じた。「テントに入れ。大丈夫だと言うまで、中でじっとしていろ」

「でも――」

「今すぐにだ、ジェニー」

ジュヌヴィエーヴは砂漠を見やり、護衛たちの厳《いかめ》しい顔を見た。

「わたしだって銃の扱いくらい知っているわ」

「女の姿が見えないほうがいいんだ」アリは彼女の肩をつかんだ。「なんでもないとは思うが、用心するに越したことはない。さあ、早くテントへ行け」

ジュヌヴィエーヴは下唇を噛んだが、しぶしぶうなずくと、急いでテントに入った。

近づいてくる相手は七人だった。顔までは見えないが、ライフルを持っているのはわかる。

「ハージ・ファターの手下に間違いありません」カミルが言った。彼はほかの護衛に伏せるよう身ぶりで伝えると、自分も膝をついた。「弾薬は十分にあります、殿下」

「だが、どのくらい持つかな?」

カミルは肩をすくめた。

一発の銃声がとどろいた。アリはぱっと砂に身を伏せた。肘をつき、ライフルを肩にのせる。

「あわてるな」アリは戒めた。「奴らを十分引きつけるんだ」アリはライフルをぴたりと肩に寄せると、忍び寄る夕闇《ゆうやみ》に目を凝らした。「今だ!」アリは叫ぶと同時に射撃を開始した。

敵が一人、らくだから落ちた。残る六人は鞍から飛び降り、こちらを目がけてジグザグに走ってくる。

アリの隣で、護衛たちのライフルが、たん、たん、たんとリズミカルな音をたてた。

カミルが腹這《はらば》いで前進しながらライフルを撃った。もう一人、敵が倒れた。カミルが身を起こした。

「気をつけろ!」アリが叫んだ。「立つな――」

カミルの体が、がくんと後ろにはね飛ばされ、万歳をするように倒れて、そのまま動かなくなった。

アリは毒づくと、射撃を続けた。

襲撃者はまだ五人残っていたが、アリたちは寄せつけなかった。あたりが暗くなると、銃声もまばらになった。アリは二人の護衛に援護を命じ、カミルの方へにじり寄った。倒れたカミルの横に膝をついて脈を探ったが、すでにこと切れていた。

カミルの忠告を聞き入れなかった自分を罵《ののし》りながら、アリは難しい顔でカミルのライフルを拾うと、肩から下げた。

銃撃はやんだが相手はまだ暗闇にひそんで夜明けを待っている。アリはジュヌヴィエーヴのところへ行ってやりたかったが、いつ敵が忍び寄ってくるかもしれないと思うとその場を動く気になれなかった。

「アリ?」彼女の声がした。

「テントに戻れ」アリはささやいた。

「無事だったのね。いったい何が起こったの? 銃声がやんだのは、相手が逃げたからなの?」ジュヌヴィエーヴはアリの腕をつかんだ。「相手は何者なの? なぜわたしたちを撃ってきたの?」

アリは彼女を抱き寄せた。「確かなことは言えないが相手の見当はついている。とりあえず食い止めてはいるが、敵はまだ、すぐそこにひそんでいる」

「わたしにも手伝わせて」

「絶対だめだ。言われたとおりテントの中にいろ」

「あれは……?」ジュヌヴィエーヴは倒れたカミルの方を指さした。「カミルなの? ひょっとして……?」ジュヌヴィエーヴの瞳は衝撃で大きく見開かれた。「亡くなったの?」

「そうだ。カミルは死んだ」

「まあ、なんてこと!」

彼女がアリの胸に顔を伏せると、アリが抱き寄せた。「テントに戻るんだ、ジェニー」

「その……彼をあのままにしておいていいの?」

「あとでちゃんとしてやる」

ジュヌヴィエーヴはぐっと唾《つば》をのんだ。「ごめんなさい」そしてアリの頬にそっと触れると、彼女はテントの方へ戻っていった。

夜は果てしなく続くように思われた。ジュヌヴィエーヴは銃声が聞こえないかと緊張しながら、暗いテントの中を行ったり来たりしていた。だが何も聞こえなかった。とうとうくたびれ果て、彼女はクッションに座り込み、いつの間にか眠り込んでいた。

銃声でジュヌヴィエーヴは目が覚めた。テントの垂れ幕に駆け寄って外を見る。空は白々と明け始めたばかりだ。アリたちの姿を捜してみたが見あたらないので、テントを出て銃声の聞こえた方へそろそろと進んだ。ようやくアリの姿が見えた。岩陰に両肘をついて腹這いになり肩にライフルをのせている。

アリの左右に、護衛が一人ずつ陣取っていた。銃声が聞こえたが、敵の姿は見えなかった。

不意に恐ろしい叫び声が空気をつんざき、黒いローブを着た五人の男が発砲しながら飛び出してきた。ジュヌヴィエーヴはあわてて地面に伏せると、アリににじり寄った。ぱっとふり返ったアリが彼女に気づき、すぐに前を向いて続けざまに撃った。

敵が一人倒れた。残りは四人だ。

ジュヌヴィエーヴはカミルのライフルをつかむと、狙いを定めて発射した。黒いローブの男が倒れた。

これで相手は三人になった。

アリの左側の護衛が一人倒し、アリも一人倒した。最後に残った一人はライフルをほうり投げ、命からがら逃げ出した。護衛がライフルを向けたが、アリは〝撃つな、逃がしてやれ〟と叫んだ。背後から人を撃つことはアリにはできなかった。

アリはジュヌヴィエーヴをふり返ると、肩をつかんで揺さぶった。「テントにいろと言ったはずだ」

アリは怒鳴った。「まったく君という女は、殺されていたかもしれないんだぞ」

アリがジュヌヴィエーヴを抱きすくめると、心臓の激しい鼓動が伝わってきた。暁の天使のように美しく、男顔負けの射撃の腕を持つ彼女を、アリは心から誇らしく思った。

「まったく、君はなんという女だ。それになんという射撃の腕だ」

アリは声をあげて笑った。それから護衛たちが見ているのもかまわず、彼女にキスをした。

「僕たちにはいやな仕事が残っている」アリは彼女を離すと言った。「君が朝食の支度をしてくれると助かるんだが」

ジュヌヴィエーヴはためらったが、すぐに彼らが遺体を埋葬するのだと気づき、アリの手をぎゅっと握った。「わかったわ。支度ができたら呼ぶわね」

ジュヌヴィエーヴはテントに戻ると、支度に取りかかった。

10

別荘に戻ると、召使いの一人が駆け寄ってきた。

「首長《シーク》ツルハンから毎日のようにお電話がありました。シークはいたくご心配で――我々も、ずっと気をもんでおりました」

「すぐ父上に電話しよう」アリはジュヌヴィエーヴがらくだから降りるのに手を貸すと、こう言った。

「熱い風呂に入って、夕食までしばらく休むといい」

「冷たい泉の水浴びに慣れてしまったわ」ジュヌヴィエーヴは疲れた笑みを浮かべ、ハイファとともに部屋へ向かった。

アリは宮殿の父に電話をかけた。

「いったいどこに行っておったのだ」ツルハンは電話口で怒鳴った。「旅行の予定は四日間だったのに、二週間近くも留守にするとは何事だ。召使いの話では、砂漠へ遠出したということだったが」

「我々は、ついさっき戻ってきたところです」

「我々？」ツルハンは毒づいた。「職務を忘れて砂漠へ出かけたのは、あのアメリカ女にそそのかされたせいだな？　せめてカミルたち護衛を連れていくだけの分別があったことを願うぞ」

「ちゃんと連れていきましたよ」アリは眉間《みけん》をもんだ。「実は面倒なことになりました。砂漠で襲撃を受けました」

「ハージ・ファターの一味だな！　みな無事か？」

「カミルが死にました」

「死んだ？」ツルハンはまた毒づいた。「それで、女のほうは無事なんだな？」

「はい」

「それはせめてもの幸いだった。しかし、そんな恐ろしい目に遭えば、あの女もアメリカへ飛んで帰るに違いない」

アリはにやりと笑った。「そう簡単にはいかないと思いますよ、父上。彼女は怖がるどころか、ライフルで敵の一人を撃ち殺したんですから」

「まさか」ツルハンは疑わしそうだったが、やがて喉の奥で笑った。「大した女だ。さすがのおまえも、手なずけられんだろうな」

「手なずけたいとは思いません」

「ほほう！　やはりおまえたち二人は特別な関係らしい。愛人として囲うつもりなのか？」

「そんなことは彼女が承知しません」

「承知しようがしまいが、かまわんではないか。ハーレムに閉じ込めてしまえばよいのだ。おまえはいずれ、しかるべき女を娶《めと》ればいい」

「そんなことはできません」

「ばかばかしい！」ツルハンは吐き捨てた。「もし結婚を考えているのなら、あきらめろ。おまえはわしの後継ぎだ。いずれこの国を統治する者として、異教徒を妻にするわけにはいかん」

「わかっています」

「それなら、さっさと彼女をニューヨークに追い返せ」ツルハンは怒鳴った。

「いいえ」口調は柔らかかったが、鋼鉄の意志を秘めた言葉だった。「国際会議が終わるまで、彼女にはカシュキーリにいてもらいます」

二人の間にしばし沈黙が落ちた。「とにかく、あの女とは結婚できんからな」ツルハンはため息をもらした。「最初から、あの女はトラブルの種だとわかっておったのに」

ツルハンは話題を変えた。

「ところで、いつカシュキーリに戻ってくるつもりだ？」

「明日の朝いちばんにこちらを出発します」

「わかった。気をつけろ、アリ。砂漠でおまえを殺し損ねたとハージ・ファターが知ったら、また襲ってくるかもしれんぞ」

アリは逃がしてやった男のことを思った。「もちろんです」

最後の晩だと思うと、アリはテントでジュヌヴィエーヴと眠りたかった。だが彼女を危険にさらしたくはなかったので、別荘内の自室で眠ることにした。アリは護衛の数を倍にし、屋敷のあちこちに配置した。アリの部屋の前にも護衛が一人立っている。

「本当にここまでする必要があるの？」ジュヌヴィエーヴは尋ねた。

「たぶんその必要はないだろう。だが危険は冒したくない」アリはジュヌヴィエーヴを抱き寄せた。

「自分の面倒は自分で見るなんて言うなよ。君がカシュキーリにいる間は、君の面倒は僕が見るんだ」

でもそのあとは？　だめよ、ジュヌヴィエーヴは自分に言い聞かせた。今はそんなことを考えてはだめ。彼のことを思い出して悲しむのは、まだ先だ。

耳元をアリの唇がかすめ、彼女の体が震えた。唇が重ねられ、舌がおどりながら絡み合う。

しばらくジュヌヴィエーヴは愛の営みに夢中で悲しい思いは忘れていた。だが、アリの腕の中で彼の規則正しい寝息を聞いているうちに、悲しい予感が胸に込み上げてきた。

宮殿に戻れば、もうこんなふうに一緒には過ごせないだろう。アリにはアリの、わたしにはわたしの部屋がある。何より、少しでもスキャンダルになれば、本来果たすべき会議の仕事がまっとうできない。

ジュヌヴィエーヴはアリの肩にそっとキスをした。夢のような時間はもうおしまいね。彼女は心の中でアリに告げた。とてもすばらしい経験だった。あなたと過ごしたこの二週間は、あなたには想像がつかないくらい、わたしには大切な思い出よ。愛しているわ、アリ・ベン・ハリ。心の限りに愛しているわ。肩に軽くキスしただけなのに、アリは身じろぎして目を覚ました。「どうした?」

「なんでもないわ、アリ。眠ってちょうだい」

アリはジュヌヴィエーヴを抱き寄せると、彼女の首筋に顔を埋《うず》めた。「何が悲しいんだ?」

「だって……」ジュヌヴィエーヴは涙を押し殺した。「宮殿に戻れば、二人別々の暮らしが待っているんですもの」ジュヌヴィエーヴもアリの肩に顔を伏せた。「もうこんなふうに一緒には過ごせないわ」

そんなことはないと言いたかった。だが言えないことはアリにもよくわかっていた。彼にも彼女にも果たすべき責任がある。何より、つまらぬゴシップで彼女を傷つけたくなかった。

「何か解決策を考えよう」そうは言ったものの、アリは言いようのない無力感にとらわれた。彼女がいなくなったら、どうすればいいというのだろう? 毎晩、すぐ横に彼女が眠っていることに、すっかりなじんでしまったというのに。

どうして今さら彼女と別れられるだろう?

アリは彼女をかき抱き、差しせまった欲望の叫びとともに、彼女の唇を奪った。

二人はもう一度、ゆっくり心を込めて愛を交わした。互いの愛の激しさに、最後にはともに痙攣《けいれん》しながらエクスタシーの瞬間を迎えた。

翌朝は日の出とともに出発した。今度は一台目のリムジンにはアリとジュヌヴィエーヴのほかに護衛が一人乗り込み、二台目のリムジンにハイファと召使いと四人の護衛が乗り込んだ。

道中、車を止めたのは一度きりだった。今回は海辺でランチを食べたりはせず、二台の車の横で立ったままサンドイッチを食べた。

ハイファは不安に顔をこわばらせ、ジュヌヴィエーヴにだけそっと言った。「無事に宮殿へ戻れそうで安心しました。ハージ・ファターは危険な男です。もし彼の謀反が成功したら——」ハイファは両手をきつく握り合わせた。「多くの血が流されるでしょう。ハージ・ファターは、自分に利用価値のない人間はみな殺しにして、女は部下に与えるか、奴隷として売り払うに決まっています」

「奴隷ですって?」ジュヌヴィエーヴはまさかという顔でハイファを見た。「今は二十一世紀なのよ、ハイファ。奴隷制なんてあり得ないわ」

「いいえ、マダム。我が国にはありませんが、聞くところでは二つの国に奴隷制が残っています。一つはオアジダー、もう一つはジャディダです。マダムのような白人は、競りでとても高値がつくそうです。万一マダムがハージ・ファターに捕まったりしたら……」アリが戻ってくるのを見て、ハイファは言葉を切り、急いで自分のリムジンに戻った。

ジュヌヴィエーヴはアリに、今でも女が奴隷として売買されているのかきいてみたかったが、結局、きくことはできなかった。

宮殿に戻ると、ジュヌヴィエーヴは大臣たちの妻と話をした。ようやく何人かが、夫の要請があれば、もてなしの席に出ることを引き受けてくれた。

それから各国代表の秘書官に電話して、どこを視察するべきか相談した。アメリカ、日本、ドイツ、イギリスの各国代表の夫人はカシュキーリ訪問と、とりわけ砂漠への旅を楽しみにしているようだ。

毎晩ジュヌヴィエーヴは、ズアリーナをお茶に招いた。だが、せっかくおいしそうなペストリーを用意しても、ズアリーナは口をつけられなかった。

ジュヌヴィエーヴが留守の間に、ズアリーナはすっかりやつれていた。顔色も悪く、博物館で見せた生き生きとした表情は、影も形もない。

「結婚式の日取りが六月一日に決まりました」ズアリーナは言った。

「最近ルパートに会えた？」

「いいえ、ジェニー」

ジュヌヴィエーヴは代わりに自分がルパートと話をしようと申し出たい気持ちに駆られた。だが、そんなことをしたところで、なんの役にも立たない。ひょっとして、アリに頼めば……。

だが宮殿に戻ってから、ジュヌヴィエーヴもアリとはまったく会えないままだった。

ズアリーナが帰ると、ジュヌヴィエーヴはわざわざ水着を着る手間はかけずに、短いローブだけをはおり、部屋の明かりを消して庭に出た。長椅子に腰を下ろして空を眺めることもあったし、まっすぐプールに向かって、くちなしの浮かぶ水に身を浸すこともあった。

ジュヌヴィエーヴは水にうつ伏せに浮かび、サテンのような花びらが肌をかすめる官能的な感触を楽しんだ。目を閉じ、夜の静けささえ聞こえない水の中で、息が苦しくなるまでしばらくそうやって浮かんでいると、今度は仰向けになって星空を見上げた。アリもわたしに会えなくて、こんなに切なく苦しい思いをしているだろうか？　夜中に目を覚まし、わたしの名前を呼ぶことがあるだろうか？

つのる思いに耐え切れなくなると、ジュヌヴィエーヴは力の限りに泳ぎ始めた。手足が痛み、息が切れるまで何度もプールを往復する。そうして体が疲れ果てると、ようやく水から上がるのだった。

宮殿に戻って一週間後、シークの秘書から電話があり、翌日の閣僚会議に出席するようにと告げられた。「明朝十一時に、会議室へおいでください。ハイファがご案内します」

きっとアリも来るに違いない。明日こそアリに会える。ジュヌヴィエーヴはそっと受話器を置いた。

次の朝、ジュヌヴィエーヴは香水入りの風呂に入り、ハイファに手伝ってもらって、ロイヤルブルーのカフタンと、揃《そろ》いのサンダルを身につけた。

化粧は念入りにしたが、髪はビジネスライクな印象にしたかったので、シニヨンにまとめた。それから、アリにもらった金のイヤリングとブレスレットをつけ、ずっしりとした金のネックレスを下げた。

「アリ」ジュヌヴィエーヴは声に出して言うと、金の鎖を持ち上げてキスをした。

会議室の入り口でアリがジュヌヴィエーヴを待っていた。「おはよう《サバーハル・ヘイル》」アリはそれを英語に訳してささやいた。「本当に喜ばしい朝だ」そして彼女の手を取ってキスをした。二人の目が合い、アリは彼女の胸に下がるネックレスに目をとめた。

「おはよう《サバーハン・ヌール》、アリ」そして彼女も英訳してささやいた。「明るく光に満ちた朝だわ」

「入りたまえ」ツルハンが立ち上がってジュヌヴィエーヴを迎えた。

大臣たちもうなずき合い、ルパートが自分の隣の椅子を引いてくれた。

彼女はにっこりほほ笑んで謝意を表した。「おはようございます。ではさっそく始めましょう」

ジュヌヴィエーヴの手腕を発揮するときだった。

彼女はメモを広げ、シーク・ツルハンを見つめて口を開いた。「サウジアラビア、ヨルダン、チュニジアの代表は五月一日の午後に到着します。モロッコ、ドイツ、イギリスおよびアメリカの代表は、続く五月二日の午前に到着します。日本代表は、その日の午後の到着となります。ホテルのスイートルームは予約ずみです。ホテルにも適当な会議室はありますが、みな様方はきっと、この宮殿でも会議を持たれたいかと思います」

ツルハンはうなずいた。「当然だ」

「博物館の館長と相談して、各国代表の夫人のために特別見学会を開いてもらうことになりました。その日は昼食会を挟んで、午後に大学を視察します」

ジュヌヴィエーヴはテーブルを見回した。あからさまに顔をしかめる者はいないが、感心しないという表情の大臣が何人かいる。

「さらに、すばらしい砂漠の別荘への小旅行を計画しています。きっと各国代表の夫人方も、砂漠で過ごす一日を楽しむに違いありません」

浅黒い顔のでっぷり太った貿易大臣が、いぶかしむように目を細めた。「どうして外国のレディたちが、こういった行事を喜ぶとわかるのかね?」

「電話で彼女たちの秘書官と話をしたからですわ、ミスター・マディー。ご夫人方はみな、博物館や大学の視察を楽しみにしています。砂漠への旅行は、あちらからのご要望です」

「ミス・ジョーダンご自身も、砂漠の別荘がいたくお気に召したようだ」ツルハンが陰険に言った。「当初の予定より長くご滞在だったからな」

ジュヌヴィエーヴの顔に血がのぼったが、シークを見つめる目は揺るがなかった。「シークもご存じのとおり、わたしは少女時代を中東で過ごしました。砂漠が大好きなんです」彼女はちらりとアリに目をやった。「別荘で過ごした日々は忘れられません」

ジュヌヴィエーヴは両手をテーブルの下で握りしめ、アリに触れたい気持ちをこらえた。アリの目に不意に熱い炎が燃えるのが見え、あわてて目をそらしたものの、体の奥が熱くなるのを感じた。

ややあってジュヌヴィエーヴは口を開いた。「ただ、先日わたしが砂漠で遭遇しました事件を考えますと、安全面に不安が残ります」

ツルハンは頬をぴくりと引きつらせ、顔をしかめた。「もし危険ならば、そもそも国際会議を開こうなどとは言い出さんよ、ミス・ジョーダン。各国代表が到着した瞬間から、出発するまでの間、万全の安全態勢がとられることを保証する」

「ですが――」

「これは君が心配する問題ではない、ミス・ジョーダン。男が対処する問題だ」

「女たちの命が危険にさらされるかもしれないのに？」ジュヌヴィエーヴはかっとなって言い返した。「妻の命は、夫の命より軽いのですか？」

「ジェニー！」アリの声は、父を必要以上に刺激するなと警告していた。

ジュヌヴィエーヴは指先でマホガニーのテーブルを叩《たた》いた。言いたいことはまだあったが、今は追及しないほうがよさそうだ。そこでメモに目をやると、話題を変えた。「それでは、奥様方に果たしていただく役割について、話し合いましょう。ご存じのように、この宮殿で晩餐会《ばんさんかい》が二度、さらに最終日に送別パーティが予定されています。各国代表の夫人がこれらの行事に出席する以上、当然、こちらの女性も出席する必要があります」

「我々の習慣では、女は晩餐会には出席しないのだ」マディーが鋭く言い返した。

「確かにカシュキーリではそうかもしれませんが」ジュヌヴィエーヴは声を荒立てないよう苦心した。「ほかの――」〝先進国〟という言葉をなんとかのみ込む。「ほかの国では女性もディナーに出席します」

「それなら出席させるがいい」ツルハンが言った。「ディナーパーティでの礼儀作法を、女たちにしっかり教え込んでくれ、ミス・ジョーダン」

ジュヌヴィエーヴは首をふった。「言葉だけでは不十分です。奥様方が作法を覚えるいちばんの方法は、みな様と一緒に食事をすることです」

ツルハンは顔をしかめた。

「今日から会議が始まるまで、できれば週に二、三

「我が国を、二十一世紀を担う国として世界に印象づけたいならば、先進国をまねる必要がある。もし晩餐会に出席している女性が各国代表の夫人たちとミス・ジョーダンだけだったら、どうなると思う？女性をしめ出す我々の慣習が、少なからず時代遅れに見えるとは思わないのか？」

「やめろ！」ツルハンの顔は怒りで真っ赤だった。

「事実を述べているまでです、父上。もし、西洋各国との貿易を盛んにしたければ、我が国が西洋に劣らず近代化されていることを、彼らに証明する必要があります。そのためには、ミス・ジョーダンの言葉に従うのがいちばんです」

誰も口をきかなかった。ツルハンは椅子に腰を下ろした。大臣たちはツルハンの言葉を待っている。

「よかろう」ようやくツルハンは言った。「明日の晩、女たちの何人かを夕食に同席させてやってもよい。当然、君も同席するのだぞ、ミス・ジョーダン。毎回、一緒にディナーをとられてはいかがですか」

「考えられん！」教育大臣がテーブルに拳《こぶし》を叩きつけ、ツルハンに言った。「これではやりすぎです。まさか、外国人の女に言われるがままに、我々の長年のやり方を変えたりはなさらんでしょうな。この女はトラブルメーカーで、異教徒で――」

「言葉をつつしめ、アフメッド・シャヒーブ」

アリの声は穏やかだったが、その目は獲物に飛びかかる豹《ひょう》のように鋭かった。

「ミス・ジョーダンが我が国に招かれた客であることを忘れるな。彼女がここにいるのは、国際会議の手順を、我々よりも会得しているからだ」アリはテーブルの男たちを見渡した。「我々だけでは会議は開けない。石油のおかげで豊かになったとはいえ、我が国はまだいろいろな面で後進国なのだ」

テーブルのあちこちで反論の声があがったが、アリは無視して続けた。

ただし、女たちが口をきくことは許さん」

「それはできかねます」

「できかねる？　どういうことだ？」

「夕食をご一緒いただく目的は、何より、食事の場での会話の仕方を学んでいただくことですから」

ツルハンは指先でテーブルを叩いた。それから、やれやれと頭を一度ふって、うなずいた。「わかった。女たちが口をきくことを許す」

「陛下は、どの奥方の参加をご希望ですか？」

「セフェリーナは若くないし、タムラズは妊娠中だ」ツルハンは顎鬚《ひげ》をなでた。「まもなく我が妻となるズアリーナにこの役を担ってもらうとするか」

ジュヌヴィエーヴの隣でルパートが身をこわばらせた。なぜ彼は何もしないのかしら？　彼女を愛しているとはっきり告げるなり、彼女と手に手を取って駆け落ちするなり、方法はあるだろうに。

ジュヌヴィエーヴはルパートを見た。視線を感じたのか、ルパートが見つめ返してきた。その目には苦悩と絶望が浮かんでいた。僕には何もできない、とルパートは言っているようだった。アリは僕の親友だし、ツルハンには忠誠を誓った。どうして友情と忠誠を裏切ることができるだろう？

そっとため息をもらし、ジュヌヴィエーヴは書類をまとめた。「ではまた明日、シーク・ツルハン」

「楽しみにしておるぞ、ミス・ジョーダン」

ジュヌヴィエーヴはテーブルの向こうのアリに目をやった。彼女が立ち上がると、アリが言った。「部屋まで送っていこう、ミス・ジョーダン」

「その必要はない。廊下でハイファが待っておる」ツルハンは召使いに合図した。「ミス・ジョーダンがお帰りだとハイファに伝えろ」ツルハンはアリに向き直った。「おまえには話がある」

ドアが開きハイファが手招きした。ジュヌヴィエーヴはツルハンに目礼し、アリの顔を名残惜しげに見つめた。「では、失礼します」

ジュヌヴィエーヴは眠ろうと思ったが、どうしても眠れなかった。目を閉じて深呼吸してみる。吸って、吐いて。吸って、吐いて。

無駄だった。今度は誰もいないビーチを思い浮かべてみた。だが頭に浮かんだのは、初めて会ったときのアリの姿だった。アリは大変男らしく、その黒い瞳をのぞき込むと、官能の予感に彼女の爪先がきゅっと曲がった。アリに惹《ひ》かれていると意識する前から、体は正直に反応していたのだ。

砂漠で過ごした日々は天国だった。これまであれほど激しい情熱を誰かとわかち合ったことはない。

ジュヌヴィエーヴはくぐもったうめき声をあげ、ネグリジェを脱ぐとローブに着替えた。

彼女は庭に出て空を見上げた。これまで生きてきて、これほど孤独を覚えたのは初めてだ。アリに会いたくて、体が本当に痛いくらいだった。ただ単に体を重ねたいというだけでなく、そばにいて話をしたい、食事やコーヒーをともに味わいたい、という思いがつのった。

砂漠から戻って以来、アリに会ったのは今日だけだ。ニューヨークに帰るまで、こんな日々が続くのだろうか？　これほど近くにいながら、なかなか会えないなんて、とても耐えられない。

涙が頬にこぼれた。彼女の心はアリの名を叫んでいた。思いつめた気持ちを一掃しようと、ジュヌヴィエーヴはローブを脱ぎ捨て、プールに飛び込んだ。

くちなしの花など浮かんでいなければいいのに。今夜は肌をくすぐる柔らかな花びらも、かぐわしい香りも欲しくなかった。欲しいのはアリだけだ……。

ジュヌヴィエーヴは何度かプールを往復したが、いくら泳いでも気持ちが少しも落ち着かなかったので、星明かりしか届かないプールのつきあたりで仰向けに浮かんだ。そして夜空を眺めながら、そもそも自分がシークの国のハーレムで、思いがけず贅沢《ぜいたく》な暮らしをすることになった事情に思いをはせた。

確かに子どものころアラブ諸国に住んだことはあった。だが彼女も家族も、あくまでその国のアメリカ人社会の一員にすぎなかった。ハーレムの暮らしを知っているわけでもなければ、アリのような男性と恋に落ちる心がまえができていたわけでもない。

たぶん、トレヴィの泉のほとりでアリにキスされた、あの晩からすべてが始まったのだ。ジュヌヴィエーヴは目を閉じると、くちなしの香りを吸い込んだ。初めてアリと唇を重ねた感触や、彼女をしっかりと、しかしやさしく抱きしめてくれたアリの腕を忘れることはないだろう。

そして砂漠で過ごした、二度とは味わえない、あの珠玉の時間も、けして忘れることはないだろう。

やがてジュヌヴィエーヴは悲しげなため息をつくと、プールのはしごをのぼり始めた。

頭上にぬっと大きな人影が現れた。

「手を出したまえ」

「アリ?」ジュヌヴィエーヴの唇が震えた。

アリは彼女をプールサイドに引き上げると、冷たい体を腕の中に抱き寄せた。

「ジェニー」アリは低くうなって彼女を抱き上げると、寝室に向かって歩き出した。

「だめ、ここは男子禁制よ」

「かまうものか」

「アリ、お願いだから――」

アリはキスで彼女の口をふさぐと、開いたドアからベッドルームに入って彼女を下ろした。ジュヌヴィエーヴはアリの首にしがみついて体を押しつけた。

「会いたかった、ジェニー」アリはそうささやくと、彼女のまぶたや頬や唇にキスの雨を降らせた。

アリはローブを脱ぎ捨てると、くぐもったあえぎをもらして、ジェニーを抱き上げてベッドへ運んだ。

「アリ、だめよ」

アリのキスが彼女の言葉をさえぎった。長々と激しいキスののち、アリはジュヌヴィエーヴの顔を両手で挟んだ。「ジェニー、君に会いたくて、身も心も痛くてたまらなかった。夜、ベッドに横になっても、頭に浮かぶのは君のことや、一緒に過ごした時間のことばかりだった」

「ええ、わかるわ」ジュヌヴィエーヴはアリの眉にかかった黒髪を払いのけた。「わたしも同じだったもの。あなたに会いたくて体中が痛かった。だから毎晩、泳いでいたの。だから……」ふとジュヌヴィエーヴはけげんな顔でアリを見た。「どうやって、わたしの庭に入ってきたの?」

「僕の庭と君の庭は、隣り合っているんだ」アリはジェニーの手を取ると、指先にキスし始めた。「ときどきだが、君が泳ぐ姿も目にしていた」アリは打ち明けた。「のぞき見するつもりはなかった。ただ眠れない夜に、庭を散歩していたんだ。今夜も君が泳ぐ水音が聞こえ、君の姿を見てしまうと――」アリは彼女の柔らかい肩に顔をすり寄せた。「矢も楯《たて》もたまらなくなってしまった」

「お願い、わたしの上に来て」ジュヌヴィエーヴは言った。

アリが体を重ねると、ジェニーは目を閉じ、早鐘を打つ胸にアリをかき抱いた。これこそ彼女の望んでいたものだった。アリの驚くほど男らしい体に身を添わせ、彼の重みを感じたかったのだ。

ジュヌヴィエーヴは震える手で、アリのがっしりした肩や贅肉のない背中をなでた。こんな大きな体に力をみなぎらせていながら、彼女を愛撫《あいぶ》するアリの手はこのうえなくやさしかった。ジュヌヴィエーヴは彼の喉に顔を埋め、さわやかな彼の香りを吸い込んだ。

アリは彼女の湿った髪を肩から払いのけると、熱いキスを降らせ始めた。耳たぶを軽く噛《か》み、じらすように舌でくすぐると、唇を胸に移した。

「なんて柔らかいんだ」アリのささやきがジュヌヴィエーヴの肌をくすぐる。「それに、とても美しい」

アリが固くなった胸の先を口に含むと、ジュヌヴィエーヴは身震いした。

「君がそうやっておののいたり、あえいだりするのが好きだ」アリは彼女の胸の先をやさしく噛んで、舌でころがした。

「アリ……」彼女は切ない声をもらした。

「ほら、感じるだろう、ジェニー」

蜜《みつ》のようにとろりと熱いアリの舌がジュヌヴィエーヴの肌に触れると、まるで焼きごてがあたったように感じられた。ジュヌヴィエーヴの体が自然に動き始める。「お願い、今すぐあなたが欲しいの」

「まだだ、ジェニー」アリは今度は彼女の下腹部に顔をこすりつけた。一日伸びた髭が肌をかすめる感触に、ジュヌヴィエーヴは身もだえした。

「君の肌はくちなしの匂《にお》いがする」アリはつぶやいた。「全身くまなく、くちなしの香りなのかな?」

アリはかすめるようなキスを続けながら、さらに顔を下げていった。

「アリ? 何をするつもりなの?」

アリは手の愛撫も続けながら、腿の内側の柔らかな肌をやさしく噛み、脚のつけ根へとキスを移した。

ジュヌヴィエーヴが逃げようとすると、アリはささやいた。「動かないで、ジェニー。君の大事なところにキスしたいんだ」

アリのキスにジュヌヴィエーヴの体は燃え上がった。こんな愛され方があるなんて知らなかった。

「お願い」ジュヌヴィエーヴはアリを押しのけるように肩をつかんだ。アリの甘い口づけに、ジュヌヴィエーヴはこれまで知らなかった官能の高みへと押し上げられた。アリの肩をつかむ手に力がこもる。

体中がかっと熱くなり、五感が揺らいだ。ジュヌヴィエーヴは息をあえがせながら、めくるめく官能の快感に身を委《ゆだ》ね、アリの名を何度も呼んだ。

アリはジュヌヴィエーヴと体を重ねた。「こっちを見て。目をそらさずに僕を見るんだ」

アリはジュヌヴィエーヴと見つめ合ったまま彼女の中に身を沈めた。そして彼女を激しく抱き寄せた。

「頼む、ジェニー、もう一度だ」

アリの熱い呼吸がせわしなくなった。アリの興奮がジュヌヴィエーヴの興奮を呼び覚まし、不意に彼女も燃え上がった。狂おしいうめき声をあげ、ジュヌヴィエーヴは腰を突き上げた。

「そうだ」アリがささやいた。「いいぞ」

快感が強烈すぎて、ジュヌヴィエーヴには耐え切れそうになかった。

情熱でくぐもった声でアリが叫んだ。「今だ、ジェニー。今だ……」

ジュヌヴィエーヴは腰を突き上げてアリを迎え、今一度のクライマックスに体中を震わせた。「愛しているわ、アリ」ジュヌヴィエーヴはすすり泣いた。「いつまでも、あなた一人を愛するわ」

二人は口もきけないほど消耗して、ぐったりと横たわった。ようやく呼吸も落ち着いたころ、アリが身を引こうとすると、ジュヌヴィエーヴが肩に回した腕に力を込めた。

「このままでいてちょうだい」

「でも重いだろう」

「いいえ」ジュヌヴィエーヴはアリの頬にキスをした。「あなたの重みを感じていたいの。あなたに中にいてほしいの」

アリはジュヌヴィエーヴの胸に頭をあずけ、そのときはっきりと自覚した。どんな犠牲を払ってでも彼女を手放すまい、と。

11

低いテーブルを囲んで、大臣たちにその夫人たち、首長《シーク》ツルハンとズアリーナ、アリ、ルパート、そしてジュヌヴィエーヴが座っていた。

精いっぱいめかし込んでいる女たちは、まるで色鮮やかだが鳴かない小鳥のようだった。ショッキングピンクのカフタンとスカーフをまとったズアリーナは、ジュヌヴィエーヴには『アラビアン・ナイト』に出てくる姫君そのものに見えた。

大臣たちは落ち着かなげで、夫人たちは怯《おび》えていた。誰もが黙りこくっている。

召使いがオードブルを運んできた。

女性たちはオードブルにも、その次に出されたひよこ豆のスープにもほとんど手をつけなかった。

「この間、ズアリーナと博物館へ行ったの」ジュヌヴィエーヴはズアリーナの方を向いた。「ズアリーナ、博物館へ行ったのは、あれが初めて？」

「はい、マダム」ズアリーナは皿に目を落としたまま、小声で答えた。

「とてもすばらしい場所だったわ」ジュヌヴィエーヴは誰か何か言ってちょうだいと必死で念じた。

「わたしも何年か前に行きました」エルザキールが口を開いた。「とても面白くて、わたし……」

夫のマディーが顔をしかめたので彼女は黙った。

「楽しかったかい？」アリが尋ねると、彼女は夫を横目でうかがいながら、もごもごと返事した。ジュヌヴィエーヴはアリに感謝のまなざしを送った。

白いローブ姿のアリはとても雄々しく見えた。たとえローブに隠されていても、ゆうべ見たばかりのたくましい体が、ジュヌヴィエーヴには手に取るようにわかった。筋肉隆々とした肩、広い胸、引きしまった腰、彼女に絡みついた強靱《きょうじん》な脚。

今朝、目を覚ましたときにはアリの姿はなかったが、枕《まくら》の上にくちなしが一輪、置いてあった。それを見たとたん、前夜、熱い情熱を交わし合ったときに、〝君の肌はくちなしの匂《にお》いがする〟と言われたことを思い出した。

あらためてジュヌヴィエーヴは、カフタンの襟にピンでとめたくちなしに手を伸ばし、頬を染めた。テーブルの向こうのアリも、黒い目をけぶらせているところを見ると、ゆうべを思い出しているらしい。

そのアリが、平静を装った声で尋ねた。「博物館は楽しかったかい、エルザキール?」

「はい、殿下」

「国際会議が開かれている間に、各国代表の夫人方が博物館と大学の視察に行く」アリは女性たちに言った。「君たちが、そのお供をするんだよ」

「わたしたちがですか?」ザイダが尋ねた。

ジュヌヴィエーヴはうなずいた。「あなた方も会議のお手伝いをするのよ。だから今夜、その相談のために集まったの。会議までに何回か、こんなふうに夫婦揃《そろ》って食事をしましょう」彼女はシークの方を向いた。「シークのお許しもいただいたわ」

「そのとおりだ」シークは隣に座ったズアリーナの頬を軽くつねった。「そなたが一緒で嬉《うれ》しいぞ。だがこんなやせっぽちでは困る。婚礼までに少し太ってもらわねばな」ツルハンは自分の皿から棗椰子《なつめやし》を取ると、彼女の唇にあてがい、あやすような声を出した。「お食べ、かわいい小鳩《こばと》」

ズアリーナは素直に口を開いて棗椰子を食べた。だが目は伏せたままで、顔色は青白かった。

テーブルの向こうで、ルパートの顔がこわばった。どうして彼はこんな光景に耐えられるのだろう?

彼女はアリに目を移した。アリもまた、怒ったような顔でルパートを見つめていた。

ジュヌヴィエーヴはアリに言いたかった。あなたはルパートの親友でしょう？　なんとか助けてあげられないの？　だがジュヌヴィエーヴも、誰もルパートを助けられないのはわかっていた。祖国を離れ、異文化の真っただ中にいるルパートの立場は危ういものだ。アラブの国々では、軽い犯罪にも重い罰を科すことが多い。駆け落ちなどすれば誘拐罪に問われて、極刑に処せられるに違いない。

ジュヌヴィエーヴの背筋がぞくりとした。

ディナーの間中、ツルハンは自分の皿からズアリーナに食事を与え続けた。オレンジを一切れ、いちじく、クリームをつめた棗椰子。そのたびにツルハンは、彼女の唇にわざとらしく触れた。

ツルハンは始終ズアリーナをなでたり、軽くつねっては、〝もっとお食べ、かわいい小鳩。ツルハンのために食べておくれ〟と猫なで声を出した。

まず太らせておいてから、食べるつもりなのね。

そう思うとジュヌヴィエーヴは気分が悪かった。

彼女はもう一度ルパートに目をやった。口を一文字に結び、目を伏せた彼の顔は苦悩に歪《ゆが》んでいる。ジュヌヴィエーヴは泣きたい気分だった。ツルハンに求められればズアリーナに拒むすべはないからだ。

愛する人とベッドをともにできれば、これほどすばらしいことはないだろう。だが相手を愛していなければ、どれほどつらい思いをすることか。今度アリと二人きりで会えたら、シークへの取りなしを必ず頼もう、とジュヌヴィエーヴは決心した。

夜が更けてから、ようやくアリがやってきた。

「待っていてくれたのかい？」彼はほほ笑んだ。

「ええ」白いサテンのネグリジェに、金髪をふわりと肩に垂らしたジュヌヴィエーヴは寝椅子から立ち上がってアリを迎えた。「疲れた顔をしているわ」

「ディナーのあと、父と長々と話し合ったからね」

アリは片方の眉を上げてみせた。「おめでとう、ジェニー。君がここまでやるとは思わなかったよ」

ジュヌヴィエーヴはにっこり笑った。「まだ序の口よ。でも、とにかくエルザキールとザイダは口を開いてくれたわ。ズアリーナにも期待していたんだけれど……」ジュヌヴィエーヴは肩をすくめた。

「だが父上が、その機会を与えなかった。君はそう言いたいのかい？」

ジュヌヴィエーヴはうなずいた。「ズアリーナはシークを愛していないのよ。なんとかならない、アリ？　あなたならお父上を説得できるでしょう？」

「国をおさめる問題なら父とも話せる。だがプライベートなことにまで、意見はできない」

「でも、ルパートはあなたの親友でしょう」ジュヌヴィエーヴは頭をふって顔をしかめた。「ルパートがズアリーナと駆け落ちでもしてくれないかしら」

アリはジュヌヴィエーヴの腕を痛いほどの力でつかんだ。「勝手なことを言うな。もし駆け落ちした二人が捕まれば、死刑になってしまうんだぞ」

「ま……まさか、冗談でしょう？」

「冗談なんかじゃない。もうこの件に口を挟むな。会議が終われば、ルパートはイギリスに帰らせる」

アリは徒労感に襲われた。カシュキーリを近代化したいと思ってきたが、変革には時間がかかる。ツルハンは強い力を持つ君主だ。理を説くことはできるが、無理強いすることはできない。アリが国際会議を提案したときも、最初はアラブ諸国だけで行うと言い張り、アリの必死の説得で、ようやくヨーロッパや日本の代表を参加させることに決まったのだ。会議の準備をニューヨークの広報《PR》会社に依頼したときも、またPR会社から派遣された担当者が女性とわかったときにも、父とは論争になった。

まったくジュヌヴィエーヴは大した女性だ。アリは彼女を抱き寄せたが、ルパートたちのことが心配なのか、その体はこわばっていた。アリは不本意ながら言った。「話すだけなら父と話してみよう。もっとも父はズアリーナを手放さないとは思うが」

「でも、話はしてくれるのね」

「ああ」アリは彼女の顔を傾けると唇を重ねた。

「これでもうベッドに入ってもいいかな?」

「いつまでも言い出さないかと思ったわ」ジュヌヴィエーヴはくぐもった声で答えた。

アリの目が暗くけぶった。アリはジュヌヴィエーヴをランプのそばに立たせると、彼女の頭からネグリジェを引き抜いて、ほうり投げた。そして、まろやかな体の曲線をゆっくり味わうように眺め回し、胸のふくらみや、薔薇《ばら》色をした胸の頂、豊かな腰、そして均整のとれた長い脚をしげしげと見つめた。

アリはジュヌヴィエーヴの長い金髪を持ち上げると、細く白いうなじに手を回して抱き寄せた。

ジュヌヴィエーヴの唇が開いた。ピンク色をした舌の先が唇の端をなめる。彼女は低くささやいた。

「今度はあなたがローブを脱ぐ番よ」

アリがローブを脱ぐと、ジュヌヴィエーヴはブリーフに目をやった。

「君が脱がせてくれ」

素肌にジュヌヴィエーヴの手が触れたとき、アリはぞくりと身を震わせた。ジュヌヴィエーヴはブリーフのウエストに指をすべり込ませると腿までずらし、引きしまったアリの臀部《でんぶ》を愛撫《あいぶ》してから、するりと下着を足首へ落とした。

アリはブリーフを脇《わき》へ蹴《け》った。

「待って」彼女はやさしくアリを愛撫し始めた。

アリは身を震わせ、彼女に手を伸ばした。手で胸を包み、手のひらを敏感な胸の頂にこすりつける。

ジュヌヴィエーヴはアリの腰に手を回し、ベッドの端に腰かけると、アリを引き寄せて、その腹に口づけをした。アリの筋肉が収縮する。彼女はさらにアリを抱き寄せ、アリの中心を手で愛撫し始めた。アリが身もだえすると、今度は手の代わりに羽根でかすめるようなキスをくり返した。

アリは指が食い込むほどの力で彼女の肩をつかみ、頭をのけぞらせた。首の血管が浮き上がり、静かな部屋にアリのうめき声が響く。とうとう甘い拷問に耐え切れず、アリは彼女から身をもぎ離した。

アリはすばやくジュヌヴィエーヴをベッドに押し倒し、ぬくもりの奥深くまで何度も強く貫いた。

ジュヌヴィエーヴは喜悦の叫びをあげ、アリの肩につかまって、腰を突き上げた。またたく間に強烈な快感が体中を駆け抜ける。

ジュヌヴィエーヴの五感が揺らぎ始めた。

「ああ！」アリは熱くせわしい息を吐いた。「限界だ」アリがそうささやいたとき、二人は身も心も砕け散るほどのクライマックスを迎えた。

アリがジュヌヴィエーヴを抱きしめると、狂ったように脈打つ彼女の鼓動が伝わってきた。アリは彼女の背をなでながら、乱れた金髪に顔を埋《うず》めた。

「ジェニー、僕のジェニー」荒い息がおさまると、アリは何度もキスをした。そして彼女がすやすやと寝息をたてるまで、ずっと抱きしめていた。

もう行かなければ。昨日の朝、目覚めたときは夜が白み始めていた。かろうじて庭師がプールの掃除に来る前に、なんとか自分の庭に戻ることができた。

スキャンダルは禁物だ。ハーレムの女たちはゴシップ好きだ。もし大臣の耳にでも入れば、ジュヌヴィエーヴは仕事に思うとおり腕をふるえなくなる。

だが、できればこのまま彼女の横で眠りたい。彼女にぴったり身を寄せて、まろやかな腰の曲線を感じながら眠りにつきたい。

アリはくぐもったうめきをあげ、身を引き離した。彼女は寝言をつぶやいたが、目は覚まさなかった。

ベッドから抜け出たアリは、しばし彼女を見下ろした。寝顔は穏やかで、唇はキスで腫《は》れている。アリは彼女の肩にシーツをかけると、額にキスをした。「また明日」アリはささやいた。

だが翌日、彼女に会うことはかなわなかった。オマル・ハージ・ファターの軍勢が、首都から二百キロほど離れたリュス・アル・ドフランという村に集結したという知らせが、朝食の席に届いたからだ。「陸軍を出動させた」あわただしく呼び集められた大臣たちとアリに、ツルハンは告げた。「数時間以内に敵地へ到着予定だ。攻撃命令を出すまで村はずれで待機させる」ツルハンはアリを見た。「空軍にも待機を命じてある。おまえはリダヤ大佐との連絡役を務めてもらいたい。もしハージ・ファターが進軍してくれば、空軍も出動させるつもりだ」

アリはうなずいた。「会議まであと一カ月足らずです。今すぐ反乱を鎮圧できなければ、会議の中止を余儀なくされます」

「ならん！」ツルハンは激怒した。「それこそハージ・ファターの狙《ねら》いに違いない。今度の会議は、カシュキーリが西洋社会に進出する重要な足がかりだ」ツルハンは手のひらに拳《こぶし》を打ちつけた。「アラーの神にかけて、あの男にその邪魔は許さん。今度こそ、奴《やつ》の首根っこを押さえてやる」ツルハンは部屋をぐるりと見回した。「わかったな」

大臣たちは不安げな顔で重々しくうなずいた。

「会議を取りやめるなど、うかつに口に出すな」ツルハンはアリに言った。「奴を叩《たた》きのめすのに、一カ月もあれば十分だ。なんらかの動きを見せた瞬間に、総力を挙げて叩きつぶしてくれる」ツルハンは大臣たちを見渡した。「今後、宮殿を出るときは必ず護衛を伴ってもらいたい。アリ、特におまえは注意しろ。ここにいる誰かがハージ・ファターの手に落ちれば、奴の思う壺《つぼ》だ」ツルハンは頭をふった。

「たとえ人質を取られても、わしはハージ・ファターのような奴と取り引きするつもりはない」

部屋は沈黙に満たされた。

「諸君はわしにとって、ただの大臣ではない、大切な友人だ。そしてアリ、おまえはわしの大事な息子だ。だが、たとえ息子の命と引き替えでも、ハージ・ファターと取り引きはしない、いいな」

ツルハンはテーブルの地図を子細に眺めた。

「アリ、空軍のリダヤ大佐に電話して、戦闘機はすべて出撃に備えるよう伝えてくれ。頼んだぞ」

「はい、父上」

「ミス・ジョーダンには何があってもハーレムの外に出ないよう言っておけ。彼女を捕まえれば、ハージ・ファターも大喜びだろう。それからルパート・マシューズをここに呼んでくれ。マスコミをシャットアウトする手伝いを頼めるかもしれん」

アリはうなずくと会議室を出た。まずルパートに電話して、次にジェニーに電話しよう。

アリは廊下を急いだ。途中ですれ違った召使いに〝二十分以内に、車と武装した衛兵二人を正面玄関に用意してほしい〟と命じた。

部屋に戻ったアリは、まずクロゼットの奥からショルダー・ホルスターと銃を取り出した。銃を点検し、ローブを脱いでシャツとズボンに着替えると、ホルスターと銃を身につけ、その上からゆったりしたジャケットをはおった。支度がすむとアリはルパートの部屋に電話した。いらいらと指先で電話を叩いていると、ようやく返事があった。「ミスター・マシューズの部屋です。どんなご用でしょうか」

「アリ・ベン・ハリだ。ルパートと話したい」

「申し訳ございませんが、ミスター・マシューズはこちらにはおられません」

「どこへ行った？」

「ミス・ジョーダンとお出かけです」

「なんだと?」恐怖が冷たい短剣のようにアリのみぞおちを刺した。「二人が出かけたのはいつだ?」

「二時間ほど前でございます」

「行き先は?」

「ホテルではないかと存じます」

アリは指先を額に押しあてた。

「彼が戻りしだい、連絡してくれ」アリは受話器を置くと、今度はホテルに電話して支配人を呼び出した。「こちらはアリ・ベン・ハリだ。ミス・ジョーダンは、まだそちらにいるだろうか?」アリは腕時計に目をやった。十二時五分過ぎだ。

「申し訳ありませんが、こちらにはおられません」

「彼女がそちらを出たのは何時だった?」

「いいえ、お約束は九時でしたが、まだお見えではありません」

アリは電話を切ると壁にもたれ、両手で目を覆った。やがて背を伸ばすと、ハイファに電話をかけた。

「ミス・ジョーダンから連絡は入っていないか?」

「いいえ。何かあったのですか?」

「まだわからない。彼女はホテルのほかに、どこかに行くと言っていたか?」

「いいえ、アリ殿下。ホテルの部屋をチェックするからと言ってお出かけでした」

彼女の身に何かあったとは限らない、アリは自分に言い聞かせた。行き先を変更したのかもしれない。約束の時間を間違えたのかも。それとも……。

アリは警察署長に電話して、ルパートとジュヌヴィエーヴがトラブルに巻き込まれている可能性があると告げた。「あらゆる手を尽くして二人を捜してほしい。女性のほうはアメリカ人で、肌が白く金髪だ……」アリは絶句して、口に拳を押しあてた。

「見つけた者には、たっぷり礼をはずむ」

父に知らせなくては。そう思ってアリははっと息をのんだ。父が〝ハージ・ファターのような奴と取り引きするつもりはない〟と言い切ったことを思い出したからだ。

たとえ息子の命と引き替えでも譲歩しないツルハンなら、ジュヌヴィエーヴやルパートのために指一本動かしてはくれないだろう。

もしジェニーがハージ・ファターに捕まっていたら……アリは手を拳に固めた。「彼女に手を触れてみろ、殺してやる」アリは声に出して言った。

アリは時計に目をやった。空軍にも電話しなければいけない。アリは受話器を取ると怒鳴るようにしてリダヤ大佐を呼び出した。

「反乱軍鎮圧の件ですね」リダヤはすぐに応答した。

「いつでも飛び立てるよう、戦闘機の準備を頼む」

「承知しました」

アリは会議室へ急いだ。もしハージ・ファターが二人を誘拐したのなら、まずツルハンに接触を試みるだろう。父に知らせないわけにはいかない。

会議室に残っているのはツルハンと、大臣のマディーだけだった。アリが入室すると、ツルハンが広げてあった地図から目を上げた。「リダヤ大佐に連絡は取ったか？」

アリはうなずいた。

「よし。敵軍はまだ動いていない。奴は――」ツルハンは言葉を切った。「なんだ？　どうしたんだ？」

「ルパートとミス・ジョーダンが行方不明です」

「なんだと？」

「二人は今朝、ホテルへ向かう途中で消息を絶ちました」

ツルハンは舌打ちした。「どうしてあの女は、おとなしくハーレムでじっとしていられんのだ？」ツルハンは息を吸った。「警察には連絡したか？」

アリはうなずいた。「僕もこれから捜査に加わります」

ツルハンは引きとめようとしたが、頭をふった。

「わかった、行け」だがアリがドアを出ようとしたところで、ツルハンは呼び止めた。「アリ！」

アリはふり返って、父の言葉を待った。

「万一、二人が奴に捕まっていたとしても……」ツルハンは口を一文字に結んだ。「さっきも言ったとおり、あの卑劣漢と取り引きはしないからな」

アリは父を見つめた。「わかっています」

警察はまだなんの手がかりもつかんでいなかった。

これまでアリは何も怖いと思ったことがなかったが、今度ばかりは怖くてたまらなかった。もしジュヌヴィエーヴの身に何かあったら……だめだ、アリは自分に言い聞かせた。今はそんなことを考えてはだめだ。冷静に敵のやり口を考えなければ。

ハージ・ファターを捕らえたら、目にもの見せてやる。これまでに耳にしたいろいろな拷問方法が頭に浮かんだ。もし奴がジェニーに指一本でも触れていたら、先祖たちが敵を痛めつけたように、非情な喜びたっぷりに、じわじわと苦しめてやる。

アリは何度も宮殿と連絡を取りながら、夜まで警察にいた。

午後七時にいったんアリは宮殿に戻った。出迎えた召使いが言った。「お父上はお食事中です。殿下が戻りしだい、お会いになりたいとのことです」

アリはうなずくと父の部屋へ向かった。大臣が二人とズアリーナが同席していた。

「何か知らせは？」ツルハンはきいた。

「まるでありません」アリは答えた。

ツルハンは椅子を示した。「おまえも食べろ」

「とても食べる気になれません」

「陛下からミス・ジョーダンとミスター・マシューズが行方不明と聞きました」ズアリーナの顔は真っ青だった。「何か手がかりは見つかりましたの？」

「残念ながら、まだ何も」

ズアリーナは不安に曇る目を伏せた。

「打てる手はすべて打った」アリはやさしく言った。「すぐに見つかるはずだ。我々は――」

召使いが息せき切って部屋に飛び込んできた。

「シーク・ツルハン」

「なんだ？　どうした？」

「ミスター・マシューズが――」

アリが駆け寄った。「何か知らせがあったんだな？　彼は無事なのか？」

「ミスター・マシューズが戻られました」

「戻った？」

「ついさっき、一台の車が、前庭に彼をほうり出していきました。ひどいおけがで――」

ズアリーナがぎょっとして目を見開いた。

「侍医にはすぐ来るよう連絡しました」召使いは廊下に顔を出すと、叫んだ。「急げ《アラ》、早くしろ《アラ》」

担架に乗ったルパートが運ばれてきた。裂けた服と血まみれの顔を見て、アリは息をのんだ。アリは友人のそばに膝をつき、話をしようとしたが、そこへズアリーナが駆け寄ってきて、ルパートのかたわらに身を投げ出した。

「ルパート！」ズアリーナは叫んだ。「いとしい人、どうか目を開けてちょうだい！」彼女は血のにじむ唇にキスをした。

その場の誰もが驚きに言葉を失った。アリがふり返ると、父の顔は怒りでどす黒く、目に危険な光が宿っていた。

アリはズアリーナの肩に手を置くと、やさしく言った。「ルパートと話をさせてくれ」

ズアリーナは涙でいっぱいの目で見上げた。「彼を助けてください」ズアリーナは小声で言った。「お願いです、アリ殿下、彼の命を救ってください」

ルパートのまぶたがぴくぴくと動いた。「奴らは彼女を人質にした」ルパートの声はか細く、聞き取りにくかった。

ズアリーナは彼の手を握ると、指にキスをした。

「ルパート、ああ、ルパート」

ルパートはそっとズアリーナの頬に手を触れた。

アリが召使いに言った。「彼女をハーレムに連れ戻せ。今すぐだ」

「戻ったほうがいい」ルパートも彼女にささやいた。

ズアリーナは華奢《きやしや》な手を口にあて、アリに頼み込んだ。「ルパートをよろしくお願いします」

「わかった」アリは請け合った。「さあ、行って」

ズアリーナはツルハンの方に目をやると、人目もはばからずに涙を流しながら、部屋から走り去った。

アリは再びルパートの横に膝をついた。「何が起こったんだ?」

「ホテルへ行く途中で」ルパートは目を閉じた。

「車に乗った奴らに捕まった。相手は四人いた」

「どんな車だ?」

「灰色のベンツだ」ルパートは目を開けた。「リムジンの運転手を撃ち殺した。僕たちをリムジンから引きずり出して、奴らの車に乗せた」

「連れていかれた先は?」

ルパートは首をふり、痛みに顔をしかめた。「目隠しされていたから……街のどこかだ……」

ルパートの声がだんだん弱くなった。

「水を!」アリが叫ぶと、召使いがグラスを手渡した。グラスを取ろうとふり返ったアリは、身をこわばらせた。父の顔が激怒に歪んでいたからだ。

アリはグラスをルパートの口にあてがった。

「縛られて、閉じ込められた」ルパートは水を飲んだ。「部屋は暗くて暑かった。水も食物ももらえなかった」ルパートは身を起こそうとして、痛みにあえぎ、また担架に横になった。

「楽にしていろ」

水も食物もなし。アリの喉に苦いものが込み上げてくる。アリは歯を食いしばって吐き気をこらえた。

「僕一人を連れ出そうとしたので抵抗した。ジェニーを一人にしたくなかった」ルパートはアリの手を握った。「すまない、アリ。相手が多すぎて、太刀《たち》打ちできなかった」

「今、医者が来る」

ルパートはアリの手を握った。「ハージ・ファターの一味は……君に伝えろと……」ルパートは必死で言葉を伝えようとした。「会議を中止しろ……さもないと……ジェニーを殺す、と」

アリはルパートの上にかがみ込んだ。「ほかに何かないか？」アリは必死だった。「考えろ、ルパート！　街のどのあたりだ？　思い出してくれ」

「線路があった」ルパートは頭に手をあてて考えた。

「たぶん……ハイウェイから十分くらいの場所だ」

二人の医者が駆け込んできた。アリは友人の肩をつかんだ。「医者が来たぞ。気をしっかり持て」

「役に立てなくてすまない、アリ……」ルパートは痛みにたじろいだ。「彼女はアメリカ人だ。奴らも彼女を痛めつけはしないだろう」ルパートはアリを引き寄せると小声で言った。「ズアリーナを頼む。シークに知られてしまった。彼女を守ってくれ」

「わかった」医者が診察にかかると、アリは父のもとへ行った。

「おまえの友人は死罪だ」ツルハンは怒りで険しい目をアリに向けた。「知っていたんだな？」

「ジェニーから聞きました」

「もしあの男がズアリーナに手を出していたら、死刑にする前に、去勢してやる」

アリは父の腕をつかんだ。「僕はルパートの人柄を知っています。信じてください、二人はまだ過ちは犯していません」

「ズアリーナも追放だ。いやしい娼婦《しょうふ》どもと街角で春をひさぐがいい」

「父上、お願いです……」アリは顔を手でこすった。今は、こんなことをしている場合ではない。手遅れにならないうちに、まずジュヌヴィエーヴを見つけなければいけないのに。だがルパートは親友だ。アリは口を開いた。「思いがけないときに、愛が芽生えることだってあります。それを責めることはできません」

ツルハンは少し怒りを和らげた。「誰が人質だろうと取り引きに応じぬという言葉に偽りはない。だが、これよりおまえの職務をすべて免除する。女を捜しに行ってこい。アラーのご加護を祈っている」

ありがたい申し出だった。アリは額と胸に手を触れて、頭を下げた。

アリは遠慮がちに口を開いた。「もう一つお願いしてもいいでしょうか、父上」

「マシューズのことか」

「そうです。どうか決断を急がないで、反乱が鎮圧されるまで待ってください。二人と話をしてください。二人が純潔であることは、僕の命を賭《か》けてもいい。そうでなければ――」

「あの二人は、わたしを裏切った」ツルハンはアリに背を向けると、部屋を行ったり来たりし始めた。「だが、おまえの言うとおり、処分を決めるのはハージ・ファターを倒してからにしよう」

「ありがとうございます、父上」

「ミス・ジョーダンの件だが」ツルハンはアリを見た。「実は明日にも出撃命令を出し、ハージ・ファター軍を攻撃するつもりでいた。だが人質が反乱軍のそばにいる場合を考慮して、攻撃を二日だけ待ってやる。二日の間におまえからなんの知らせもなければ、リュス・アル・ドフランを攻撃する」

二日間。アリは、つめていた息を吐いた。十分とは言えないが、それだけでも今はありがたい。

「わかりました」アリは部屋から駆け出した。

12

　何もかもあっという間のできごとだった。ジュヌヴィエーヴはルパートと会議の話をしていた。リムジンがハイウェイを下り、ホテルへ向かう一般道へ入ったとき、ふと目を上げると、すぐ後ろを灰色のベンツがついてくるのに気づいた。

「どうしてあのベンツはすぐ後ろにくっついてくるのかしら？　さっさと追い越していけばいいのに」

　後ろをふり返ったルパートが、ぎょっとした顔で運転席の仕切りガラスを叩《たた》いた。「急げ《ヤラ》！」

　運転手がアクセルを踏み込んだ。リムジンがぐいと加速し、様子を見ようと身を乗り出していたジュヌヴィエーヴは反動で座席に叩きつけられた。

「いったい何事なの？」彼女は叫んだ。

「急いで逃げたほうがいい」

　ジュヌヴィエーヴはふり返った。ベンツもスピードを上げて追ってくる。

「引き離せ」ルパートが運転手に叫んだ。

　一発の銃声がとどろいた。タイヤがパンクし、リムジンはがくんと揺れて道をそれた。

「伏せろ」ルパートが彼女を座席に押し倒した。

　ジュヌヴィエーヴにはわけがわからなかった。なぜわたしたちが撃たれるの？　なぜ狙《ねら》われるの？

　タイヤがもう一つ撃たれてパンクした。リムジンはぐらりと傾くと、スリップしながら止まった。車体にがんがんと銃弾があたる。ベンツのドアが閉まる音、続いて、こちらへ駆けてくる足音が聞こえた。

　リムジンのドアが開けられた。ライフルを持った男がジュヌヴィエーヴをつかんだ。悲鳴をあげて抵抗すると、強く頬を平手打ちされた。男は身をすくめた彼女の手首をつかんで、車から引きずり出した。ルパートも反対側のドアから二人組の男に引きずり出されていた。彼は相手の一人に殴りかかったが、もう一人にライフルの台じりで顔を殴られた。

リムジンの運転手が飛び出してきて、発砲した。襲撃者が一人倒れ、さらに一人が肩を撃たれて悲鳴をあげた。

三人目の男が撃ち返した。運転手の白いローブに真っ赤な染みが広がる。運転手は口をあんぐり開け、そのまま地面に仰向けに倒れた。

ジュヌヴィエーヴは悲鳴をあげて、つかまれた手をふりほどこうとした。だが相手は彼女の顔を平手で打った。「何をするのよ！」ジュヌヴィエーヴが拳《こぶし》で打ちかかると、男の鼻から血が噴き出した。

「この女《あま》！」別の男が彼女をベンツに押し込んだ。

ベンツの床にはルパートがころがされていた。ジュヌヴィエーヴは彼の横に膝をつき、額の出血を止めようと、裂いたスカーフをあてがった。

「この男たちは何者なの？　何が目的なの？」ジュヌヴィエーヴは小声できいた。

「オマル・ハージ・ファターの一味だ」ルパートは彼女の手を握った。「気をつけろ。危険な奴《やつ》らだ」

「わたしたちをどうするつもりなのかしら？」

「人質にして身の代金を要求するつもりだろう」

後ろのドアが開いた。けがをした男が乗せられ、あとの二人は運転席と助手席に乗り込んだ。ジュヌヴィエーヴに殴られた男は、血のついたハンカチで鼻を押さえながら補助席に座った。

ベンツが急発進した。補助席の男がジュヌヴィエーヴを後ろ手に縛って、うす汚い布で目隠しをした。ルパートのうめき声が聞こえたので、彼も同じ目に遭っているのがわかった。

ジュヌヴィエーヴは必死で耳を澄ました。街をくまなく知っているわけではないが、車がどこを通っているか見当がつかないかと思ったのだ。鉄道線路を越えたのがわかった。およそ二十分か三十分走ったと思われるころ、車が止まった。ジュヌヴィエーヴとルパートは車外に引きずり出された。

二人は何かの建物に連れ込まれ、階段を下りた。ドアが開く音がした。一味はジュヌヴィエーヴの目隠しを取ると、コンクリートの床に突き飛ばした。彼女はつまずいてころび、よろよろと座り込んだ。目を上げるとルパートがこづかれながら入ってくるところだった。

ドアがばたんと閉じ、鍵《かぎ》がかけられた。

「大丈夫かい？」ルパートが尋ねた。

「ええ。あなたは？」銃床で殴られたルパートの額は血だらけだった。

「わたしたちを……どうするつもりかしら？」

「奴らの要求を首長《シーク》ツルハンにのませるための人質にするんだろう」

「シークは応じると思う？」

ルパートは目をそらした。

「正直に言ってちょうだい。あなたはどう思うの」

「僕にはわからない。だがアリがきっと、何か手を打つようにシークに取りなしてくれるはずだ」

地下室はひどく蒸し暑く、ドアの上の小さな窓から、わずかに光が差してくるだけだった。四方の壁にはひび割れが走り、コンクリートの床はじめじめして、ごみが散乱している。

「アリがきっと見つけてくれるわ」

「そうだな」ルパートは笑顔を作った。「君はアメリカ人だ。奴らも君を傷つけたりはしないだろう」

ルパートは壁にもたれかかった。

ころんだとき痛めた膝が痛み、ロープが食い込んで手首がひりひりした。こもった空気とごみの悪臭に、ジュヌヴィエーヴは気分が悪くなりそうだった。

何時間もたった。二人とも喉が渇いたので水をくれとさんざん叫んだが、応答はなかった。ようやく日暮れ近くなって、さっきの男たちのうち二人がやってきた。

「立て、イギリス野郎」二人のうち背の高いほうが言った。無精髭《ぶしょうひげ》の伸びた汚い顔は、鼻から右耳にかけて傷痕《きずあと》が走っている。男はルパートをぐいと引いて立たせると、ドアの方へこづいた。

「彼をどこへ連れていくの?」ジュヌヴィエーヴは叫んだ。

「我々に代わって、シーク・ツルハンに伝言を届けてもらうのさ」二人の男は笑い合った。

「頼む、ジェニーを解放してやってくれ」

「解放する?　冗談だろう?」背の低いほうの男が言った。あばた面で血色の悪い男だった。「この女は、シーク・ツルハンを失脚させるのに利用させてもらうのさ。もしツルハンが頑固でこちらの要求をのまなければ、また別の方法で利用させてもらうがな」男はジュヌヴィエーヴの顎をつかむと、胸のふくらみに手を這《は》わせた。

ジュヌヴィエーヴが悲鳴をあげてあとずさったとき、ルパートが縛られた拳をふり上げ、あばた面の男の後頭部にふり下ろした。男は壁に倒れかかった。無精髭の男がルパートを殴り倒し、すでに血だらけの顔を何度も殴った。あばた面の男は壁から身を起こすと、ルパートの脇腹《わきばら》に蹴《け》りを入れた。

ジュヌヴィエーヴは手を縛られた不自由な体で立ち上がると、必死で男たちの前に立ちふさがった。

「これ以上殴ったらルパートが死んでしまうわ!」

ようやく、ルパートを殴り倒した男が言った。

「もう十分だ。死んでしまったら、シークに伝言を伝えてもらえなくなる」

二人はルパートの脇の下に手を入れて立ち上がらせた。ジュヌヴィエーヴは彼が大けがをしたのではないかと心配で、泣きながら駆け寄った。

「僕なら大丈夫だ」ルパートは血まみれの唇でささやいた。「頑張れ、ジェニー。いずれアリが――」

「黙れ!」あばた面の男がルパートの側頭部を殴った。ルパートはがくりと膝を折り、そのまま引きずられていった。

ジュヌヴィエーヴはただ一人、恐怖とともに取り残された。彼らはルパートに伝言を託すと言っていた。すると、わたしは身の代金が届くまでの人質ということだろうか? シーク・ツルハンがお金を出すか、彼らの要求をのむまで、わたしはこのうす暗い部屋に閉じ込められているのだろうか?

ジュヌヴィエーヴは壁にもたれ、膝を胸に引き寄せて待った。しばらくして、初めて見る顔の男がやってきた。男は手首の縄をほどくと、ラム・シチューらしきものの入った皿と水差しを持ってきた。

「いつまでここに閉じ込めておくつもり?」ジュヌヴィエーヴはきいてみたが、男は黙って鍵をかけた。

ジュヌヴィエーヴはがぶがぶ水を飲んだ。空腹ではなかったが、努めて食べるようにした。

とうとうジュヌヴィエーヴは疲れ果て、壁にもたれて目を閉じた。

「アリ」ジュヌヴィエーヴは小声でつぶやくと、とぎれがちな眠りに落ちていった。

アリはあらゆるつてを利用して情報を求めた。警察への垂れ込み屋。ハージ・ファターとコネがある囚人。一味の夜の相手を務めた可能性のある娼婦《しょうふ》。アリは金をちらつかせ、懇願し、脅しをかけた。だが誰も何も知らなかった。

そのとき、メレアという若い娼婦が警察署へ現れ、アリに面会を求めた。

「オマル・ハージ・ファターに関する情報を買ってもらえる、と聞きました」

「そのとおりだ」アリは両手を組んで、身を乗り出した。「今回の誘拐について何か知っているのか?」

「いいえ、殿下」

アリはひどくがっかりして、不機嫌な声を出した。

「それならば、なぜここへやってきた?」

「オマル・ハージ・ファターが女を売っている、という噂《うわさ》を聞いたことがあります」

「女を売る? それが誘拐となんの関係が……」冷たい手がアリの胃の腑《ふ》をつかんだ。アリは身を乗り出すとメレアの手を取った。「奴隷として女を売っていると言うのか?」

メレアは誰か聞いていないかとあたりを見回すと、声をひそめた。「噂では、ハージ・ファターの手先の男が、街でめぼしい女をさらっているそうです」

「君のような娼婦をか?」

メレアは首をふった。「いいえ、良家の若い娘をさらうそうです。行方不明の女性は美しい方だと聞きました。その男にさらわれたのかもしれません」

「確かに彼女は美人だが、そのせいで誘拐されたとは思えない」アリはメレアの手を離すと立ち上がった。「さらわれた女が売られる先はどこだ?」

「ジャディダです」

アリはうなずいた。アリもジャディダの奴隷市の噂は聞いたことがあったが、二十一世紀にもなってそんなものが存在するとはとうてい信じられなかった。反乱が鎮圧され、ジュヌヴィエーヴが見つかりしだい、ジャディダの奴隷市を廃止させよう。だが今は、ジュヌヴィエーヴを見つけるのが先決だ。父からもらった二日の猶予は、もう残り少ない。

アリはメレアに報奨金を払うと、こう言った。「気をつけろ。ハージ・ファターが捕まるまで、安全なところに身を隠していたほうがいい」

「ありがとうございます、殿下」メレアは額に手を触れると、急いで部屋を出ていった。

アリは今の話を警察に話そうかと迷ったが、結局、黙っていることにした。メレアは大きな危険を冒して奴隷市の話をしてくれた。ひょっとして警察内部に奴隷市やジャディダとかかわりのある者がいるかもしれない。黙っていたほうが彼女のためだろう。

警察は鉄道線路から街のはずれまでの一帯を捜索したが手がかりは得られなかった。この区域は曲がりくねった小路が迷路のように入り組み、小さな家や倉庫が立ち並んでいる。建物は一つ残らず捜索したがジュヌヴィエーヴはどこにも見つからなかった。

アリはルパートとも話をした。彼は肋骨《ろっこつ》と頬骨が折れ、腎臓を痛めていたが、命に別状はなかった。ルパートは宮殿内で軟禁状態だった。どれほど処分が軽くすんでも、国外追放にはなるだろう。

アリはジュヌヴィエーヴが見つかりしだい、彼を助けるつもりでいたが、今は彼女を見つけるのが先だった。

「あれから何か思い出したことはないか？　どんな小さなことでもいいんだ」

「すまない、アリ、何も思い出せない。僕のせいだ。護衛を連れていけばよかったんだ」

「君が宮殿を出たときは、まだ反乱の知らせは届いていなかった」アリは言った。「君が悪いんじゃない、ルパート。君は最善を尽くしたんだ。ジェニーは見つかるよ」

アラーの神よ、どうか彼女を見つけさせてください。アリは内心で祈った。

ルパートはズアリーナのことも心配していた。「彼女を守ってくれ」彼は切々と訴えた。「僕たちの関係は潔白だ。母の墓前に誓ってもいい」

「だが君はズアリーナを愛しているんだろう？」

「ああ、そうだ。愛している」

アリはルパートを力づけるように肩をつかんだ。「大丈夫だ、僕が彼女を守ってやる」アリは請け合った。「反乱が鎮圧されるまでは、ズアリーナの処分を決めないよう父にも頼んである」

すでに一日半が過ぎていた。アリは満足に食事もとらず、不眠不休で警察につめていた。警察とともに捜索に出かけ、ともに尋問にも立ち会った。

二日目の晩、ハージ・ファターに便宜をはかっていたという噂のある男が警察に連行された。ナジール・ムスタファという名の、貧弱な体つきの男は何も白状しようとはしなかった。ハージ・ファターが何者かはもちろん知っている、だが本人に会ったことなどない、と言うのだ。

警官がムスタファの顔を拳銃《けんじゅう》で殴った。

「やめろ!」アリが鋭い声で制止した。

警官は唾《つば》を吐いた。「こいつが何も知らないはずはありません。ハージ・ファターの部下と一緒のところを見かけたことがありますし、彼らに情報を売っているという噂も聞いたことがあります。ミス・ジョーダンの行方を知っている人間がいるとすれば、こいつしかいません」

警官がまた拳銃で殴ろうとしたとき、アリが言った。「この男の身柄を僕にあずけてくれ」

ムスタファの目が、恐怖に見開かれた。

「この男は宮殿へ連れていく」アリは言った。「宮殿には、こういう人間のくずに口を割らせるための、特別な装置があるんだ」

曾祖父《そうそふ》の時代でさえ、拷問など行われていなかった。だがジュヌヴィエーヴの命を救うためなら、目の前の男を昔ながらの拷問にかけてもいいとアリは思った。

「この男を僕にあずけてくれ」アリはくり返した。

「いやだ!」ムスタファは椅子の上で必死であとずさった。「お願いだ、だんな。俺《おれ》は小銭をせびるしか能のない、しがない物乞《ものご》いだ」

アリはかがみ込むと、背筋も凍る冷たい声で言い放った。「知っていることを教えろ。さもないと、アラーの神にかけて――」

「博物館で、あんたがあのアメリカ人と一緒のところを見たんだ。あんたの目つきで、あの女を憎からず思っていることがわかったので、それをハージ・ファターに伝えた」ムスタファは顔を両手に埋《うず》めた。「だけど、まさか奴が女を誘拐するなんて思わなかったんだ、信じてくれ」

アリは男の両手を顔からふり払った。「彼女は今、どこにいる?」アリは叫んだ。

ムスタファの顔は恐怖で真っ青だった。「それを言えば、俺がハージ・ファターに殺されちまう」

アリは男のローブをつかむと揺さぶった。「言わなければ、僕がおまえを殺してやる」アリは吠《ほ》えた。

ムスタファの喉仏がごくりと動いた。「倉庫だ……」彼はアリの手を逃れようともがいたが、アリはいっそう手に力を込めた。「ザゴラ地区にある倉庫だ。奴らは前にもそこを使ったことがある」

アリは言った。「そこへ案内しろ」

「俺を守ってくれるんだろうね? 頼むからハージ・ファターには引き渡さないでくれ」

「おまえの面倒は警察が見てやるさ」担当の警部が言うと、部下に命じた。「全員武装のうえ、五台のパトカーに分乗せよ」警部はナジール・ムスタファに手錠をかけた。「もしおまえの話が嘘《うそ》だったら、身柄をアリ殿下に渡すからな」そう釘《くぎ》をさすとムスタファをこづくように部屋から連れ出した。

アリは警察署長と並んで先頭のパトカーに乗った。アリははやる気持ちそのままに身を乗り出して、体中の筋肉を張りつめていた。

今行くぞ、ジェニー。アリは何度も心の中でくり返した。今すぐ助けてやるからな。

ドアがかちゃりと開いた。

ジュヌヴィエーヴはまばたきをした。隣の部屋の

明かりが目に痛い。だがすぐにルパートを蹴り、彼女の胸に触ったあばた面の男がいるのに気がついた。男
ジュヌヴィエーヴは身をすくませて壁に背を押しつけた。男は笑うと、ジュヌヴィエーヴをぐいと立たせた。「出発だ」男は言った。「俺はもうしばらく、おまえとここにいたかったんだが、命令を受けちゃしょうがない」男はジュヌヴィエーヴの手首を縛り上げた。それから彼女の顎をつかんで言った。「出発まで少し時間がある。少しくらい俺にいい思いをさせてくれてもいいだろう?」

男はジュヌヴィエーヴを抱き寄せた。生にんにくと汗の臭《にお》いがして、ジュヌヴィエーヴの胃がよじれた。「わたしに手を出してごらんなさい、アリ・ベン・ハリに見つかったら、ただではすまないわよ」

「わかりっこないさ。おまえはアリどころか、誰にも見つけられないところへ行くんだからな」男はジュヌヴィエーヴの丸い腰をなで回した。「いい感じだ」男の息が荒くなった。

ジュヌヴィエーヴは膝で思い切り蹴り上げた。男は体をくの字に曲げてあとずさった。

「この女《あま》」男は痛みをこらえて言った。「お返しに――」

「何もするんじゃない」戸口に現れた男が言った。「この女に手出ししたことがオマルにばれたら、おまえの首が飛ぶぞ。この女は金のなる木だ。俺たちもその分け前をもらうことになってるんだ」戸口の男は小さな拳銃をポケットから出し、あばた面の男に出ていくように身ぶりで示した。「車を取ってこい。一時間後に仲間と合流して、この女を引き渡すんだからな」

あばた面の男は、股をかばいながら、あわてて部屋を出ていった。

「聞いて」ジュヌヴィエーヴは唇を湿らせると、銃を持った男に言った。「アリ・ベン・ハリは金持ち

よ。わたしを助けてくれれば十分なお礼を――」

「礼をもらうどころか、俺たちは腹を割かれちまうよ」

「待って……聞いて……」ジュヌヴィエーヴは必死で言葉を探した。「アリなら、オマル・ハージ・ファターの二倍のお金を払うわ。わたしを宮殿へ連れていってちょうだい。あなたのことは、わたしが弁護してあげる。アリはきっとお礼をしてくれるわ」

「俺が何をしたかオマルに知られたら、金などなんの意味も持たない」男はジュヌヴィエーヴをこづいてドアに向かわせた。「おまえだって運がよけりゃ、やさしいご主人様に買われるかもしれないしな」

「ご主人様？　買われる？」ジュヌヴィエーヴはまじまじと男を見つめ返した。「それはなんの話？　わたしをどこへ連れていくつもりなの？」

「アリ・ベン・ハリがおまえを二度と見つけられない場所さ。ジャディダだよ」

「ジャディダ？」

ジュヌヴィエーヴの知らない地名だった。中東の国名ならほとんど知っているが、ジャディダとは聞いたことがない……不意にジュヌヴィエーヴの口がからからになり、心臓が跳ね上がった。そういえばハイファから聞いたことがある。奴隷制の残る国が二つある、一つがオアジダーで、もう一つがジャディダだ、と。

口もきけないほど震えながら、ジュヌヴィエーヴは言葉をしぼり出した。「アリに電話をかけてちょうだい。あなたの望みはなんでも――」

「うるさい、黙れ！」

「お願いよ」

「黙れと言っただろう」男は手をふり上げたが、思いとどまった。「よほど強い男でなければ、おまえを手なずけられんな。ジャディダまで一緒に行けなくて残念だ。おまえを買い取る男の顔が拝みたかったのに」

男はジュヌヴィエーヴの手首をつかんだ。ふりほどこうと暴れた拍子に、金のブレスレットが切れた。男が手を放した隙《すき》に、彼女は拾おうとかがみかけたが、ふと思い直して爪先で脇へ押しやった。

「行くぞ」男はジュヌヴィエーヴの肩をつかむと、乱暴に部屋の外へ連れ出した。


先頭のパトカーが急ブレーキをかけて止まった。

「ここだ」ムスタファが骨張った指で荒れ果てた倉庫を指さした。

「誰もいないようだな」警察署長が言った。「もしでたらめだったら、容赦せんからな」

「嘘じゃない。以前にも奴らはこの倉庫を使ったことがある。アラーにかけて本当だ」

「嘘だったら覚悟しておけ」アリは車を降りると、ナジール・ムスタファを連れて倉庫に向かった。

「建物を取り囲め。誰も逃がすな」署長は警官隊に命じると、アリに尋ねた。「銃はお持ちでしょうな」

アリは厳しい顔でうなずいた。「もちろんだ」

警官隊は倉庫に駆け寄った。窓ガラスは割れ、床はごみだらけだった。

警官の一人が床の土埃《つちぼこり》を蹴り上げた。「ここは長い間、もう誰も住んだ形跡はありません」

アリはムスタファを揺すった。「嘘だったのか」

「嘘なんかじゃない。アラーにかけて、嘘じゃない。地下室だ、きっと地下室にいるんだ」

アリはムスタファを突き飛ばすと、地下へ続く階段へ急いだ。心臓が早鐘を打っている。必死で祈りの言葉を唱える。どうかジェニーがここにいますように。どうか彼女が無事でありますように、どうか……アリは銃を握りしめた。

警察署長が追ってきた。「わたしが先に行きます」だがアリはかまわずに階段を駆け下りた。下りところに広い通路があり、その先に小部屋が見えた。テーブルと折り畳み椅子、水が半分入った瓶、食べ残しの皿。

アラーよ。アリは祈った。アラーの神よ。

小部屋の先にもう一つドアがあった。アリは走り寄った。ドアは開いており、中はからっぽだった。アリはがっくりと壁にもたれた。ジェニーはいなかった。ムスタファが嘘をついたのだ。

アリは壁から身を離し、部屋から出ようとした拍子に何かを蹴った。見下ろすと、金のブレスレットだった。彼女に買い与えた金鎖のブレスレットだ。

アリは大声をあげた。署長が駆け込んできた。

「どうしました、何事です?」署長は、アリが持ったブレスレットに目をとめた。「ミス・ジョーダンのものですか?」

「そうだ」アリはブレスレットを握りしめた。「これはジェニーのブレスレットだ」

13

「残念だが、一時間前に攻撃命令を出した」ツルハンは机の向こうで立ち上がった。「陸軍は交戦中で、空軍もすでに街を発《た》った。今度こそオマル・ハージ・ファターの息の根を止めてやる」

「あらゆる犠牲を払ってでも、ですか」アリが苦々しげに言った。

「あらゆる犠牲を払ってでも、だ」ツルハンは息子の肩に手を置いた。「すまない。おまえがあの女を大切にしていたのはわかっている。だが女なら、あのアメリカ人でなくてもほかにいるだろう」

「やめてください、父上! 僕にとって大事なのはジェニーただ一人です」アリは必死で怒りを抑え、父に背を向けてドアに向かった。

「どこへ行く?」ツルハンが語気鋭く尋ねた。

「リュス・アル・ドフランですよ。ハージ・ファタ一を捕まえに行くんです」

「ならん!」ツルハンの怒鳴り声が部屋に響いた。

「許さんぞ、おまえの身を危険にさらすなど——」

だがすでにアリは音高くドアを閉めたあとだった。

アリは自室に戻った。警察署で仮眠しただけだし、丸一日何も食べていない。アリは召使いにコーヒーと食べ物を持ってくるよう命じ、服を脱いで冷たいシャワーを浴びた。そして肌の感覚が痺《しび》れ、逆に神経が鋭く研ぎ澄まされるまで、水に打たれていた。

アリはリダヤ大佐に電話した。「三十分以内に、ヘリコプターを一機手配してほしい。行き先はリュス・アル・ドフランだ」

アリは食事をすませると黒いローブに着替え、胸に弾薬帯を巻きつけて、自動ライフルを手に取った。


ヘリコプターが宮殿の屋上で待っていた。アリは安全ベルトをしめると、若いパイロットに〝出発だ〟と声をかけた。

一時間あまりで戦場にたどり着いた。

「ここで着陸するのは危険です」パイロットは、あたりに飛び交うほかのヘリや、反乱軍を機銃掃射している戦闘機ピッツ・スペシャルを示した。

パイロットは無線で何か交信してから言った。

「十五キロほど先に着陸場所があるそうです」

「あそこに下りろ」アリは右手の空き地を指さした。

「ですが——」

「今すぐだ」

パイロットは奥歯を食いしばり、ヘリコプターを急降下させた。対空高射砲が火を噴いた。パイロットがアリをちらりと見た。「着陸に失敗したら、自分は大佐に殺されます」

「着陸に失敗すれば、君の命だって保証はない。大佐から受ける処罰を心配する必要はないさ」

再び下から砲撃があってヘリコプターが揺れた。

「頑張れ、もう少しだ」アリが言った。

ヘリコプターが空き地の上に来ると、アリは安全ベルトをはずして言った。

「すばらしい操縦だったよ。君の昇進を大佐に進言しておこう」アリは軽く敬礼すると、地面すれすれのヘリから飛び降りた。そしてヘリコプターが戦闘地域から無事脱出するのを見届けてから、戦いの真っただ中へ飛び込んだ。

一時間が二時間になり、三時間になった。時間の感覚がなくなり、意識にのぼるのは目の前の敵と、砂埃《すなぼこり》と汗と、敵や味方が倒れる悲鳴ばかりになる。アリが白兵戦に加わるのは五年ぶりだった。戦場は、銃声と砲撃、頭上を飛び交う戦闘機、低空飛行するヘリコプターのローター音など、騒音に満ちていた。

アリはカシュキーリ軍の兵士と肩を並べて戦った。指揮官が倒れると、今度はアリが指揮をとった。アリは兵士を反乱軍の防衛線の近くまで進ませ、ハージ・ファターは生け捕りにせよと指示を出した。

日が暮れたが戦闘はいっこうにやむ気配がなかった。両軍とも累々と死傷者が出た。夜の闇《やみ》を鮮やかなオレンジ色の銃火が切り裂く。アリとカシュキーリ兵は這《は》うようにして進み、銃火がとぎれがちになると休息した。アリはジュヌヴィエーヴのことは頭からしめ出し、今は反乱軍を鎮圧しハージ・ファターを捕らえることだけに気持ちを集中しようとした。

だが一晩中ジュヌヴィエーヴのことがアリの脳裏を去らなかった。彼女はどこにいる？　まだ生きているだろうか？　傷つけられてはいないだろうか？

もしジュヌヴィエーヴが無事でなかったら、ただではすまさない。アリは残酷な拷問の数々を思い浮かべ、殺伐とした興奮で心を熱くした。オマル・ハージ・ファターに彼女の居場所を吐かせてやる。白状するからどうか殺さないでくれと嘆願させてやる。

　夜明け前に、彼らはじりじりと敵ににじり寄り、空が白み始めると同時に総攻撃をかけた。

　二時間の戦闘の末、敵軍は武器を捨てて降伏した。

　アリとカシュキーリ軍の将校たちは、反乱軍の士官たちを捕らえると、手首を縛って一列に並ばせた。

「おまえたちの大将、オマル・ハージ・ファターはどこだ？」アリはライフルを握る手に力を込めた。その顔は一晩の疲労と緊張ですっかりやつれていた。

「死にました」捕虜の列から声があがった。

　アリはふり返った。「今言ったのは誰だ」

「わたしです、閣下」ぼろぼろのローブを着た男が進み出た。「今朝、彼が倒れるところを見ました」

「嘘《うそ》をつくな！」アリは叫んだ。「ハージ・ファターをかばおうとしても無駄だ」

「わたしも大将が倒れるのを見ました」別の男が言った。男は少し離れた戦場を指さした。「夜明けに総攻撃を受けたすぐあとのことです」

　アリの顔から血の気が引いた。アリはその男の肩をつかむとぐいと押した。「そこへ案内しろ！」

　アリと捕虜にカシュキーリの士官が一人同行した。

「もし嘘だったら、おまえを殺してやる」アリは恫《どう》喝《かつ》した。

　男のやせこけた顔が恐怖でこわばった。「アラーにかけて嘘ではありません。大将が死んだからこそ、我が軍の士気が衰え、戦に負けたのです」

　戦場には死者が累々と横たわり、瀕死《ひんし》のけが人のうめきや叫びに満ちていた。これが戦争の見返りなのだ、そう思ってアリは気分が悪くなった。アリは祈った。アラーの神よ、どうかこれ以上、戦いや流血の惨事がカシュキーリで起こりませんように。

「あそこです！」やせこけた男が足を止め、泥に顔を伏せて倒れた男を指さした。

　アリの心臓が早鐘を打ち始めた。

同行したカシュキーリの将校が、倒れた男を仰向けにした。「まだ生きています」

アリはオマル・ハージ・ファターの上にかがみ込み、血に染まったシャツの胸をつかんだ。「ジェニーはどこだ？　彼女にいったい何をした？」

ハージ・ファターはすでに生気の失われた目で、こちらを見た。「おまえが二度と彼女に会えないところにさ」ハージ・ファターはささやいた。

「教えろ、さもないと――」

「さもないとどうする？　わたしを殺すとでも言うのか？」ハージ・ファターは笑おうとして血を吐き、ぞっとするような笑みを浮かべてつぶやいた。「もはや手遅れだ、アリ・ベン・ハリ、もはや……」

彼のまぶたが閉じ、ふっと息が止まった。

「死ぬな！」アリは相手の肩をつかんで揺さぶった。「まだ死ぬんじゃない！」

「殿下」将校がそっと咳払《せきばら》いをして言った。「奴《やつ》はもうこと切れています」

アリは死体から手を離し、天を仰いだ。魂の奥底から絶叫が込み上げてくる。その声が外にもれないよう、アリは奥歯を食いしばった。

「伝令を……」アリは強いて声を平静に保った。「戦いが終わったと……そしてオマル・ハージ・ファターが死んだと、今すぐ父上に知らせてくれ」アリはみなに背を向けて、戦場の方へ歩き出した。

「どちらへ行かれるのですか？」

アリは足を止めたが、ふり返らなかった。「わからない。自分でも、まるでわからないんだ」

ジュヌヴィエーヴはこの二日間武装した男女二人に見張られて、トラックの荷台に閉じ込められていた。最初は両手を縛られ目隠しもされていたが、砂漠に入ってから縄もほどかれ、目隠しもはずされた。

トラックは何度か道ばたで止まり、女がジュヌヴィエーヴを見張っている間に、男がどこかへ行って温かい食べ物を調達してきた。

ジュヌヴィエーヴは無理にでも食べた。体力をつけておかないと、チャンスが到来しても生かせない。

「どこへ向かっているの?」彼女は尋ねた。

「着いたらわかるよ」女が答えた。

ジュヌヴィエーヴはアラビア語は片言しかできないふりをして、見張りが油断して口をすべらすのを待った。だが二人は慎重だった。ようやく二日目になって、ジャディダという地名がもれ聞こえた。

やっぱり! ジャディダへ連れていかれるのだ!

「今夜にはジャディダに着く」女が言った。「金を受け取ったら、すぐカシュキーリへ戻ろう」女は窓から外を見た。「こんな砂だらけの国は嫌いだよ」

「ここには砂漠と石油と金がある」男が笑った。

「だけどなんの楽しみもないじゃないか」

「楽しみはそれなりにある」男は片目をつぶり、ジュヌヴィエーヴに顎をしゃくった。「この女だって、砂漠の寒い夜に、どこかの金持ちの体を温めるのさ。こんな美人を金持ちの慰みものにするのは残念だ」

「変なことを考えるんじゃないよ。この女に手を出してごらん、カシュキーリに帰る前に、おまえの大事なところをちょん切られちまうよ――」

トラックがスピードを落とした。女は窓の外を見やり、運転席との仕切りをノックした。

「どうしたんだい? なんでこんなところで止まるのさ?」

「ラジエーターがオーバーヒートしちまった」運転手が答えた。「水を持ってきてくれ」運転手は車を降りてドアを閉めた。

女は大きな水瓶《みずがめ》を持つと、口の中で悪態をつきながら外へ出ていった。

「わたしをジャディダに連れていけば、いくらもらえるの?」ジュヌヴィエーヴは男に向かって、完璧《かんぺき》なアラビア語で尋ねた。

男はまじまじと彼女を見つめた。「アラビア語が話せたのか！」

「いくらもらうの？」彼女はもう一度尋ねた。

「たんまりさ」

「もしわたしをカシュキーリに連れて帰ってくれれば、アリ・ベン・ハリがその二倍は出すわ」

「お金をもらうどころか、アリ・ベン・ハリに去勢されちまうよ」

「一生遊んで暮らせるお金が手に入るのよ」ジュヌヴィエーヴはかまわずに続けた。「わたしも、あなたが望むものをなんでもあげるわ」彼女は舌で唇の端をなめてみせた。「なんでもよ」かすれた声でささやく。

男の息づかいが荒くなった。「本当になんでも？」

「ええ、抵抗もしないわ」彼女は男の手を取った。

男はごくりと唾《つば》をのんだ。「あの女が黙っちゃいないさ」

「それじゃあ、あの女を追い払ってちょうだい」

ボンネットがばたんと閉じ、戻ってくる女の足音が聞こえた。

「使い切れないほどのお金、それに――」ジュヌヴィエーヴはささやいた。

女が荷台に戻ってきた。女はジュヌヴィエーヴを見、男を見た。「いったい何をやってるのさ？」

男は咳払いして答えた。「べつに」そしてジュヌヴィエーヴに背を向けた。「べつに何も」

ジュヌヴィエーヴは賭《かけ》に負けたことを悟った。

その村は、砂漠のへりにテントが寄り集まっただけの集落だった。ジュヌヴィエーヴのテントは贅沢《ぜいたく》なものではなかったが、大きくて居心地がよかった。彼女の世話をする女が二人いた。背の高い六十代の女と、顔に星形の入れ墨をした中年の女だ。テントの外には二人の見張りが立った。

女たちはジュヌヴィエーヴを、貴重な競走馬か、殺す前に太らせる子羊のように扱った。水牛のミルク風呂に入れ、彼女の肌にオイルを塗った。

女たちはまた、ジュヌヴィエーヴに特別なごちそうをふるまった。柔らかい鶏《とり》の胸肉、極上のラム肉、よく熟したざくろ。バクラヴァと呼ばれる甘いパイやペストリー。

ジュヌヴィエーヴがあらがうと、女たちは外の見張りを呼ぶよ、と脅した。

「言うことを聞かないと、見張りに体をつかまれて、無理やり体を洗われ、口に食べ物を突っ込まれるだけのことだよ」年かさの女が言った。

そう言われると、とりあえず今は従うほかなかった。逃げるチャンスが来るのを黙って待つしかない。

このあたりの方言はカシュキーリとは違っていたが、注意深く耳を傾け、単語や言い回しを聞き直したりするうちに、だいたいわかるようになってきた。

毎日、アブドラという奴隷商人が、彼女の様子を見にやってきた。たるんだ二重顎に髭《ひげ》を生やし、でっぷりした太鼓腹を揺すって歩く男で、手に鞭《むち》を持ち、いつも大男の奴隷を一人従えていた。

ジュヌヴィエーヴが怖かったのは、アブドラよりこの奴隷のほうだった。身長も横幅も人間離れした大男で、頭はつるつるに剃《そ》り上げ、オイルとワックスで固めた長い口髭を顎の下まで伸ばしている。

この奴隷はいつもアブドラの一歩後ろに控え、筋肉隆々の腕を組んで、主人の前にジュヌヴィエーヴが引き出されるのを見ていた。

「やせすぎだな」ある日アブドラはそう言ってジュヌヴィエーヴの二の腕の皮膚をつまんだ。彼女がアブドラの手を払いのけると、奴隷が一歩踏み出した。

「わたしにこの女を一日おあずけください。礼儀というものを教え込んでやります」

「この前、おまえが〝教育〟した女は、使いものにならなくなってしまったではないか。この女には手を出すな。この女は金のなる木なのだ」

奴隷は唇をなめた。「一晩だけでけっこうです。一生、奴隷としてお仕えしますから」

「おまえはすでに奴隷の身の上だ」アブドラは笑うと、鞭の柄で奴隷をつついた。「こんな上等の女をおまえに与えるとでも思うのか、ばかめ」

奴隷は黙って、小さな目を怒りでくすぶらせた。

「すでに噂《うわさ》で、珠玉の宝石がわたしの手中にあることを、広めておいた」アブドラは言った。「ジャディダ中の首長《シーク》が見に来るだろう」アブドラは腹を何度も手でさすった。「初日に一回だけ見せびらかして、競りは最終日まで行わない。そのころには奴らの欲望はいやがうえにもそそられているはずだ。競り値はどんどんつり上がり、わたしは大金持ちというわけだ」

アブドラは笑うと、狡猾《こうかつ》な目を光らせた。「おまえには高嶺《たかね》の花だ、ブラヒム」アブドラは奴隷の腿にぴしりと鞭をあてた。「さあ行くぞ」

だがブラヒムは動かず、ばかでかい手を開いたり閉じたりしていた。「ほかの女はくださったのに」

テントの中に緊迫した空気が流れた。

アブドラは低い声で〝行け〟と言うと、テントの入り口を指さした。商人の目があまりに残忍だったので、ジュヌヴィエーヴの背筋がぞくりとした。

ブラヒムは目を伏せ、まるで折檻《せっかん》された大型犬のように、テントから出ていった。

二人の女たちは、祭りのことばかり話していた。音楽にダンス、曲芸、蛇つかい、占い師に手品師。そしてもちろん、祭りの呼び物である奴隷市。

夕方になり砂漠に日が落ちると、二人はジュヌヴィエーヴをテントから連れ出して散歩させた。彼女は黒いローブと黒いスカーフを着せられたうえ、カシュキーリとは違って、額から顎まですっぽり覆う黒いベールをかぶせられた。ジュヌヴィエーヴも、国によってこの手のベールを使う習慣があることは聞いていたが、実際にかぶってみると、ぼんやりとしか前が見えず、何度もつまずきそうになった。主人以外の男性に顔を見せてはいけないというだけの理由で、外も見えないような衣装を強制される女たちは、どうやって耐えているのだろう。

これがわたしの運命なのだろうか？　このままわたしは……いいえ、ジュヌヴィエーヴは自分に言い聞かせた。わたしは屈服なんかしないわ。たとえアリが間に合わず、奴隷として売られたとしても……。

一度だけ、競り台の上で生き恥をさらすくらいなら自殺したほうがましだと思ったことがある。そう思いながらもジュヌヴィエーヴは、どんなに状況が絶望的でも、逃げ出せる可能性も、アリが見つけてくれる可能性もあるはずだと自分に言い聞かせた。

だが時には、二人の女たちが眠ってしまったあとで、絶望の涙を流すこともあった。どうしてアリに今のわたしが見つけられるだろう？　カシュキーリから何百キロも離れた国にいるというのに？　アリだって、カシュキーリ国内はくまなく捜すだろう。だがなんの手がかりも得られないとなると、いずれわたしが死んだものと思い、彼は彼の人生を歩んでいくだろう。わたしのいない人生を。

祭りの初日の朝、女たちはジュヌヴィエーヴに水浴びをさせると香水をふりかけ、特別の衣装を着せた。宝石とスパンコールの縫い取られたクレープデシンのビキニは、かろうじて胸が隠れるか隠れないかの大きさだ。薄い綿素材のハーレムパンツは、体の線がよく見えるよう、へその下までずり下げてある。パンツには宝石やスパンコールが縫いつけてはあったが、ジュヌヴィエーヴの長い脚がはっきりと透けて見えた。

二人はその上から、彼女にペールグリーンの薄いガウンをはおらせた。だがガウンをはおると、かえってその下が裸に近いことが目立つだけだった。

女たちはジュヌヴィエーヴの髪をとかし、ゆるやかにウエーブさせて肩に垂らした。金のイヤリングと指輪、金のアンクレットをつける。最後に、顔の下半分を、ガウンと同じ素材の薄いベールで覆った。

支度ができると、アブドラが下見に来た。

「ああ」大きなため息がアブドラの口からもれた。「まさに完璧だ。時間になったら迎えをよこそう」

アブドラはほくそ笑んだ。「今日は一目拝ませてやるだけだ。金曜日になれば、誰もが涎《よだれ》を垂らしているに違いない」

アブドラは手を伸ばし、ジュヌヴィエーヴの頬をなでた。

「おまえのおかげで、わたしは金持ちだ」アブドラは喉の奥で笑った。

「触らないで！」ジュヌヴィエーヴは言った。

「ほほう」アブドラはあとずさるふりをした。「なかなか気骨のある女だ。男はそういう女を好む――それだけ手なずける甲斐《かい》があるからな」アブドラはジュヌヴィエーヴの顎をつかんだ。「だが競り台の上でばかなまねはするな。もし何かしでかしたら、おまえをブラヒムにくれてやる。金曜日には、ブラヒム以外の人間に買ってもらえるのが、嬉《うれ》しくてたまらなくなっているだろう」

そう言ってアブドラは手を離した。

アブドラが出ていくと、二人の女はジュヌヴィエーヴの方を見た。「気をつけたほうがいい」年配の女がささやいた。「あの男は悪魔だ。もし怒らせたら、本当にブラヒムの慰みものになってしまうよ」

中年の女がジュヌヴィエーヴをクッションに座らせた。「落ち着いてね。もうすぐよ」

ジュヌヴィエーヴは目を閉じた。テントの外から、祭りのさざめきが聞こえてくる。群衆のざわめきや音楽、子山羊《こやぎ》や豚の鳴き声。砂糖菓子やお香、スパイスやらくだの排泄物《はいせつぶつ》など、さまざまな匂《にお》いも漂ってくる。中でも一際大きく〝さあ、いくら出す?〟と競り人が叫ぶ声が聞こえてきた。

テントの入り口に男が現れた。「時間だ」

「さあ」ジュヌヴィエーヴは片手ずつ女に取られて、立ち上がった。「忘れないで」女は言った。「よけいなことはしないで、おとなしく台の上に立つのよ。ほんの数分で終わるわ。すぐここに戻れるから」

二人はジュヌヴィエーヴを、テントからざわめき立つ祭りの空気の中へ連れ出した。ジュヌヴィエーヴはぼうっとした頭で、色とりどりの吹き流しや、踊り子や、曲芸師や占い師を眺めた。

テントを取り巻いていた群衆が急に静かになり、彼女の通り道を空けた。

ジュヌヴィエーヴは深呼吸すると、奥歯を食いしばり、込み上げてきた吐き気をこらえた。

「こっちだ」呼びに来た男が言った。

前方で、若い娘が祖父くらいの年齢の男性に手を引かれていた。娘はすすり泣き、男のほうは勝ち誇った顔をしていた。

競り台が目の前に立ちはだかった。目を上げると、腰に手をあてた競り人が、彼女を待っていた。

恐怖に喉がつまり、体が震え始めた。

誰かが彼女の手を引いて、競り台の階段をのぼらせた。

がやがやした話し声が、しーんと静まり返った。

競り人はジュヌヴィエーヴの手を取って、台の中央へ導いた。「さあ、とくとごらんあれ」競り人は集まった男たちに言った。「これこそ珠玉の宝石だよ。このアメリカ人は、愛の手ほどきが必要な小娘ではない。それどころか、男を情熱の炎で燃え上がらせる、手練《てだれ》の女だ」

ジュヌヴィエーヴは、たくさんの黒いローブと欲望にぎらつく瞳を見下ろした。

競り人はゆっくりとジュヌヴィエーヴを回転させた。「今日は見るだけで競りはなしだ、心ゆくまで眺めておいてくれ。これほどの美人を見たことがあるかね？　黄金を紡いだようなこの髪、海のような緑の瞳」

競り人はジュヌヴィエーヴの手首をつかむと背中に回して、胸を突き出させた。

「こんなに豊かな胸を見たことがあるかね？　この胸を我が手に包み、口に含むためなら、いくら出す？」

つめ寄ってきた男たちの喉から、低いうなり声がもれた。

「今すぐ売ってくれ！」男の一人が叫んだ。「俺《おれ》たちを拷問にかける気か？　競りを始めてくれ。俺は一万ディハラ出す」

「二万だ！」別の男が叫んだ。

競り人は笑った。「金は金曜日まで取っておくんだね」彼は下で待っている見張りにうなずきかけた。「さあ、これで金曜日まで彼女は見おさめだよ。彼女が夢の中にでも出てきてくれれば話は別だがね」

競り人はジュヌヴィエーヴを見張りの方へ押しやった。見張りはジュヌヴィエーヴの腕をつかむと、群衆を押しのけて進んだ。男たちから、〝美しいおまえのためなら、全財産出してもいい〟とか〝愛の女王よ、金曜日におまえは俺のものだ〟などの声が聞こえた。

ジュヌヴィエーヴは男たちの汗の臭《にお》いをかぎ、男たちの熱い息づかいを感じた。

もし見張りがつかんでくれていなければ、その場にくずおれていただろう。なんとかテントまで戻ったところでジュヌヴィエーヴは気を失った。

14

木曜日の晩、女たちはジュヌヴィエーヴに眠り薬を与えた。しかし彼女は悪夢にうなされてアリを呼び、その拍子にふと目を覚まして、女たちの声を耳にした。「かわいそうに、この女はもういとしい男とは夢の中でしか会えないんだね」

ジュヌヴィエーヴは枕《まくら》に顔を埋《うず》め、失ったまま二度と手に入らない愛を思って、声を殺して泣いた。

翌朝、女たちはジュヌヴィエーヴを香水入りの風呂に入れ、肌に香油をすり込み、金髪が柔らかなウエーブを描いて肩に流れ落ちるよう整えた。

二人は彼女の目をコールで縁取り、マスカラと口紅を施し、手のひらと足の裏をヘンナで染めた。さらに、ジュヌヴィエーヴの必死の抗議もむなしく、乳首の周りにも紅をさした。

ジュヌヴィエーヴははらわたが煮えくり返る思いで、決意を新たにした。行く手に待ち受ける運命を甘んじて受け入れたりはしないわ。おとなしく手を引かれて競り台にのぼったり、わたしを買った男に素直に従ったりするものか。

何より、今も喉元に苦く込み上げてくる吐き気と恐怖に負けたりするものか。

テントの外が騒がしくなった。競りに参加する男たちが、ジュヌヴィエーヴの居場所を突き止めたらしい。見張りの人数は倍になっていたが、男たちを遠ざけておくことは難しかった。

今回の衣装は、前以上に肌の露出したものだった。トルコブルーのちっぽけなシフォンの布切れは、胸を隠す役にはほとんど立たない。シフォンのハーレムパンツはウエストが低く、宝石もスパンコールもついていないので体の線が丸見えだ。

「ガウンは？　それにベールは？」彼女は尋ねた。

「今日はないの」女が答えた。「あなたの美しさを、あますところなく見てもらうんだから」

「こんな格好で人前に出るのはいやよ」

「言われたとおりにしなさい」年かさの女が、エメラルドのイヤリングをジュヌヴィエーヴの耳にはめ、親指の先ほどある大きなエメラルドをへそに埋めた。

ジュヌヴィエーヴがあらがうと女は言った。「おとなしくしないと見張りの男を呼ぶよ。腕を縛られ、首に縄をかけられて連れていかれたいのかい？」

ぎょっとしたジュヌヴィエーヴに、顔に入れ墨をした女が言った。「怖がることはないわ。誰だって大枚をはたいて買ったものは、大事にするはずよ」

買ったもの。また吐き気が込み上げてきた。わたしは商品になってしまったのだ。

「もし新しいご主人を満足させれば、女王のような暮らしだってできるのよ」女は続けた。「その男と寝なければいけないからって、どうだと言うの？男なんてみんな同じじゃないの」

「時間だ」見張りの一人が声をかけた。

「ばかな考えを起こすんじゃないよ」年配の女が釘《くぎ》をさした。「物笑いの種になるだけで、結局、競りにかけられるのは同じなんだから。女のあんたに、男たちに立ち向かうすべなど、ありはしないよ」

悔しかったが、相手の言うとおりだった。今は抵抗しても無駄だ。家畜のように首に縄をかけられて、競り台に引いていかれたくはない。

「急げ！」見張りがテントの垂れ幕を上げた。「みんな待ちかねているぞ」

女たちがジュヌヴィエーヴの腕を取った。「触らないで」凛《りん》とした声の響きに二人は手を放した。

怖がっているところを見せてはだめよ、彼女は自分に言い聞かせた。立ちすくんだり気を失ったりもするものか。下司《げす》な男どもの目を真っ向から見すえ、アリがわたしを見つけてくれるまで頑張るのだ。

祈るようにアリの名前をつぶやきながら、ジュヌヴィエーヴはテントの外に足を踏み出した。

群衆はいっせいに息をのみ、静まり返った。見張りが彼女の腕を取ろうとしたが、〝一人で行けるわ〟という言葉に、彼らもまた手を放した。

ジュヌヴィエーヴは群がる男たちには目もくれず、見張りたちを従えるような格好で、背筋を伸ばし昂《こう》然《ぜん》と面を上げて、誰の助けも借りずに競り台の階段をのぼった。そして、そのままま っすぐ前を見つめ、足元の群衆には見向きもしなかった。

「さあさあ、お待ちかね、真打ち登場だよ」競り人が声を張り上げた。「今日はこの女の魅力をあますところなく見てくれたまえ。まろやかなこの体の線、なめらかなこの柔肌。どうかね、こんな逸品を手に入れたいとは思わんかね？　これほどの美女と悦楽をともにしたいとは思わんかね？」

競り人に手を取られても、ジュヌヴィエーヴは眉一つ動かさなかった。

「さあ、いくら出す？」競り人は言った。

「二万ディハラ！」誰かが叫んだ。

競り人はせせら笑った。「ご冗談を」

「五万ディハラ！」別の男が叫んだ。

「七万五千！」

競り値はどんどんつり上がった。二十万ディハラ、二十五万ディハラ。

「百万」声がした。

群衆は息をのんだ。

「百万だって？」競り人はためらいがちな笑みを浮かべた。「本気で百万ディハラ出すと？」

「そのとおりだ」

アリの声だった。神よ、これは幻聴なのだろうか。

初めてジュヌヴィエーヴは群がる男たちに目を向

けた。だがどの男も同じように見える。

競り人は男たちを見渡した。「これ以上の値をつける人は？」

不満げなつぶやき以外なんの声もあがらなかった。

百万の買値をつけた男が競り台にやってきた。黒いローブを着て、黒いターバンで顔を隠している。

男は革袋をかかげた。「金貨だ。数えてくれ」

男に目をやったジュヌヴィエーヴは気を失いそうになったが、深く息を吸って必死で前を見つめた。

競り人が袋を受け取った。

「わしによこせ！」

アブドラが太鼓腹を揺すりながら階段を駆けのぼると、革袋をもぎ取った。彼は袋の重さを手で確かめ、袋の中を見て目を見開いた。

アブドラは袋の金貨から、黒いローブの男に視線を移した。「女を渡してやれ」

ジュヌヴィエーヴの体が震え出した。

「来い」ほんの一瞬、二人の目が合った。口もきけないジュヌヴィエーヴの手を男がつかみ、競り台から下ろした。「今からおまえは俺《おれ》のものだ」

人込みから男が一人現れた。「たかが女一人にそんな大金を払うなんて、頭でもおかしいのか」男は怒った声で言った。「無茶苦茶だ」

「自分の金をどう使おうと、俺の勝手だ」

「わしは五十万ディハラ払うつもりだった」

「だが俺は百万ディハラ払うだけの心積もりがあった」アリがジュヌヴィエーヴの手をぎゅっと握った。

相手の男が毒づいた。「おまえに百五十万ディハラ払おう。だから――」

「そこをのけ」アリが言った。

ぶくぶくした顔が怒りに歪《ゆが》んだ。「わしを誰だと思っとる。首長《シーク》ラジャ・アル・カディリだぞ」

「あんたがペルシャの王様でも俺には関係ないことだ。そこを通してくれ」アリは男を肘で押しのけた。

「来るんだ、女」アリは彼女の手を引いて、護衛二人が馬と待っているところへ連れていった。シーク・ラジャや群衆の何人かがついてきた。

「すぐにここを離れよう」アリは護衛に言った。「面倒を起こしそうな奴《やつ》がいる」アリは鞍袋《くらぶくろ》からローブを出すとジュヌヴィエーヴに渡した。

「どうやってわたしを見つけ出したの?」ジュヌヴィエーヴはささやいた。「いったいどうやって?」

「気を抜くな、まだ安心はできない」アリが戒めた。ジュヌヴィエーヴはローブをかぶると馬に乗った。

「行くぞ」アリが声をかける。背後で、怒ったような低い声が聞こえた。

村はずれで、残りの護衛たちが出発の準備をして待っていた。

アリはジュヌヴィエーヴを馬から降ろして、思い切り抱きしめた。「もう会えないかと思った。君を失ったかと思うと怖くてたまらなかった」

ジュヌヴィエーヴはアリにしがみつき、彼の肩に顔を埋めてすすり泣いた。積もり積もった恐怖がさめやらず、口がきけなかった。アリが本当に自分を助け出してくれたことが、まだ信じられなかった。

「殿下、そろそろ出発しましょう」護衛の一人が言った。「ここはいやな感じがします」

アリはジュヌヴィエーヴの顔をのぞき込んだ。「らくだに乗っても大丈夫かい?」

「ええ」ジュヌヴィエーヴはほほ笑んでみせたが、このままアリにしがみついていたかった。夢ならば、いつまでも覚めないでいてほしい。ジュヌヴィエーヴは言った。「きっと来てくれると思っていたわ」

一行は砂漠に足を踏み入れた。護衛のうち四人が先頭を行き、二人がしんがりを務めた。ジュヌヴィエーヴに行く先はわからなかったが、アリが一緒ならどこでもかまわなかった。

一時間ほど進んだころ、護衛の一人が声をあげた。

「あとをつけられています」アリがあわててふり返った。だが護衛は言った。「相手はたった三人です。殿下は先に行ってください」

「きっと競りに負けたシーク・アル・カディリだ。気をつけろ」

「お任せください」護衛は一声、雄叫《おたけ》びをあげると、ライフルを高くかかげ、追ってきた男たち目がけてらくだを駆り立てた。さらに三人の護衛が鬨《とき》の声をあげて、立ち乗りになって駆けていく。

追っ手は立ち止まり、見る間に方向転換して、村の方へ戻っていった。

日が暮れてからも、彼らは星明かりを頼りに進み続けた。長くて恐ろしい一日だった。ジュヌヴィエーヴは疲れていたが、泣き言は一つも口にしなかった。あの村から一歩でも遠くへ離れたかったからだ。いくらアリと一緒なら大丈夫とわかっていても、何度も後ろをふり返らずにはいられなかった。

真夜中近くに、ようやく野営地にたどり着いた。

アリはジュヌヴィエーヴがらくだから降りるのに手を貸してくれた。「疲れただろう？」

ジュヌヴィエーヴは首をふった。「本当にあなたと一緒だなんて、まだ信じられないわ」ジュヌヴィエーヴはアリの腕にすがりついた。「いったいどうやって、わたしを見つけたの？」

「捜査の途中で、メレアという娼婦《しょうふ》から、ジャディダの奴隷市の話を聞いていたんだ。だが当初は、君の誘拐に関係があるとは思ってもいなかった」

アリは彼女を抱き寄せた。

「君とルパートが閉じ込められていた倉庫を見つけたよ」

「ルパートは大丈夫なの？」

「けがはひどかったが、命に別状はない」

アリはためらった。ルパートが宮殿で軟禁状態にあることは知らせたくなかった。アリが戻るまで処罰は待つというツルハンの約束は取りつけたものの、ルパートが死刑になる可能性は高かった。必要があればアリも命がけで彼を守るつもりだった。

アリはあらためて彼女を抱きしめた。「倉庫に踏み込んだときには、君は連れ去られたあとだった。現場にはブレスレットしか残っていなかった」

アリはブレスレットを拾い上げたときの、息が止まるほどの恐怖を——彼女が誘拐されてから昼も夜も去ることがなかった恐怖を思い出した。

「どうしてわたしたちが誘拐されたのかしら？ ルパートはハージ・ファターの差し金だと言っていたけれど、本当なの？」

「ハージ・ファターは、軍を集結させてカシュキーリ・シティへ侵攻するところだった。君たちを人質にすれば、父が言うことを聞くと思ったんだろう」

「でもあなたのお父上がそんなことで屈服するはずないわ」ジュヌヴィエーヴは低い声で言った。「もしあなたがわたしを見つけてくれなかったら……」

「だけど僕はちゃんと君を見つけたよ」アリは彼女の髪にキスをした。

彼女はしばらく目を閉じ、それから口を開いた。

「実際には何があったの？ ハージ・ファターがまた攻撃をしかけてきたの？」

アリはうなずいた。「ひどい戦闘だった。だが戦いはもう終わった。ハージ・ファターも死んだ」

「それでは、予定どおり会議を開催できるのね」ジュヌヴィエーヴはアリから身を離した。「急いでカシュキーリに戻って、準備を進めなくては」

「今は休むほうが先だ」アリは彼女の手を取って二人が泊まるテントに入った。ディナーを待つ間、彼は戦のことやそのあとのできごとを話して聞かせた。

「君の消息が依然として不明だったある日、ふとメレアの言っていた奴隷市のことを思い出したんだ」

あちこちの村をめぐり、奴隷市をのぞいては彼女を捜すうち、あの村で祭りがあると耳にしたのだ。

「実は祭りの初日に、僕もあの場にいたんだよ」

ジュヌヴィエーヴは驚いた顔でアリを見た。「気がつかなかったわ」

「あのときはまだ、君に気づかれたくなかったんだ」競り台で見世物にされていた彼女を見たときに感じた怒りと吐き気は、生涯、忘れることができないだろう。その場で彼女を奪って逃げ出したかったが、そう簡単にはいかないこともわかっていた。

アリは五日間かけて計画を練り、ジュヌヴィエーヴを買い戻す金を算段し、必要な護衛を揃《そろ》えた。

もうこれで大丈夫だ。彼女を見つめながらアリは思った。もう二度と彼女を手離すまい。

護衛が夕食を運んできた。だが食事の途中で、ジュヌヴィエーヴのまぶたが重くなってきた。

「ごめんなさい」彼女はつぶやいた。「もうずっと、まともに眠っていないの」

「かまわないよ、ジェニー」アリは食事のトレイをテントの外に出した。それからクッションに横たわったジュヌヴィエーヴを毛布でくるんでやり、並んで横になると腕を回した。

アリは子どもをあやすように彼女の背中をなでさすり、〝おやすみ、ジェニー〟とつぶやいた。

それから、ジュヌヴィエーヴが無事戻ってきたことをアラーの神に感謝する祈りを捧《ささ》げた。

ジュヌヴィエーヴは競り台の上にいた。男たちが次々に競り値をつり上げていく。五万、十万……十五万。

〝その女を俺によこせ〟ブラヒムの声がした。

〝よし、売った！〟競り人が彼女をこづいた。

ブラヒムは剃《そ》り上げた頭を汗で光らせ、ジュヌヴィエーヴを連れていこうと太い腕を伸ばした。

「いや！」喉から悲鳴がほとばしった。

「ジェニー、どうしたんだ？　落ち着け」

「放してよ、ブラヒム。いや！」

「大丈夫だよ、ジェニー。夢を見たんだ」

「やめて——」ジュヌヴィエーヴはアリの腕の中で身を震わせた。「夢ですって？」

「そうだ」アリは彼女を抱きしめた。「誰も君を傷つけたりはしない。僕がいるから大丈夫だ」アリはジュヌヴィエーヴの頭に手を添え、彼の肩にのせた。「心配はいらないから、もう一度おやすみ」

アリはジュヌヴィエーヴの震える体をしっかり抱きしめた。彼女が誘拐されて以来、必死で欲望を抑えてきたので、彼女が欲しくてたまらなかった。だが今はただ、ジュヌヴィエーヴが再び眠りに落ちるまでそっと背中をさすり続けた。

翌朝ジュヌヴィエーヴが目を覚ましたときには、日が高くのぼっていた。このオアシスにはわき水しかなかったので、アリがたらいに水浴び用の水を入れてテントに運んできてくれていた。ジュヌヴィエーヴはトルコブルーの衣装を脱ぐと、汚らわしいものであるかのように丸めてほうり投げた。昨日、競りに来た男たちやアリに、裸に近い姿を見られたと思うと、恥ずかしさで身がすくみそうだった。

気がつくと、耳にもへそにもエメラルドがはまったままだった。はるばるジャディダまで出かけた高価な記念品というわけだ。一瞬、エメラルドを砂漠に投げ捨てたい思いに駆られたが、しっかりと握り直した。財宝を投げ捨てるのは愚か者だけだ。

アリが準備してくれた白いコットンのシャツとパンツに着替えると、ジュヌヴィエーヴはテントから出た。「思っていた以上に疲れていたみたい」

「あれだけ大変な目に遭ったんだ。当然だよ」アリは彼女が持っている丸めた布に目をやった。

「捨ててちょうだい」それから彼女はエメラルドを差し出した。「これはどうしたらいいと思う？」

エメラルドが手の中で燦然《さんぜん》と輝いた。

「気にせずもらっておけばいいさ」アリはくすりと笑うと、彼女の手にしっかり握らせた。

「明日、ここを出発しよう」食事をしながらアリは告げた。「ここからラクダで半日のところに飛行機を待たせてある。早くジャディダを出たいものだ」

「わたしもよ」

「ジェニー……」アリは口ごもったが、きかずにはいられなかった。「ブラヒムとは何者だ?」

ジュヌヴィエーヴは身をこわばらせた。

「ゆうべうなされたとき、その名前を叫んでいた」

フォークを持つ彼女の手が震え始めた。「ブラヒムは……アブドラの奴隷よ」小声で答える。

「アブドラ?」

「奴隷商人よ。アブドラは恐ろしい男だったけれど、ブラヒムは……」ジュヌヴィエーヴは身震いした。

「あの男は怪物だったわ。フットボールの選手みたいにばかでかい図体《ずうたい》をして、頭を剃り上げた男よ」

「そいつなら、奴隷市で見かけた」

「アブドラが脅したの……もしわたしが言うことを聞かないと、ブラヒムの慰みものにするって……前に一度、ブラヒムに〝教育〟された女性は……廃人同様になってしまったって……」

アリは口の中で毒づいた。今すぐあの村に戻って、彼女をこんなに怖がらせた奴を懲らしめてやりたい。

「競りであなたの声が聞こえたとき……」ジュヌヴィエーヴははっとして目を見開いた。「大変、わたしのために、百万ディハラも払ってくれたのね」

「君にはそれだけの値打ちがある」アリはにやりと笑った。「体で返してくれれば、君が八十歳になるころには借りが返せるはずだ」

ジュヌヴィエーヴはびっくりした顔になり、すぐにくすくす笑い出した。やがてそれが大笑いになり、涙に変わった。不意に、この十日間の恐怖と屈辱がよみがえってきて、涙が止まらなくなった。

アリに抱き寄せられると、ジュヌヴィエーヴはそばに立つ護衛の目も気にせず、彼の肩に顔を埋めて泣きじゃくった。

「もう大丈夫だ」アリはささやきながらジュヌヴィエーヴをテントに連れ戻した。「もう安心だ」

ようやくすすり泣きが、しゃくり上げるようなため息になったとき、アリは彼女をクッションに横たえて抱き寄せると、背中をなでた。

「愛してる、ジェニー。トレヴィの泉で君にキスしたときから、ずっと」

「アリ」ジュヌヴィエーヴは涙にぬれた目を、驚いたように見開いた。

「ずっと気持ちを伝えたいと思っていた。でも君と僕とは住む世界が違いすぎる。だから怖くて言えなかったんだ」

「わたしもあなたを愛しているわ」

アリは込み上げてきた涙をジェニーに見せたくなかったので、彼女の頬や鼻にそっとキスし、顔をすり寄せた。次に白い喉と肩にキスをし、彼女の体が熱く燃えてくると、今度はキスを胸に移した。

アリの体は欲望に脈打っていたが、このうえなく大切なジュヌヴィエーヴのことを思って我慢した。彼女はあれだけ大変な経験をしたのだ。性急に体を求めたりしたら、誘拐の恐怖で傷ついた心が二度ともとに戻らないかもしれない。

アリはうやうやしく彼女の胸にキスをした。彼女が歓《よろこ》びのため息をもらすと、次に胸の頂を口に含んで、円を描くように舌でやさしくころがした。

ジュヌヴィエーヴはのけぞった。「ああ、アリ」彼女はアリの肩をつかむ手に力を込めた。「お願い、わたしを抱いて。わたしと肌を重ねて」

アリはそっとジュヌヴィエーヴの上に覆いかぶさった。彼女のため息をキスで受け止めると、腰を引き寄せて体を重ねる。あんなにも待ちわびた彼女のぬくもりに包まれて、アリは声をあげた。

「ジェニー」アリはあえいだ。アリはジュヌヴィエーヴをかき抱くと、何度も身を沈めた。「君はなんてすばらしいんだ」

だが僕の気持ちを、どうやって言葉に表せばいいだろう？　彼女を失ったかもしれないと思ったときの身を刺すような恐怖。彼女がどんな目に遭っているだろうと思うたび昼も夜も僕を責めさいなんだ心痛を、どうやって伝えればいいというのだろう？

競り台の彼女を見た瞬間に感じた、怒りと吐き気は死ぬまで忘れないだろう。彼女の恐怖や嫌悪感がひしひしと伝わってきて、彼女の目に苦痛と屈辱が浮かぶのが見えた。彼女をこんな目に遭わせた強欲な男どもを、その場で殺してやりたかった。だがあのときは、彼女を救う方法を考えながら、黙って見ているしかなかったのだ。

アリは、あらん限りの欲望と愛と恐怖にかき立てられるように、強く彼女を抱きしめた。ようやく彼は今、ジュヌヴィエーヴと一つになった。アリは彼女に覆いかぶさり、深く求めていった。

僕のこの強い思いが——ジュヌヴィエーヴと結ばれたい、彼女に触れ、愛を交わしたいという絶えることのない欲望が、彼女に伝わっているだろうか？

ジュヌヴィエーヴが歓びのため息をもらした。アリは叫び声をあげると、寝返りを打って自分が下になった。「愛している」アリは激しく体を突き上げながら熱っぽくささやいた。「僕が愛するのは君だけだ、ジェニー。今もこれからも」

アリはジュヌヴィエーヴの胸に手を伸ばした。彼女はあえぎ、アリに体をこすりつけた。

「まだだ」アリ自身の体も、今にも爆発しそうだったが、彼はこらえた。

アリはゆっくり愛し合うように心がけた。あふれんばかりの愛情を込めた目で見上げると、頭をのけぞらせたジュヌヴィエーヴの、金を紡いだような髪が肩と胸に流れ落ちていた。彼女のすばらしいグリーンの瞳がこちらを向いた。ジュヌヴィエーヴがアリの名をささやいた。「アリ、いとしい人……」

彼女への愛に溺《おぼ》れて死んでしまいそうだった。

二人の合奏のリズムが速まった。ジュヌヴィエーヴは目を閉じ、下唇を強く噛《か》んで、体を震わせた。「ジェニー、ああ、ジェニー」アリは思い切り体を突き上げた。これほどの思いで人を愛せるとは、思ってもいなかった。アリは最後の力をふりしぼると、身を震わせながら果てた。

ジュヌヴィエーヴがアリの上にくずおれた。アリの唇が彼女の唇をとらえた。

「愛している」アリは何度もくり返した。「愛しているよ、ジェニー」

しばらく二人は黙って抱き合っていた。アリは彼女の背中をなで、頬にキスをした。ジュヌヴィエーヴに〝アリ、どうしたの？〟と言われて初めて、自分の目が涙にぬれているのに気づいた。

アリはすぐには返事ができずに首をふった。しばらくして彼はようやく口を開いた。「君にもう会えないかと思った」アリは腕に力を込めた。「もう君を見つけられないかと思った」

ジェニーはアリの頬に手を触れた。「わたしも、もうあなたに会えないと思ったとき、死にたいと思ったわ」ジュヌヴィエーヴはアリの涙にキスをした。

「もう君を離さないよ」

「ええ、けして離さないで」

「君もけして僕のもとを離れないと誓ってくれ」

「誓うわ」

二人は抱き合ったまま、ようやく眠りについた。

翌朝目を覚ましたとき、ジュヌヴィエーヴは、彼のもとをけして離れないと誓ったことを思い出した。

15

翌日、アリの自家用機が待つ飛行場に着いて、ようやくジュヌヴィエーヴも緊張を解くことができた。飛行機が滑走路を走り出すと、ジュヌヴィエーヴはアリの腕に頭をあずけて目を閉じた。いつもは怖い飛行機が、今日は怖くなかった。それどころか早く飛び立って、安心したくてたまらなかった。

もう大丈夫よ。飛び立った飛行機が機首をカシュキーリに向けたとき、ジュヌヴィエーヴは自分に言い聞かせた。アリと一緒だから、もう大丈夫。

昨夜、アリのそばをけして離れないと彼に誓った。ゆうべも今もその気持ちに偽りはない。全身全霊で彼を愛している。でも……。この〝でも〟が問題だった。いつの日かアリはこの国の首長《シーク》になる。いくらわたしがアリを愛していても死ぬまでカシュキーリで生きていけるだろうか？　アリと暮らすために、築き上げてきたキャリアも、慣れ親しんだ生活も捨てることができるだろうか？

いずれこのことは彼と話し合わなければならない。だが今はその話はしたくなかったので、彼女は別の話を持ち出した。「ルパートの具合はどう？」

アリはためらった。だがカシュキーリに戻れば、父とルパートの間に何があったか、遠からず彼女の耳にも入るだろう。言わないわけにはいかなかった。

「どうしたの？　ひょっとして容態が悪いの？」

「体は回復している。だが……」アリは首をふった。

「父が彼を軟禁しているんだ」

「軟禁？　どうして？」彼女はアリを見つめた。

「誘拐されたのはルパートの落度だとでも？」

「そうじゃない」アリは彼女の手を取った。「ハージ・ファターの一味は、ルパートを宮殿の前にほうり出していった。衛兵がルパートを父の部屋まで連れてきたとき、僕も居合わせた。ズアリーナもね」

「ズアリーナ？」ジュヌヴィエーヴは心配そうな顔でアリを見た。「続けてちょうだい」

「ルパートは血まみれで失神寸前だった。ズアリーナはルパートのもとに駆け寄ると、彼をいとしい人と呼んでキスしたんだ」

「お父上は、それを目のあたりになさったのね？」

アリはうなずいた。「もし僕が止めなければ、父はその場でルパートを処刑していただろう」

「ズアリーナは？」

「やはり監禁されている。父は彼女を宮殿から叩《たた》き出すつもりらしいが、どうなるかはわからない」アリは肩をすくめた。「帰ったらもう一度父と話し合うつもりではいるが、効果のほどは疑問だ。ルパートは間違いなくイギリスに送り返されるだろう」

ジュヌヴィエーヴは目を閉じて椅子の背にもたれた。ルパートたちのことを考えているに違いない、とアリは思った。これ以上彼女に心労をかけたくなかったのに。誘拐されて、ジュヌヴィエーヴはすっかりやつれてしまった。この飛行機が砂漠の別荘へ――彼女と愛を交わしたあのオアシスへ向かっているのならいいのに、とアリは切に願った。

だがそれは無理な話だ。国際会議が目前にせまっているし、ルパートの問題もある。

それに、たとえオアシスに行けたとしても、いつまでもそこにいるわけにはいかない。現実の問題に背を向けるわけにはいかないのだ。

いつの日か僕はカシュキーリのシークとなる。それがツルハンの長男として生まれた僕の運命だ。ジェニーのために、その運命に背を向け、自分の国や国民を捨てることができるだろうか？

ゆうべ彼女は、僕のもとをけして離れないと誓ってくれた。彼女は僕を愛している。だがカシュキーリ国を愛していないのだ。

僕がシークになったら、変革したいことがいくつもある。その一つは、伝統的な夫婦別々の暮らしをやめることだ。だがそれまでは……アリは心の中でうめいた。それまでジェニーは、おとなしくハーレムで暮らしてくれるだろうか？　僕からの夜伽《よとぎ》の命令を待つだけの暮らしに耐えられるだろうか？

そうは思えなかった。

アリは彼女の手を取ると、口づけをした。いったい僕はどうすればいいのだろう？

エアコンのきいたリムジンが空港で待っていた。

「陛下がお待ちかねです、アリ殿下」運転手はそう言ってドアを開けると、ジュヌヴィエーヴには〝ようこそお戻りになられました〟と言った。

「ありがとう。わたしも戻れて嬉《うれ》しいわ」安全なカシュキーリに戻れたのは嬉しかったが、宮殿のハーレムに閉じ込められる生活に戻るのはつらかった。

宮殿に着くと、出迎えた召使いが言った。「お父上がお部屋でお待ちです。シークはマダムにもご挨《あい》拶《さつ》したいとのことでした」

「覚悟はいいかい？」アリはにやりとしてきいた。

「ええ」ジュヌヴィエーヴは皺《しわ》だらけの服を見下ろした。「服を着替えなくていいのかしら」

アリは首をふった。「父は待たされるのを嫌う」

また、ツルハンの領土に戻ってきたんだわ。シークの部屋に向かいながらジュヌヴィエーヴは思った。堅苦しい宮殿は嫌いだったが、悪夢のような誘拐を経験したあとでは、花の咲き乱れる中庭《パティオ》や、美しいモザイクの廊下を歩けるのは幸せだった。

部屋に入ると、ツルハンが立ち上がって二人を迎えた。「よくぞ帰《マルハボン》った。おまえたちが無事に戻って本当に嬉しい」ツルハンはジュヌヴィエーヴの手にキスをすると、アリを抱きしめた。「彼女はどこで見つかったのだ?」

「ジャディダです」アリは厳しい顔で答えた。「奴隷市で競りにかけられていました」

ツルハンは信じられないという顔で舌打ちした。「この時代になって、まだ人身売買だと? どうやって彼女を助けたのだ? いや、言わんでもいい。おまえがいちばん高い買値をつけたに違いない」

アリはうなずいた。「父上、ジャディダの奴隷市は一掃すべきです。アブドラという奴隷商人が、ハージ・ファターから女を買って、競りに斡旋《あっせん》していました。女を売り買いするこの卑劣漢を、捕らえて思い知らせてやりましょう」

「明日、ジャディダの大使に話をしよう。すぐに奴隷売買を禁止しないようなら、国連に通告すると言ってな。その奴隷商人アブドラの逮捕を、協定の条件にしておく」

ツルハンは黒いローブを体に巻きつけると、赤いベルベットのクッションに腰を下ろした。

「恐ろしい体験であったろう、ミス・ジョーダン」

ジュヌヴィエーヴはうなずいた。

「もし、カシュキーリ会議の仕事に気が進まんようなら、別の者に替わってもらってもいいぞ」

「いいえ、大丈夫です、シーク・ツルハン。会議まであと二週間しかありませんし」

「それなら、妻たちとの会食をまた手配してくれんか。タムラズに食事の作法を教えてやってくれ」

ジュヌヴィエーヴは唇を湿らせた。「陛下、でもズアリーナは——」

「ズアリーナの話はしたくない」

「アリから話は聞きました。さぞお腹立ちのことと思います。ですが誓って、ルパートとズアリーナの関係は清いものです。ズアリーナはシークをとても尊敬しています」彼女はいったん言葉を切った。

「ズアリーナに会ってもかまいませんか?」

「だめだ」

「どんな差し支えがあるとおっしゃるんです」

ツルハンににらみつけられてもジュヌヴィエーヴはひるまなかった。

「ズアリーナに会わせてください」

「アラブの古いことわざに、よい女は自己主張しない女だ、という言葉がある」ツルハンは顔をしかめた。「少しはその言葉にならったらどうだ」

「ひょっとしたら……来世にでも」彼女はツルハンに負けずに顔をしかめて答えた。「ですが、今は彼女に会わせてください」

「わかった!」ツルハンは、なぜアラーの神はこの攻撃的な女で自分を苦しめるのだろうとでも言いたげに、やれやれと両手を上げた。「だが、わしに温情を求めるな。あの女は尻軽のあばずれで――」

「ズアリーナは一人の恋する女性です。陛下のお気持ちはわかりますが――」

「おまえに何がわかる!」ツルハンは顔を怒りで真っ赤にしてにらみつけた。「最初は宮殿から叩き出してやろうと思った。通りで野垂れ死にするなり、娼婦《しょうふ》になるなりすればいいと思ったのだ。だが、少しは情けをかけてやることにした。あの女はマディーに譲ってやる」

「マディーですって?」大臣たちの中で、ジュヌヴィエーヴがいちばん好きになれないのがマディーだった。六十代後半のでっぷりと太ったマディーは、いつもしかめっ面で、歯をせせるいやな癖があった。ズアリーナがマディーとの結婚を強いられると思うと、吐き気がしてきた。「やめてください」

「やめろだと? 誰に指図しているつもりだ」ツルハンはいっそう顔を赤くして怒った。「この女をわしの目の届かんところへ連れていけ!」ツルハンは怒鳴った。「アリ、もしこの女を手元に置いておきたいのなら、しっかり礼儀を仕込んでおけ」

「彼女を手放すつもりはありません」アリは答えた。

ハーレムの女たちは、我も我もとジュヌヴィエーヴの周りに群がってきた。これまで感情らしいものを見せたことのないハイファまでが、ジュヌヴィエーヴを抱きしめて両頬にキスをした。

「誘拐されたって話は本当なの?」ザイダがきいた。

「ええ、本当よ」

「どこへ連れていかれたの? 痛い目に遭わなかった?」タムラズは彼女を抱き寄せた。

「怖くなかった?」ファティマも尋ねた。「どうやってアリ殿下はあなたを見つけたの?」

「ジュヌヴィエーヴ様がお疲れなのがわからないんですか」ハイファが叱《しか》りつけた。「しばらくお休みいただきますから、質問はあとにしてください」

だが女たちは、なかなか解放してくれなかった。

「ズアリーナの話は聞いた?」エルザキールが身を近づけてきた。「シーク・ツルハンを裏切って、ミスター・マシューズと情を通じていたらしいわ」

「ハーレムから連れ出されて、宮殿のどこかに監禁されているのよ」ファティマが言った。

「ゴシップはもうたくさん!」ハイファはジュヌヴィエーヴの手を取った。「湯浴《ゆあ》みをして、お休みください」

二人きりになるとハイファが言った。

「気にしないでくださいね。ハーレムの女たちはゴシップが大好きなんです。ですが、あれでもズアリーナのことを心配しているんですよ」ハイファの顔が、もの問いたげにしかめられた。「ミスター・マシューズが彼女の愛人だという噂《うわさ》は本当ですか?」

ジュヌヴィエーヴはかぶりをふった。「いいえ」

「彼がけがをして運び込まれたとき、ズアリーナが彼をいとしい人と呼んだそうですけれど」

「でも、あの二人は愛人ではないわ、ハイファ」話にけりをつけたくてジュヌヴィエーヴは言った。「お風呂の支度をお願いできる？」

ジュヌヴィエーヴは湯浴みをすませると、ツルハンの秘書官に電話をかけた。

「シーク・ツルハンからズアリーナに会う許可をいただきました。今夜彼女に会わせてもらえますか」

「誰かが迎えに行くよう、手配しておきます」

受話器を置いたジュヌヴィエーヴはほほ笑んだ。このラウンドはわたしの勝ちだ。最後の勝負も、わたしの勝ちになればいいのだけれど。

迎えに来た召使いは、ジュヌヴィエーヴが入ったことのない旧宮殿へと彼女を連れていった。床のタイルはすり減っているし、廊下は暗い。美しいアーチもなく、パティオを飾る花も椰子《やし》の木もなかった。

ようやく二人は奥まった部屋に到着した。召使いは見張りと言葉を交わすと、〝一時間後に迎えに参ります〟と言って帰っていった。

ジュヌヴィエーヴは暗い戸口に足を踏み入れた。「ズアリーナ？」おずおずと声をかける。「わたしよ、ジェニーよ」

「ジェニー？」何もないパティオを窓辺で眺めていたズアリーナが、ぱっとふり返った。「ああ、ジェニー、本当にあなたなの？」そう叫んでズアリーナはジュヌヴィエーヴの胸に飛び込んできた。

しばらく彼女は何も言わずにズアリーナを抱きしめていたが、やがて〝座りましょう〟と声をかけた。

ズアリーナは指先で涙をぬぐうと、勧められるがままに腰を下ろした。「ご無事だったんですね」彼女はジュヌヴィエーヴの手を握りしめた。「ルパートが運び込まれたあの晩……」ズアリーナはまた泣き始めた。「あんな恐れ多いことをするなんて、わたしはばかでした。でも、血まみれの彼を見たとき、そうせずにはいられなかったんです」ズアリーナは涙を抑えようとした。「彼は元気になりましたか？彼にお会いになりました？」

「まだよ。でもアリの話だと回復しているそうよ」

「シークは彼をどうなさるおつもりでしょう？」

「どうやらイギリスに送り返すつもりらしいわ」

ズアリーナは目を閉じた。「少なくとも命は長らえるのですね」ズアリーナはためらっていたが、次に消えるような声で尋ねた。「シークがわたしをどうなさるおつもりか、ご存じですか？」

ジュヌヴィエーヴは嘘《うそ》をつきたかった。何も知らないと言えたらどんなにいいか。だがズアリーナはすがるような目でこちらを見つめている。

「お願いです。何かご存じなら教えてください。鞭《むち》打ちの刑ですか？　それとも追放ですか？」

ジュヌヴィエーヴは首をふった。「いいえ……」

そう言って口ごもった。「ツルハンはあなたを罰したりはしないわ。でも――」ジュヌヴィエーヴはズアリーナの手を握った。「あなたをマディーと結婚させるつもりよ」

ズアリーナの目が衝撃で大きく見開かれた。「そんな……いや！　マディーと結婚するなんて！」ズアリーナはジュヌヴィエーヴの両手を握りしめた。

「シークに取りなしていただけませんか？」

「アリとは話をしたわ。アリがお父上と話をしてくれるそうよ」ジュヌヴィエーヴはズアリーナの額にかかった髪を払いのけてやった。「あなたを引き取ってくれる家族か親戚《しんせき》はいないの？」

「いません。両親とも、わたしが最初の結婚をしたあとで亡くなりました。わたしには誰もいません」

「わたしがいるわ」ジュヌヴィエーヴはズアリーナを抱きしめた。「わたしがいるわよ」

「父の意向は変わらなかった」夕食後、ジュヌヴィエーヴの部屋を訪れたアリは言った。

「マディーはズアリーナの祖父と言ってもいい年じゃないの」

「わかっている。残念だとは思うよ。でも思っていたより寛大な処置だった。ハーレムにとどまることができれば、ズアリーナも生活の心配はない」

でもズアリーナは、愛する男に会えなくなるのだ、とジュヌヴィエーヴは思った。結婚を無理強いされ、好きでもない男に抱かれるのだ。それが無一文で追放されるよりましだとは、とても思えなかった。

「ルパートはいつ出発するの?」

「ここ数日のうちには」アリは彼女に歩み寄った。「ルパートやズアリーナの話はもうやめよう」

「わたしは二人を助けたいのよ」

「わかっている。僕も気持ちは同じだ」アリは彼女に腕を回した。「もう一度、父と話をしてみる」

ジュヌヴィエーヴはうなずくと、アリの手を取って、フレンチドアの前の長椅子に一緒に腰を下ろした。「わたしたちも話し合う必要があるわ」

「話し合う?」どんな話か予想がついたので、アリは予防線を張った。「僕は愛し合うほうがいいな」

ジュヌヴィエーヴはほほ笑んだ。「わたしもそのほうがいいわ。でもその前に……」

ジュヌヴィエーヴは言葉を探した。「今夜ズアリーナに会ったの」

アリは続きを待った。

「マディーとの結婚のことを教えたわ」

「勝手に教えるべきじゃなかった」

「どうして? 婚礼の夜まで知らせないつもり?」

彼女は立ち上がると、部屋を歩き回り始めた。

「もしズアリーナの愛した相手がカシュキーリ人だったら、お父上はこんなに腹を立てたかしら」

アリは身をこわばらせた。「なんだって?」

「お父上の怒りは、単に裏切られたからというより、外国人に裏切られたと思うせいではないかしら」

ジュヌヴィエーヴは窓辺に戻ると、アリを見下ろし、静かに言った。

「わたしも外国人よ」

「ジェニー……?」

「わたしたちは愛し合っているわ。これから先、わたしが愛するのはあなただけよ。ゆうべ――」ジュヌヴィエーヴは必死で涙をこらえた。「あなたのそばを離れないと誓ったわ」ジュヌヴィエーヴは膝をつくとアリの手を取った。「でも、どうやったら一緒に暮らせるのか、見当もつかないの」

「何が言いたいんだ?」

「残る人生をずっと、あなたが会いに来る夜を、ただハーレムで待つような生き方はできないわ」

「僕がシークになれば、変えられる」

ジュヌヴィエーヴは首をふった。「でもそれは、二十年先か三十年先かわからないでしょう」

「君と結婚したら、一緒に暮らすと言い張ろう」

結婚。アリがその言葉を口にするのは初めてだった。ジュヌヴィエーヴはアリの膝に頭をあずけた。次に顔を上げたときには、彼女の目に涙が光っていた。「わからないの? たとえ一緒に暮らせても、わたしが宮殿の囚人も同然だということが? わたしにはそんな生き方はできないわ、アリ。わたしたちの子どもを、そんな中では育てられない」

子ども。僕とジェニーの子ども。アリの体の奥深くで何かがうごめいた。

「男の子ならそれほど難しくはないでしょう」ジュヌヴィエーヴは続けた。「でも女の子だったら……ハーレムではとても育てられないわ」

「でも僕は君を愛している」アリは両手で彼女の顔を挟んだ。「僕の愛は君にとって、なんの意味もないのかい?」

「あなたの愛はわたしのすべてよ、アリ。でもカシユキーリで暮らしたら、わたしの心が死んでしまうのよ」ジュヌヴィエーヴはうなだれた。「そうすれば、わたしたちの愛も死んでしまうわ」

ジェニーは目を閉じ、涙が流れるに任せた。

二人とも黙りこくった。庭のどこかで、ナイチンゲールがつがいの相手を呼んで鳴く声が聞こえる。

「僕にすべてを捨てろと言うのか」アリは言った。「君主として受け継ぐはずの国を捨てろと言うのか」

「それもわかっているわ」彼女はささやいた。

アリは立ち上がった。「僕たちは愛し合っている。もし君が僕を……」アリの言葉は中途半端にとぎれ、沈黙だけが残った。

アリはジュヌヴィエーヴを抱き寄せ、柔らかく流れる金髪に顔を寄せたが、彼女は体をこわばらせた。

「ジェニー……?」だが答えはなかった。アリは彼女を放した。そっと彼女の頬に指をすべらせる。

「愛している」アリはもう一度言った。

そしてジュヌヴィエーヴの返事も待たずに、アリはきびすを返して部屋から出ていった。

16

アリはもう少しで、通廊を忍び歩く人影を見落とすところだった。宮殿のこの翼棟は、めったに使われない。アリの知る限り、この一画にいるのは軟禁されているルパートだけのはずだった。

アリはぴたりと壁に張りついた。いったいあの男はこんなところで何をしているのだろう? ハージ・ファターの残党が敵を討ちに来たのだろうか?

アリがじっと待っていると、男は陰から出てきて、ズアリーナが幽閉されている旧宮殿の方へ向かった。男は中庭《パティオ》で足を止め、あたりを見回した。

アリははっと息をのんだ。あれはルパートだ。いったいどうしてルパートが……?

アリは友人に駆け寄った。ぱっとふり返ったルパートの手には拳銃《けんじゅう》が光っていた。

「ルパート、僕だ、アリだよ」

「アリ、君なのか?」拳銃を持つ手が下がった。

「どこへ行くつもりだ」アリは語気鋭く尋ねた。

「ズアリーナに会いに行くんだ」

「ズアリーナだって? 父の衛兵に見つかったら死刑だぞ。どうやって部屋を抜け出したんだ?」

「気分が悪いと言って、ドアが開いた隙《すき》に衛兵を殴って銃を奪った」ルパートはアリに向き直った。

「僕はズアリーナに会いに行く。止めないでくれ」

「無茶を言うな。たとえ会えたとしても、衛兵に見つかったら射殺されてしまうぞ」

「命がけは覚悟のうえだ」ルパートの顔にはなみなみならぬ決意があふれていた。「彼女がいない世界で生きていても意味はない。一分でも一時間でもいい、ズアリーナと一緒に過ごせるなら、命など惜しくはない」ルパートは悲しそうな笑みを浮かべた。

「知っているかい? 僕は彼女にキス一つしたこともなければ、愛していると伝えたこともないんだ」

「ルパート――」

「何を言っても無駄だ、アリ。明日か明後日には、僕はイギリスに送還される。その前にどうしてもズアリーナに会いたい。イギリスに着いたら、あらゆる手を尽くして彼女を呼び寄せるつもりだ」

「彼女はマディーと結婚するんだぞ」

ルパートはひるむことなく、冷ややかに言い放った。「そこを通してくれ」

「だめだ」アリは答えた。「僕の部屋で待っていろ。僕が彼女を連れていく」

「でも――」

「衛兵も相手が僕なら、疑問は持たないだろう。何か言われたら、父上がズアリーナを呼び出したと言えばいい」アリはルパートの肩をつかんだ。「へ翡《ひ》翠《すい》の間〉へ行け。つきあたりのドアから廊下をたどれば、直接、僕の部屋にたどり着く」アリはルパートを軽く押し出した。「さあ、行け」

アリはルパートが物陰に姿を消すのを見届けてから、旧宮殿へ向かった。堂々とした態度でズアリーナの部屋に向かう。部屋の前で衛兵が叫んだ。「止まれ！ ここは立入禁止だ」

「アリ・ベン・ハリだ」アリはぴしりと答えた。「女を呼びに来た。父上が彼女に用があるそうだ」

「そうおっしゃられても――」

「さっさとしろ！」

衛兵はドアを開けた。「女、出てこい！」

黒いローブ姿のズアリーナが現れた。不安そうな目をして、身を守るように胸の前で腕を組んでいる。

アリは言った。「ベールをかぶってこい。おまえの恥知らずの顔をほかの者が見ずにすむようにな」

ズアリーナは顔を伏せて部屋に駆け戻った。

「陛下は女になんのご用でしょう？」衛兵がきいた。

「僕のあずかり知らぬことだ」アリは肩をすくめた。「女が戻るまで部屋に入っていろ。誰も中に入れるな。誰とも話をするな。わかったか？」

「はい、殿下」

ベールをかぶったズアリーナが現れた。アリは彼女の腕を取ると、〝行くぞ〟と廊下を歩き出した。

しばらくしてズアリーナが口を開いた。「どこへわたしを連れていかれるんですか？」

アリはふり返った。「ルパートのところさ」

「ルパート……？」ズアリーナはふらりとよろめき、倒れそうになった。

「静かに。誰かに見つかったら大変なことになる」

だが幸い誰にも見つからずに、アリの部屋にたどり着くことができた。

アリはそっと声をかけた。「ルパート？」

「ひやひやしたよ」ルパートがソファから立ち上が

り、ズアリーナの姿に気づいた。「ああ、いとしいズアリーナ」

ズアリーナは喜びの声をあげて、ルパートの胸に飛び込んだ。

アリはすぐに二人に背を向けて、ほかの部屋へ入った。つかの間フレンチドアから庭を眺めていたが、やがてため息をつくとリダヤ大佐に電話をかけた。

「一時間以内にジェット機を用意してもらいたい」

「承知しました。行く先はどちらですか？」

アリはほほ笑んだ。「ロンドンだ、大佐。ノンストップでロンドンまで頼む」

アリの思っていたとおり、宮殿は大騒ぎになった。父の怒った顔は何度も見てきたアリだが、これほど逆上したところを見るのは初めてだった。ツルハンは怒りのあまりじっとしていられず、今にも爆発しそうな怖い顔で、足音も高く部屋を歩き回っていた。

リダヤ大佐が直立不動で立っていた。

「おまえの指揮権はすべて剥奪《はくだつ》だ」ツルハンは怒鳴った。「飛行機を出せと命じたのは誰だ？　白状しなければ、鞭《むち》打ちの刑だぞ」

「命じたのは僕です」アリが言った。

ハッサン・マディーがソファから立ち上がった。

「あなたですか、アリ殿下？　わたしの花嫁を逃がしたのは？」マディーはツルハンの方を向いた。

「彼女をわたしにくださる約束だったはずです」

「わかっておる」ツルハンは蠅《はえ》を追い払うように手をふった。「下がっておれ、マディー。リダヤ、おまえもだ。処分は追って沙汰《さた》する」

ツルハンは二人が出ていくのを待ってから、アリに向き直った。

「おまえはわしの息子と言いながら、父に対してこの仕打ちはなんだ？　息子とは、血をわけた親を裏切るものなのか？」

「僕はあなたの息子です」アリは静かに答えた。「それは生涯、変わりません。ですが僕には僕の考えがあります。父上と意見が合わなければ、僕自身がいちばんいいと思うことをするしかありません。つい昨日、父上はジャディダの奴隷市の話を聞いて愕然《がくぜん》とされた。その同じ父上が、ズアリーナをマディーにくれてやって平気なのですか」

「それとこれとは話が違う」

「違いません。父上はズアリーナに選択の余地を与えましたか？」アリは頭をふった。「ズアリーナは父上の奴隷も同然です。自分の意志にかかわらず、いちばん高い値をつけた男に売られていくんです」

「誰に向かって口をきいているつもりだ！　まったくもって、いまいましい」ツルハンはデスクの受話器をつかんだ。「ロンドンの入国管理局に連絡して、すみやかにズアリーナを送還してもらおう」

アリは父の手から受話器を取り上げた。「見苦しいことはやめてください」

ツルハンは凍りついた。

「これまでも父上と意見が食い違うことはありました」アリは静かに言った。「でも僕は常に父上を尊敬してきました。その気持ちを踏みにじらないでください」アリはそっと受話器を戻した。「あの二人には、あの二人の人生を歩ませてやりましょう」

ツルハンは奥歯を嚙《か》みしめた。「あのアメリカ女のせいだな？　あの女に頼まれたに違いない」

「ジェニーは関係ありません。彼女は二人がイギリスに行ったことさえ知らないんです」

「だが二人を逃がしたのは、あの女がズアリーナに同情し、わしのやり方を非難したからだろう？」怒りはいくぶん和らいだものの、ツルハンの声は厳しかった。「いつだったかわしが、あの女を愛人にしろと言ったら、それはできないと言ったな。今ここではっきり言っておく。あの女と結婚することは許さん。おまえはカシュキーリの女と結婚して、カシュキーリ人の子どもをもうけるのだ」

ツルハンは手のひらをデスクに叩《たた》きつけ、アリをにらみつけた。

「おまえはわしの長男だ。わしと同じベドウィンの血が流れている。いつの日か、この国はおまえのものになる。先祖たちが守ってきたこの国を——受け継ぐべきこの国を、おまえは一人の女のために捨てると言うのか?」

ツルハンの声は猛々《たけだけ》しかったが、どこか悲しみがにじんでいた。

「もしおまえがあのアメリカ人と結婚するのなら、すべてをあきらめろ」ツルハンはゆっくりと言った。

「あの女を取るか、この国の首長《シーク》になるほうを取るか、二つに一つだ」

アリの視線は揺るがなかった。「おっしゃりたいことは、それで終わりですか?」

ツルハンは疲れたように顔をなでた。「そうだ。下がっていいぞ」

アリは深く息を吸うと口を開いた。「ルパートとズアリーナをそっとしておいてもらえますか? ズアリーナを呼び戻さないと約束してくれますか?」

ツルハンはやれやれと頭をふった。「マシューズはおまえの友人だ。それに免じて、ズアリーナが欲しいと言うのなら、あの男にくれてやる」

「ありがとうございます、父上」

「だが、おまえの結婚は話が別だ。女を取るか、国を取るか、よく考えろ」

アリはうなずいた。「わかっています」

ハーレムは駆け落ちの話で持ちきりだった。

「ミスター・マシューズがズアリーナをさらっていったんですって」その朝、ジュヌヴィエーヴが中庭《パティオ》に顔を出すと、ファティマが教えてくれた。

「シーク・ツルハンは、彼女をマディーに譲るはずだったんだよ」マディーの妻エルザキールが意地悪そうな笑みを見せた。「わたしというものがありながら、あの老いぼれはまだ足りなかったらしい」彼女は喉の奥で笑った。「でもズアリーナはあのイギリス人と駆け落ちしてしまった。いい気味だよ」

両脇《りょうわき》に双子の娘を連れたタムラズが、ジュヌヴィエーヴに難しい顔を見せた。「あなたはズアリーナと親しかったんでしょう。もし彼女の居場所を知っているのなら、シークに教えるべきだわ」

「そう言われても、見当もつかないわ」ジュヌヴィエーヴは狐《きつね》につままれた気分で部屋に戻るとアリに電話をかけた。召使いが出て、殿下は電話に出られませんと答えた。彼女は部屋を行ったり来たりした。どうやって二人は宮殿を抜け出せたのだろう？二人はいったい、どこにいるのだろうか？

彼女は何度もアリに電話したが、そのつど、殿下は電話に出られませんという同じ返事が返ってきた。

翌朝、アリのほうから電話がかかってきた。「今日の午後、砂漠に出かけるから支度をしてほしい」

「ええ、わかったわ。でもどうして――」

「話はあとだ。ハイファは連れてこなくてもいい。君と二人きりになりたいんだ」

「アリ……」彼女は声をひそめた。「ハーレムは駆け落ちの噂《うわさ》で持ちきりよ。いったい何があったの？二人はどこへ行ったの？」

「あとで話す、ジェニー」

三時にアリの召使いが迎えに来たので、ジュヌヴィエーヴは小さな旅行鞄《かばん》を持ってついていった。

空港に着くまでアリは言葉少なだった。飛行機が離陸すると、ようやくアリは重い口を開いて、ルパートたちを駆け落ちさせた顛末《てんまつ》を話して聞かせた。

「二人は無事イギリスに逃げおおせた。手続きがすみしだい、二人は結婚するだろう」

ジュヌヴィエーヴはアリの手を握りしめた。「本当にありがとう。お父上の意向にそむくのはつらかったでしょうに。二人が無事と聞いて嬉《うれ》しいわ」

「嬉しいのは僕も同じだ。この世で幸せをつかめる者は少ないからね」

彼の口調と顔つきには、ジュヌヴィエーヴをぎくりとさせる何かがあった。

そのあと、アリはずっと黙りこくって物思いに沈んでいた。だが着陸間近になってようやく、肘かけをつかんでいるジュヌヴィエーヴの手を取った。

「目を閉じているといい」アリはやさしく言った。

ジュヌヴィエーヴがぎゅっと目をつぶっている間に、飛行機は無事着陸した。

「もう目を開けても大丈夫だよ」アリに言われて目を開けると、滑走路脇にリムジンが待っていた。

二人はリムジンに乗り込んだ。だがジュヌヴィエーヴは、なぜ砂漠へ連れてこられたのか解せない表情だった。実はアリ自身にもよくわからなかった。ただ宮殿をしばらく離れたかったことだけは確かだ。

アリは車のシートにもたれて目を閉じた。砂漠の空気を吸い込むと、穏やかな気持ちが体中に広がっていく。なぜなら砂漠こそアリのいるべき場所、アリの愛してやまない場所だからだ。アリはベドウィン族の末裔《まつえい》であり、脈々と受け継がれた砂漠への思いが、その血に流れ、骨の髄までしみ込んでいる。アリは砂漠へ戻るたびに、心が洗われるのを感じた。そして砂漠をあとにするときはいつも、自分の一部を置き去りにするような気がした。

アリはジュヌヴィエーヴに目をやった。彼女もアリにとってこのうえなく大切なもの、愛してやまないものだ。彼は自分のするべきことに思いをはせた。

別荘に着くとアリは言った。「疲れているようだな。ディナーまで、しばらく休んだらどうだ?」

ジュヌヴィエーヴはうなずくと、下唇を噛みながら尋ねた。「いつまでここに滞在するの？　会議まであと二週間もないのよ」

「わかっている。明日には街に戻る」

「明日ですって？」ジュヌヴィエーヴはいぶかしげに言った。「それならなぜ来たの？」

「一晩、砂漠で過ごす必要を感じたからさ」

ジュヌヴィエーヴはアリを見つめた。「わからないわ。どうして——」

アリは首をふった。「話は今夜だ」

ジュヌヴィエーヴは部屋に入ると、夕日に照り映える砂漠が、琥珀《こはく》から黄金に色を変えるのを眺めた。暖かい夜だったが、冷たいものが彼女の体の芯《しん》に居座っていた。アリがここに来たのは、きっと二人の関係を終わらせるためだ。もうこれで終わりなのだ。

ディナーの時間が近づくと、ジュヌヴィエーヴは風呂に入って化粧をし、ニューヨークにいたときのように髪をシニヨンにまとめた。シニヨンは仕事に似合う髪型だ。砂漠にいるときは、アリが喜ぶので髪を肩に垂らしていたが、砂漠とももうお別れだ。まもなくニューヨークに帰るのだから。

ジュヌヴィエーヴは心を落ち着けようと深呼吸すると、背筋を伸ばした。わたしがどれほど傷ついているか、アリに気取られてはならない。彼女はクロゼットから、薄紅色のカフタンを選んだ。明るい色が勇気を与えてくれそうだ。

アリはダイニングルームで待っていた。「ディナーの前にアペリティフはどうだい？　各国代表の夫人たちが来る日に備えて、酒をいろいろ取り揃《そろ》えさせたんだ。シェリーとウォッカ、どちらがいい？」

「ウォッカをいただくわ。オンザロックで」

アリは片眉を上げたが、何も言わなかった。

グラスは冷たくアルコールは舌になめらかだった。

「会議まであと十日だな」アリが言った。

「そうね」ジュヌヴィエーヴはもう一口ウォッカを

飲んだ。急に酒が苦く感じられた。

「今夜のディナーはカシュキーリの郷土料理だ。君の口に合えばいいんだが」

「きっと気に入ると思うわ」

ジュヌヴィエーヴは冷たいグラスを握りしめた。

まるで初対面のようによそよそしい会話ではないか。

アペリティフはどうだい？　ありがとう。もう一杯どうだい？　そろそろ、別れることにしないか？

こんなことには耐えられない。

ジュヌヴィエーヴは強いて唇に笑みを浮かべた。ディナーがふるまわれると、とてもおいしいわと言って、どの料理も必ず味わった。

濃厚なアラビアコーヒーをゆっくり味わったあと、アリは彼女を誘った。「散歩しよう」

夜の空気は薔薇《ばら》の香りで甘く、祈りを呼びかける憂いを帯びたアザーンの声が村の方から聞こえてきた。アザーンが余韻を残して消えていくと、今度はもの悲しい笛の音が静かに聞こえてきた。

アリはジュヌヴィエーヴを抱き寄せ、椰子《やし》の木陰に立って、笛の音が夜のしじまに吸い込まれていくのに耳を傾けた。

それからアリはジュヌヴィエーヴを自分のテントにいざなった。「今夜はずいぶん無口なんだな」

「あなたもよ」ジュヌヴィエーヴは両手を握りしめた。「わたしをここへ連れてきたのは、言いたいことがあるからでしょう？」ジュヌヴィエーヴは気をしっかり持とうと息を吸った。「わたしたち……お別れを言いに来たんでしょう？」

「そうだ、ジェニー」

彼女はいったん目を閉じると、また開けて言った。

「いつかは終わりが来ると思っていたわ」

「ここに来たのは、僕の国と、僕の砂漠に別れを告げるためだ」

「あなたの国と砂漠に……」ジュヌヴィエーヴはま

じまじとアリを見つめ、わけがわからないというように頭をふった。「どういうことなの？」

アリは彼女の手を取って、ペルシャ絨毯《じゅうたん》の上に並ぶクッションにいざなった。「僕は君を愛している」アリは膝をつくと、隣に彼女を座らせた。「シークの座より君のほうが大切だ。それに王子という地位を捨てても、全世界に僕名義の石油関連事業がある。金の心配はいらない。カシュキーリを出て、ニューヨークでもどこでも好きなところに住もう」

「アリ……」ジュヌヴィエーヴはすぐにはアリの言葉が信じられず、彼にしがみついた。アリと別れる覚悟を決めてきたのに、まさかこんな話を聞かされるとは思ってもいなかった。

「君がカシュキーリをどう思っているか、よくわかっている」アリは言った。「だから会議が終わりしだい、ニューヨークへ行って結婚しよう」

結婚。話が進むのが早すぎる。「アリ……」ジュヌヴィエーヴは必死で考えをまとめた。「ここはあなたがシークとして受け継ぐべき国よ。そう簡単に母国を捨てるわけにはいかないわ」

「僕が手放すことができないのは、ジェニー、君のほうだ」アリは笑顔を作った。「父が引退するころにはイズマイルも成人しているだろう」アリは彼女を抱き寄せた。「僕はもう決心したんだ、ジェニー」

アリはささやいた。「もう二度と君を離さない、と」

アリは彼女のシニヨンをほどくと、ジュヌヴィエーヴの反論をキスでふさいだ。最初はあらがったものの、すぐに彼女の唇は柔らかくアリを迎え入れた。

「ああ、アリ」ジュヌヴィエーヴはアリの首に腕を回し、体を押しつけた。

アリは白いローブを脱ぎ捨てると、彼女のカフタンも脱がせた。彼女を分厚いペルシャ絨毯の上に横たえると、ランタンに照らされた一糸まとわぬ姿を見つめる。彼女のおなかに指をすべらせ、彼の子どもがこの中で大きくなる様を想像した。

「今夜、君に僕の子どもを授ける」アリは言った。

「アリ……?」アリを呼ぶジュヌヴィエーヴの唇は震えた。

「僕はその子が君の中で育つのを見守ろう」アリは彼女のおなかをなでた。「今でも君は美しいが、子どもをはらんだ君は、もっと美しくなるだろう」

アリは彼女のおなかに頭をあずけ、ささやいた。

「愛している、ジェニー」

ジュヌヴィエーヴの目が涙でちくちくした。「わたしもよ。わたしもあなたを愛しているわ」

アリは彼女と並んで横たわると、腕に抱き寄せ、唇を重ねた。キスは徐々に深く熱くなり、舌が互いに絡み合うと、アリは歓《よろこ》びのため息をもらした。

アリはジュヌヴィエーヴの喉にキスをし、柔らかい耳たぶを味わった。彼女の肌はサテンのように柔らかく、ほのかにいい香りがした。くちなしのプールで泳いだあとも彼女の肌から花の香りがしたことを、アリは思い出した。

アリが彼女の胸に舌を走らせると、ジュヌヴィエーヴはアリの髪に指を絡めて抱き寄せ、さらに体を押しつけた。

「わたしと体を重ねて」彼女はささやいた。

「まだだ」

「お願い、アリ、今欲しいの」

彼女が自分と同じくらい彼を求めているのがわかって、アリには嬉しかった。じらせばじらすほど、最後のエクスタシーが大きくなる期待が高まるのだ。

アリは彼女のおなかや腿に、キスの雨を降らせていった。腿の内側を軽く噛んでは、舌を走らせる。

「いや、だめよ」言葉とはうらはらにジュヌヴィエーヴはアリの手と舌に愛撫《あいぶ》されて、捕らえられた小鳥のように体を震わせた。温かくかぐわしい彼女の中心にアリが触れたとき、喜悦のうめきがジュヌヴィエーヴの口からもれた。「ああ、アリ、お願いよ」

アリは愛撫を続けた。そのうち彼女の体が風にそよぐ木の葉のように震え出した。ジュヌヴィエーヴは彼にしがみついて何度も彼の名をささやき、夜のしじまに響かせた。ようやくアリは彼女と体を重ね、そそり立つ愛の証《あかし》で彼女を満たした。

二人は揃って愉悦の高みにのぼりつめた。最後の瞬間、アリは叫んだ。「愛している、ジェニー!」

ジュヌヴィエーヴはアリを抱き寄せ、彼の髪をなでると眉にキスをした。アリの肩にもキスをし、その肌を味わった。ジュヌヴィエーヴはそっと〝アリ?〟と呼んでみたが、返事はなかった。アリの体からは力が抜け、息づかいも穏やかだった。

まだ話すことは残っていたが、時間も遅いし、アリも疲れている。話はまた明日にしよう、とジュヌヴィエーヴは思った。そして彼女もまた、温かいアリの腕に包まれて眠りに落ちた。


アザーンの声で目覚めたジュヌヴィエーヴは、目を閉じたまま耳を澄ました。霊妙な調べには、独特の厳粛さがあった。

彼女の頭の下で、アリの心臓が規則正しく脈打っていた。だがジュヌヴィエーヴが目を開けてみると、アリも目を覚ましていてアザーンに耳を傾けていた。

ジュヌヴィエーヴは話をしようとして開けた口を閉じた。アリの顔に、砂漠への愛と切望、さらに心の奥深くにひそむ信仰に似た思いが浮かんでいたからだ。どれほど時がたっても、この気持ちを変えることはできないし、どれほど遠くへ離れても、この思いを弱めることはできないだろう。なぜなら砂漠は彼の愛する大地、彼の受け継ぐべきものだからだ。

ジュヌヴィエーヴは目を閉じ、自分のするべきことをはっきり悟った。

アザーンの声が消えていくと、ジュヌヴィエーヴはアリの胸にキスをした。「おはよう、アリ」

ややあってアリの目から陰りが消えた。「おはよう、ジェニー」アリは彼女の顔にかかった髪を払いのけた。「よく眠れたかい?」

「ええ、あなたと一緒だと、いつも熟睡できるわ」

彼女は起き上がった。「何時に出発するの?」

「朝食のあとだ」

「では、もうしばらく一緒にいられるわね」

「時間はたっぷりある」アリはほほ笑むと、彼女を隣に引き寄せようとした。だがジュヌヴィエーヴは首をふった。「わたしたち、話し合うことがあるわ」

「話なら、ゆうべしたじゃないか」

「あなたが一方的に話をしたのよ」

「でも――」

ジュヌヴィエーヴはアリの唇に指をあてた。「今度はわたしが話す番よ」

彼女はカフタンに手を伸ばすと、頭からかぶった。


これから話すことは重要な話だ。無防備な裸の状態でできる話ではない。

「ゆうべ、あなたはカシュキーリを捨てて、アメリカに住もうと言ったわね」ジュヌヴィエーヴは悲しそうに頭をふった。「でも、あなたがニューヨークで暮らすところは、どうしても想像できないの」

「それなら、ヨーロッパに住んでもいい」アリは肘をついて身を起こした。「どうしたんだ、ジェニー? 何が言いたいんだ?」

「あなたにそんな生活はさせられないわ」

アリはびっくりした顔で彼女を見つめた。

「ここが、あなたのいるべき場所、あなたの故郷よ」ジュヌヴィエーヴは言った。「あなたはカシュキーリを捨てることはできないわ」

「僕はもう決心したんだ」

「決心するなら、わたしたち二人ともが正しいと思うことを決心するべきよ」ジュヌヴィエーヴは首をふった。「あなたの決心は正しいとは思えないわ。わたしがカシュキーリで暮らせば不幸になるように、あなたもアメリカで暮らせば不幸になる」ジュヌヴィエーヴはアリにも理解できるよう、言葉を選びながら話した。「あなたが不幸になるところを見たくないの、アリ。それに都会で暮らせば、遠からずあなたは愛する砂漠から自分を引き離したわたしを憎むようになるわ。そんなのいやよ」

アリが何も言えないうちに、ジュヌヴィエーヴはキスで彼の口をふさいだ。

「うまくいくはずがないのよ」そうささやいたジュヌヴィエーヴは、心が引き裂かれるとは、まさに今の自分の状態だと思った。

二人は黙ったまま、しばらく抱き合っていた。それからアリは説得しようとしたがジュヌヴィエーヴは決心を変えなかった。会議が終わればわたしはニューヨークへ帰る。わたしたちはもう終わったのだ。

17

宮殿の大広間はきらめくシャンデリアとろうそくの炎で照り輝いていた。ビジネススーツや白いローブを身につけた男たちと色鮮やかなカフタンをまとった女たちが、床のクッションに腰を下ろしてリズミカルに腰をくねらすベリーダンサーを眺めている。

会議も今夜で最後だったので、誰もが浮かれた気分だった。会議はあらゆる点でアリの望んでいたとおりのものになった。ビジネス面でも互いに得るところは多かったが、何よりアリの期待どおり、さまざまな国の人間が一堂に会し、互いに理解を深め、友情をはぐくむという目標が達成された。

男たちがそうやって会談している間、ジュヌヴィエーヴとハーレムの女たちが外国の女性たちをもてなした。今夜夫人たちが着ている色鮮やかなシルクのカフタンは、カシュキーリで過ごした日々の思い出になるようにとジュヌヴィエーヴが贈ったものだ。彼女たちはまるで蝶《ちょう》のようだとアリは思った。中でも、ジュヌヴィエーヴがいちばん美しい蝶だ。

ジュヌヴィエーヴの指導のもと、ハーレムの女性たちが接待役を務めおおせたのは、ちょっとした奇跡だった。初めのうちこそ、外国人を前におどおどしていたハーレムの女性たちだが、ジェニーにやさしく促されるうち、徐々に自分たちの役割が板についてきた。今夜はすっかりくつろいで、楽しそうに各国代表の夫人たちと語り合っている。

何もかもジェニーのお手柄だ。彼女はなんとすばらしい女性だろう。初めてニューヨークで出会ったときは、その堂々とした態度に面食らい、会議の主導権を握るやり方に反感を抱いたものだ。あのころの僕は、なんと傲慢《ごうまん》な、男の沽券《こけん》にこだわる人間だったことか。彼女に惹《ひ》かれながらも、どう彼女を扱っていいか、まるでわからなかったのだから。ジェニーのような女性には、これまで会ったことがない。彼女のように僕を惹きつけ、悩ませ、怒らせ、興奮させた女は初めてだ。

彼女の熟達した手腕とセンスがなければ、今夜の成功はなかったのだ。彼女を誇らしく思うと同時に、彼女への愛が切ないほど込み上げてきた。

「会議は大成功だったな」ツルハンの声がアリの物思いを破った。「今朝、アメリカ代表が、我が国に精油所を建てる契約に合意したいと言ってきた」ツルハンはいちじくに歯を立てた。「これまで何カ月も、なかなか契約がまとまらなかったというのに」

アリは眉を上げた。

「おまえのおかげだ。おまえが両国の間に立って、互いにどれほど利があるか説いてくれたおかげで、向こうは契約したくてうずうずしてきたらしい」ツルハンはもう一つ、いちじくを取った。「そもそも会議を開くようにと、わしを説得してくれたのもおまえだった。感謝するぞ」ツルハンはジュヌヴィエーヴに目をやった。「あの女を雇うように主張したのもおまえだ。この会議の成功は、何より彼女の働きがあってこそだということは、認めねばならん」

アリは父の視線を追って彼女に目を向けた。ジュヌヴィエーヴがふり返り、つかの間彼女はグリーンの瞳を和ませたが、すぐに目をそらした。

ジュヌヴィエーヴは会議が終わるのが嬉《うれ》しかった。無事に仕事をやりおおせたのだ。しかも会議は成功だった。明後日には、ニューヨークへ帰れるのだ。

アリがまだこちらを見つめているのはわかっていたが、彼女はふり返ってはだめだと自分に言い聞かせた。砂漠から帰ってからアリに会う時間はほとんどなかった。あの日アリは彼女の決心をくつがえそうと、あれから何度も〝君を愛している〟と言った。

〝でもあなたはカシュキーリも愛しているわ〟

〝こんなふうに二人の関係を終わらせたくない〟

だがジュヌヴィエーヴの気持ちは変わらなかった。もしアリが母国を捨てれば、彼が心のどこかでずっと後悔することがわかっていたからだ。

数日前、ジュヌヴィエーヴは各国代表の夫人たちを砂漠の別荘へ案内した。彼女にはつらい仕事だった。窓から砂漠を見るたびにアリの黒いテントが目に入り、二人でわかち合った愛を、二度と手には入らない愛を思わずにはいられなかったからだ。

ベリーダンスが終わった。客は拍手喝采《かっさい》し、拍手がやむとツルハンが立ち上がった。

「紳士淑女のみなさん」ツルハンは英語で話しかけた。「みなさんをカシュキーリにお迎えできたことは、わたしの喜びであり、誇りであります。会議の期間中、我々は互いに理解を深め合い、友人となりました。この会議が、互いの理解を深め、よりよいビジネスを切り開く足がかりとなったことを、わたしは嬉しく思っています。今回の国際会議は息子アリの発案でした。会議を開催するよう説得してくれた息子に感謝します」

「異議なし!」アメリカ代表が叫んだ。

ひとしきり拍手や笑い声が起こったあと、ツルハンは言葉を続けた。「この機会に、二つ発表したいことがあります。まず、カシュキーリのイタリア大使が職を退くに伴い、息子のアリを新イタリア大使に任命いたします」ツルハンはアリにほほ笑んだ。「おまえがローマを気に入るといいがな。とてもロマンチックな場所だと聞いておる」

アリもほほ笑みを返した。「そうらしいですね」

「次に」ツルハンは言った。「ここでアリの婚約を発表いたします」

ジュヌヴィエーヴは膝の上で両手を握りしめた。

なんということだろう、もう手はずは整っていたのだ。首長《シーク》もせめて、わたしが帰国するまで発表を待ってくれればいいのに……。

「お相手は今回の会議に大変な手腕を発揮してくださったミス・ジュヌヴィエーヴ・ジョーダンです」

誰もが驚きに息をのみ、やがていっせいに拍手がわき起こった。

呆然《ぼうぜん》としたジュヌヴィエーヴが立つこともできずにいると、アリが手を取って立たせてくれた。「僕が君をこのまま手放すと思ったのかい?」アリは彼女にだけ聞こえる小声でささやいた。

ジュヌヴィエーヴはアリに抱きついた。「ローマってどういうこと? あなたは後継ぎなのに……国を捨てるわけにはいかないでしょう?」

「捨てるわけではないよ、ジェニー。ほんの一部をあきらめるだけで見返りにどれほど大きなものが得られるか、考えてごらん」そう言ってアリは、人前であることもはばからず、彼女にキスをした。

その夜アリは、ジュヌヴィエーヴに言った。

「父はカシュキーリで結婚式を行うことを望んでいる。だが、もし君が望むなら、ローマに着いてから、もう一度、教会で結婚式を挙げてもいい」

ジュヌヴィエーヴは深く息を吸って、気持ちを落ち着けた。「ええ、ローマでも結婚式を挙げたいわ」

あまりにも急な話だった。まるで悪夢から目覚めたら、すべてがあるべきところにおさまったような感じだった。

「お父上はどうして結婚を認めてくださったのかしら？　それにイタリア大使ですって？　あなたは次のシークになれなくてもいいの？」

「僕はシークになりたいと思ったことはないよ、ジェニー。それに僕は一人息子というわけじゃない。父もようやくそのことに気づいたんだろう。あと十年もすれば、イズマイルが十八歳になる。彼が次のシークになるだろう」アリは彼女の手を取って口づけをした。「いつだって、カシュキーリは僕の母国だ。僕たちはイタリアに住むことになるが、できるだけカシュキーリやニューヨークを訪ねよう」

アリは彼女を腕の中に抱き寄せた。

「まさか結婚に反対だなんて言わないだろうね？」

ジュヌヴィエーヴが答えなかったので、アリは彼女にキスをした。「これで君は僕のものだ」アリはささやいた。「君も言ってごらん、わたしはあなたのものだって」

ジュヌヴィエーヴはアリの眉にかかった黒髪を払うと、かすかに口をほころばせた。「もちろん、わたしはあなたのものよ、アリ。だってあなたは百万ディハラでわたしを買ってくれたんですもの」彼女の唇がアリの唇をかすめた。「愛しているわ、アリ。愛するのは、いつまでもあなた一人よ」

花嫁の支度は、ハーレムの女たちの仕事だった。彼女たちはジュヌヴィエーヴの体に香油を塗り、金髪をカールさせ、手のひらと足の裏をヘンナで染めた。それから象牙《ぞうげ》色と金色のカフタンを着せ、金色のサンダルをはかせて、顔にベールをかけた。

最後にアリに会ってから三週間がたっていた。

「カシュキーリの伝統なんだ」晩餐会《ばんさんかい》の翌日にアリは言った。「花婿は、儀式の最後に花嫁のベールを上げるまで、花嫁の顔を見てはいけないんだよ。そのとき初めて、二人の新しい生活が始まるんだ」

アリはジュヌヴィエーヴにキスをして、彼女を離した。

「長い三週間になりそうだな」

そのとおり、長い三週間だった。だが、それももう終わりだ。一時間もしないうちに、わたしは彼と結婚し、永遠に彼のものになる。

ハーレムの外から楽隊の音楽が聞こえてきた。

「準備はよろしいですか?」ハイファがきいた。

ジュヌヴィエーヴは深く息を吸った。「ええ」

ついにジュヌヴィエーヴは、アリの待つところへ着いた。アリは金糸でびっしり刺繍《ししゅう》をしたグリーンのローブをまとい、頭にのせた布を金の輪で固定していた。

アリはジュヌヴィエーヴがこれまで会ったどんな男性とも違っていた。彼はまさに砂漠の男だった。だがジュヌヴィエーヴは、ためらうことなくアリの手に自分の手を重ねた。

誓いの言葉を言うとき、ジュヌヴィエーヴはアリの方を向いた。薄いベール越しに見るアリの顔はまるで夢の名残のようにぼんやりとしか見えなかった。

アリがベールを持ち上げて言った。「愛しているよ、ジェニー」その瞬間、夢は現実になった。

式のあとは、ごちそうと余興になった。ベリーダンサーがエキゾチックなリズムに腰をくねらせ、修道僧が儀式の舞を踊り、手品師が曲芸を見せた。演《だ》し物が終わると、冗談とひやかしと笑い声に送られて、ようやく二人はアリの部屋へ逃げ込んだ。その翌日、二人は砂漠の別荘へ向かった。

夜ごと二人は、砂丘のふもとにあるアリのテントで眠った。そして別荘を発《た》つときが来ても、二人の心に悲しみはなかった。なぜなら、またここに戻ってくるのがわかっていたからだ。

ローマは真夜中だった。この時刻になると通りは静まり返り、聞こえるのは、トレヴィの泉でさらさらと水が流れる音だけだ。

ジュヌヴィエーヴはアリの胸に背中をあずけて、レストランから聞こえてくるマンドリンの演奏に耳を傾けていた。「幸せだわ」

アリが腕を回してきたので、ジュヌヴィエーヴは彼の手を取っておなかの上にのせた。

「感じて」彼女は言った。「ここにわたしたちの子どもがいるわ」

アリは手を移動させ、ぴたりと止めた。アリは言葉もなく、しばらく彼女のおなかに手をあてていた。それから、ゆっくりと彼女をふり向かせた。

「身ごもったのか」アリはささやいた。

アリの目に涙が光るのを見て、ジュヌヴィエーヴはほほ笑んだ。「あの晩、砂漠で、わたしに子どもを授けると言ったじゃないの」ジュヌヴィエーヴはアリの胸に寄り添った。「春にはわたしたちの赤ん坊が生まれてくるのよ」

僕たちの赤ん坊。あふれるほどのいとおしさが、アリの心に込み上げた。アリは無言のまま、愛する妻を胸に抱き寄せた。

しばらく二人は静かな夜に流れるマンドリンの音色に耳を傾けていたが、やがてトレヴィの泉をあとにして、静かなローマの通りを抜け新居へ向かった。

ハーレクイン・ロマンス 2002年2月刊(R-1749)
シルエット・スペシャル・エディション 2002年11月刊(N-937)

一冊で二つの恋が楽しめる—魅惑のシーク
砂の迷路
砂漠の貴公子

2005年8月5日発行

著　　者	リン・グレアム バーバラ・フェイス
訳　　者	駒月雅子(こまつき　まさこ) 神鳥奈穂子(かみとり　なほこ)
発 行 人	スティーブン・マイルズ
発 行 所	株式会社ハーレクイン 東京都千代田区内神田1-14-6 電話 03-3292-8091(営業) 03-3292-8457(読者サービス係)
印刷・製本	凸版印刷株式会社 東京都板橋区志村1-11-1
イラスト	宮川いずみ

ISBN4-596-76100-0 C0297

ハーレクイン社シリーズロマンス　8月20日の新刊

愛の激しさを知る　ハーレクイン・ロマンス

愛人のルール	サラ・クレイヴン／原　淳子 訳	R-2055
プリンセスを演じて（地中海の宝石Ⅱ）	ロビン・ドナルド／加藤由紀 訳	R-2056
裏切りのスペイン	ジュリア・ジェイムズ／高田真紗子 訳	R-2057
愛を試す一週間	♥ミランダ・リー／藤村華奈美 訳	R-2058
スルタンの花嫁（異国で見つけた恋Ⅰ）	♥ジェイン・ポーター／漆原　麗 訳	R-2059
奪われた一夜	エリザベス・パワー／秋元由紀子 訳	R-2060

情熱を解き放つ　ハーレクイン・ブレイズ

恋人たちの秘密（キスの迷宮Ⅲ）	トーリ・キャリントン／佐々木真澄 訳	BZ-29
エロティカの誘惑	♥ジュリー・ケナー／霜月　桂 訳	BZ-30

人気作家の名作ミニシリーズ　ハーレクイン・プレゼンツ 作家シリーズ

若すぎた恋人（孤独な兵士Ⅴ）	ダイアナ・パーマー／山田沙羅 訳	P-256
砂漠の王子たちⅣ		P-257
悩めるシーク	アレキサンドラ・セラーズ／那珂ゆかり 訳	
シークの選択	アレキサンドラ・セラーズ／柳　まゆこ 訳	

キュートでさわやか　シルエット・ロマンス

花嫁になる日（危険な花婿たちⅠ）	ジェニファー・ドルー／小池　桂 訳	L-1149
午後五時からの恋人	ホリー・ジェイコブズ／長田乃莉子 訳	L-1150
恋する弁護士	デビー・ローリンズ／雨宮幸子 訳	L-1151
ハネムーンで恋して（ブルーベイカーの花嫁）	♥キャロリン・ゼイン／山田沙羅 訳	L-1152

ロマンティック・サスペンスの決定版　シルエット・ラブ ストリーム

愛したのはボス（闇の使徒たちⅢ）	イヴリン・ヴォーン／藤田由美 訳	LS-251
最後の夜を忘れない（狼たちの休息Ⅸ）	♥ビバリー・バートン／川上ともこ 訳	LS-252
非情な億万長者（愛をささやく湖Ⅱ）	ルース・ランガン／杉本ユミ 訳	LS-253
買われた貴婦人	シルヴィー・カーツ／萩原ちさと 訳	LS-254

連作シリーズ第12話！

シルエット・コルトンズ　甘い取り引き	カーラ・キャシディ／鈴木いっこ 訳	SC-12
シルエット・ダンフォース　ひとときの追憶	シャーリー・ロジャーズ／宮崎真紀 訳	SD-12
ハーレクイン・スティープウッド・スキャンダル　レディに御用心	アン・アシュリー／吉田和代 訳	HSS-12

♥マークは、今月のおすすめ